"山西传媒学院'1331工程'校级出版资金专项资助项目"学科建设专著

师莹 著

金代
国朝文派研究

中国社会科学出版社

图书在版编目(CIP)数据

金代国朝文派研究 / 师莹著 . —北京：中国社会科学出版社，2020.9
ISBN 978-7-5203-6920-6

Ⅰ.①金⋯ Ⅱ.①师⋯ Ⅲ.①中国文学—古典文学研究—金代 Ⅳ.①I206.464

中国版本图书馆 CIP 数据核字(2020)第 141198 号

出 版 人	赵剑英
责任编辑	慈明亮
责任校对	张依婧
责任印制	戴　宽

出　版	中国社会科学出版社
社　址	北京鼓楼西大街甲 158 号
邮　编	100720
网　址	http：//www.csspw.cn
发行部	010-84083685
门市部	010-84029450
经　销	新华书店及其他书店
印　刷	北京明恒达印务有限公司
装　订	廊坊市广阳区广增装订厂
版　次	2020 年 9 月第 1 版
印　次	2020 年 9 月第 1 次印刷
开　本	710×1000　1/16
印　张	18.25
插　页	2
字　数	304 千字
定　价	108.00 元

凡购买中国社会科学出版社图书，如有质量问题请与本社营销中心联系调换
电话：010-84083683
版权所有　侵权必究

《金代国朝文派研究》序

牛贵琥

金代文学是中国文学史不可忽视的有机组成部分，也是研究民族文学和文化无法绕过去的一个重点。正如《金史·文艺传》所云："金用武得国，无以异于辽，而一代制作能自树立唐、宋之间，有非辽世所及，以文而不以武也。〈传〉曰：'言之不文，行之不远。'文治有补于人之家国，岂一日之效哉。"赵翼在《廿二史札记》中也说："金源一代文物，上掩辽而下轶元，非偶然也。"这是由于金代的主要统治区域地处古代北方各民族文学与文化的孕育、辐射、传播、交融之区，也是农耕与游牧两种文明的分野和交会点，有着民族融合形成所需的条件和机遇。新时期以来，这已经成为学界的共识，研究成果甚丰。然而要研究了解这种文化土壤中所产生的文学的特殊性，还须重点关注金代的国朝文派。

原因在于：居于白山黑水之间、处于部落联盟制阶段、还没有文字的女真民族，在十多年的时间里先后灭掉辽和北宋，统治了淮河以北的广大地区。政权的迅速崛起，使其感到提高文化水平的迫切性，不得不在开国之初利用已经具有相当高级文化的辽宋人士，也就是庄仲方《金文雅序》中所谓的"借才异代"。其途径则主要是通过科举选拔、俘虏或接收投降者、扣留宋朝的使者等。这些或者被迫仕金、或者始终不愿仕金、或者主动仕金以求发展的原属辽特别是宋的各种文士，以其共同的创作使几乎一片荒漠的金初文学呈现出繁荣的景象。不过，他们既然都是故辽和宋代的人士，其作品只能体现辽、宋特征，而且其成就也不能和宋代相比。

这种局面随着国朝文派作家走上文坛之后得到改观。所谓国朝文派，就是金代政权自身培养起来的作家，写出的是体现金代文学独特面目的作品。天德元年中进士的蔡松年之子蔡珪、辛弃疾的同学党怀英以及刘迎、赵沨、王庭筠等人是其代表。他们都活跃于大定、明昌之间，将成长于金代稳定承平时期的新一代文士的风貌充分体现出来，其特征一直延续到金代末年。国朝文派作家没有"借才异代"作家那么多压抑感和思想负担，其文学素养也已达到相当高的水平。他们将金代文学推向一个新的境界，成为"跨辽、宋而比迹于汉、唐"①的重要组成部分，有些作品甚至要超过宋代文士的水平，刘仲尹的墨梅诗便是典型的例子。师莹的这本《金代国朝文派研究》，正是以国朝文派为研究对象，可以说执得金代文学之牛耳，抓住了关键所在。

在我国历史上，北方的少数民族占领了中原之后，都有将多民族的文化通过长时期冲突、交融，最终整合为统一的区域文化的过程。北朝和金代就是如此。这不能简单地称之为汉化。原因在于：北方少数民族割据政权下形成的文化，和南方传统的汉族政权下的文化有区别。除了各民族的融合必然要保留诸如北方民族的刚强特质之外，北方的割据政权为了增强民族的自信、统一各民族的行动，以证明自己政权的合法性来与南方的汉族政权争一日之长，更加注重传统意识。他们都强调自己的政权是居于华夏文明产生和传承之地中原，更坚持这块大地长期形成的为人们所公认的传统，也即三皇五帝、周公、孔子之道，并以其作为中华文明合法继承者的依据。他们更加关注"论事辨物，当取正于经典之真文；援证定疑，必有验于周、孔之遗训"②。并将这称为"正脉""正体""雅道"去努力实践。元好问《自题中州集后五首》就言："若从华实评诗品，未便吴侬得锦袍。"于是作为一个统一的区域文化之反映的金代文学，便会滋生出前代文学和南方割据政权下的文学所没有的质素，并在女真政权灭亡之后，在同属少数民族的蒙古政权下继续发展壮大。房皞、王元粹、杨弘道等人都曾于金末避乱南宋，但又感到孤独、无所依归，很快回到北方。这种特殊文化生态的力量可见一斑。师莹在这本《金代国朝文派研究》中特别关注了金代的特殊生态，列为专章进行探讨，其眼光无疑是敏锐的，其所得也自然丰厚。

本书的作者师莹，其学术生涯是在百年老校山西大学这个优厚的环境中培养成长起来的。在姚奠中先生的培育指导下，山西大学文学院具

---

① （元）脱脱等撰：《金史》卷十二，中华书局1975年版，第285页。
② （北齐）魏收：《魏书》卷九十，中华书局1974年版，第1932页。

有深厚的国学传统，北方少数民族政权下的文学从20世纪80年代初就是主要的研究方向。所谓国学是文、史、哲不分而以小学为基础，既保证科研的扎实又避免眼界的狭窄。北方少数民族政权下的文学研究，充分利用山西的地方优势，以北朝和辽、金、元为主。几十年来，经过数代人的努力，取得了不少可喜的成果，也逐渐形成自己的学派。其特色可以用"一个淡化"，"两个强化"，"三个基本方法"，"四重证据并重"来概括。"一个淡化"是：淡化学科分界；"两个强化"是：强化问题意识，强化多学科交叉；"三个基本方法"是：国学传统为主导，纵向横向相联系，将知识组合成放射性结构；"四重证据并重"是：传统文献、出土文物、社会调查、方志资料充分利用。虽然我们所做的工作未能尽如人意，但一直是朝着这个方向在努力着。师莹的这本书便是山西大学文学院北方少数民族政权下的文学这一研究方向实践的成果，她本人在读硕士研究生期间就承担了从地方志中普查金代文学资料的部分工作，得到了最基本的学术训练。这些不仅是在其金代文学研究起到有利的作用，相信就是在其今后的工作中也会产生积极的影响。姚奠中先生就强调要"把古典文学放在整个文化教育事业中去看，要使几千年的文化遗产在今天和未来起促进社会发展的作用"，要"总结经验、接受启发、吸取精神、学习创造"。①

虽然取得了一定的成绩，但学术研究是无止境的。新的文献时有发现，学术视野也必然需要拓宽，就金元文学来说，还有探索的空间。比如：在中国文学发展史上，金代诗人身份的独立值得关注。元好问论金代诗人时多次提到"以诗为专门之学"，还说："某身死之日，不愿有碑志也。墓头树三尺石，书曰'诗人元遗山之墓'足矣。"② 以诗人的身份标榜自己。纵观金代的诗歌，可以看到他们在摆脱传统的政教的束缚，探索追求诗歌的本质，在理论和实践上都取得了新的突破。这既和那个特定的时代紧密相关，也是文学自身发展的必然结果。很明显，金代文士感受到诗和文章、历史、哲理、伦理属于不同的范畴，关注到诗人的本质以及诗所特有的审美特征。这促进了小说、戏曲的迅速成熟，并在同样是非汉族政权的蒙元时期得到进一步完善、发扬和光大。2018年元好问学术研讨会在镇江召开，会议上我曾提出这个问题，但深入地

---

① 姚奠中：《姚奠中诗文辑存》，山西教育出版社1998年版，第413页。
② 姚奠中主编：《元好问全集》，山西古籍出版社2004年版，第1488页。

研究还有待于同人共同努力。无论是在深度上还是广度上，金代文学都需要我们继续努力不断开拓。20 世纪 90 年代姚奠中先生提出："宏观辨方向，微观察现实。纵向看发展，横向比差距。"学术研究如此，各种工作也是如此。愿我们共勉，作出更多更好的成绩，不负先生的厚望。

山西大学蕴华庄小区
2019 年 8 月 20 日

目　录

第一章　绪论 ……………………………………………………（1）
　第一节　近年来相关研究成果概述 ……………………………（1）
　第二节　选题意义及研究方法 …………………………………（5）
第二章　国朝文派的概念及内涵 …………………………………（8）
　第一节　国朝文派概念的提出 …………………………………（8）
　第二节　金代国朝文派的性质 …………………………………（10）
　　一　"国朝"在历史文献中的使用概况 ………………………（10）
　　二　"文"的概念 ………………………………………………（11）
　　三　国朝文派的性质 …………………………………………（14）
　第三节　国朝文派体现的大民族观和文学独立精神 …………（15）
　　一　国朝文派体现的大民族观 ………………………………（15）
　　二　国朝文派体现的文学独立意识 …………………………（18）
　第四节　国朝文派创作主体及特征 ……………………………（19）
　　一　"金代诗人多出科举"——科举制度对金代国朝文派
　　　　的影响 ……………………………………………………（19）
　　二　家学渊源——少数民族政权下汉文化的传承地 ………（22）
　　三　文化艺术修养——国朝文派文学创作的源头活水 ……（25）
　　四　翰林学士院——少数民族政权下汉族知识分子文学
　　　　影响力的强化与政治地位的衰弱 ………………………（27）
第三章　国朝文派的发展演变 ……………………………………（33）
　第一节　国朝文派形成期 ………………………………………（34）

一　国朝文派形成期的文学生态 …………………………………… (34)
　　二　国朝文派形成期的文学特征 …………………………………… (38)
　　三　国朝文派形成期代表作家研究 ………………………………… (40)
　第二节　国朝文派成熟期 ……………………………………………… (67)
　　一　国朝文派成熟期的文学生态 …………………………………… (67)
　　二　国朝文派成熟期的文学特征 …………………………………… (71)
　　三　国朝文派成熟期代表作家研究 ………………………………… (77)
　第三节　国朝文派变革期 ……………………………………………… (100)
　　一　国朝文派变革期的文学生态 …………………………………… (101)
　　二　国朝文派变革期的文学特征 …………………………………… (103)
　　三　国朝文派变革期代表作家研究 ………………………………… (106)
　第四节　国朝文派的余波 ……………………………………………… (127)
　　一　金末元初的文学生态 …………………………………………… (128)
　　二　金末元初的文学特征 …………………………………………… (136)
　　三　金末元初代表作家研究 ………………………………………… (140)
　第五节　国朝文派与苏黄及江西诗派的关系 ………………………… (163)
　　一　南渡之前：全面尊崇苏黄到个别反思 ………………………… (163)
　　二　南渡之后：崇苏黄意识的深化与金代文学观的成熟 ………… (166)
　　三　金末元初：打破苏黄笼罩后金代文学观的独立 ……………… (169)
第四章　金代特殊生态与国朝文派关系研究 ………………………… (177)
　第一节　少数民族文化对国朝文派的影响 …………………………… (177)
　　一　金代多民族结构与差异性民族政策下的民族融合 …………… (177)
　　二　金代女真族汉语作家 …………………………………………… (179)
　　三　金代渤海族汉语作家 …………………………………………… (183)
　　四　金代契丹族汉语作家 …………………………………………… (185)
　第二节　金代科举制度对国朝文派的影响 …………………………… (188)
　　一　金代科举制度的发展历程 ……………………………………… (188)
　　二　金代科举制度对国朝文派的影响 ……………………………… (189)
　第三节　宗教对国朝文派的影响 ……………………………………… (191)

一　佛教与国朝文派 …………………………………………（191）
　　二　道教与国朝文派 …………………………………………（199）
结语 …………………………………………………………………（208）
参考文献 ……………………………………………………………（212）
附录一　河南方志所载金代作家传记资料汇考 …………………（227）
附录二　河南方志中金代作家传记资料与《金史》《中州集》《归
　　　　潜志》人物列传对照表 …………………………………（260）
附录三　河南方志中金代作家诗文资料与《全辽金诗》《全辽金文》
　　　　《中州集》诗文资料对照表 ………………………………（263）
附录四　河南地方志版本 …………………………………………（273）
后记 …………………………………………………………………（282）

第一章

绪　论

第一节　近年来相关研究成果概述

20世纪30年代金代文学逐渐进入现代学术研究的视野。迈入新世纪，金代文学研究不断深化，成果丰硕。基础文献整理有序推进，诗、文、词总集和作家别集陆续出版。诗歌方面，出版了薛瑞兆和郭明志编纂的《全金诗》①，阎凤梧和康金声主编的《全辽金诗》②。金文方面，继清张金吾编的《金文最》③和庄仲方编的《金文雅》④再版后，当代学者阎凤梧主编了《全辽金文》⑤。金代词作则有唐圭璋编的《全金元词》⑥。别集方面，金人元好问著作的校注整理是学界的一个焦点，主要成果有姚奠中主编的《元好问全集》⑦，张静的《中州集校注》⑧，赵永源的《遗山乐府校注》⑨，狄宝心的《元好问诗编年校注》⑩和《元好问文编年校注》⑪。其他金代作家别集整理有张正义、刘达科校注的《河汾诸老诗集》⑫，胡传志、李定乾校注的《滹南遗老集校注》⑬。其他金代别集还有待于广大

---

① 薛瑞兆、郭明志编：《全金诗》，南开大学出版社1995年版。
② 阎凤梧、康金声主编：《全辽金诗》，山西古籍出版社1999年版。
③ （清）张金吾编：《金文最》，中华书局1990年版。
④ （清）庄仲方编：《金文雅》，吉林人民出版社1998年版。
⑤ 阎凤梧主编：《全辽金文》，山西古籍出版社2002年版。
⑥ 唐圭璋编：《全金元词》，中华书局1979年版。
⑦ 姚奠中主编：《元好问全集》，山西人民出版社1990年版。
⑧ （金）元好问著，张静校注：《中州集校注》，中华书局2018年版。
⑨ （金）元好问著，赵永源校：《遗山乐府校注》，凤凰出版社2006年版。
⑩ （金）元好问著，狄宝心校注：《元好问诗编年校注》，中华书局2011年版。
⑪ （金）元好问著，狄宝心校注：《元好问文编年校注》，中华书局2012年版。
⑫ （元）房祺编，张正义、刘达科校注：《河汾诸老诗集》，山西古籍出版社1996年版。
⑬ （金）王若虚著，胡传志、李定乾校注：《滹南遗老集校注》，辽海出版社2006年版。

学者进一步整理研究。

金代文学史类型不断丰富，尤其断代文学史取得长足发展，代表性的有张晶的《辽金诗史》①、黄兆汉的《金元词史》②。金代文学编年史方面有牛贵琥的《金代文学编年史》③和王庆生的《金代文学编年史》④。金代思想史方面有詹杭伦的《金代文学思想史》⑤。金代学术史研究有周惠泉的《金代文学学发凡》⑥，刘静、刘磊的《金元词研究史稿》⑦等。

此外金代作家作品研究不断涌现，在传统各体文学研究方面，如诗、文、词、戏曲、小说研究均不断深入拓展。值得注意的是，近年来金代文学研究范畴不断拓展，在深入研究金代文学本身的基础上呈现出学科交叉、对比综合的研究倾向。有的探讨金代文学和宗教之间的关系，如詹石窗的《南宋金元道教文学研究》⑧、左洪涛的《金元时期道教文学研究——以全真教王重阳和全真七子诗词为中心》⑨、刘达科的《佛禅与金朝文学》⑩等。有的将文学与科举制度进行探讨，如裴兴荣的《金代科举与文学》⑪。还有学者将金代文学和南宋文学进行对比关照，如胡传志的《宋金文学的交融与演进》⑫。伴随着研究的不断深入，我们看到学界正以一个整体、全面、综合的态势展开金代文学研究，可谓成果丰硕，角度多样，欣欣向荣。

金代文学研究有两个焦点问题难以回避：第一是金代少数民族的政权属性问题。这个问题属于历史学研究领域，涉及中国历代王朝政权合法性的问题，也就是"正统"问题。金亡之后，如何修《金史》成为一个争论的焦点。有人认为，宋为正统，金为宋史的一个组成部分，所谓："金于《宋史》中，亦犹刘、石、苻、姚，一载记耳。"还有一种观点肯定金

---

① 张晶：《辽金诗史》，东北师范大学出版社1994年版。
② 黄兆汉：《金元词史》，学生书局1992年版。
③ 牛贵琥：《金代文学编年史》，安徽大学出版社2011年版。
④ 王庆生：《金代文学编年史》，中华书局2013年版。
⑤ 詹杭伦：《金代文学思想史》，成都科技大学出版社1990年版。
⑥ 周惠泉：《金代文学学发凡》，东北师范大学出版社1994年版。
⑦ 刘静、刘磊：《金元词研究史稿》，齐鲁书社2006年版。
⑧ 詹石窗：《南宋金元道教文学研究》，上海文化出版社2001年版。
⑨ 左洪涛：《金元时期道教文学研究——以全真教王重阳和全真七子诗词为中心》，人民出版社2008年版。
⑩ 刘达科：《佛禅与金朝文学》，江苏大学出版社2010年版。
⑪ 裴兴荣：《金代科举与文学》，中国社会科学出版社2016年版。
⑫ 胡传志：《宋金文学的交融与演进》，北京大学出版社2013年版。

政权的独立性，"金太祖破辽克宋，帝有中原百有余年，当为《北史》。自建炎之后，中国非宋所有，宜为《南宋史》"①，最终，元末辽、金、宋三史并修，形成今日二十四史的格局。② 第二是少数民族政权下的汉语文学作品在文学史上的价值，也就是如何评价金代文学在中国汉语文学史上的价值问题。如何看待金代文学的价值，涉及我国文学研究观念的演变。杨义曾将中国文学观念的演进概括为三个阶段：

> 中国的文学观念已经走了三步：其一是古代文史混杂、文笔并举的"杂文学观"；其二是20世纪从西方借鉴来的、承认文学的独立价值，既推动其个性化、流派化，又使之成为独立学科而与其他学科分离开来的"纯文学观"；其三是20世纪和21世纪之交应对全球化潮流，正在崛起的"大文学观"。③

作为10—13世纪的北部中国少数民族政权下的文学，金代文学的研究价值在中国文学观念的不断演进中得到认可，从最初宋代文学的附庸逐渐获得了研究的独立性。④ 如上文所述，金代文学研究成果丰硕，但在金代文学独立性以及文人对于女真政权的态度方面的研究还有可探讨的空间。本书将金代政权的正统性与金代文学的独立性相结合，从国朝文派⑤这一独特的概念入手，以金代的文学作品为研究对象，探讨成长于女真政权下的金代作家对于国家政权的态度及其在文学作品中的呈现，这对于我们认识金代文学的价值具有重要意义。

目前，学界对于金代国朝文派中代表作家的研究相对较多。除了以元好问为学术研究热点外，党怀英、李纯甫、赵秉文，王庭筠等金代作家的研究也不断丰富。以国朝文派为研究主题的相关论文主要有四篇，分别为：张晶的《论金诗的"国朝文派"》发表于1994年第5期《文学遗

---

① （元）修端：《辨辽宋金正统》，（元）苏天爵编《国朝文类》卷四五，四库全书本。
② 关于金代正统问题的讨论，参见魏崇武《论蒙元初期的正统论》，《史学史研究》2007年第3期；刘浦江《德运之争与辽金王朝的正统性问题》，《中国社会科学》2004年第2期。
③ 杨义：《文学地图与文化还原——从叙事学、诗学到诸子学》，北京师范大学出版社2011年版，第15页。
④ 关于20世纪金代文学逐渐成为学界关注点的论述参见张燕瑾、吕薇芬主编《20世纪中国文学研究：辽金元文学研究》，北京出版社2001年版。
⑤ 按：本书中，除保留引用文献中原有的"国朝文派"的引号外，为方便论述，其余均未加引号。

产》。该文主要探讨了国朝文派概念的提出及其内涵。张晶指出:"'国朝文派'不是仅指金诗中的某一流派,也不是指某一时期的创作,而是指着金源诗歌区别于宋诗乃至其他断代诗史的整体特色。它在这个层面上的内涵是很丰富、很广阔的,同时,又是动态发展变化的。"他认为国朝文派的内涵主要包括两点:"首先,诗人是不是地道的'国朝'人。"其次,文学作品是否具有金代诗歌"那种属于自己的风骨、神韵、面目"①。刘明今于2001年第1期《中国文学研究》(辑刊)上发表了《金源"国朝文派"考辨》。该文指出:"'国朝文派'不是同时期的某一创作流派,而是先后相承,具有某种特点的作家系统。"刘明今对国朝文派的概念进行了考辨,他将"唐宋文派""中州文派"与国朝文派进行对比分析。文章指出"唐宋文派"不仅包括古文,还有诗歌。"唐宋文派"是对国朝文派的补充,更强调金代文学中合乎儒家规范的正统一脉。"中州文派"则没有文学流派之意。②李正民在2004年第2期《民族文学研究》上发表了《试论金代"国朝文派"的发展演变》一文,对国朝文派进一步分析研究。该文以国朝文派代表诗人笔下的系列文学意象及作品为切入点,探讨了国朝文派的基本特征和发展演变的规律。李正民认为,国朝文派的正传必须具备三个要素:一是作家必须是在"金朝成长起来的文人"。二是文人必须"符合儒家文学观念"。三是"文以意为主",即以国朝文人之个性、情感、意志性情为主,而以汉语言文字为役。具备了以上三要素,再加以"国家教养,父兄渊源,师友讲习",作家个人"真积力久",有因有创,才形成了如张晶所说的金代诗歌的内在气质——国朝味。同时,李正民指出,国朝文派的发展经历了三个时期,即形成期、繁荣期和成熟高潮期③。2009年,胡传志的《金代"国朝文派"的性质及其内涵新探》④对国朝文派的性质和内涵进行了新的探索。胡传志先生指出,首先,国朝文派应该是与诗歌相对应的文章流派。他指出国朝文派的文体当指文章而非诗歌。国朝文派的代表作家蔡珪、党怀英、赵秉文虽有诗歌传世,但其文章却更受推崇。其次,国朝文派是个"很松散、很宽泛的组织,没有明确的文学主张,没有一致的风格,甚至没有具有自觉意识的领袖"。国

---

① 张晶:《论金诗的"国朝文派"》,《文学遗产》1994年第5期。
② 刘明今:《金源"国朝文派"考辨》,《中国文学研究》(辑刊)2001年第1期。
③ 李正民:《试论金代"国朝文派"的发展演变》,《民族文学研究》2004年第2期。
④ 胡传志:《金代"国朝文派"的性质及其内涵新探》,《江苏大学学报》(社会科学版)2009年第2期。

朝文派是萧贡这位后人根据以前文坛的发展状况，发掘总结出来的。这个概念的提出具有很强的政治属性，满足了金末文人追求文学独立性的心理需求。第三，胡传志具体分析了国朝文派与"中州文派""唐宋文派"的关系。"中州文派"见于《中州集》卷二《孙内翰九鼎》小传。"唐宋文派"的概念则见于元好问的《闲闲公墓铭》。元好问提出"中州文派""唐宋文派"，大都是出于对金代文学为传统中国文学正传的认同，包含着强烈的文学独立意识。以上诸位先生的文章对于进一步探讨和挖掘国朝文派的价值和内涵意义重大。

和本书旨相接近的研究主要有2007年华中师范大学杨忠谦的博士学位论文《大定诗坛研究》。作者选取了金代政治稳定、文学繁荣的大定时期作为研究的时间段，研究的侧重点为诗歌研究。大定时期，诗歌创作出现了三种审美趋向：第一是由地理、历史、民族因素而形成的地域性特征——崇气格；第二是由政治、宗教、哲学因素而形成的普遍性特征——尚自适；第三是由文化、教育、艺术因素形成的时代性特征——重典雅[1]。另外2006年浙江大学沈文雪的博士学位论文《宋金文学整合研究》将处于同一文化生态环境下的南北文学联系起来进行了整体研究，还原宋金对峙时期文学史的原生状态，对宋金文学进行了整体把握，纠正了宋金文学割裂研究的弊病，有助于正确解释一些文学现象，探索文学流变规律[2]。

第二节　选题意义及研究方法

上述可知，金代国朝文派吸引了学术界的研究目光。张晶、刘明今、李正民、胡传志诸位先生对于金代国朝文派的研究具有开创奠基之功。张晶最先注意到国朝文派在金代文学研究中的意义和价值并首次对"国朝文派"概念和内涵进行了界定。刘明今将国朝文派与"唐宋文派""中州文派"的概念进行了对比辨析。李正民在动态的视角下对国朝文派的发展演变进行了初步探讨，指出国朝文派发展过程的复杂性，为更进一步探索金代文学指明了方向。胡传志的著述则是对国朝文派的性质和内涵进行了全新角度的阐释和探索，是对国朝文派研究的又一次有益的尝试和深

---

[1] 杨忠谦：《大定诗坛研究》，博士学位论文，华东师范大学，2007年。
[2] 沈文雪：《宋金文学整合研究》，博士学位论文，浙江大学，2006年。

入。这些都为本人的研究工作提供了坚实的基础。沈文雪的《宋金文学整合研究》将南宋和金代的文学进行整合考察，但其侧重点在于宋金文学本质同源而异流方面的研究。杨忠谦的《大定诗坛研究》是截取"大定"这一特定时间段开展研究。在前辈学者研究的基础上，本书重点在于关注文学发展的延续性及金代文学的全貌，不局限于金代的某一时段，某一种文类，用一种发展的、动态的视角，选取最能代表金代文学特征的国朝文派作为研究对象。

本书将金代文学重置于从宋金对峙至蒙元崛起的文学生态研究视野之下，以文学自身发展的规律为经，以北方少数民族政权统治下的文化特征为纬，用动态、发展的视角探索国朝文派的发展规律和文学价值。第一章绪论之后，第二章，对国朝文派的概念和内涵进行界定。国朝文派是金代文学的特称，自金朝尚书萧贡首次提出，至金末元初元好问在《中州集》中重申这一概念，它反映出金人对于本朝文学规律的探索和文学独立性的追求从未停止。国朝文派概念的提出，是在金代大民族观形成，北方统一区域文化建立的基础之上，它体现出金人的强烈的民族自信和文化自信。国朝文派作家是金代汉语文学创作的主体，具有鲜明的特征。民族构成上，他们以汉族作家为主，少数民族作家为辅。他们与科举制度联系紧密。除了女真皇族，国朝文派作家多以科举步入仕途，因而政治影响力有限。国朝文派作家中还出现了一类特殊的群体——文学家族。家族文学修养在中国文化传承中发挥了重要的作用。此外，国朝文派作家继承了中国文士博学多艺的传统，"经为通儒，文为名家"同时在书法、绘画、金石研究领域都有建树。

第三章研究国朝文派的发展演变。本书按照时间顺序，将国朝文派的发展分为形成、成熟、变革、余波四个时期进行考察。围绕金代国朝文派文学观念的发展变化，从文学生态、文学特征、代表作家入手，研究总结国朝文派发展演变的规律。国朝文派初期，得益于金初"借才异代"作家的文化灌溉，在金代文学拥有较高的文学起点的同时，也为苏黄之风长期笼罩金代诗坛埋下了伏笔。国朝文派发展成熟后，文坛在学宋的同时也开始对自身文学现状进行反思。少数国朝文派作家，如周昂，对黄庭坚的文学观点提出了质疑。国朝文派变革期，金代文学发展成熟，文学风格多样化，文学观点也呈现出争鸣态势。文人的眼光和格局更加开阔，提倡越宋而尊唐，转益多师。金末，国朝文派文人对苏黄的批判更加激烈，最终破除了苏黄樊篱，由元好问建立了属于金代文学的"诚""雅"文学观。

第四章主要从金代少数民族政权下的文化生态对国朝文派的影响进行研究。金代是少数民族建立的政权，其特殊的文化生态对文学产生重要的影响。金代的民族结构和政策、科举制度的完善和影响力的变化、宗教政策和哲学观念等都是影响金代文学品格的重要因素。

总之，国朝文派是金代文学的特称，是金人对文学独立性的自觉追求。通过研究金代国朝文派的形成发展过程，我们发现文学总是处于一个如何继承前代文学遗产，以及结合自身时代特色寻求文学上的突破的过程。不同时代的不同文学品格，既是时代特征赋予的，也是文人们积极探索追求的结果。研究国朝文派不仅有助于我们把握整个金代文学的本质特征，更有利于我们总结北方少数民族政权下，汉族和少数民族在文化冲突与交融的过程中文学自身的发展规律。

第二章

国朝文派的概念及内涵①

第一节 国朝文派概念的提出

据文献记载，首次明确提出国朝文派这一概念的是金代的萧贡。据金人元好问《中州集》卷一《蔡珪小传》：

> 国初文士如宇文大学、蔡丞相、吴深州之等，不可不谓之豪杰之士，然皆宋儒，难以国朝文派论之，故断自正甫（蔡珪字）为正传之宗，党竹溪次之，礼部闲闲公又次之。自萧户部真卿倡此论，天下迄今无异议云。②

萧真卿就是萧贡。萧贡（1158—1223），字真卿（贞卿），京兆咸阳（今属陕西）人，大定二十二年（1182）进士，主要生活在世宗至宣宗时期。萧贡历泾州观察判官、监察御史、右司员郎中、刑部侍郎、河东北路南京路转运使，御史中丞，户部尚书等职，《金史》称其"执政以为能"。萧贡在文学方面也颇有造诣，任翰林修撰，又"迁国子祭酒兼太常少卿，与陈大任刊修《辽史》"。③ 萧贡的文学作品主要保存在元好问的《中州集》中。现存其诗三十二首，另有《公论》二十卷，注《史记》百卷。萧贡提出国朝文派这一概念后，"天下迄今无异议云"，也就是说金代文坛对此观点是认同的。

---

① 本章的部分内容曾以"元好问《中州集》重申'国朝文派'的意义与内涵"为题发表于《民族文学研究》2013 年第 5 期。
② （金）元好问：《中州集》卷一，华东师范大学出版社 2014 年版，第 39 页。
③ （元）脱脱等撰：《金史》卷一百五，中华书局 1975 年版，第 2320 页。

第二章 国朝文派的概念及内涵

元好问在《中州集》中又将国朝文派这一概念重新提出，以其金末文坛盟主的身份对此观点再次肯定。元好问（1190—1257），字裕之，号遗山，太原秀容（今山西忻州）人，是金代杰出的诗人和诗论家。从金代中期萧贡初次提出国朝文派概念，到金末元初元好问对这一概念的重申，我们看到金人对于探索本朝文学发展规律的孜孜以求。

萧贡和元好问二人提出国朝文派的概念分别处于金代中期和金末元初不同的历史文化背景之下。萧贡提出国朝文派之时正是金朝最为兴盛繁荣之际，南北讲好，宇内小康，礼乐刑法官制齐备，典章文物粲然成一代治规。萧贡提出国朝文派主要是相对于金初"借才异代"，也就是由辽、宋入金的人才而言。元好问重申国朝文派是在金源国灭，山河破碎之时。遗山周流于齐鲁燕赵晋魏之间三十余年，以斯文为己任，以诗存史，为国朝文派增添了更加丰富的内涵。相较于萧贡针对金初"借才异代"而强调国朝文派，元好问在金末的重申，更强调跟南宋对比。元好问认为，相较于南宋的文学成就，金朝丝毫不逊色。他在《自题〈中州集〉后》就有"若从华实论诗品，未便吴侬得锦袍"及"北人不拾江西唾"之语。萧贡和元好问提出国朝文派的概念尽管时代背景不同，但是在对金代文学独立性和独特性的追求上是一致的。所谓独立性，是指金代文学屹立于唐宋文学之流，并不是哪朝文学的附庸。所谓独特性是指金代文学拥有自己的特色风貌。独立性是精神追求，独特性是文学品格。

追求独立，那么必然要厘清关系。既然国朝文派是相对于"借才异代"提出的一个概念，那么梳理金前期"借才异代"的内涵对于理解国朝文派尤为必要。"借才异代"最早见于清人庄仲方的《金文雅序》，其云：

> 金初无文字也，自太祖得辽人韩昉而言始文；太宗入汴州，取经籍图书，宋宇文虚中、张斛、蔡松年、高士谈辈后先归之，而文字煨兴，然犹借才异代也。[1]

"借才异代"就是借人才于异代或者是借异代之人才，其本质就是人才引进，其目的是短期内加速提高一国综合治理能力和文化素养。所谓

---

[1] （清）庄仲方编：《金文雅》，吉林人民出版社1998年版，第107页。

"异代"是指不同于金朝的政权。金朝征辽伐宋而立国，因而这里"异代"具体指辽和北宋。庄仲方此段文字提供了几个关于"借才异代"的重要信息。首先是时间范围。"借才异代"存在的大概时间段约为金太祖至太宗时期。其次是代表人物。"借才异代"的代表人物为辽人韩昉、宋人宇文虚中、张斛、蔡松年、高士谈等。第三是目的作用。文中肯定了"借才异代"士人的贡献。有了辽人韩昉，金朝"言始文"。这里的"文"是指文采。古语云"言之不文，行之不远"。《金史·文艺传》也说道："太祖既兴，得辽旧人用之，使介往复，其言已文。"[1]《金文雅》又云，得宋宇文虚中等金朝"文字煨兴"。这里的"文字"是指文章。综合来讲就是说有了辽、宋的异代人才，如韩昉、宇文虚中、蔡松年等，金朝开始注重语言文采，金朝文学才发展起来。不可否认，"借才异代"对金朝产生了重要影响。从社会层面上来说，从汉语文字到礼仪典章，从文士交流到书籍经典，"借才异代"促进了汉族经典文化在北方女真政权统治区域内的快速传播。在文学方面，"借才异代"滋养孕育了金代的国朝文派，为金代文学提供了一个较高的起点。没有"借才异代"的滋养，就没有国朝文派的繁荣。但国朝文派绝不是"借才异代"的简单延续，它拥有自己独特的意义和价值，从金中期萧贡和金末元好问一再强调国朝文派的概念便可知一二。下文将详述之。

第二节　金代国朝文派的性质

一　"国朝"在历史文献中的使用概况

经过文献通检，我们发现"国朝"一词出现在历史文献当中主要有三种情况。第一种是作为书的名称。早在东汉班固的《前汉书》中，就出现了"国朝"一词。《国朝》是一本关于形法，即堪舆、骨相等方术书的名称，共七卷。第二种是用"国朝"一词来指代朝廷，表示尊称或敬称。西晋陈寿《三国志·魏书》卷十贾诩传："纵诩昧于荣利，奈国朝何！"[2]《后汉书》卷五十四《杨震列传》有："今妾媵嬖人、阉尹之徒，

---

[1] （元）脱脱等撰：《金史》卷一百二十五，中华书局1975年版，第2713页。
[2] （晋）陈寿：《三国志》，中华书局1982年版，第327页。

共专国朝,欺罔日月。"① 其后唐朝房玄龄的《晋书》、宋朝欧阳修、宋祁《新唐书》等史书中也都有此种情况。第三种是将"国朝"一词置于人名之前,用来表明作者所属的朝代,"国朝"即是本朝的意思。如宋人朱震的《汉上易传》和宋人郑刚中《周易窥余》中都出现了"国朝王昭素"的短语,用来代指"宋朝王昭素"。在清代编修的《钦定四库全书总目》中,大量使用了这种表述方法,如"《宋元诗会》一百卷、国朝陈焯撰"。

萧贡提出国朝文派的概念,其中"国朝"一词主要是沿袭了上文提出的第二种情况,即用"国朝"来指代"金朝",表示著者对于所属政权的尊称。在金代及以后的文献当中大量出现此种情况。早在元好问编纂《中州集》之前,魏道明就曾整理过金人诗集,命名为《国朝百家诗略》。元好问在《威德院功德记》中也曾写道:"国朝皇统初,里耆老殷元命梵严寺僧善信及其徒真果主之。"② 元人王鹗在中统本《遗山集》序言中写道:"国朝将新一代实录,附修辽金二史……"③ 这些都是用"国朝"来指代自己的国家。到了清代,用"国朝"来指代作者所属朝代的情况也屡见不鲜。"国朝"其实就是"我朝"。如方戊昌在为光绪本《遗山集》作序时,谈到版本流传说:"迨我朝康熙间,无锡华希闵有重刻本。"④ 国朝文派实际上就是金朝文派,"我朝文派"。

二 "文"的概念

国朝文派中"国朝"的概念清晰后,下面来分析"文"的概念。

"文"在中国传统文学批评史中内涵丰富,其概念经历了一个由宽到窄,由广泛到专属的演进过程。据《说文解字》载:"文,错画也,象交文。"⑤ 可知,最早"文"的本义为线条交错而成的图案。在甲骨文和金文中,保留了"文"字的最初形态。之后"文"指代的范围进一步扩展为一切"纹理、图样"。《周易·系辞下》云:"古者庖羲氏之王天下也,仰则观象于天,俯则观法于地。观鸟兽之文,与地之宜。近取诸身,远取诸物,于是始作八卦。"⑥ 鸟兽毛皮图案被统称为"文",也就是今天我们

---

① (南朝宋)范晔:《后汉书》,中华书局1965年版,第1780页。
② 姚奠中主编:《元好问全集》下册,山西人民出版社1990年版,第1页。
③ 同上书,第417页。
④ 同上书,第410页。
⑤ (汉)许慎:《说文解字》,中华书局1983年版,第185页。
⑥ (唐)孔颖达:《周易注疏》,《唐宋注疏十三经》,中华书局1998年版,第114页。

所说的"花纹"。同时,"文"的意思开始抽象化,用来指代"规律",《周易》贲卦载:"观乎天文,以察时变;观乎人文,以化成天下。"① 天文指自然天象的规律,人文是人类社会中的文化现象和准则。在《周易·系辞上》中"叁伍以变,错综其数,通其变而成天下之文"②,"文"已经抽象为中国传统哲学中的最高规律,类似于"道"。在《论语》中,"文"的内涵愈加丰富,具体指代意义随着语境而变化。有指文化或文明,如《论语·八佾》:"周监于二代,郁郁乎文哉,吾从周。"有指文采或文饰,如《论语·雍也》:"质胜文则野,文胜质则史。文质彬彬,然后君子。"有指学识或学问,如《论语·学而》:"行有余力,则以学文。"《论语·雍也》:"子曰:'君子博学于文,约之以礼,亦可以弗畔矣夫!'""文学""文章"作为固定词组,这一时期也已经出现。《论语》中,文学和德行、言语、政事一起被列为孔门四科。《论语》中出现的"文章"一词,也并非文学作品之意,而是主要指一切文化典章制度。《论语·泰伯》:"巍巍乎其有成功也,焕乎其有文章。"朱熹注:"文章,礼乐法度也。"到两汉,"文"的概念比之于先秦的广义略有收缩,"文"用来指和文字相关的文学、史学或者哲学类著作,或者单指其中的一类。

"文"和文学有直接联系要到魏晋时期,也就是文学的自觉时代。曹丕《典论·论文》云:"盖文章,经国之大业,不朽之盛事。年寿有时而尽,荣乐止乎其身,二者必至之常期,未若文章之无穷。"这里的"文章"一词被用来专门指代文学。至此,文学与经学、史学、玄学等分离,获得了独立性。曹丕还将文章细化,分为四类八科。陆机《文赋》则又把文章分为十种。南北朝时兴起文笔说,以有韵、无韵来区分文学作品。唐宋时期,由于文学进一步成熟发展,经常以"诗""文"并举,用"文"来表示除去"诗"以外的文学作品。据《后山诗话》记载,黄庭坚说:"诗文各有体,韩以文为诗,杜以诗为文。"

到了金代,金人延续了唐宋以来的观点,有以"文章"指代文学作品,也有以"文"作为和"诗"相对应的文学体裁。如雷渊:"虽以文章见称,在希颜仍为余事耳。"③ 这里即用"文章"代指文学。元好问在《与张仲杰郎中论文》云:"文章出苦心,谁以苦心为?正有苦心人,举

---

① (唐)孔颖达:《周易注疏》,《唐宋注疏十三经》,中华书局1998年版,第44页。
② 同上书,第105页。
③ (金)元好问:《中州集》卷一,华东师范大学出版社2014年版,第397页。

第二章　国朝文派的概念及内涵

世几人知？工文与工诗，大似国手棋。国手虽漫应，一著存一机。"① 这里的"文章"指文学，"工文与工诗"将诗文对举，自然是指两种文学体裁。金人有明确的体裁观念。金代诗人李纯甫就曾经论述诗和文两种体裁的不同："人心不同如面，其心之声发而为言，言中理谓之文，文而有节为之诗。然则诗者文之变也，岂有定体哉？"② 可见在金人的著述中，"文"或"文章"一般表示文学，而当诗文并举时，"文"是指文学体裁。

在《中州集》中，元好问使用的"文"也符合上述两种情况。一种表示和诗歌相对应的体裁。如《中州集》吴激小传"工诗能文"③，任询小传"询字君谟……评者谓画高于书，书高于诗，诗高于文"④。另一种是用"文"表示文学，常以"文笔""文章"连用，如张斛小传"予尝见其文笔字画皆有前辈风调"⑤。"文笔"一词，汉代已有，六朝而盛，有韵为文，无韵为笔。⑥ 元好问此处应指有文采的文学作品。《中州集》蔡松年小传中，元好问对其家学进行肯定，云："松年字伯坚……二子，珪字正甫，璋字特甫，俱第进士，号称文章家。正甫遂为国朝文宗，特甫非其比也。"⑦ 这里的"文章家"是指文学世家，而非文体之意。"国朝文宗"也是指金朝文学翘楚之意。又如《中州集》马定国小传云："初学诗，未有入处，梦其父与方寸白笔，从是文章大进。"⑧ 这里的"文章"显然不是指和诗相对的文体，而是指文学水平。据元好问记载，赵秉文"所著文章号《滏水集》者前后三十卷"⑨。现《四库全书》中保留了《滏水集》二十卷本，卷一为儒家思想之论著，卷二为古赋，卷三、卷四、卷五为古诗，卷六、卷七为律诗，卷八、卷九为绝句，卷十为杂体，卷十一、卷十二为碑文，卷十三为记，卷十四为论，卷十五为引，卷十六为颂，卷十七为箴铭，卷十八为祭文，卷十九为书启，卷二十为题跋。可知赵秉文"所著文章"乃指其创作的全部文学作品。在《中州集》蔡珪

---

① 姚奠中主编：《元好问全集》下册，山西人民出版社1990年版，第40页。
② （金）元好问：《中州集》卷二，华东师范大学出版社2014年版，第94—95页。
③ （金）元好问：《中州集》卷一，华东师范大学出版社2014年版，第13页。
④ （金）元好问：《中州集》卷二，华东师范大学出版社2014年版，第107页。
⑤ （金）元好问：《中州集》卷一，华东师范大学出版社2014年版，第20页。
⑥ 傅璇琮：《中国诗学大辞典》，浙江教育出版社1999年版，第20页。
⑦ （金）元好问：《中州集》卷一，华东师范大学出版社2014年版，第25—30页。
⑧ 同上书，第58页。
⑨ （金）元好问：《中州集》卷三，华东师范大学出版社2014年版，第191页。

小传中，也是先说："国初文士如宇文大学、蔡丞相、吴深州等，不可不谓豪杰之士，然皆宋儒，难以国朝文派论之。"① 元好问先说"借才异代"的文士，也就是文学人才都是宋儒，再紧接着说他们不是国朝文派。那么国朝文派在此语境中自然也就是指文学流派的意思。

另外"中州文派"是一个经常和国朝文派并提的概念。二者中的"文"均指文学。"中州文派"的概念最初见于元好问《中州集》孙九鼎小传。文中首先列举了孙九鼎的诗作，"片片桃花逐水流，东风吹上木兰舟"，又引吴激赠诗"孙郎有重名，谈笑取公卿"，最后称赞"中州文派，先生指授之功为多"。② 可见此处"文派"也是指文学流派而言。"中州"位于华夏之中，是天下的中心，正统的代表。"中州文派"中的"中州"二字饱含了元好问作为金朝遗民的王朝正统意识和对金代文学独立品格的追求。

总之，元好问在《中州集》中重申国朝文派之"国朝"是金朝的尊称，而"文派"是文学流派之意。

三　国朝文派的性质

在中国古代文学史上出现过很多文学流派。影响较大的有唐代的山水田园诗派、边塞诗派、韩孟诗派或苦吟诗派，北宋的江西诗派，南宋的江湖诗派，清代的神韵派和格调派等。他们都有相对统一的作品风格，明确的文学主张以及属于自己文学流派的领袖。以盛唐时期的山水田园诗派为例，明胡应麟《诗薮》云："张子寿首创清澹之派。盛唐继起，孟浩然、王维、储光羲、常建、韦应物，本曲江之清澹，而益以风神者也。"③ 山水田园诗派发端于张九龄，以盛唐的王维和孟浩然为代表，又称为王孟诗派，诗人之间交往频繁。这一诗派的诗人有共同的人生观，崇尚隐逸，追求恬淡雅致的生活境界。他们的文学作品通过精心选择的自然景致和田园风光用五言的形式表现种种闲情逸致和超凡脱俗的人生追求。山水田园诗派的文学作品力图呈现出清淡的风格。北宋的江西诗派是传统意义上的文学流派的代表。宋徽宗时吕本中作《江西诗社宗派图》，尊黄庭坚为诗派之宗，下列二十五人。因黄庭坚是江西人，诗派中以江西人为多，故名

---

① （金）元好问：《中州集》卷一，华东师范大学出版社2014年版，第39页。
② （金）元好问：《中州集》卷二，华东师范大学出版社2014年版，第92页。
③ （明）胡应麟：《诗薮·内编》卷二，上海古籍出版社1979年版，第35页。

之。该派诗人以杜甫为学习的主要对象,故元方回有"一祖三宗"之说。这一群体通过师承和交游相互切磋诗艺,成为文学史上著名的文学流派。该派的文学主张以黄庭坚的文学观念为代表,如"夺胎换骨""点铁成金"。文学作品风格则表现出求新奇、重用典的特征。

但是,国朝文派并不是一个传统意义上的文学流派的称谓。诚如胡传志所言,它是一个"很松散、很宽泛的组织,没有明确的文学主张,没有一致的风格,甚至没有具有自觉意识的领袖"。它是由金代人萧贡提出的,具有存史意义的文学称谓。它是金人对于本朝文学发展规律和特征的自我总结。国朝文派以传统的诗文作品为对象,以土生土长的金朝人为主体,以儒家文统为规范,结合北方区域文化,形成了金代诗文特有风骨和神韵。简言之,国朝文派就是金代诗文区别于其他朝代的文学特色的统称。国朝文派概念的使用,一方面表明入主中原的女真人在一定程度上已经接受并自觉使用了汉族语言的表达方式,更重要的是在女真族统一了中国北方区域并与南宋政权分庭抗礼的情况下,这一概念的提出反映了金朝人的大民族观和文学观。

第三节　国朝文派体现的大民族观和文学独立精神

一　国朝文派体现的大民族观

第一,溯源:"华夷有别"的传统儒家民族观。

华夏族是中国最古老的民族。它发源于黄河流域,传说中由炎帝和黄帝两个部落合并而成。汉代以后,由于汉王朝强盛的国力和国际影响力,华夏族亦被称为汉族。在中国广袤的疆域上,还生活着很多汉族以外的民族。早在《礼记·王制》中就保存了相关的记载:

> 中国戎夷,五方之民,皆有性也,不可推移。东方曰夷,被发文身,有不火食者矣;南方曰蛮,雕题交趾,有不火食者矣;西方曰戎,被发衣皮,有不粒食者矣;北方曰狄,衣羽毛穴居,有不粒食者矣。中国、夷、蛮、戎、狄,皆有安居、和味、宜服、利用、备器。五方之民,言语不通,嗜欲不同;达其志、通其欲,东方曰寄,南方

曰象,西方曰狄鞮,北方曰译。①

这里的"中国"是指古代的中原地区,相当于现在黄河中下游的河南大部、陕西南部、山西南部地区。远古时期的华夏族认为自己居于天下的中心,故称为"中国"。它是于蛮、夷、戎、狄对举而使用的。后来也用"华"或"夏"代指在中原地区形成的华夏族,以及后来的汉族。"夷"则用来指称华夏族或汉族之外的其他众多民族。

周代之前,由于自然环境所阻,各民族之间的交往有限。西周后期迫于"戎狄交侵,暴虐中国"②的严峻情势,周王室东迁。在"南夷与北狄交,中国不绝若线"③的情况下,华夏族的统治阶层提出了"明辨华夷""尊王攘夷"的主张。所谓"明辨华夷"就是要严格区分华夏族或汉族和其他民族的不同。"尊王攘夷"就是针对异族入侵,加强维护中原地区原有的汉族政权统治。这两个观点的提出都是针对周王室遭到戎狄入侵的实际情况,希望通过明辨敌我来达到保卫种族和国家的目的。春秋时期,儒家学派的代表孔子发展了这一民族观,并进一步提出"礼分华夷"和"用夏变夷"的观念,即用文化和礼义作为区分夷夏的标准,并试图采用华夏礼仪文化来教化其他少数民族。汉武帝独尊儒术后,儒家的民族观念进一步深入人心,华夷有别的观念更加强烈。建立在经济基础上的农耕文明的自信,使得汉族对待其他少数民族文明时不免倨傲。孔子曰:"微管仲,吾其被发左衽矣"④,"夷狄之有君,不如诸夏之亡也"⑤。孟子云:"吾闻用夏变夷者,未闻变于夷者也"⑥。这就是主张用诸夏的礼仪来教化蛮夷之人。管仲对齐侯说:"戎狄豺狼,不可厌也;诸夏亲昵,不可弃也。"⑦ 类似说法也屡处可见。可见夷狄入主中原后激起了世代生活于此的汉族的强烈反抗,在保种强国的情势下,"明辨华夷""华夷有别"的民族观也异常突出。汉代以后,儒学成为官学,儒家的民族观随之讲习传承下来,成为中国儒家传统文化中的重要组成部分。

---

① (唐)孔颖达:《礼记注疏》,《唐宋注疏十三经》,中华书局1998年版,第152页。
② (汉)班固:《汉书》,中华书局1962年版,第3744页。
③ (唐)徐彦:《春秋公羊传注疏》,《唐宋注疏十三经》,中华书局1998年版,第82页。
④ (宋)邢昺:《论语注疏》,《唐宋注疏十三经》,中华书局1998年版,第93页。
⑤ 同上书,第19页。
⑥ (宋)孙奭:《孟子注疏》,《唐宋注疏十三经》,中华书局1998年版,第69页。
⑦ (唐)孔颖达:《春秋左传注疏》,《唐宋注疏十三经》,中华书局1998年版,第123页。

第二，新变：充满文化自信的金代大民族观的确立。

公元1125年，金朝征服了辽朝之后，下令大举伐宋。伴随着女真铁骑而来的游牧文明和中原存续千年的农耕文明发生了激烈的碰撞。在两种文化碰撞的初期，兵强马壮的少数民族入侵者在相对发达的农业文明面前，总是摆脱不了文化上"华夷之防"的阴影。金初名将完颜宗翰曾说："天生华夷，自有分域，中国岂吾所据。"① 金朝海陵王十分仰慕中原文化，熟悉儒家经典："朕每读《鲁论》，至于'夷狄虽有君，不如诸夏之亡也'，朕窃恶之。岂非渠以南北之区分、同类之比周，而贵彼贱我也。"② 在民族大融合时期，面对相对发达的农业文明，游牧或草原民族容易出现两种心理。一种是文化自卑。这以魏晋南北朝时期为代表。据《晋书》记载，后赵君主石勒"讳胡尤峻"，在日常生活中更是不允许提及"胡"的字样。有人谈及"胡"字便是杀身之祸，并"号胡（羯）为'国人'"。③ 这些行为看似胡人之自强自卫，实则反映了他们深深的自卑心理。另一种是游牧或草原文化汲取农业文明的养分，结合自身的特点，产生出一种新的文化。它既不是农耕文明对游牧文明的吞噬，也不是游牧文化对农耕文化的妥协，它是融合了两种文化的特质，在旧文化基础上发展而来的新文化，这以辽金元时期为代表。以金代为例，自1142年"绍兴合议"后，宋金统治区域大致划定，宋金政权对峙的局面初步形成。经过熙宗、海陵王、世宗几代经营，以金章宗泰和四年开始祭三皇五帝四王为标志，金代"典章文物粲然成一代治规"，各民族经过长期的冲突和融合形成统一的有自身特色的区域文化。④ 这种区域文化中极具研究价值的就是金代的大民族观。金代国朝文派的代表人物赵秉文在其《蜀汉正名论》中指出："春秋诸侯用夷礼则夷之；夷而进于中国，则中国之。"⑤ 赵秉文的这一观点实际上是对孔子"礼分华夷"的发展，也就是说世代居住于中原的汉族统治者如果不能遵从"礼"的标准，那他们就和夷人无异；而其他非汉族的入侵者统治了中原地区后，行为规范都符合"礼"的要求，那他们就是中华民族的一部分。赵秉文的这一观点承认了其他非汉族的少数民族和汉族之间的平等关系，他们共同组成了中华民族这个大

---

① （宋）徐梦莘：《三朝北盟会编》卷七一，上海古籍出版社1987年版，第4页。
② （宋）徐梦莘：《三朝北盟会编》卷二四二，上海古籍出版社1987年版，第10页。
③ （唐）房玄龄：《晋书》卷一百五，中华书局1974年版，第2735页。
④ 牛贵琥：《金代统一区域文化形成后的诗歌理论》，《民族文学研究》2010年第3期。
⑤ 阎凤梧主编：《全辽金文》，山西古籍出版社2002年版，第2302页。

的民族体系。这一观点的提出,体现出金代在文化上面的高度自信,金朝人认为自己在中国传统儒家文化的学习传承上丝毫不逊色于任何一个汉族王朝。金代形成的这一大民族观对后世影响很大。由金入元的杨奂《正统八例总序》说修史:"舍刘宋,取元魏,何也?痛诸夏之无主也……中国而用夷礼,则夷之;夷而进于中国,则中国之也。"① 元人郝经在《与宋国两淮制置使书》更是明确指出"能行中国之道者,则中国之主也"②。清代满族统治者也继承了这一大民族观。

我们注意到,提出国朝文派这一概念的萧贡,正是生活在金世宗至宣宗时期。世宗章宗时期是金朝政治相对稳定,文化大发展、大繁荣时期。文治灿烂甚至让世宗赢得了"小尧舜"的美誉。此时金朝的区域文化已经形成,显示出高度的文化自信。萧贡提出国朝文派的概念正是这一时代洪流的产物。它的本质是金朝人对于自身文化的高度自信和所属女真政权的强烈认同。

二 国朝文派体现的文学独立意识

金代文学家有着强烈的文学独立意识,有意识的收集整理本朝有价值的文学作品,自觉地探索和总结本朝文学发展的规律。据《中州集》元好问自序所云,金代的魏道明(字符道)曾收集整理有《国朝百家诗略》一书,随后金人商衡(字平叔)对此书的内容又进行了增益和补充。遗憾的是此书只存于商衡家,并未广泛传播。金末,冯延登和刘祖谦极力邀约元好问为此诗集。元好问滞留聊城期间,杜门深居,"记忆前辈及交游诸人之诗随即录之"。适逢商衡之子商孟卿携《国朝百家诗略》手抄本至东平,元好问就将二者合而为一,起名为《中州集》。《中州集》现已成为学界研究金代文学最重要的文献资料。它所保留的金代诗歌作品和元好问撰写的诗人小传为今天金代文学的研究提供了宝贵的文献资料。正是在《中州集》蔡珪小传里,元好问重新提出了萧贡所说的国朝文派。我们看到,正是在萧贡、魏道明、商衡、元好问等文化精英的不懈努力下,才将金代文学最主要的文献保留了下来。如果不是他们的努力,现在我们对金代文学的了解可能会更加的匮乏。

元好问本人就是国朝文派最杰出的代表。他的诗文观体现出金朝国朝

---

① 李修生主编:《全元文》第一册卷七,江苏古籍出版社1999年版,第129页。
② 李修生主编:《全元文》第四册卷一二二,江苏古籍出版社1999年版,第104页。

文派强烈的文学独立意识和自信心。如《论诗绝句三十首》中的"北人不拾江西唾""未便吴侬得锦袍"都展现出和南宋文学比肩,甚至超越南宋文学的自信。王国维的《宋元戏曲考序》云:"凡一代有一代之文学。楚之骚,汉之赋,六代之骈语,唐之诗,宋之词,元之曲,皆所谓一代之文学,而后世莫能继焉者也。"可见每个时代的文化精英们都没有放弃对自己所属的那个时代文学规律的探索。只不过在历史的长河中,有些有价值的探索因民族、时代等种种复杂的因素而被暂时忽略了。金代的国朝文派也许就是这沧海遗珠中的一颗。这也恰恰为后人的探索提供了空间。

第四节　国朝文派创作主体及特征

元好问在《中州集》蔡珪小传中重申了国朝文派的概念。一方面展现了元好问对金朝这一少数民族建立的政权所创造的灿烂文化遗产的自豪与自信,另一方面反映出元好问对金代文学特征及发展规律有意识的总结和概括。其文如下:

> 国初文士如宇文大学、蔡延相、吴深州之等,不可不谓之豪杰之士,然皆宋孺,难以国朝文派论之。故断自正甫(蔡珪)为正传之宗,党竹溪次之,礼部闲闲公又次之。自萧户部真卿倡此论,天下迄今无异议云。①

也就是说,萧贡、元好问及金代文坛都公认蔡珪、党怀英、赵秉文是国朝文派当之无愧的代表。本书将以蔡珪、党怀英、赵秉文三位国朝文派代表作家为切入点,探讨分析国朝文派创作主体的构成及特点。

一　"金代诗人多出科举"——科举制度对金代国朝文派的影响

国朝文派代表作家蔡珪、党怀英、赵秉文均为进士出身。蔡珪"七岁赋菊诗,语意惊人,日授数千言,天德三年(1151)进士……"② 党怀

---

① (金)元好问:《中州集》卷一,华东师范大学出版社2014年版,第39页。
② 同上书,第38页。

英"少颖悟，日授千余言。……大定十年（1170）擢进士甲科"①，赵秉文"幼颖悟，读书若夙习。大定二十五年（1185）进士"②。陈衍在《金诗纪事》中指出："金代诗人多出科举。"③据笔者统计，元好问《中州集》中诗词作家共计256人，除去《中州集》卷十中的"南冠"5人，其他"借才异代"作家16人，国朝文派作家共计235人，存诗1697首，词作94首。其中进士出身（包括宏词科和赐进士出身）143人，占国朝文派作家总人数的61%。这说明国朝文派作家的创作主体为科举士子，尤以进士居多。

金朝自太宗天会元年（1123）十一月开科取士。此举措最初是为了缓解伴随金朝疆域扩大而来的官员短缺问题，同时也有收拢人心，稳定局势的用意。熙宗、海陵王两朝统一南北选，丰富科举考试的科目，科举制度逐渐发展。金世宗即位后，设立了女真进士，章宗更订《贡举法》，设立了宏词科等，至此金代科举日趋完善定型。卫绍王之后至金亡，伴随着大金国山河日下，金代科举制度也逐渐衰落。学术界对金代科举的研究还是比较深入的，如薛瑞兆的《金代科举》等，在此不再赘述。纵观金源一代，科举制度不但为金朝选拔了大量的政治人才，同时也培养了一批饱读诗书的文人墨客，对金代文坛产生了极大的影响。历数金代作家执掌文坛者无不出自科举。除了蔡珪、党怀英、赵秉文三位代表作家，例如，王庭筠为大定十六年（1176）进士，李纯甫为承安二年（1197）经义进士。

在国朝文派的创作主体中，除了蟾宫折桂的优胜者，还有许多屡试未第的士子。金末文人李汾正是落第士子的代表。《中州集》卷十小传云，"汾字长源，平晋人"。他曾于元光二年、正大四年、正大七年三次入汴京参加考试，可惜以不第而终。虽然科举场上无功名，李汾却用笔墨诗文记载下了自己宝贵的人生经历尤其是不第生活的艰辛。李汾《西归》诗云：

> 扰扰王城足是非，不堪多病决然归。只因有口谈时事，几被无心触祸机。日暮豺狼当路立，天寒雕鹗傍人飞。终南山色明如画，何限

---

① （金）元好问：《中州集》卷三，华东师范大学出版社2014年版，第161页。
② 同上书，第190页。
③ 陈衍：《金诗纪事》，上海古籍出版社2003年版，第1页。

春风笋蕨肥。①

元光末李汾不第，为衣食谋入史馆为从事，即抄书小吏耳。后因为与雷渊、李献能不睦愤而出馆。此诗即作于当时。正大四年（1227），李汾再次参加科举考试却再次落选，作《下第》，诗云：

> 学剑攻书谩自奇，回头三十六年非。春风万里衡门下，依旧并州一布衣。②

诗中透露出漫漫科举路的心酸无奈。正大七年（1230），39岁的李汾第三次科举失利，作《感寓述史杂诗五十首并引》。与此同时李汾与当时名士元好问、刘从益、王元粹多有交往，在他们的诗文唱和之中勾勒出一幅金末士人风俗画。李汾曾与元好问一同游览龙门，元好问作词《水调歌头·与李长源游龙门》（滩声荡高壁）以抒高意，词云：

> 滩声荡高壁，秋气静云林。回头洛阳城阙，尘土一何深。前日神光牛背，今日春风马耳，因见古人心。一笑青山底，未受二毛侵。　问龙门，何所似？似山阴。平生梦想佳处，留眼更登临。我有一卮芳酒，唤取山花山鸟，伴我醉时吟。何必丝与竹，山水有清音。③

李汾为元好问作有《古月一篇为裕之赋》，诗中云："起来茫茫视八极，万里只有元丹丘。"④ 可知元李二人诗文为友，交往密切。《昆阳怀古》则是李汾与刘从益唱和之作，诗云："颍川南下郁坡陀，遐想当年战垒多。自是真人清宇宙，谁为竖子试干戈。"王元粹，字子正，平州人，与李汾有交，有赠李汾诗三首，分别为《叶县赠李长源》《寿李长源》《哭李长源》。诗中王元粹以李汾为知己，多叙交往细节，勉励彼此在战

---

① （金）元好问：《中州集》卷十，华东师范大学出版社2014年版，第626页。
② 同上书，第623页。
③ 姚奠中主编：《元好问全集》下册，山西人民出版社1990年版，第115页。
④ （金）元好问：《中州集》卷十，华东师范大学出版社2014年版，第625页。

乱中立足，发愿为老友整理诗文，真挚感人。①

此外，溪南诗老辛愿，被刘祁《归潜志》称为"中州一逸士"。他年少时，也萌发过科举从仕的念头，有其《临江仙》词为证："谁识虎头峰下客，少时有意功名。清朝无路到公卿，萧萧茅屋下，白发老书生。"②科举不但是士人的仕途阶梯，更融入他们的血液，成为士子生活的一部分，为其诗文吟咏提供了创作素材。

总之，金代科举制度为女真统治者网罗了大批人才，为士人提供了进入仕途的阶梯，同时也为儒家文化的传播和士人接受教育提供了契机，促进了金代区域文化的形成。

二 家学渊源——少数民族政权下汉文化的传承地

蔡珪、党怀英、赵秉文三人都成长于文化氛围良好的汉人官宦家庭。蔡珪，字正甫，祖籍余杭，入金后卜居真定（今河北正定）。蔡珪的祖父蔡靖是北宋元符三年（1100）进士，入金后，官至乾文阁待制、乾文阁直学士，与宇文虚中一起参与建立金朝礼制。父亲蔡松年官至金朝右丞相，文辞清丽，尤工乐府，与吴激并称"吴蔡"。其兄弟蔡璋，也是进士出身。无怪乎元好问称赞蔡珪"出于太学大丞相之世业，接见宇文济阳、吴深州之风流，唐宋文派乃得正传"。③党怀英，字世杰，号竹溪，陕西冯翊（今陕西省大荔县）人。他十一世祖党进为宋初开国主要战将之一，官至太尉。父亲党纯睦，进士及第，卒于泰安军录事参军。党怀英之妻石氏，为北宋名儒祖徕先生石介曾孙石震之女。石震乃山东名流，声望极高，党石二家结为姻亲在文化交流层面也是一桩幸事。赵秉文，字周臣，磁州滏阳（今河北省磁县）人。父甫，喜欢佛学，与僧人交往频繁，卒赠中奉大夫，上护军、天水郡侯。由此可见，良好的家族文化教育在金代文士的成长过程中发挥了重要的作用。值得注意的是，在金代出现了许多

---

① 《叶县赠李长源》："相见各异县，岁暮风霜清。三日同眠食，深见故人情。借问何所归，大梁与秦京。悠悠川途永，冉冉岁月倾。子当东北驰，予亦西南征。人事相圉束，何时当合并。聊斟昆阳酒，为浇胸次平。出处固难必，勉哉崇令名。"《寿李长源》："匹马短衣看此行，看君谁信是书生。听诗未觉秦川远，倚剑长怀晋水清。一饭见哀韩信耻，千金为寿鲁连轻。壮年休洒新亭泪，且为江山灌巨觥。"《哭李长源》："十月西来始哭君，山中何处有孤坟。以才见杀人皆惜，忤物能全我未闻。李白歌诗堪应诏，陈琳书檄偶从军。穷途无地酬知己，会待升平缉旧文。"以上文见《中州集》卷七，华东师范大学出版社2014年版，第482—486页。

② （金）元好问：《中州集·中州乐府》，华东师范大学出版社2014年版，第708页。

③ 姚奠中主编：《元好问全集》下册，山西人民出版社1990年版，第477页。

的文学世家，例如：

山西浑源刘氏。刘㧑与其子刘汲、曾孙刘从益、玄孙刘祁、刘郁皆有文名。因四世八位进士而被赵秉文称为"丛桂窟"。据成化十一年《山西通志》卷九人物载：

> 刘㧑，浑源人。天会二年状元，官至石州刺史，自号"南山翁"，且所著赋为时楷范。子汲，亦举进士，为翰林供奉，自号"西岩老人"，有文集。曾孙从益，亦举进士，为监察御史，后为叶县令，号为"良吏"，作《蓬门集》行世。从益二子祁、郁皆有文名。祁作《归潜志》，以纪金事。刘氏一门四世，第进士者凡八人，尝求书"八桂堂"于赵闲闲，题曰："君家岂止'八桂'？"为书"丛桂窟"归之。①

此外，与刘㧑互为姻亲的浑源雷氏也是金代著名的文学家族。雷思是刘㧑的岳父，同样是进士出身。雷思号学易先生，有《易解》行于世，官至同知北京转运使。雷思之子雷渊为金末文坛领袖，为诗学坡谷，喜新奇，为文法韩愈，长于叙事。元好问赞"故虽其文章号'一代不数人'，而在希颜，仍为余事耳"②。虽然诗文得到文坛追捧，但雷渊则认为其为人生次要之事。雷渊之子雷膺也以文学见称于时。

山西忻州元德明、元好问父子。元德明，号东岩，太原秀容（今山西忻州）人。先世系出拓跋魏，屡试不第，有《东岩集》三卷。元德明之子元好问，字裕之，号遗山，是金代文学的集大成者，"为文有绳尺，备众体。其诗奇崛而绝雕刿，巧缛而谢绮丽。五言高古沈郁。七言乐府不用古题，特出新意。歌谣慷慨，挟幽、并之气。其长短句，揄扬新声，以写恩怨者又数百篇。"《金史》称其为"一代宗工"。③

山西永济李献能、李献甫兄弟。李献能字钦叔，河中（今山西永济）人。李氏一门文脉深厚，李献能的外祖父为金代著名诗人刘仲尹。李献能21岁就以省元赐第，廷试第一人，宏词优等，授应奉翰林文字。李献能之弟李献甫，字钦用，兴定五年（1221）进士，博通书传，尤精于《左

---

① （明）李侃：《山西通志》卷九"人物"，中华书局1998年版，第529页。
② 姚奠中主编：《元好问全集》下册，山西人民出版社1990年版，第557页。
③ （元）脱脱等撰：《金史》卷一百二十六，中华书局1975年版，第2742页。

氏》及地理学，有诗文集《天倪集》。李氏兄弟一门进士及第，皆有文名。据刘祁《归潜志》卷二记载："迨钦叔昆弟，皆以文学有名。从兄钦止献钦先擢第，继以钦叔，又继以仲兄钦若献诚、从弟钦用献甫，故李氏有'四桂堂'。"①

山西的文学世家还有高平的赵可、赵述父子。赵可，字献之，泽州高平（今山西高平市）人，贞元二年（1154）登进士第，官至翰林直学士。元好问称其"风流有文采，诗乐府皆传于世，号《玉峰散人集》"②。赵可的儿子名赵述，字勉叔，承安二年（1197）登科，李纯甫称赞他"诗章字画皆有父风"。③

内蒙古丰州"三边"。丰州（今内蒙古呼和浩特）边元勋、边元恕、边元鼎三人俱有诗名，号"三边"。边元勋为天会十年（1132）进士，边元恕生平资料散佚无考，边元鼎十岁能诗，天德三年（1151）进士，有《供奉集》，资秉疏俊，诗文有高意。

河北许安仁、许古父子。许安仁字子靖，献州交河（今河北省交河县）人④，大定七年（1167）进士，汾阳军节度使致仕，人称"许汾阳"。子许古，字道真，哀宗时为右司谏，人称"许司谏"，明昌五年词赋进士第，以直称，与陈归齐名，号"陈许"。父子工诗文，书法有时名。元好问《遗山集》卷四十《题许汾阳诗后》云："其子右司谏道真，亦以能书称，今以汾阳笔法校之，父子如出一手。生平亦尝见蔡太学安世、大丞相伯坚、淮州使君伯正甫三世传字学，虽明眼人亦不能辨，前辈守家法盖如此。"⑤ 可知许氏父子不仅诗文有成，书法造诣也为时人称赞。

辽宁熊岳（今辽宁省盖州市）王遵古、王庭筠父子。王遵古，字元仲，正隆五年（1160）进士，"仕为中大夫，翰林直学士。文行兼备，潜心伊洛之学，言论皆可纪述"⑥。子王庭筠，"门阀、人品、器识、文艺，一时名卿材大夫少有出其右者"⑦。王庭筠家族显赫，太师南阳郡王张浩

---

① （金）刘祁：《归潜志》卷二，中华书局1983年版，第16—17页。
② （金）元好问：《中州集》卷一，华东师范大学出版社2014年版，第93页。
③ 同上书，第94页。
④ 关于许安仁的籍贯《金史》和《中州集》略有不同，有"交河"和"乐寿"二说，王庆生《金代文学家年谱》（凤凰出版社2005年版，第405页）有详细考证。
⑤ 姚奠中主编：《元好问全集》下册，山西人民出版社1990年版，第108页。
⑥ 姚奠中主编：《元好问全集》上册，山西人民出版社1990年版，第470页。
⑦ 同上书，第469页。

是其外公。王庭筠子万庆，字禧伯，诗笔字画俱有父风。王庭筠侄子明伯，幼岁学书，就得到当时书法家的称赞。

如上，金代出现了父子、兄弟甚至姻亲关系的文学世家，导致这一现象产生的因素很多，笔者认为主要有以下几点：一是古代教育资源的稀缺性。封建社会的教育资源都掌握在统治者和贵族手中。普通下层百姓接受系统规范化教育的机会相对较少，因而出现文学家的概率相对偏低；二是以家族为教育单位的灵活性和继承性。封建社会的教育可以分为官方教育与私人教育两大部分。官方教育，俗称"官学"就是政府组织的学校，如金代的国子学与太学，各路的府学、州学及县学等；私人教育分为私学和家学两种。官学由于其政治属性，较易受到政权变更和兵火的影响。而家学以中国最基本的家庭为单位，以血缘为纽带，在遭遇到兵火战乱、政权更迭时在文献保存和文化传承方面具有灵活性和继承性。上文提到由宋入金的蔡松年家族在经历政权和民族变革却保持文化一脉相承正是得益于此。

三　文化艺术修养——国朝文派文学创作的源头活水

除了文学方面的成就，蔡珪、党怀英、赵秉文三人还博才多学，具有较高的文化艺术修养。蔡珪写诗作词外还擅长画墨竹，《画史绘要》称其"学文湖州"。① 他还被誉为金代金石第一人，朝廷稽古礼文之事取其议论为多。蔡珪的《两燕王墓辩》葬制名物款刻甚详，为金代考据的典范。周峰在论述蔡珪的金石成就时说："《续欧阳文忠公集录金石遗文》《古器类编》《金石遗文跋尾》是纯粹的金石学著作……虽然这些著作已经散佚，只可见到零星篇章，但是这并不能抹杀蔡珪对金石学做出的贡献……蔡珪是金代最杰出的金石学家。"②

党怀英的书法成就在金代首屈一指，赵秉文在为其撰写的墓志铭中称赞其为"全才"：

> （党怀英）篆籀入神，李阳冰之后一人而已。尝谓唐人韩蔡不通字学，八分自篆籀中来，故公书上轨钟蔡，其下不论也。小楷如虞褚，亦当为中朝第一。书法以鲁公为正，柳诚悬以下不论也。古人名

---

① 王庆生：《金代文学家年谱》上册，凤凰出版社2005年版，第83页。
② 周峰：《金代金石学述要》，《中国历史文物》2007年第4期。

一艺，而公独兼之，可谓全矣。①

王恽《秋涧集》卷七十二《题竹溪诗笔》亦云：

文献党公大定间翰墨为天下第一，如雪溪、黄山辈皆北面师尊之。宜其片言只字，为后世宝藏，仰之如泰山云。②

由上可知党怀英书法诸体兼备，上承名家，下启金代诸辈。王庭筠、赵沨都尊其为师。党怀英是金朝书法史上的重要人物之一。

国朝文派另一盟主赵秉文也擅长书法，草书甚佳。元好问赞其："字画则有魏晋以来风调，而草书尤警绝。"③《书史绘要》卷八："（赵秉文）书法效钟王，草犹遒劲，世竟宝之。"赵秉文还擅长绘画，据《图绘宝鉴》卷四云："书效钟王，画梅花竹石，笔力雄健，命意高古。"④

国朝文派作者中除了诗文创作，精通书法绘画艺术者不乏其人。任询，字君谟，正隆二年（1157）进士，《中州集》称其"书法为当时第一，画亦入妙品。评者谓画高于书，书高于诗，诗高于文"。⑤ 王庭筠的字画受到北宋名家影响，善画墨竹："字画学米元章，其得意处颇能似之。墨竹殆天机所到，文湖州已下不论也。"⑥ 赵沨，号黄山，其篆籀成就和党怀英齐名，人称"党赵"。赵秉文对赵沨颇加赞叹，谓其"黄山正书体兼颜苏，行草备诸家体，超放又似杨凝式，当处黄鲁直、苏才翁伯仲间。党承旨篆阳冰以来一人而已。以黄山配之，至今人谓之党赵"。⑦ 史肃、庞铸、李遹、王渥、杨邦基等俱工于字画。李遹工画山水，画龙虎也得其精髓。王渥为兴定二年（1218）进士，博通经史、工于书法，还擅长琴事。杨邦基为大定中进士，仕至礼部尚书，"文笔字画有前辈风调，世独以其画比李伯时云"。⑧ 以上说明，国朝文派的文士们具有较高的文

---

① （金）元好问：《中州集》卷三，华东师范大学出版社 2014 年版，第 162 页。
② 王庆生：《金代文学家年谱》上册，凤凰出版社 2005 年版，第 210 页。
③ （金）元好问：《中州集》卷三，华东师范大学出版社 2014 年版，第 191 页。
④ 王庆生：《金代文学家年谱》上册，凤凰出版社 2005 年版，第 302 页。
⑤ （金）元好问：《中州集》卷二，华东师范大学出版社 2014 年版，第 107 页。
⑥ （金）元好问：《中州集》卷三，华东师范大学出版社 2014 年版，第 182 页。
⑦ （金）元好问：《中州集》卷四，华东师范大学出版社 2014 年版，第 234 页。
⑧ （金）元好问：《中州集》卷八，华东师范大学出版社 2014 年版，第 525 页。

学艺术修养，深厚的文化艺术底蕴是其在文学领域进行创作的源头活水。

四　翰林学士院——少数民族政权下汉族知识分子文学影响力的强化与政治地位的衰弱

蔡珪、党怀英、赵秉文翰林学士院的供职经历，表明了翰林学士院在连接金代政治和文学方面的特殊作用，也反映了在女真族建立的政权中汉族文人的弱势地位。首先，我们梳理一下翰林学士院的演变过程及其与核心政治权力亲密度的变化。翰林院及学士与制诰有着密切的联系。据《文献通考》卷五十四记载："翰林院者，待诏之所也。唐制乘舆所在，必有文辞经学之士。下至卜医技术之流，皆直于别院，以备宴见，而文书诏令则中书舍人掌之。"唐代成立翰林院的初衷是为朝廷储备各式人才，而善于文学辞令只是诸多人才类型中的一个类别。唐代国家机关专设有中书舍人一职专门掌管文书诏令。也就是说，最初翰林院和文书诏令没有直接关系。这一情况到唐高宗时期发生了变化："乾封以后，始召文士元万顷、范履水等草诸文辞常于北门候进止，时人谓之'北门学士'。"至唐玄宗，翰林学士地位进一步提升，成为天子近臣："初置翰林待诏，以张说、陆坚、张九龄等为之，掌四方表疏批答应和文章，既而又以中书务剧文书多壅滞，乃选文学之士号翰林供奉，与集贤院学士分掌制诏书敕。（玄宗）开元二十六年又改翰林供奉为学士，别置学士院专掌内命，凡拜免将相、号令征伐、皆用白麻，其后选用益重而礼遇益亲，至号为内相，又以为天子私人。……宪宗时，又置学士承旨。"① 可见，唐代的翰林院经历了侧重文学到借文学发挥重要政治功能的过程。正如宋元之际马端临所说："学士之职，本以文学言语被顾问，出入侍从，因得参谋议、纳谏诤，其礼尤宠。"

据《文献通考》卷五十四职官记载：

> 宋翰林学士掌内制制、诰、赦、敕、国书及宫禁所用之文辞。凡后妃、亲王、公主、宰相、节度使除拜，则学士草词，授待诏书讫以进。赦降德音，则先进草。大诏命及外国书，则具本禀奏得画，亦如之。凡拜宰相或事重者，宣召面谕旨，则给笔札书所得旨。禀奏归

---

① （宋）马端临：《文献通考》卷五十四，中华书局1986年版。

院，具辞以进；徐遣内侍授中书省。熟状亦如之。若已画旨而有未尽，则论奏贴正。乘舆行幸，则侍从以备顾问，有所献纳则请对或奏对。

宋代，翰林学士的地位较高，掌管内庭书诏指挥、边事晓达机谋。因涉及天子机事密命，因而学士院常在金銮殿侧，号为深严。学士院正厅曰"玉堂"，本义为道家之名，指"居翰苑者皆谓凌玉清，溯紫霄，岂止於登瀛洲哉！亦曰登玉堂焉"。随即宋太宗以"玉堂之署"四字赐之。后来为避英庙讳，去下二字，止曰"玉堂"。在古代典籍中经常出现"玉堂"，如宋周必大有《玉堂杂记》，元王恽有《玉堂嘉话》，他们曾在翰林院任职，书中内容多为翰林故事。苏轼《郭熙画秋山平远》诗云："玉堂昼掩春日闲，中有郭熙画春山。"黄庭坚也有诗云："玉堂卧对郭熙画，发兴已在青林间。"（《次韵子瞻题郭熙画秋山》）金人刘迎有游开封写道："忆昔西游大梁苑，玉堂门闭花阴晚。"（《梁忠信平远山水》之一）

金代参照辽宋旧制，设有翰林学士院，并将翰林院分为七个层级，自高而下分别为：翰林学士承旨（从二品）、翰林学士（正三品）、翰林侍读学士（从三品）、翰林直学士（从四品）、翰林待制（正五品）、翰林修撰（从六品）、应奉翰林文字（从七品）。金代一度对翰林学士院中的汉人人数有明确的限制，据《金史》百官志记载，海陵王"天德三年，命翰林学士院自侍读学士至应奉文字，通设汉人十员，女直、契丹各七员"。① 在金代，由于女真统治者的民族偏见，翰林院的政治功能得到了抑制，"掌制撰词命"。成为其最主要的功能。杨果指出，金代翰林学士院与唐宋相比，明显地走向了"重文词、远政治"的发展道路，其在中枢政治中的地位已经大大降低。② 元好问曾评价王若虚"入翰林，自应奉转直学士，居冷局十五年"③。可知在金人心中翰林学士院并非士人争走的仕途荣路所在。此外金代翰林院学士还投入大量精力参与修史，进一步削弱了翰林院的参政功能，开启了元代翰林院和国史院合并的先河。

金代翰林院政治影响力虽不及唐宋，但其文学功能却得到强化。国朝文派的代表作家多因其善于撰写诏令而受到统治者的美誉和青睐。如蔡珪

---

① （元）脱脱等撰：《金史》卷五十五，中华书局1975年版，第1246页。
② 杨果：《中国翰林制度研究》，武汉大学出版社1996年版，第217页。
③ （金）元好问：《中州集》卷三，华东师范大学出版社2014年版，第361页。

曾任翰林修撰、同知制诰。元人郝经称赞蔡珪擅长于制诰文体的书写，他在《书蔡正甫集后》云："共推小蔡燕许手。""燕许大手笔"的典故是指唐人张说封燕国公，苏颋袭封许国公，朝中文诏多出二人之手，故称此。蔡珪能得此美誉，其制诰功夫可见一斑。党怀英任至翰林学士承旨，其制诰曾得到章宗的称许：

> 章宗初即位，好尚文辞，旁求文学之士以备侍从，谓宰臣曰："翰林阙人如之何？"张汝霖奏曰："郝俣能属文，宦业亦佳。"上曰："近日制诰惟党怀英最善。"①

金代文坛对党怀英也是推崇备至，赵秉文《竹溪先生文集序》称党怀英"当明昌间，以高文大册，主盟一世"②。可见其在撰写制诰公文方面首屈一指的影响力。党怀英为诛皇叔永蹈所作诏书被元好问赞为"百年以来亦当为第一"。赵秉文曾任应奉翰林文字，同知制诰。秉文知贡举，坐取进士卢亚重用韵，削两阶，五年，复为礼部尚书，入谢，上曰："卿春秋高，以文章故须复用卿。"③可见女真统治者，对汉族文士的起用主要还是看中其文章翰墨的技能，而非政治见解。

据笔者统计，国朝文派作家中有供职翰林经历的约有 38 人，均为进士出身，见表 2.1：

表 2.1   金代国朝文派作家供职翰林统计

	姓名	字号	籍贯	登进士科时间	翰林任职
1	蔡珪	字正甫	真定	天德三年进士	翰林修撰同知制诰
2	刘彧	字公茂，号香岩居士	安阳	天眷二年经义第一	翰林修撰
3	赵可	字献之	高平	贞元二年进士	翰林直学士
4	刘汲	字伯深，号西岩老人	应州浑源	天德三年进士	翰林供奉
5	边元鼎	字德举	丰州	天德三年进士	翰林供奉

---

① （元）脱脱等撰：《金史》卷一百二十五，中华书局 1975 年版，第 2727 页。
② 王庆生：《金代文学家年谱》上册，凤凰出版社 2005 年版，第 208 页。
③ （元）脱脱等撰：《金史》卷一百十，中华书局 1975 年版，第 2428 页。

续表

	姓名	字号	籍贯	登进士科时间	翰林任职
6	李晏	字致美	高平	皇统二年经义进士,明昌初为礼部尚书,分诸道府试复经义设经童科皆自致美发之	翰林学士
7	党怀英	字世杰	奉符	大定十年进士甲科	史馆编修、应奉翰林学士、翰林学士承旨
8	王庭筠	字子端,黄华山主	熊岳	大定十六年甲科	翰林供奉、翰林修撰
9	赵秉文	字周臣	滏阳	大定二十五年进士	应奉翰林文字
10	周昂	字德卿	真定	年二十一擢第,中第时间约为大定二十五年	谪东海上数年始入翰林
11	魏抟霄	字飞卿	不详	明昌中宏词中选	应奉翰林文字
12	刘涛	字及之	夏津	明昌二年同进士	入翰苑
13	刘中	字正夫	渔阳	明昌五年词赋经义进士第	应奉翰林文字,为主帅所重,常预秘谋,书檄露布皆出其手。
14	杨云翼	字之美	乐平人	明昌五年经义进士第一人,词赋亦中乙科	翰林学士
15	史公奕	字季宏	大名	大定二十八年进士,再中博学宏词科	翰林修撰同知集贤院,益政院,翰林院直学士
16	王良臣	字大用	潞人	承安五年进士	入翰林
17	刘祖谦	字光甫	安邑	承安五年进士	翰林修撰
18	冯璧	字叔献,天粹	真定	承安二年进士	入翰林
19	王若虚	字从之	藁城	承安二年经义进士	入翰林,自应奉转直学士
20	麻九畴	字知己	莫州	府试经义第一,词赋第二,省试亦然;赐卢亚榜第二甲第一人	应奉翰林文字
21	刘从益	字云卿	应州浑源	大安元年进士	应奉翰林文字
22	宋九嘉	字飞卿	夏津	崇庆三年黄裳榜进士乙科	应奉翰林文字
23	雷渊	字希颜、季默	应州浑源	崇庆三年黄裳榜进士甲科	应奉翰林文字同知制诰兼国史院编修官、翰林修撰

续表

	姓名	字号	籍贯	登进士科时间	翰林任职
24	李献能	字钦叔	河中	以省元赐第廷试第一人，宏词优等	应奉翰林文字、翰林修撰
25	冀禹锡	字京父	龙山	崇庆二年进士	应奉翰林文字
26	张建	字吉甫	蒲城		应奉翰林文字
27	朱澜	字巨观		大定二十八年进士	诸王应奉翰林文字
28	张本	字敏之	观津	贞祐二年进士	翰林学士
29	邢具瞻	字嵩夫	辽西	天会二年进士	翰林待制
30	韩汝嘉	字公度	宛平	皇统二年进士	翰林侍读学士
31	张翰	字林卿	秀容	大定二十八年进士	翰林直学士
32	韩玉	字温甫	相人，后入渔阳	明昌五年经义词赋两科进士	翰林应奉，应制一日百篇，文不加点
33	卢元	字子达	玉田	明昌初中宏词科	入翰苑，待制
34	耶律履	字履道	义州宏政县	特赐孟宗献榜进士	翰林修撰、直学士、待制
35	孟宗献	字友之	开封	大定三年乡、府、省、御四试皆第一	供奉翰林
36	赵承元	字善长	先汴，后河间	大定十三年词赋第一人	应奉翰林文字
37	张行简	字敬甫	莒州日照	大定十九年词赋第一	翰林学士承旨
38	李著	字彦明	真定	承安二年经义第一	翰林七年

由上可见，对金代文坛影响较大的文士都曾在翰林院供职，如王若虚、麻九畴、刘从益、雷渊、李献能都担任应奉翰林文字，边元鼎任翰林供奉，李晏任翰林学士，以高文大册号称独步。由此可知，金代翰林院的文学功能大于政治功能，是金代的文学精英汇集之地，其文学活动和文学观念影响着整个金代文坛，为金代文学发展搭建了一个交流和展示的平台。

综上所述，通过选取国朝文派中最具代表性的三位相继主盟文坛的作家，蔡珪，党怀英，赵秉文，映射出金代文人和文学的发展同金代的科举，家学传承，政治以及文化修养的密切联系。由此，我们可以看出，国朝文派的创作主体是金朝土生土长，本土培养的，科举进士出身为主，具有较高文化艺术修养的高级知识分子。他们以汉族为主，也有少数其他民族的杰出作家。他们都与传统的汉文化保持着深刻的联系,其中家学渊源成为主要的途径之一。与宋朝的文人地位相比,女真政权下金朝汉族文人的政治地位明显下降,但他们却担负起了发展金代文学的重任。金末诗人元好问将其称为国朝文派。

第三章

国朝文派的发展演变

为了便于分析研究国朝文派的发展规律和特点，本章将其分为四个阶段进行探讨。关于国朝文派的分期问题，学界看法各异，主要有以下两种：一是李正民在《试论金代"国朝文派"的发展演变》一文中提到的"三段论"：

> 第一阶段是国朝文派的形成时期。这一阶段的主要作家有蔡珪、完颜亮、党怀英、刘汲等。他们的创作，摆脱了前代文人的创作模式，开创了新的北国雄健诗风，初步形成了"国朝文派"。他们的作品中大多含有一种质朴的生命强力，具有与宋儒之诗大不相同的雄悍、勇倨之气，体现着少数民族的精神特质。第二阶段是国朝文派的繁荣时期。这一阶段出现了大批优秀作家，如萧贡、王庭筠、赵秉文、周昂、杨云翼、李纯甫、雷渊、赵沨等。他们的作品在保留少数民族雄健粗犷的精神特质的基础上，注意向先进的汉文化学习，更多地吸收了汉文化的精髓，显现出越来越明显的汉化痕迹。第三阶段是国朝文派成熟并且逐渐达到顶峰的高潮时期。这一阶段的代表作家有完颜璹、麻九畴、李汾、元好问、辛愿、河汾诸老等。他们的特点是对汉文化进行过认真系统的学习，比较全面地接受了汉文化的濡染。其作品更多地体现了与前辈作家不大一致的汉民族精神特质，具有更多风雅敦厚之貌，而少了些直率任气之风。元好问"以唐人为旨归"的诗学主张及其创作，最具典型性。①

---

① 李正民：《试论金代"国朝文派"的发展演变》，《民族文学研究》2004年第2期。

二是张晶在《论金诗的"国朝文派"》中提出的"四分法"。他将国朝文派的发展脉络大致归结为国朝文派初期、大定明昌时期、贞祐南渡后和金朝末期四个阶段。国朝文派初期的诗歌大多具有"雄健诗风、苍劲气骨"的特征，以蔡珪、萧贡、刘迎等为代表。大定明昌时期，国朝文派在风格上呈现多元化趋势，蔡珪为代表的气骨苍劲的诗风继续发展，同时出现了党怀英、王庭筠、赵秉文、杨云翼为代表的清切诗风。贞祐南渡后，"形成各以李纯甫、赵秉文为代表的两大诗歌流派"。尤以李纯甫、雷渊、李汾一派更能体现国朝文派的特点。金末出现了金诗集大成者元好问。他的诗歌创作，"使金诗上升到前所未有的高度，包容了'国朝文派'的全部内涵"；"他的诗歌成就，使'国朝文派'具有了独特魅力以及自立于诗史之林的资格"。[①]

虽然学界对于国朝文派的研究分期略有不同，但是对金代文学内涵的丰富性、广阔性、富于发展演变的动态性方面都持统一的肯定态度。本书根据金代文学自身的发展规律及金代历任君王的统治特征，将国朝文派发展演变分为形成期、成熟期、变革期和余波四个部分，并从各个时期的文学生态、文学特征、代表作家三个方面进行探讨，以期勾勒出金代国朝文派的发展规律。

第一节　国朝文派形成期

一　国朝文派形成期的文学生态

国朝文派形成期（1115—1161）从金太祖完颜旻收国元年到海陵王完颜亮正隆六年被弑，大约 46 年的时间。在此期间，经过太祖、太宗、熙宗、海陵王四代帝王的经营，金朝地理疆域基本确立，形成了与南宋相对峙的局面。金朝国家行政体制基本形成，尤其在海陵王正隆改革后，金代行政机构和运行机制基本确立，《金史》称："职有定位，员有常数，纪纲明，庶务举，是以终金之世守而不敢变焉。"[②] 统治疆域和国家行政体制的确立为国朝文派的形成提供了一个基本稳定的政治生态。

这一时期影响国朝文派形成的主要因素有二。第一是"借才异代"

---

① 张晶：《论金诗的"国朝文派"》，《文学遗产》1994 年第 5 期。
② （元）脱脱等撰：《金史》卷五十五，中华书局 1975 年版，第 1216 页。

的文化政策，完成了对国朝文派的文化哺育；第二是科举制度的确立，为国朝文派提供了源源不断的高质量的新鲜血液。

首先讨论"借才异代"对金代文化的影响。"借才异代"由清人庄仲方在《金文雅序》中提出：

> 金初无文字，自太祖得辽人韩昉而始言文。太宗入宋汴州，取经籍图书，宋宇文虚中、张斛、蔡松年辈先后归之，而文字煨兴。然犹借才异代也。①

这些由辽宋入金的人才为金初的发展起到了积极的推动作用。

第一，促进了金朝从奴隶制向封建制过渡。他们帮助金朝建立起一套行之有效且符合多民族国情的行政体制。如由辽入金的韩昉、由宋入金的蔡靖和宇文虚中都为金初礼仪制度的制定做出了很大贡献。韩昉字公美，燕京人，辽天庆二年进士第一。据《金史》记载：

> 昉自天会十二年入礼部，在职凡七年。当是时，朝廷方议礼，制度或因或革，故昉在礼部兼太常甚久云。②

除了韩昉，宇文虚中和蔡靖也参与了金朝礼仪典章制度的制定完善。据王绘《绍兴甲寅通和录》云：

> 本朝目今制度，并依唐制，衣服宫室之类，皆自宇文相公共蔡太学并本朝数十人相与计议。③

如果没有这批拥有较高文化修养，熟悉封建礼仪制度的人才，金朝的发展速度恐怕要大打折扣。

第二，除了参与国家礼仪的制定，非官方的士人间的交往、讲学也促进了汉文化向女真王朝传播的速度。尤其是由辽宋入金的人士充当女真贵族的家庭老师，直接促进了女真贵族对汉文化的接受。如韩昉曾担任金熙

---

① （清）庄仲方编：《金文雅》，吉林人民出版社1998年版，第107页。
② （元）脱脱等撰：《金史》卷一百二十五，中华书局1975年版，第2714—2715页。
③ 顾宏义主编：《宋代日记丛编》，上海书店出版社2013年版，第729页。

宗完颜亶的老师。在韩昉的教授下，完颜亶"能赋诗染翰，雅歌儒服，分茶焚香，弈棋象戏，尽失女真故态矣"。深受汉文化沐浴的完颜亶在女真贵族中"宛然一汉户少年子也"。① 汉人张用直也曾担任海陵王的老师。史书记载：

> （张用直）少以学行称。辽王宗干闻之，延置门下，海陵与其兄充皆从之学。天眷二年，以教宗子赐进士及第，除礼部郎中。②

通过教育这种古老的文化传播方式，统治阶级中的女真贵族开始深入了解和接纳先进的汉族文化，为金朝熙宗和海陵王实施一系列的汉化改革措施产生了不可忽视的影响。此外，还有一些士人，因故滞留于金，却不愿担任金朝的官职，纯粹以教授为业，传播汉族文化。洪皓字光弼，徽宗政和五年（1115）进士。高宗建炎三年（1129）为大金通问使办，因名高而被扣留于金。洪皓拒不出仕，被放逐冷山长达15年。完颜希尹慕其名，请洪皓教授诸位孙辈学业。完颜希尹诸孙守道、守贞、守能从小接受汉族的儒业经术，为后来的成名打下了基础。可见，金初"借才异代"文士或参与国家礼仪制度的制定，或担任女真贵族的家庭老师，或在朝堂，或在学堂，通过多种途径向金朝传播汉族传统文化。他们促使女真贵族了解并接纳了汉族文明，为推行金朝汉化改革创造了条件。

第三，"借才异代"人士，尤其是由宋入金的宇文虚中、蔡松年等开创了金初文坛的风格，对整个金代文学影响深远。张晶在《辽金元诗歌史论》中曾指出"借才异代""作为一种特殊的文学现象出现在金代初期，在文化上有很大价值，在诗史上也有特殊意义"。③ 这些入金的人士在取得了一定的政治地位后，凭借个人政治上的影响力，充分发挥文学优势，为金初文坛树立了一种典范。首先是丰富的创作经验和圆熟的诗歌技巧，为金代诗歌的发展提供了一个较高的基点。我们以金初文坛领袖宇文虚中为例。宇文虚中字叔通，初仕宋为资政殿大学士，后出使金朝，因名盛被羁留。在金朝，宇文虚中被尊为国帅，"与韩昉辈俱掌词命"④，官至

---

① （宋）宇文懋昭撰，崔文印校证：《大金国志校证》卷十二，中华书局1986年版，第179页。
② （元）脱脱等撰：《金史》卷一百五，中华书局1975年版，第2314页。
③ 张晶：《论金诗的"国朝文派"》，《文学遗产》1994年第5期。
④ （元）脱脱等撰：《金史》卷七十九，中华书局1975年版，第1791页。

翰林学士承旨、礼部尚书。后因谋划夺兵仗南奔被杀。① 周惠泉在《宇文虚中及其文学成就论略》指出"正是由于以宇文虚中为首的一批来自辽、宋的墨客骚人在北国风云际会，摛翰振藻，才使金初寂寞的文苑生机蓬勃，蔚为大观，从而开创了有金一代的文风"②。宇文虚中的文集现在已经散佚，作品主要保存在《中州集》等文献中。宇文虚中的作品多以抒发去国怀乡的故国情思为主题，文笔洗练，风格清新，用典自如。如《重阳旅中偶记二十年前二诗因而有作》，诗云：

旧日重阳厌旅装，而今身世更悲凉。愁添白发先春雪，泪着黄花助晚香。

客馆病余红日短，家山信断碧云长。故人不恨村醪薄，乘兴能来共一觞。③

此诗为作者羁留云中时所作，其娴熟的诗歌技法使胸中故国悲凉之思跃然纸上，读之让人凄然。金代是女真族建立的统治政权，立国之初无文字，如果仅仅依靠本民族的文化力量，很难在建国初期就创作出如此成熟的文学作品。"借才异代"作家为金朝文学提供了一个可以直接学习和模仿的范例。其次，大量宋朝文人入金，为"苏学北行"创造了条件。金代文学深受苏轼、黄庭坚影响。元人袁桷、虞集，明人王世贞、胡应麟，清人王士禛等，都看到并指出了这一点。尤其是王世贞在《艺苑卮言》卷四评价金代文学曰："大旨不出苏、黄之外。要之，直于宋而伤浅，质于元而少情。"④ 翁方纲《石洲诗话》卷五第九条："当日程学盛于南，苏学盛于北，如蔡松年、赵秉文之属，盖皆苏氏之支流余裔。遗山崛起党、赵之后，器识超拔，始不尽为苏氏余波沾沾一得，是以开启百年后文士之脉。"⑤ 由宋入金的文士们不仅仅带来了宋朝的文物典籍，更重要的是将宋朝文坛苏黄一脉的文学风格和观念带到了金朝。

---

① 关于宇文虚中之死和如何评价其气节的问题，学术界颇有争论。参见周惠泉《宇文虚中新探》(《文学评论》2009 年第 5 期) 和狄宝心《宇文虚中诗中的人生价值取向及其死因索评》(《民族文学研究》2016 年第 1 期)。
② 周惠泉：《宇文虚中及其文学成就论略》，《社会科学战线》1987 年第 3 期。
③ (金) 元好问：《中州集》卷一，华东师范大学出版社 2014 年版，第 5 页。
④ 丁福保编：《历代诗话续编·艺苑卮言》，中华书局 1983 年版，第 1021 页。
⑤ (清) 翁方纲：《石洲诗话》，人民文学出版社 1981 年版，第 153 页。

金朝科举制度为国朝文派的形成和发展提供了人才支撑。金朝自太宗天会年设科取士，起初录用人员无定数，亦无定期。设置科考的主要目的是网罗辽宋人才而用之。天会五年（1127），金朝实行"南北选"。《金史·选举志》云："五年，以河北、河东初降，职员多阙，以辽宋之制不同，诏南北各因其素所习之业取士，号为南北选"，并以辽人应词赋，两河人应经义。天会十年，限以三岁，有乡、府、省三试。但是三年一考的规矩未能严格执行，科举考试的内容和形式一直在不断完善之中。天眷元年（1138），诏"南北选"各以经义、词赋两科取士。海陵王贞元二年（1154）合南北选，通试于燕，罢经义、策试等科，专以词赋取士。天德二年（1150），又增殿试之制。正隆元年（1156）始定为三年一辟。经过熙宗到海陵王两代发展完善，金朝的科举制度终于成熟稳定，成为国家体制重要的组成部分。陈衍在《金诗纪事》中指出"金代诗人多出科举"①。科举制度不但为金朝选拔了政治人才，同时也培养了一批饱读诗书的文人墨客。历数金代有影响的作家、执掌文坛者无不出自科举。如"国朝文派第一人"蔡珪为天德三年进士，党怀英为大定十年（1170）进士，王庭筠为大定十六年进士，李纯甫承安二年（1197）经义进士，赵秉文为大定二十五年（1186）进士。

二　国朝文派形成期的文学特征

第一，汉语文学创作者的多元化。金代是一个由非汉族统治的多民族政权。它统治下的人民包括女真人、汉人、契丹人和渤海人等。按照文化发展的规律，当两种文明碰撞时少数民族往往或主动或被动地接触和学习汉族先进的文明。于是在金代文学领域出现了一批少数民族的汉语作家。完颜亮成为女真族汉语作家的杰出代表。完颜亮是金代第一位有诗歌传世的帝王，同时也是第一位有作品记载的女真诗人。其次，完颜亮的作品体现出与金初"借才异代"时期截然不同的文学艺术风格，即质朴，豪迈，代表了金代国朝文派初期的文学特色。鉴于女真直至天辅三年（1119）才创建自己的文字，一个少数民族的作家用非母语进行的诗歌创作达到质朴成文，直抒胸臆的水平还是值得赞叹的。完颜亮开启了金代少数民族汉语诗歌创作的先河。在他的影响下，金代涌现出一批少数民族汉语作家。

---

① 陈衍：《金诗纪事》，上海古籍出版社 2003 年版，第 1 页。

女真中有宣孝太子完颜允恭、金章宗完颜璟、完颜璹、术虎遂等。渤海人张汝霖、契丹人耶律履等其他少数民族诗人也有优秀的汉语作品留存。

第二，文学发展的不平衡性。不平衡性是指由于文学创作主体的差异，导致文学作品的水平高低悬殊较大，表现出不同的文学特征。具体在金初文学表现为，由宋仕金的作家创作水平较高，延续了北宋文学的水准和特色，而金朝初期女真作家的作品虽然独具特色，却在诗歌水平上逊色于前者。这一现象是由金朝初期处于奴隶制向封建制过渡的时代特征所决定的。经过几十年的发展，少数民族汉语作家的文学水平不断提高。如金章宗的《宫中绝句》："五云金碧拱朝霞，楼阁峥嵘帝子家。三十六宫帘尽卷，东风无处不扬花。"诗风含蓄典雅，全无初期诗人创作的浅陋之习，将其置于汉人文士之作中亦难以辨识。随着时间的推移，两种文学互相影响，少数民族质朴的诗风反而为金代文学的发展注入了新的活力。杨义将这种现象称为"边缘的活力"，他说：

> 边远民族文化所以具有"边缘的活力"，是由于它处在变动不定的文化板块碰撞的界面上，能够在比较中认识自我，在竞争中强化自我，在吸收多重智慧中丰富自我，并超越自我。①

中原文化的凝聚力和少数民族的"边缘的活力"两种力量结合起来，使中华文明生生不息、绵延传承。恩格斯在《家庭、私有制和国家的起源》中说道：

> 凡德意志人给罗马世界注入的一切有生命力的和带来生命的东西都是野蛮时代的东西。的确，只有野蛮人才能使一个在垂死的文明中挣扎的世界年轻起来。②

生产力水平相对落后的女真族入主中原，给中国文学注入了新的血液，这其中不仅仅是扩大了汉语文学的创作队伍，同时也加强了文学作品中贞刚质实的品格。

---

① 杨义：《中国古典文学图志，宋、辽、西夏、金、回鹘、吐蕃、大理国、元代卷》，生活·读书·新知三联书店2006年版，第51页。
② 《马克思恩格斯选集》第4卷，人民出版社1972年版，第153页。

三 国朝文派形成期代表作家研究

（一）完颜亮

完颜亮，字符功，本名迪古乃，是金辽王宗干的第二个儿子。他出生于太祖天辅六年（1122），后弑熙宗而夺其位，史称海陵王。完颜亮于正隆六年（1161）发动伐宋战争，后为叛兵所杀，时年40岁。在历史上，完颜亮是一个颇富争议的皇帝。他弑君杀母，清洗宗室，诛杀功臣，荒淫残暴，倾全国之力伐宋，身死名裂。但是，完颜亮锐意改革，迁都北京，在加强中央集权和女真汉化的过程中功不可没。金代刘祁认为：

> 海陵庶人，虽淫暴自强，然英锐有大志，定官制、律令皆可观。又擢用人才，将混一天下。功虽不成，其强至矣。①

刘祁的评价比较客观，避免了世宗以后出于政治原因对于完颜亮的一味否定。同时，身为女真首领的完颜亮，文学造诣深厚，诗词颇有可观，"一咏一吟，冠绝当时"。② 然而由于历史等诸多因素的影响，完颜亮对金代文学发展的影响往往被人忽略。

首先，完颜亮是金代文学的有力推动者。完颜亮仰慕汉族文明，积极学习汉族文化。在夺得帝位后，完颜亮进行了一系列的政治改革，成为女真族汉化的积极推进者，为金代文学的发展和繁荣创造了条件。一是改革完善科举制度。科举制度对金代文学影响巨大。完颜亮增设了殿试，合南北选为一，并且制定了贡举程序，使科举体制不断得以健全和稳定。同时完颜亮还进行了"正隆改制"，使得金代官员"职有定位，员有常数，纪纲明，庶务举，是以终金之世守而不敢变焉"。③ 这些举措都表明金统治者对于汉文化的认同和吸纳，有利于稳定汉族士人，同时对促进女真族学习汉族文化起到推动作用。二是迁都燕京。金朝立国后，定首都为会宁（今黑龙江省哈尔滨市阿城区南）。天德三年（1151）四月，完颜亮下令修建燕京，至贞元元年（1153）三月正式迁都燕京，并改燕京为中都。

---

① （金）刘祁：《归潜志》，中华书局1983年版，第136页。
② （宋）宇文懋昭撰，崔文印校证：《大金国志校证》卷十二，中华书局1986年版，第212页。
③ （元）脱脱等撰：《金史》卷五十五，中华书局1975年版，第1216页。

关于迁都，金世宗认为："海陵自以失道，恐上京宗室起而图之，故不问疏近，并徙之南。"① 金世宗说完颜亮迁都是因为篡位心虚，担心上京宗室反攻，这显然是皇权斗争中的一种托词。因为世宗即位后，依然在中都燕京治理天下。实际上，完颜亮迁都燕京是有着深刻的政治意图的。一方面，上京偏居一隅，对管理与宋划淮而治的金国带来不便。《正隆事迹记》记载："会宁僻在一隅，官难于转输，民艰于赴诉，宜徙居燕山，以应天地中会。亮深然之。"② 更重要的是，完颜亮不满足于做女真族的皇帝，而是要消灭南宋，做统一中国的皇帝。迁都，只是伐宋、统一天下的前奏。完颜亮的这一政治举措同时促进了金代文学的发展，促使中原文学中心的北移。胡传志认为，大批女真人南迁，与北方的汉人相互融合，在"燕京一带形成了政治文化中心，带动了北方地区的文学发展"。③ 金代涌现出大量的北方籍的作家。如金代著名的诗人元好问、赵秉文、李纯甫、王若虚等。同时，北方还出现了一些有影响的文学世家。如山西浑源刘㧑、刘汲、刘从益、刘祁四世进士之家，雷思、雷渊、雷膺的雷氏家族，忻州元德明、元好古、元好问、元严的元氏文学家族，以及辽宁盖州王遵古、王庭筠父子等。元好问在为滹南诗老辛愿所作小传中曾说："士之有所立，必藉国家教养、父兄渊源、师友讲习，三者备而后可。"④ 这些文学世家的出现，表明文学已深深扎根于北方。完颜亮迁都燕京，对金代北方文学中心的形成产生了不可忽视的影响，为金源一代文学的繁荣起到积极的作用。

第二，完颜亮是金代文学的积极参与者。仰慕汉族文明，学习汉族文化的完颜亮不仅仅利用他女真统治者的身份影响和推动了金代文学的发展，同时，他也是一位参与文学创作的诗人和词人，是金国朝文派的代表人物。金人刘祁在《归潜志》卷一中记载了完颜亮诗作：

> 金海陵庶人读书有文才，为藩王时，尝书人扇云："大柄若在手，清风满天下。"人知其有大志。正隆南征，至维扬，望江左赋诗云："屯兵百万西湖上，立马吴山第一峰。"其志气亦不浅。⑤

---

① （元）脱脱等撰：《金史》卷八，中华书局1975年版，第185页。
② （宋）徐梦莘：《三朝北盟会编》卷二四二，上海古籍出版社1987年版，第1740页。
③ 胡传志：《金代文学特征论》，《文学评论》2000年第1期。
④ （金）元好问：《中州集》卷十，华东师范大学出版社2014年版，第613页。
⑤ （金）刘祁：《归潜志》卷一，中华书局1983年版，第3页。

岳珂的《桯史》卷八"逆亮辞怪"则详细记载了《南征至维扬望江左赋诗》的创作过程和完整的诗篇：

> 及得志，将图南牧，遣我叛臣施宜生来贺天申节，隐画工于中，使图临安之城邑及吴山西湖之胜以归。既进绘事……亟命撤坐间软屏，更设所献，而于吴山绝顶，貌己之状，策马而立，题其上曰："万里车书盍混同，江南岂有别疆封？屯兵百万西湖上，立马吴山第一峰。"①

由于世宗对完颜亮的诋毁，历来对完颜亮其人评价多有偏颇，品评其诗歌作品，往往加入了主观成分，不免因人废文。岳珂是岳飞的孙子，国仇家恨，用"桀骜之气，已溢于辞表""犬言枭鸣"②来评价其作品终究有失公允。首先，完颜亮在金代文学的发展史上有开创之功。李正民认为："完颜亮应当与蔡珪并列为金代国朝文派的'正传之宗'。"③ 完颜亮是金代第一位有诗歌传世的帝王，同时也是第一位有作品记载的女真诗人。其次，完颜亮的作品表现出异于金初"借才异代"时期的一种独特的风格，即质朴，豪迈。完颜亮所生活的时代金代文学正处于"借才异代"时期，占据文坛主流的是由北宋及辽入金的诗人。他们的文学作品所体现的基本上还是宋代文学的特点。而完颜亮的诗词创作，已经表现出金代国朝文派的特色。我们不妨把完颜亮和金初代表作家宇文虚中的诗歌作品作一个比较。例如：

> 遥夜沉沉满幕霜，有时归梦到家乡。传闻已筑西河馆，自许能肥北海羊。回首两朝俱草莽，驰心万里绝农桑。人生一死浑闲事，裂眦穿胸不汝忘。（宇文虚中《在金日作三首》其二）④

> 蛟龙潜匿隐沧波，且与虾蟆作混和。等待一朝头角就，撼摇霹雳震山河。（完颜亮《书壁述怀》）⑤

---

① （宋）岳珂：《桯史》，中华书局1981年版，第95页。
② 同上书，第96页。
③ 李正民：《试论金代国朝文派的发展演变》，《民族文学研究》2004年第2期。
④ 阎凤梧主编：《全辽金文》，山西古籍出版社2002年版，第125页。
⑤ 同上书，第399页。

宇文虚中生于北宋神宗元丰二年（1079），卒于皇统六年（1146），刚好与完颜亮登基前的时间段有交叉，这就使得二人作品更具备可比性。通过对比，我们发现完颜亮的诗和宇文虚中的诗歌似乎分别处于诗歌发展的不同阶段。完颜亮的诗语言质朴，直抒胸臆，好似汉乐府《上邪》一般，将胸中的真情倾泻而出。而宇文虚中的诗则表现出文人诗的用词典雅和诗意蕴藉的风格。这种现象恰恰表明金代初期文学的特点，即上文所说的文学发展的多元化和不平衡性。

综上所述，完颜亮是金代独具特色的女真族汉语作家。他不但借用自己统治者身份为金代文学的发展创造了良好的环境，而且身体力行创作了优秀的汉语文学作品，为后世少数民族汉语诗歌的创作奠定了基础。完颜亮是金代国朝文派初期的代表作家。

（二）蔡珪

蔡珪（1131？—1174？），字正甫，号无可居士，真定（今河北省正定县）人。金海陵朝右丞相蔡松年长子。天德三年（1151）进士及第，担任过澄州军事判官、三河主簿等职。后因丁父忧，蔡珪返回真定。正隆五年（1160），海陵王启用蔡珪为翰林修撰，同知制诰。金世宗大定七年（1167），蔡珪改任户部员外郎，兼太常丞。大定十四年，蔡珪由礼部郎中出守潍州道，卒。蔡珪生平资料见《中州集》卷一、《金史》卷一百二十五"文艺上"等。

蔡珪文学艺术造诣颇深，诗文之外还善于作画和金石考辨。蔡珪善画墨竹，《画史会要》称其"学文湖州"[1]。他还精于金石考古，"辨博为天下第一"。据《中州集》蔡太常珪小传记载："礼部官以正甫博物且识古文奇字，辟为编类官……朝廷稽古礼文之事，取其议论为多。"[2] 文学创作方面，蔡珪的诗歌"清劲有骨"[3]，文章"条畅有法"，"泰和南征，军书羽檄皆出其手"[4]，元好问尊称其为"国朝文宗"。文集著作方面，根据《中州集》记载，蔡珪著有《续欧阳文忠公集录金石遗文》六十卷，《古器类编》三十卷，《补南北史志书》六十卷，《水经补亡》四十篇，《晋阳志》十二卷，《金石遗文跋尾》一十卷，《燕王墓辨》一卷。但是由于

---

[1] 陈衍：《金诗纪事》，上海古籍出版社2003年版，第71页。
[2] （金）元好问：《中州集》卷一，华东师范大学出版社2014年版，第39页。
[3] 陈衍：《金诗纪事》，上海古籍出版社2003年版，第71页。
[4] （金）刘祁：《归潜志》，中华书局1983年版，第118页。

兵火战乱，金末蔡珪的文章就已散佚颇多。金人刘祁也只是在栾城县署中看到一方蔡珪的遗爱碑，其余文也不曾多见。李纯甫甚至感叹"正甫文字全散失不传"。① 现在能看到的蔡珪的文学作品只有《中州集》保留下来的四十六首诗，和篇什不多的文章。今学者王庆生曾叹息道："珪之文集若在，其文学地位将不逊于元好问。"②

1. 蔡珪研究概况

在文学史研究领域，关于蔡珪在金代文学史上的地位，学术界观点较为统一，认为蔡珪是金代当之无愧的"国朝文宗"，是金代国朝文派的代表人物之一。元好问在《中州集》卷一"蔡太常珪"小传中称蔡珪为"正传之宗"，"蔡丞相松年"小传中更是将其推至"国朝文宗"的地位。同时代的施宜生也称赞他"学高才妙，斗南一人"。张晶的《辽金元诗歌史论》中评价蔡珪：

> 无愧是"国朝文派"的代表，他的创作，带着塞北的雄风，气骨峭健不凡。③

> 与前面所论的那些"宋儒"相比，蔡珪的诗充分体现出"国朝文派"的美学特征，确实是独创一种风格，为金诗发展走自己的道路打下了一个坚实基础。④

杨忠谦在《大定诗坛研究》中也指出蔡珪"文学上能继承唐宋文统及风骚诗统的正传，开'国朝文派'"⑤。

关于蔡珪诗歌风格的研究，詹杭伦在《金代文学思想史》中指出："蔡珪的诗歌也与他的文章一样，具有清劲的骨力，激越的感情，雄豪的气势。"⑥ 张晶认为："他发出的是，北国男儿的豪犷之音，雄健奇峭，气骨峥嵘，是蔡珪诗的风格特征。"⑦ 杨忠谦指出："蔡珪诗歌激昂奋发，有

---

① （金）刘祁：《归潜志》，中华书局1983年版，第118页。
② 王庆生：《金代文学家年谱》上册，凤凰出版社2005年版，第80页。
③ 张晶：《辽金元诗歌史论》，吉林教育出版社1995年版，第94页。
④ 同上书，第96页。
⑤ 杨忠谦：《大定诗坛研究》，博士学位论文，华东师范大学，2007年，第26页。
⑥ 詹杭伦：《金代文学思想史》，成都科技大学出版社1990年版，第60页。
⑦ 张晶：《辽金元诗歌史论》，吉林教育出版社1995年版，第94页。

北国雄奇气象，代表了北方文学的风格特征。"① 李正民《试论金代"国朝文派"的发展演变》注意到蔡珪诗歌艺术风格的多样性："五言诗中有'扇底无残暑，西风日夕佳'之近陶者，也有'小渡一声橹，断霞千点鸦'之近王、孟者，还有'山阴未办羲之集，沂上聊从点也归'之近山谷者，甚至还有宫体诗《画眉曲七首》。"② 可见，蔡珪诗风多样，尤其是那些具有北方地域文学特质，气骨苍劲、雄健奇峭的诗歌作品，对后世影响较大。

对于蔡珪诗歌作品的分析，研究者将目光相对集中在《野鹰来》《医巫间》《撞冰行》《读史》这几首诗上。如张晶《辽金元诗歌史论》评价《野鹰来》：

> 野鹰勇猛矫厉，俯视平芜，不同于凡庸之辈，也不吃别人的"嗟来之食"。诗人通过"野鹰"的形象，表现了他自己的胸襟怀抱；有高远的理想志向，而又不受名利之羁勒。
>
> 从艺术上看，《野鹰来》句式参差变化，适于表现诗人慷慨豪宕的性格、气质，意象奇矫生新，带着一种原生态的生命感。这对于圆熟平滑的诗歌创作风气来说，无疑是注入了一股生命的活水。③

李正民探讨了形成蔡珪这首诗"雄健矫厉"风格的深层原因。他说：

> 从这首诗中我们可以感受到少数民族那种血气方刚的力量与桀骜不驯的性格。同时，汉族作家写出这样雄健矫厉的诗，当与少数民族精神和文化传统的影响有关，也是北方地域历史文化孕育的结果。④

蔡珪的《医巫间》也一直受到诗歌评论家的关注。明代胡应麟评金诗时指出："七言歌行，时有佳什"，并以此诗为例。清人陶玉禾评其"诗亦清切有骨"⑤。张晶认为："这首诗描写辽西名山医巫间的雄伟巍峨

---

① 杨忠谦：《大定诗坛研究》，博士学位论文，华东师范大学，2007年，第35页。
② 李正民：《试论金代"国朝文派"的发展演变》，《民族文学研究》2004年第2期。
③ 张晶：《辽金元诗歌史论》，吉林教育出版社1995年版，第95页。
④ 李正民：《试论金代"国朝文派"的发展演变》，《民族文学研究》2004年第2期。
⑤ 陈衍：《金诗纪事》，上海古籍出版社2003年版，第71页。

之状，意象雄奇壮丽，气势磅礴，充分发挥了七言歌行的体裁特长。"①李正民指出《医巫闾》描写的"景色壮丽雄奇，气势磅礴，想出天外"②。正如张晶所说："蔡珪诗语言生新拗峭，富有力度。""意象雄奇，力辟平熟，给人以力的崇高感，的确体现着'国朝文派'那种异军突起的美学特质。"③ 在《金代文学编年史》中，牛贵琥综合分析了蔡珪作品的特点，认为其作品"将成长于金代承平时期的新一代文士的风貌充分体现出来"。"首先，在他的笔下，再不像蔡松年一代人那样一味言愁、言隐或者怀念什么，而具有开阔的眼界、雄劲的情怀……""其次……其诗带有浓厚的书卷意味和深厚的底蕴。"并且认为"蔡珪的这一切特点都是在辛苦磨炼中达到的"。④ 目前学界对于蔡珪文学作品风格的认识比较统一，但对其具体作品的研究过于集中，在其文学思想和文学意象方面还有很大的拓展空间。

还有一些研究者对蔡珪的文章创作进行了关注。胡传志在《江苏大学学报》2009年第2期上发表《金代"国朝文派"的性质及其内涵新探》指出"蔡珪的文章比诗歌更优秀"。并引用赵秉文的《中大夫翰林学士承旨党公神道碑》、刘祁的《归潜志》、元初文人郝经的《书蔡正甫集后》中的内容来印证此观点⑤。蔡珪文章流传到今的很少。可贵的是2017年薛瑞兆的《金代"国朝文派"蔡珪佚文辑校》从石刻文献辑出五篇佚文，并且校正讹误，为学界研究蔡珪提供了宝贵的参考资料。⑥

2. 蔡珪的诗歌作品

从诗歌题材方面来看，蔡珪诗歌共计36首，创作题材主要集中在七个方面。

第一类为写景。这也是蔡珪创作数量最多的一个类别，共计18首，占到他留存诗歌作品的50%。其中纪行6篇，寓所官舍5篇，名山大川4篇，季节2篇，古寺1篇。

---

① 张晶：《辽金元诗歌史论》，吉林教育出版社1995年版，第96页。
② 李正民：《试论金代"国朝文派"的发展演变》，《民族文学研究》2004年第2期。
③ 张晶：《辽金元诗歌史论》，吉林教育出版社1995年版，第95—96页。
④ 牛贵琥：《金代文学编年史》，安徽大学出版社2011年版，第225—226页。
⑤ 胡传志：《金代"国朝文派"的性质及其内涵新探》，《江苏大学学报》（社会科学版）2009年第2期。
⑥ 薛瑞兆：《金代"国朝文派"蔡珪佚文辑校》，《内江师范学院学报》2017年第1期。

表 3.1　　　　　　　　　　蔡珪作品分类统计

序号	分类	篇数	题目	备注
1	纪行	6	《撞冰行》《保德军中秋》《初至洛中》《雷川道中》《出居庸》《燕山道中三首》	
2	寓所官舍	5	《感寓》《风竹如水声》《荷香如沉水》《邻屋如江村》《并门无竹旧矣，李文饶尝一植之，至今寺僧日为平安报。其难可知已。官舍东堂之北种碧芦以寄意，因作长句》	
3	名山大川	4	《医巫闾》《到广河》《闾山》《十三山下村落》	
4	季节	2	《春荫》《暮春》	春季
5	古寺	1	《登陶唐山寺》	

第二类为唱和赠友。此类作品的特点是诗歌的创作均有明确的互动对象，共计 7 首。分别为《简王温父昆仲》《秋日和张温仲韵二首》《和彦及牡丹，时方北趋蓟门，情见乎辞》《戏杨新城》《和曹景萧暮春即事》《饮陈氏第代主人留客》《寄通州王倅》。

第三类为读后感，共计 4 篇，具体题目为《读史》（两篇）、《读戎昱诗有作二首》《即事》。其中 3 篇为读《史记》后有感。

第四类为题画诗，共计 3 篇，分别为《太白捉月图》《雪谷早行图》《华亭图》。

第五类为咏物，共计 2 篇，其中动植物各 1 篇。具体篇目为《野鹰来》《葵花》。

第六类为古题诗，篇目为《画眉曲七首》。

第七类为拟作，篇目为《雪拟坡公韵》。

蔡珪的诗歌创作量很大，但是流传下来的却很少。这就给研究工作带来了一定的困难。现存的蔡珪诗歌，主要保留在元好问的《中州集》中。蔡珪为金初人，元好问生活在金末元初，时代的隔阂必然也影响元好问选择编纂蔡珪诗歌的标准。也就是说，现在看到的蔡珪诗歌是经过元好问人为选择和保留的，符合元好问的诗学审美。

关于蔡珪诗歌中的意象的分析。在现存的蔡珪作品中，频繁出现若干诗歌意象。通过对这些高频意象的解读，我们试图最近距离地了解诗人蔡珪对于人生和社会的看法。

第一个意象为"俗客"。这个意象也与"俗子"同类。《读戎昱诗有作二首》其一："俗客自不来，好客时开尊。"《感寓》："俗子未易识，绝艺聊相推。"

第二个意象为"好客""佳友""知音",与"俗客""俗子"相对应。《读戎昱诗有作二首》其一:"俗客自不来,好客时开尊";《风竹如水声》:"吾庐兼有此,要是佳友生";《邻屋如江村》"从渠非知音,我意亦自嘉";《和彦及牡丹,时方北趋蓟门,情见乎辞》:"好事只今归北圃,知音谁与醉东风";《寄通州王倅》:"绝交吾岂敢,觅句识知音"。

第三个意象为"倦客""羁客"或"客子",主要出现在羁旅中。《保德军中秋》:"倦客明朝又短亭,行人何似居人乐。"《到广黄河》:"身随客路常岑寂,心与沙鸥共渺茫";《初至洛中》:"春风得得怜羁客";《雪谷早行图》:"客子晨征有底忙"。伴随着"倦客"的往往是马上的鞍鞯,于是蔡珪写到了停马解鞍的欣喜:"长短亭中竟日忙,解鞍初喜水云乡。"(《戏杨新城》)出行的漫漫旅程,在"倦客"蔡珪眼中是藏在云山中的"客路"遥遥,于是诗人写下了《霅川道中》的"云山藏客路"。总是在出行途中的蔡珪,羡慕居家的稳定生活,厌烦了在红尘中的奔波,发出了"在家贫亦好"(《读戎昱诗有作二首》其二)的感慨。甚至在《秋日和张温仲韵二首》中重申"在家须信贫犹好"的生活理念。

第四个意象为"狂"。《戏杨新城》"定笑狂夫老更狂";《燕山道中三首》"我自行人更怜汝,却应达者笑予狂"。在蔡珪仅存词作《江城子》:"归报东垣诗社友,曾念我,醉狂无?"

第五个意象为"闲"。《寄通州王倅》"谋闲遂此心""官闲帘户深";《十三山下村落》"何日秋风半篙水,小舟容我一蓑闲"。

第六个意象是不被他人或者周围环境理解的孤独感。知音难觅,佳友难寻,世事难料。《葵花》"小智区区能卫足,孤忠耿耿祇倾心"。《太白捉月图》"世上不能容此老"。与此同时诗人又享受孤独,特立独行标榜孤独。《秋日和张温仲韵二首》"有时独听溪春坐,无事方惊昼景长"。

从上述的高频诗歌意象中,我们发现蔡珪诗歌的精神世界和金代之前的传统文人的精神世界极其相似。有生而为人的孤独,有知音难觅的感慨,有羁旅生活的厌倦,有闲适生活的向往,也有狂士精神的反叛。在蔡珪作品中表现出浓浓的倦客情怀。如蔡珪《保德军中秋》,诗云:

定羌城下河南流,定羌城上三层楼。使君置酒劳行役,今夕何夕当中秋。孤烟落日明天末,汹涌碧云俄暮合。惺惺骑马雨中归,造物戏人无乃虐。纨如戍鼓方三更，梦回一室还虚明。出门惊笑遽如许，浮云四卷秋天清。谁家高会搴珠箔，笑语声从云外落。倦客明朝又短亭，行人何似居人乐。①

这首诗歌诗风自然。按照时间来叙述。一二三句交代时间地点，定羌城中秋夜。四五句，雨中暮归，夜半梦回。六七句，梦醒谁家高楼会，第八句，倦客思归。此时作者的心态发生转变。贞元使者的欢快，变为戍旅的倦客行人，这其中不乏年龄和阅历增长，第八句"倦客明朝又短亭，行人何似居人乐"充分表达了诗人行旅生活的疲惫和对于安定生活的向往。另有《到广河》：

> 清漳节物似清江，不复莼鲈梦故乡。历下果能留太白，镜湖端是属知章。身随客路常岑寂，心与沙鸥共渺茫。尚困马蹄三百里，小舟聊与过沧浪。②

这首诗歌依然弥漫着对故乡的思念和对旅途的厌倦。"身随客路常岑寂"，一个"常"字，透露出没有归属感的行"客"身份为常态，孤寂也常伴左右；"尚困马蹄三百里"一个"困"字将羁旅的疲倦表达得淋漓尽致。鲍照有诗："伤禽恶弦惊，倦客恶离声。离声断客情，宾御皆涕零。涕零心断绝，将去复还诀。一息不相知，何况异乡别。"它开了士人用"倦客"二字表离情别绪的先河。唐代孟浩然亦有诗《送席大》"惜尔怀其宝，迷邦倦客游。江山历全楚，河洛越成周。道路疲千里，乡园老一丘。知君命不偶，同病亦同忧"之句。

蔡珪的精神世界是丰富的，他是女真立国后成长起来的第一代文人中的翘楚。他遍阅典籍，汲取丰富的精神营养。在蔡珪所存的36篇诗歌中，有三篇为读《史记》后有感，分别为《读史》（两篇）、《即事》。第一篇《读史》主要以周幽王宠爱褒姒亡国为主要内容，诗云：

> 夏氏不无衅，作孽生妖龙。苍姬丁衰期，玄鼋游后宫。天心未悔祸，坠此文武功。檿弧漏天网，哲妇枭同。狂童一何愚，巧言惟尔

---

① （金）元好问：《中州集》卷一，华中师范大学出版社2014年版，第42页。
② 同上书，第43页。

从。殷鉴不云远，覆车还蹈踪。坐令周南诗，悲入黍离风。君看后庭曲，曾笑骊山烽。①

作者有感而发。前六句都是用诗歌的语言描写《史记》中记载的周幽王褒姒故事。七八句活用诗经"黍离之悲"和烽火戏诸侯及玉树后庭花亡国之音的典故。写兴亡之感的作品很多，但蔡珪用典很活。虽典故和史实都很熟悉，却写得不落俗套。方法就在于不是直接指责周幽王，而是侧指和反讽，加深了诗歌的内涵。第二篇《读史》，蔡珪就《史记·老子韩非列传》发表自己的看法，诗云：

伯阳名迹世人知，太史成书未免讥。不是道家齐物我，岂容同传着韩非。②

"伯阳"是老子的字，"不是道家齐物我，岂容同传着韩非"表明蔡珪对道家齐物论持赞同态度。第三篇，《即事》再一次表达了蔡珪对道家的赞同态度，诗云：

竟日开编乐有余，古人妙处不欺予。胸中更着五千卷，未到汉家城旦书。③

《史记·儒林列传》："窦太后好《老子》书，召辕固生问《老子》书。固曰：'此是家人言耳。'太后怒曰：'安得司空城旦书乎？'"裴骃集解："徐广曰：'司空，主刑徒之官也。'《汉书音义》曰：'道家以儒法为急，比之于律令。'"后以"城旦书"泛称刑书。从这三篇读后感类的诗歌，我们可知，道家的齐物论对蔡珪的影响较大。从蔡珪的诗歌可知，金代国朝文派地理上属于淮河以北，政权上是女真人主政，精神文化上却是与历代汉王朝的经典相承继的。优秀的文人更是优秀的传播载体。

---

① （金）元好问：《中州集》卷一，华东师范大学出版社2014年版，第40页。
② 同上书，第47页。
③ 同上书，第48页。

3. 蔡珪的文章

蔡珪的文章现在留存的很少，仅有六篇。一篇是张金吾的《金文最》里保留的《苏文忠公书李太白诗卷跋》：

> 玉局传东华之诗，萧闲题玉局之字，三住老仙发扬之，金阙侍郎秘藏之。虽至宝所在，有物护持，终恐六丁持去。如珪辈薄福之人，或不得时见之也。此所以捧玩再四，迟迟其还，是月中休日。蔡珪谨书。①

《苏文忠公书李太白诗卷》现藏日本大阪市立美术馆。该书法作品由宋代苏轼根据道士丹元口诵李太白诗二首录写而成。上面保留了金人蔡松年、施宜生、刘沂、高衎、蔡珪五人的题跋。蔡松年和施宜生皆为由宋入金的借才异代的代表人物。刘沂生平不详。高衎，字穆仲，辽阳渤海人，二十六岁登天会二年（1124）进士第，官至吏部尚书，《金史》卷九十有传。从创作内容上看，蔡珪主要通过题跋记录了诗卷的由来及珍爱之意。"玉局"为苏轼的代称，因其曾任玉局观提举一职。清赵翼《再题焦山寺赠巨超练塘两诗僧》诗云："我本才非苏玉局，敢嗔佛印不烧猪。"据东坡题跋，李白尊称东华上清监清逸真人。苏轼录李白之诗，蔡松年为之作跋，三人之妙遂为珍品。蔡松年、蔡珪父子为金代书法名家。据元好问《国朝名公书跋》云："百年以来以书名者，多不愧古人。宇文太学叔通、王礼部无兢、蔡丞相伯坚父子、吴深州彦高、高待制子文，耳目所接见，行辈相后先为一时。"② 在金代，蔡松年、蔡珪父子与宇文虚中、王竞、吴激、高士谈并列为金初书法大家。《苏文忠公书李太白诗卷》保留了金代蔡松年父子的书法真迹极具艺术价值。

另外五篇墓志碑记由薛瑞兆辑出，即《金代"国朝文派"蔡珪佚文辑校》，刊发于2017年第1期《内江师范学院学报》。薛瑞兆从石刻文献辑出五篇佚文，校正讹误，为学界研究蔡珪提供了宝贵的参考资料。这五篇文章分别为《马鞍山慧聚寺僧圆拱碑铭》《五峰禅林寺碑记》《故东上阁门使时公墓志铭》《玉溪善兴寺碑记》《天宁万寿禅寺文慧禅师寿公塔铭》。

---

① （清）张金吾编：《金文最》卷四七，中华书局1990年版，第670页。
② （金）元好问：《国朝名公书跋》，《金文最》卷四九，中华书局1990年版，第706页。

《马鞍山慧聚寺僧圆拱碑铭》作于大定五年，上海博物馆图书馆藏拓片。本方碑铭由蔡珪撰文，高衎书并篆额。碑铭主要记述了通妙师圆拱的生平事迹，文末有五字偈。这是目前文献资料中继《苏文忠公书李太白诗卷跋》后，蔡珪和高衎在同一艺术作品中再次出现。

《五峰禅林寺碑记》作于大定八年，主要记载了遵化五峰山禅林寺的兴废历史。从姚秦僧人至道，至辽志纪上人、通圆国师，再到金初提点僧省甫，禅林寺虽遭兵乱焚毁，正是有赖于数代僧人的护持发扬得以香火不灭。文章围绕着一个"缘"来展开。纪师在五峰山建寺过程中发现姚秦僧人至道建立的云昌寺旧址，是缘。僧人省甫因读蔡珪的《十山大云碑》而求寺记，二人在昊天精舍不期而遇，也是缘。正如文中所说："故迹发现，正当其所，此缘之契于前者也。……方访之昊天精舍，欲因予故交以来请予。是日适至焉，物色为之，相与惊叹，此缘之契于后者也。"① 正所谓："欲识佛性，当观时节，因缘以是得之可也。"在文章末，蔡珪还对云昌寺为姚秦时候所建进行了考辨。文中模拟问者之言：

> 慕容宝之乱，幽州入于后魏，斯地岂当有秦僧之寺耶？②

有人疑惑，后燕为北魏所灭，云昌寺所在地幽州并入北魏版图。这个地方怎么能有姚秦的僧人呢？蔡珪回答道：

> 不然。昔诸葛孔明兄弟分仕三国，人无讥者。僧肇焉，与刘遗民地分暌隔，其往来书题为多，时君亦莫禁也。斯盖古人之行事，可以释然不疑矣。③

蔡珪认为三国时期诸葛亮兄弟三人分仕魏、蜀、吴，人们没有讥讽他们。后秦与刘宋虽然在政权属性、地域划分上不同，但这并不能阻止民间的交往。所以云昌寺是后秦僧人在幽州所建不足为奇。从此文可知蔡珪博闻广识、辨博为天下第一名非虚传。

---

① （金）蔡珪：《五峰禅林寺碑记》，（清）何崧泰《遵化通志》卷四六金石，光绪十二年刻本。
② 同上。
③ 同上。

河北新城出土的时昌国石棺盖顶上保留了蔡珪为墓主时昌国撰写的墓志铭，即《故东上阁门使时公墓志铭》。该碑刻于大定九年（1169），蔡珪撰文，进士刘仲恺书。蔡珪此文详细记录了墓主时昌国生平仕历及其主要家族成员情况，为学界研究涿州时氏的家族谱系提供了宝贵的文献资料。金代涿州时氏家族是一个典型的由辽入金的汉人官僚家族。时氏家族以时立爱为核心人物。据《金史》时立爱传载，时立爱为辽进士出身，曾任辽云内县令、文德令、枢密院吏房都承旨、御史中丞、燕京副留守、辽兴军节度使兼汉军都统等职。入金后，时立爱任中书门下平章事、封陈国公，后为侍中、知枢密院事、中书令，致仕加开府仪同三司、郑国公。① 而蔡珪此文的墓主人时昌国，正是时立爱兄时立纪之孙、时蒙之子。1958 年在河北新城北杨村出土的《时立爱神道碑》刻于金明昌六年（1195）二月二十日，现在河北新城。《时立爱神道碑》由李晏撰文，赵渢书，党怀英篆额。党怀英和赵渢是金代的书法大家，并称为"党赵"。李晏，字致美，皇统二年经义进士。明昌初为礼部尚书，兼翰林学士承旨。李晏善文，以高文大册号称独步。从《故东上阁门使时公墓志铭》《时立爱神道碑》两方碑记可知时氏在金朝的影响力非同一般。也有赖于时氏家族的碑刻，今人才有机会一睹金代蔡珪、党赵、李晏的文字风神。剩余两篇蔡珪的文章《玉溪善兴寺碑记》作于大定十四年，《天宁万寿禅寺文慧禅师寿公塔铭》作于大定十六年。

由上可知，蔡珪文章主要依赖于书法作品的跋语和碑记塔铭的保留。蔡珪文风清劲自然，条畅有法，更兼具学者思维，考辨有度，正如金代施宜生称赞"学高才妙"是也。

通过对蔡珪的诗文作品的分析研究，我们发现无论是在诗歌的题材、意象选择上，抑或精神内核方面，蔡珪的诗歌都没有超出唐宋诗歌的范畴。那么蔡珪的研究价值究竟何在呢？在中国的诗歌发展史上，唐代是公认的高峰。钱志熙在《唐诗近体源流》中曾说道，诗至于唐而体裁大备。② 就是说诗歌这一艺术形式其体在唐朝就已经基本定型了。而宋代的诗歌则是在思想内容上对诗歌进行了发展，技巧更加的娴熟。所以我们看到金代蔡珪的诗歌体裁不会超出唐代的范围，思想也不会比宋朝更深刻。蔡珪诗歌的真正价值在于它代表了在非汉族政权的女真人治国的环境下，

---

① （元）脱脱等撰：《金史》卷七十八，中华书局 1975 年版，第 1775—1777 页。
② 钱志熙：《唐诗近体源流》，北京大学出版社 2015 年版，第 4—5 页。

汉语诗歌的发展水平。在金代文学史上，蔡珪的价值在于他代表了金朝立国后自己培养的第一批文学家，蔡珪以其特殊的家学渊源与个人修养成为国朝文派初期的翘楚，被元好问称为"国朝文宗"。蔡珪所成，与其父蔡松年家学渊源深厚相关，更是从北宋文学中汲取了大量的养分，苏黄之学都成为其文学根基的重要组成部分。蔡珪与北宋文学尤其是江西诗派的关系文中另有专门章节讨论。

(三) 刘迎

刘迎字无党，号无诤居士，东莱人（今山东莱州）。大定十三年（1173）用荐，书对策为当时第一，第二年登进士第，除豳王府记室，改太子司经。显宗特亲重之，二十年从驾凉陉，以疾卒。刘迎著有诗文乐府集《山林长语》。

刘迎是国朝文派的代表作家，其诗气骨绝高，秀拔清劲，尤擅七言古诗。《石洲诗话》卷五："合观金源一代之诗，刘无党之秀拔……皆于遗山相近。"① 清人王士禛《带经堂诗话》卷四亦云："刘迎无党之七言古诗……乃（中州）集中眼目，虽北宋作者无以过之。"② 清人顾奎光评刘迎《修城行》："金诗推刘迎、李汾，而迎七古犹擅长。苍茫朴直中，语皆有关系。不为苟作，其气骨固绝高也。"③ 刘迎的七古是金代诗歌中值得细细品读的重要篇章，他的诗风和元好问相似，国朝文派一脉相承。有金一代，苏学北行，受到北宋文学的浸润，而刘迎得其神韵。《诗薮》杂编卷六："刘无党差有老成意。如'客里簿书惭老子，诗中旗鼓避元戎'一首，全不粘景物，而格苍语古，即宋世二陈不能过。盖金人虽学苏、黄，率限篱堑，唯此作近之。"④

刘迎诗歌创作的内容大量反映现实生活，关心黎民疾苦，和唐代杜甫传统相近。张晶《辽金元诗歌史论》指出：

> 在大定诗坛上，刘迎是较有眼光的一位诗人。他的诗作表现出对国家、对民生的关切，时时流露出忧国忧民的襟怀。……他对当时的社会矛盾颇为关注，并且形诸于诗笔。如《修城行》……

---

① （清）翁方纲：《石洲诗话》，人民文学出版社1981年版，第154页。
② （清）王士禛：《带经堂诗话》，人民文学出版社1963年版，第105页。
③ （清）顾奎光编：《金诗选》，南京图书馆藏乾隆十六年刊本。
④ （明）胡应麟：《诗薮》，续修四库全书本，第233页。

从诗歌传统来看，刘迎的诗作更接近于杜甫。与金初诗坛的诗人们相比，刘迎诗的主体情感，进一步越出了一己之悲欢，表现出了"推己及人"的博大襟怀。这正是继承了杜诗的精神特质的。①

刘迎深得显宗的器重，据《中州集》记载，刘迎曾任太子司经，"显宗特亲重之，二十年从驾凉陉，以疾卒"。章宗时，"录旧学之劳，赐其子国枢进士第。……有诗文乐府号《山林长语》，诏国学刊行"。章宗好尚文辞，旁求文学之士以备侍从，"上谓宰臣曰：'郝俣赋诗颇佳，旧时刘迎能之，李晏不及也'"。② 金代统治者的推崇，并下诏刊刻了刘迎的诗文乐府集《山林长语》，是其文学作品得以保存较好的原因。

1. 刘迎的七言古诗

刘迎的七言古诗骨气奇高，苍茫朴直，被誉为金诗的代表，历来受到诗家推崇。清王士禛《带经堂诗话》卷四云："刘迎无党之七言古诗，李汾长源之七言律诗，乃（中州）集中眼目，虽北宋作者无以过之。"③《金诗选》卷一评曰："金诗推刘迎、李汾，而迎七古犹擅长。苍茫朴直中，语皆有关系。不为苟作，其气骨固绝高也。"④ 刘迎的七古中，影响较大的主要有《淮安行》《修城行》《河防行》。此三首诗大约作于刘迎任唐州幕官时期，如下：

淮安行⑤

淮安城壁空楼橹，风雨半摧鸡粪土。传闻兵火数年前，西观竹间藏乳虎。迄今井邑犹荒凉，居民生资惟榷场。马军步军自来往，南客北客相经商。迩来户口虽增出，主户中间十无一。里闾风俗乐过从，学得南人煮茶吃。青衫从事今白头，一官乃得西南陬。宦游未免简书畏，归去更怀门户忧。世缘老矣百不好，落笔尚能哦楚调。从今买酒乐升平，烂醉歌呼客神庙。

---

① 张晶：《辽金元诗歌史论》，吉林教育出版社1995年版，第98—99页。
② （元）脱脱等撰：《金史》卷一百二十五，中华书局1975年版，第2727页。
③ （清）王士禛：《带经堂诗话》，人民文学出版社1963年版，第105页。
④ （清）顾奎光：《金诗选》，南京图书馆藏乾隆十六年刊本。
⑤ （金）元好问：《中州集》卷三，华东师范大学出版社2014年版，第136页。

修城行①

　　淮安城郭真虚设，父老年前向予说。筑时但用鸡粪土，风雨即摧干更裂。祇今高低如堵墙，举头四野青茫茫。不知地势实冲要，东连鄂渚西襄阳。谁能一劳谋永逸，四壁依前护砖石。免令三岁二岁间，费尽千人万人力。

河防行②

　　南州一雨六十日，所至川源皆泛溢。黄河适及秋水时，夜来决破陈河堤。河神凭陵雨师借，晚未及晴昏复下。传闻一百五十村，荡尽田园及庐舍。我闻禹时播河为九河，一河既满还之他。川平地迥势随弱，安流是以无惊波。只今茫茫余故迹，未易区区议疏辟。三山桥坏势益南，所过泥沙若山积。大梁今世为陪京，财赋百万资甲兵。高谈泥古不须尔，且要筑堤三百里。郑为头，汴为尾，准备他时涨河水。

　　淮安，今江苏省淮安市境，地处南宋和金朝对峙的前线。《淮安行》前十二句记录了淮安城战乱过后城壁残破，井邑荒凉。伴随着宋金休战，在淮安开设榷场，人口经济逐渐恢复。诗中记录了榷场的风俗人情，为我们研究金代和南宋的文化交流提供了宝贵材料。"马军步军自来往，南客北客相经商。……里间风俗乐听从，学得南人煮茶吃。"后八句抒发了作者到淮安任职的感慨。"青衫从事今白头，一官乃得西南陬。"时光匆匆，诗人从宦已然数年。"宦游未免简书畏，归去更怀门户忧。"虽有山林隐逸之志，终不免为现实生活所累，转而饮酒放歌。这也是中国传统文人隐与仕矛盾心理的诗文典型主题。刘迎的好友郦权，也跟在淮安的刘迎写诗唱和，其《寄唐州幕官刘无党》云："白发青衫宦苦卑，边荒谁识凤麟姿。河西落魄高书记，剑外清贫杜拾遗。紫玉山高传楚梦，蜯珠渊静照黄陂。禁中颇牧他年事，先遣江淮草木知。"③《修城行》是刘迎颇负盛名的一首七言古诗。《金诗选》卷一选此诗，评曰："苍茫朴直中，语皆有关系。不为苟作，其气骨固绝高也。"张晶的《辽金元诗歌史论》有："诗人长于歌行之体，语言质朴，风格刚劲，而结构动荡开阔，《修城行》等篇什，把诗歌与现实生活结合得十分密切，用诗歌来干预生活，表现出

---

① （金）元好问：《中州集》卷三，华东师范大学出版社 2014 年版，第 136 页。
② 同上书，第 136—137 页。
③ （金）元好问：《中州集》卷四，华东师范大学出版社 2014 年版，第 268 页。

忧念国事的情愫。"张晶认为，刘迎的《修城行》继承了杜甫写实的传统，"从诗歌的传统来看，刘迎的诗作更接近于杜甫。与金初诗坛的诗人们相比，刘迎诗的主体情感，进一步越出了一己之悲欢，表现出了'推己及人'的博大襟怀。这正是继承了杜诗的精神特质的"。①

可见刘迎的七古之所以受到后世评论家的推崇，一方面是语言的苍茫朴直，气骨的秀拔，更重要的是刘迎诗歌的题材拓宽了金初诗歌的表现内容，"语皆有关系。不为苟作"。也就是说，刘迎的诗歌大多是从现实生活入手，或旅途，或宦任，有感而发。他所发之感，并非一己之私，而关系民生疾苦，这种胸怀和气格，和被称为诗史的杜甫的诗歌创作很相似，也和金末著名诗人元好问以诗存史的理念相同。无怪乎《石洲诗话》卷五："合观金源一代之诗，刘无党之秀拔，李长源之俊爽，皆于遗山相近。"② 由此可见，经过时间淘洗留下来的经典诗歌作品，不仅在诗歌艺术上值得推崇，更重要的是要有一种大气格。

2. 刘迎的题画诗

题画诗是用诗歌的形式再次阐发绘画作品的艺术价值。刘继才对题画诗的定义很准确："题画诗，顾名思义，是一种以画为题而作的诗。它大都是题在画上的，也有一些是写于另卷的。其内容或则就画论画；或则先论画，而后引出新意；或则发一些与画意并无直接联系的议论。但是由于这些诗均属缘画而作，所以统称题画诗。"③ 题画诗发源于六朝时的咏画扇、画屏风之作，至唐宋而蔚然。唐代李白的题画诗《当涂赵炎少府粉图山水歌》《观元丹丘坐巫山屏风》，杜甫的《杨监又出画鹰十三扇》《丹青引赠曹将军霸》都是传颂的名篇。宋代苏轼《书鄢陵王主簿所画折枝二首》："论画以形似，见与儿童邻。赋诗必此诗，定非知诗人。诗画本一律，天工与清新。"诗中苏轼提出了"形似"和"诗画一律"的观点备受后世评论家重视。南宋孙绍远编的《声画集》是我国最早的一部题画诗选集。

在刘迎的诗歌作品中，保留了11首题画诗。这些诗歌均与北宋的苏轼有着千丝万缕的联系，其中有两类题材值得研究者特别关注，分别是郭熙的画和以陶渊明为主题的《题归去来图》。第一，吟咏郭熙画，与苏轼

---

① 张晶：《辽金元诗歌史论》，吉林教育出版社1995年版，第98—99页。
② （清）翁方纲：《石洲诗话》，人民文学出版社1981年版，第154页。
③ 刘继才：《中国古代题画诗论略》，《社会科学辑刊》1986年第5期。

唱和。郭熙是北宋著名的画院派画家，在山水取景构图上，创"高远、深远、平远"之"三远"构图法，有画论《林泉高致集》传世。宋神宗赵顼深爱其画，曾"一殿专皆熙作"。宋中书、门下两省和枢密院、翰林院等墙上壁画也多是郭熙所作。不仅在宫廷中流行，郭熙画作还得到北宋文人士大夫的喜爱。苏轼、苏辙、黄庭坚诗中都曾出现吟咏郭熙画作的内容。苏轼《郭熙画秋山平远》诗云：

> 玉堂昼掩春日闲，中有郭熙画春山。鸣鸠乳燕初睡起，白波青嶂非人间。离离短幅开平远，漠漠疏林寄秋晚。恰似江南送客时，中流回头望云巘。伊川佚老鬓如霜，卧看秋山思洛阳。为君纸尾作行草，炯如嵩洛浮秋光。我从公游如一日，不觉青山映黄发。为画龙门八节滩，待向伊川买泉石。①

苏轼诗中的"玉堂"即为翰林院。北宋很多文人雅士都曾吟咏过郭熙的画。如苏辙有《书郭熙横卷》，黄庭坚也曾与苏轼就画唱和，作《次韵子瞻题郭熙画秋山》诗云：

> 黄州逐客未赐环，江南江北饱看山。玉堂卧对郭熙画，发兴已在青林间。郭熙官画但荒远，短纸曲折开秋晚。江村烟外雨脚明，归雁行边余叠巘。坐思黄柑洞庭霜，恨身不如雁随阳。熙今头白有眼力，尚能弄笔映窗光。画取江南好风日，慰此将老镜中发。但熙肯画宽作程，十日五日一水石。②

金刘迎的《郭熙秋山平远用东坡韵》，诗云：

> 槐花忙过举子闲，旧游忆在夷门山。玉堂曾见郭熙画，拂拭缣素尘埃间。楚天极目江天远，枫林渡头秋思晚。烟中一叶认扁舟，雨外数峰横翠巘。淮安客宦踰三霜，云梦泽连襄汉阳。平生独不见写本，惯饮山绿飡湖光。老来思归真日日，梦想林泉对华发。丹青安得此一

---

① （宋）苏轼：《苏轼全集》，上海古籍出版社 2000 年版，第 348 页。
② （宋）黄庭坚著，郑永晓整理：《黄庭坚全集编年辑校》，江西人民出版社 2008 年版，第 467 页。

流，画我横筇水中石。①

刘迎这首诗用了苏轼《郭熙画秋山平远》的韵脚，是对苏轼原作的隔代唱和。夷门，乃大梁，就是指现在的开封。十年之后，刘迎重游开封，再次写下了《梁忠信平远山水》，诗云：

> 忆昔西游大梁苑，玉堂门闭花阴晚。壁间曾见郭熙画，江南秋山小平远。别来南北今十年，尘埃极目不见山。乌靴席帽动千里，只惯马蹄车辙间。明窗短幅来何处，乱点依稀渑寒具。焕然神明顿还我，似向白玉堂中住。蒙蒙烟霭树老苍，上方楼阁山夕阳。一千顷碧照秋色，三十六峰凝晓光。悬崖高居谁氏宅，缥缈危栏荫青槭。定知枕石高卧人，常笑骑驴远游客。当时画史安定梁，想见泉石成膏肓。独将妙意寄毫楮，我愧雨立随诸郎。此行真成几州错，区区世路风波恶。还家特作发愿文，伴我山中老猿鹤。②

苏黄等人对同时代郭熙画作的吟咏，说明了郭熙的画在当时北宋上层社会的流行，同时也折射出北宋士大夫阶层的价值观和审美趣味。刘迎的《郭熙秋山平远用东坡韵》更多的是对于刚刚过去的北宋文化的一种认同。这一方面反映出苏轼的作品在金初文人中很普及，甚至风行。金朝诗人和北宋诗人可以隔时空唱和。另一方面反映出苏轼的审美趣味影响了金代士人。金末元好问也有相关题材的《郭熙溪山秋晚二首》。

刘迎的第二类题画诗，是以陶渊明为主题的《题归去来图》。刘迎《题归去来图》云：

> 笔端奇处发天藏，事远怀人涕泗滂。余子风流空魏晋，上人谈笑自羲皇。折腰五斗几钱直，去国十年三径荒。安得一堂重写照，为公桂酒泻蕉黄。③

陶渊明在自己生活的时代并不受人瞩目，钟嵘的《诗品》将其定为

---

① （金）元好问：《中州集》卷三，华东师范大学出版社 2014 年版，第 144 页。
② 同上书，第 137—138 页。
③ 同上书，第 157 页。

中品。至苏轼才将陶渊明其人其诗推至神坛。这和宋代文化向内转的趋势以及苏轼个人的经历密不可分。在金代，由于苏学北渐，苏轼的审美和价值取向被金代诗人接受。刘迎也正是其中的一位。从刘迎题画诗的两类题材中可以看到，刘迎对于北宋的文化价值和审美趣味是认同的，并从中汲取养分来丰富自己的文学创作。

刘迎是金代创作较丰富的作家，除了76首诗歌，还有词作两题，共计4首。其中《中州乐府》存《乌夜啼》二首，《全金元词》存《锦堂春》二首。清人贺裳《皱水轩词筌》谓：

> 元遗山集金人词为《中州乐府》，颇多深衷大马之风，惟刘迎《乌夜啼》最佳："离恨远萦杨柳，梦魂长绕梨花。青衫记得章台月，归路玉鞭斜。翠镜啼痕印袖。红墙醉墨笼纱。相逢不尽平生事，春思入琵琶。"余观谢无逸《南柯子》后半云："金鸭香凝袖，铜荷烛影纱。凤蟠宫锦小屏遮。夜静寒生春笋，理琵琶。"风调仿佛相同。才人之见，殆无分于南北也。①

刘迎的词作显露出和海陵王截然不同的风格。正如李静所说："如果说海陵王《鹊桥仙·待月》《喜迁莺·赐大将军韩夷耶》以及《念奴娇·天丁震怒》等词一定程度上彰显了金人已开始显露出词在金代中期所表现的不同气度的话，那么，在海陵朝崛起的郑子聃、蔡珪、王寂、赵可、冯子翼、刘仲尹以及在世宗朝成长起来的刘迎、党怀英、王庭筠等人及其词的创作，则标志着金代中期词坛在创作群体的形成及词的风调上已经迥然不同于金代初期。这其中，本土词人对于闺情词的热衷便是此期词风转变的一个显著体现。"②

刘迎的诗歌创作成就主要在于七言古诗。无论是《石洲诗话》赞其"秀拔"，还是《带经堂诗话》里称其七言古诗"虽北宋作者无以过之"，或《诗薮》云"格苍语古"，都是以北宋诗歌，尤其是与苏轼及以黄庭坚为代表的江西诗派为参照物来对比的结果。国朝文派前期，处于苏学的笼罩之下，所谓"苏学盛于北"是也。刘迎也不能免俗，其题画诗中的郭熙画和归去来图就是受苏学的影响。刘迎诗歌的价值恰恰在于学于苏而没

---

① （清）贺裳：《皱水轩词筌》，唐圭璋编《词话丛编》，中华书局1986年版，第703页。
② 李静：《"盛世"气象与金代中期本土词人群体》，《文艺研究》2011年第6期。

有囿于苏。《诗薮》云:"盖金人虽学苏黄,率限篱堑,唯此作近之。"刘迎的七言古诗美在气骨,而没有陷入语言的雕琢。在这一点上,他和国朝文派末期的代表人物元好问一脉相承,所以《石洲诗话》称之为"与遗山相近"。

(四) 刘仲尹

刘仲尹,字致君,号龙山,盖州人(今辽宁省盖州市),后迁沃州(今河北省赵县)。正隆二年(1157)进士,以潞州节度副使召为都水监丞。刘仲尹"诗乐府俱有蕴藉",著有《龙山集》。其诗歌受到江西诗派的影响较大。《中州集》称其"参涪翁而得法者也"。刘祁《归潜志》亦云:"学江西诸公。"现存诗28首。其中,题画诗《墨梅》一题10首,写景7题,纪事3题,言志1题,咏物3题,俱为花类,赠友1题。

刘仲尹诗歌中的典型意象都和唐宋以来传统的诗歌意象相近。刘仲尹嗜书,诗歌中多次出现"书"的意象,如其《秋尽》"闭门人客少,书籍绕床堆"。《夏日》"床头书册聚麻沙"。刘仲尹在书中构建了自我的独特精神世界,爱书而隐于书。《自理》诗云:"日日南轩学蠹鱼,隐中独爱隐于书。"《谢孔遵席后堂画山水图》:"爱买僻书人笑古,痛憎俗事自知清。……床头剩买读书油。"《不出》"好诗读罢倚团蒲"。诗人勤于读书的另一面却是俗世中的拙于谋生。刘仲尹在自己的诗歌中毫无避讳地写自己拙于谋生,如《自理》诗云:"儿痴妇笑谋生拙,不道从来与世疏。"《冬日》亦云"鸠栖任笑谋生拙"。而拙于谋生的根本原因在于,刘仲尹的价值观和人生观是淡泊名利的,他在《秋尽》一诗中写道:"利禄蜗涎壁,年华蚁梦槐。"功名利禄在刘仲尹这样的文士心中无利反而有害,富贵也不过是南柯一梦。刘仲尹最为欣赏的是象征着文士高洁品质的梅花。除了十首《墨梅》,刘仲尹在诗中多次提到梅花。《寒夜》云:"睡足梅花半梢月,虚徐老鼻学香生。"《秋日东斋》:"篱外雨寒梅着花。"《窗外梅蕾二首》:"玉儿秀稺云幄藏,鼻观已觉瓶水香。过眼空花均一寓,十分春色属秋堂。"又"细蕾初看柳麦肥,春风得得绕窗扉。道人方作玉溪梦,石坞竹桥风雪飞。"《龙德宫》:"罨画溪山半是梅。"《酴醾》:"着眼江梅季孟中。"据文献记载,刘仲尹家世豪侈,而能折节读书,有《龙山集》。通过刘仲尹的诗歌,一位嗜书如命,拙于生计,淡泊名利,喜爱梅花的雅士形象跃然而出。

刘仲尹的诗歌创作和江西诗派的渊源颇深,尤其是黄庭坚。刘仲尹对于黄庭坚颇为赞赏。刘仲尹《别墅》（其二）云：

> 风雨驱寒入弊裘，闲斋气味冷飕飕。年华过眼惊飞鸟，利禄催人窘督邮。灶下旋添温坑火，床头剩买读书油。可人谁似黄夫子，着意裁诗寄四休。①

所谓"四休"，出自黄庭坚《四休居士诗序》："太医孙君昉字景初……自号四休居士。山谷问其说。四休笑曰：'粗茶淡饭饱即休，补破遮寒暖即休，三平二满过即休，不贪不妒老即休。'山谷曰：'此安乐法也。'"刘仲尹尊称黄庭坚为黄夫子，并称赞四休居士的生活态度，可见刘仲尹和黄庭坚虽然不是同一个时代的人，在精神追求上却是相同的。刘仲尹对黄庭坚的人生哲学是赞赏并同样追求的。

在文学艺术领域，刘仲尹也极力推崇和学习黄庭坚。他的《酴醿》诗云：

> 相看绝是好交友，着眼江梅季孟中。海窟笙箫来鹤背，月林冰雪绕春风。满前玉蕊名尤重，特地梨花梦不同。安得涪翁香一瓣，种成聊供小南丰。②

此诗咏荼蘼花，将黄庭坚的《咏荼蘼诗》引为典。黄庭坚的《观王主簿家酴醿》云：

> 肌肤冰雪薰沉水，百草千花莫比芳。露湿何郎试汤饼，日烘荀令炷炉香。风流彻骨成春酒，梦寐宜人入枕囊。输与能诗王主簿，瑶台影里据胡床。③

黄庭坚此诗以美男子比花，突破了多以美女喻花的常格，被后人诟病为好异求奇。而刘仲尹却对其大为赞赏，"安得涪翁香一瓣"可见其对黄庭坚的推崇非常。无怪乎诸多评论认为刘仲尹和黄庭坚江西诗派渊源深

---

① （金）元好问：《中州集》卷三，华东师范大学出版社2014年版，第134页。
② 同上书，第134页。
③ （宋）黄庭坚著，郑永晓整理：《黄庭坚全集编年辑校》，江西人民出版2008年版，第315页。

厚。《中州集》小传称其"参涪翁而得法者也"。《归潜志》记载刘仲尹"能诗，学江西诸公……有《梅影》诗云：王换严更三唱鸡，小楼天淡月平西。风帘不著阑干角，瞥见伤春背面啼"。① 可见金代国朝文派并不是横空出世，而是在对于前代文学的学习和继承的基础上发展而来。尤其是苏黄，对国朝文派影响很大，本书专门设章节探讨。

刘仲尹的《墨梅》诗在中国传统诗歌史上影响很大，相关的争议也颇多。咏梅自南北朝时就已经出现在诗歌作品中，至宋代此类题材大增，并逐渐形成一种固定诗歌意象。这和宋代文化精神向内发展，注重个人修养有很大关系。梅花的孤高、幽胜成为君子的代名词。释仲仁开创墨梅画法后，墨梅题咏又成了诗词中的重要内容。如宋代著名的咏墨梅诗就是陈与义的《和张规臣水墨梅五绝》：

其一

巧化无盐丑不除，此花风韵更清姝。从教变白能为黑，桃李依旧是仆奴。

其二

病见昏花已数年，只应梅蕊固依然。谁教也作陈玄面，眼乱初逢未敢怜。

其三

粲粲江南万玉妃，别来几度见春归。相逢京洛浑依旧，唯恨缁尘染素衣。

其四

含章檐下春风面，造化功成秋兔毫。意足不求颜色似，前身相马九方皋。

其五

自读西湖处士诗，年年临水看幽姿。晴窗画出横斜影，绝胜前村夜雪时。②

这组诗既是对仲仁艺术成就的赞叹，也是对水墨画的美学解释，当世乃至后代许多文人名士都对它给予了很高的评价。据说徽宗赵佶就是听闻

---

① （金）刘祁：《归潜志》，中华书局1983年版，第31页。
② （宋）陈与义著，吴书荫点校：《陈与义集》，中华书局2007年版，第55—58页。

陈与义墨梅诗写得好，才对他召见擢用的。刘仲尹的《墨梅》相较于陈与义，篇幅增加，五首变为十首，内容更加丰富，同时旨意愈加隐晦。其云：

  瘦损昭阳镜里春，汉家公主奉乌孙。泪痕滴尽穹庐月，谁道神香解返魂。
  绝缨人醉烛花残，主意方浓未厌欢。十五琼儿梳洗薄，琵琶才许近帘弹。
  生憎施粉与施朱，换骨玄都亦自姝。疏影冷香题不到，梦惊烟雨暗西湖。
  赵郎爱香人不知，罗浮山下有佳期。春寒彻骨角声起，才记参横月堕时。
  君王凤驾九龙池，后辇传呼召雪儿。狼藉玉台银烛暗，丁香小麝印宫眉。
  钟鼓沉沉度苑墙，玉绳初直殿东厢。荀妃早发鸡鸣埭，残月微分烛下妆。
  衡州何处问花光，抹月批风只欠香。安得江南断肠句，为题风雨浣啼妆。
  高髻长蛾满汉宫，君王图玉按春风。龙沙万里王家女，不着黄金买画工。
  古绢谁藏谢女真，天寒翠袖一招魂。江山嫁尽风流梦，雪满冰溪月挂村。
  妙画工意不工俗，老子见画只寻香。未应涂抹相欺得，政自不为时世妆。①

刘仲尹的《墨梅》诗歌内容大概分为四类，一类按照一般题画诗歌的传统写画，如第九、十首；二类写人，如第一、二、八首；三类为活用典故，如第三、四、五、六、七首。第三首用北宋林逋《山园小梅》诗中"疏影横斜水清浅，暗香浮动月黄昏"之典。第四首为唐柳宗元《龙城录·赵师雄醉憩梅花下》罗浮梦之典。第五首第六首用南朝宋武帝刘

---

① （金）元好问：《中州集》卷三，华东师范大学出版社2014年版，第130—131页。

裕的女儿寿阳公主梅花妆的典故。第七首用北魏陆凯《赠范晔》："折梅逢驿使，寄与陇头人。江南无所有，聊赠一枝春。"金人王若虚直指刘仲尹的《墨梅》之弊端。《滹南诗话》卷四十第二十七条云：

> 予尝病近世《墨梅》二诗以为过，及观《宋诗选》陈去非云："粲粲江南万玉妃，别来几度见春归。相逢京洛浑依旧，只有缁尘染素衣。"曾（曹）元象云："忆昔神游姑射山，梦中栩栩片时还。冰肤不许寻常见，故隐轻云薄雾间。"乃知此弊有自来矣。①

《宋诗选》指曾慥的《宋百家诗选》。陈去非即陈与义，所引诗歌出自《和张规臣水墨梅五绝》之三。曾元象，四库本作"曹元象"，是曹纬，字元象，颍昌人。所引曹纬诗歌的题目为《客有遗予画梅花者淡墨晕成因命之曰梅影》。王若虚意指刘仲尹的《墨梅》之弊端根源乃在江西诗派，所谓："予尝病近世《墨梅》二诗以为过，及观陈去非……乃知此弊有自来矣。"王若虚对刘仲尹的《墨梅》批评尖锐，据《滹南诗话》卷四十第二十六条载：

> 近世士大夫有以《墨梅》诗传于时者……予尝诵于人，而问其咏何物，莫有得其仿佛者，告其以题，犹惑也。尚不知为花，况知其为梅，又知其为画哉？自赋诗不必此诗之论兴，作者误认而过求之，其弊遂至于此，岂独二诗而已？②

王若虚指出了刘仲尹《墨梅》诗离题太远，着力求奇求新之弊端，并且指出其根源在于对苏轼的"赋诗必此诗，定非知诗人"观念的过分追求。元人刘埙不同意王若虚的观点，认为刘仲尹《墨梅》乃好诗，只是题目欠当。刘埙《隐居通议》卷十一《咏墨梅》曰：

> 近世有咏墨梅者……评诗者谓去题太远，不知其咏何物。简斋陈去非咏墨梅云……曹元象云……评诗者亦谓其格调虽高，去题终远。

---

① （金）王若虚著，胡传志、李定乾校注：《滹南遗老集校注》，辽海出版社2006年版，第488页。

② 同上书，第486页。

予谓后二诗尚见仿佛,前二诗委是悬远,然却是好诗。只欠换题目耳。坡翁云:"作诗必此诗,定知非诗人。"亦可执此语以自解。①

笔者以为,王若虚和刘埙都看到了刘仲尹诗歌受到黄庭坚和江西诗派影响这个事实。只不过,王若虚对刘仲尹诗歌的尖锐批判有其特殊的历史环境。金代中后期,诗坛力图摆脱苏黄为代表的北宋文学的笼罩,寻求能够代表金代诗歌独特面貌的诗歌创作途径。王若虚正是在对苏黄和江西诗派诗歌理论的批判中来建立金代的诗歌理论。最终金末元好问摆脱苏黄束缚,独树一帜,成为金代文学的高峰。另外,刘仲尹《墨梅》的诗歌价值应该得到肯定。诗歌毕竟不是绘画,绘画也追求写意而不只求形似。刘仲尹的《墨梅》诗已经超出于画外,而是在写梅的意境、梅的人了。画家所画的梅已经不是现实当中有颜色的梅,诗人所咏的梅也不是画中的墨梅。刘仲尹的诗是咏墨梅诗的另一重境界,是诗人和画家对梅花这一事物在精神上的统一。正如牛贵琥在《金代文学编年史》中所说:"刘仲尹的墨梅诗即承继北宋文士的风习而来,但是却着重描写一种气氛和意境。题目是写梅,实际是在写人、写事、写心境、写感触,在古代的咏梅诗中别创一格";"刘仲尹的《墨梅》诗表明这一时期金代文士诗歌理念和写作技巧的进一步成熟。虽然走的还是宋人的路子,但可以和宋人比肩,甚至超过宋人了"。② 刘仲尹《墨梅》诗的价值在于其将"墨梅"这一类传统文人诗歌题材的意境进一步深化了。

刘仲尹的词亦负盛名,和刘迎齐名。《中州集》小传谓其"诗、乐府俱有蕴藉。有《龙山集》,尝于其外孙钦叔处见之,参涪翁而得法者也"③。可知其词的写作同样受到黄庭坚的影响。但是刘仲尹在学习北宋黄庭坚时,没有被学黄而束缚,也形成了属于自己的特色。况周颐《蕙风词话》卷三第六条云:"元遗山为刘龙山(仲尹)撰小传云'诗、乐府俱有蕴藉,参涪翁而得法者也。'蒙则以谓学涪翁而意境稍变者也。尝以林木佳胜比之。涪翁信能郁苍耸秀,其不甚经意处,亦复老干枒枝,第无丑枝,斯其所以为涪翁耳。龙山苍秀,庶几近似。设令为枒枝,必不逮远

---

① (元)刘埙:《隐居通议》,中华书局1985年版,第128—129页。
② 牛贵琥:《金代文学编年史》,安徽大学出版社2011年版,第157—158页。
③ (金)元好问:《中州集》卷三,华东师范大学出版社2014年版,第130页。

甚。或带烟月而益韵，托雨露而成润，意境可以稍变，然而乌可等量齐观也。"① 况周颐认为，刘仲尹与黄庭坚之词相比，苍秀似之，而雄奇不足。

由上可知，在国朝文派形成期，金代文坛都处于向北宋文学尤其是苏黄学习的阶段。可以说此时的金代文坛，是北宋文学灌溉下的文坛，处于汲取和吸收北宋文化养料的阶段，还未形成金代文学的独特品格。只有少数文士的作品突破了一味学苏黄的藩篱。完颜亮作为金代首位女真族汉语作家，其作品表现出质朴豪迈、质胜于文的特征。蔡珪凭借着其深厚的家学渊源和广博的个人修养，成为当之无愧的"国朝文宗"。刘迎和刘仲尹的文学作品都受到苏黄为代表的北宋文学的影响，其独特的价值在于，在金代早期文坛被苏黄笼罩的氛围中，二人都学于苏黄而又没有囿于苏黄，形成了自己独特的文学面貌特征。刘迎的七古和刘仲尹的《墨梅》诗都代表了国朝文派早期的文学成就。

第二节 国朝文派成熟期

一 国朝文派成熟期的文学生态

国朝文派的成熟期约自金世宗大定元年至章宗泰和八年（1161—1208）前后，历时约48年的时间。这一时期是金朝政治、经济、文化发展的鼎盛时期。金世宗在位29年，南北讲好，与民休息，被史书称赞为"小尧舜"。② 金章宗为世宗之孙，"在位二十年，承世宗治平日久，宇内小康，乃正礼乐，修刑法，定官制，典章文物粲然成一代治规"。③ 世宗为金代发展争取了一个相对和平的环境，章宗则将金代的典章制度进一步完善发展，政令修举，文治灿烂，达到金朝之盛极。此时的南宋为孝宗、光宗、宁宗统治时期。宋孝宗和金世宗基本处于同一时期。宋孝宗赵昚是南宋比较有作为的一个皇帝，史称"乾淳之治"。他在位初期，任用主战派北伐，失败后与金世宗签订合约，史称"隆兴和议"。南北议和给广大百姓带来了数十年的安定生活。宋光宗在位时间短，无所作为。宋宁宗采用权臣韩侂胄的建议，仓促发动了对金战争，史称"开禧北伐"。最终以

---

① （清）况周颐：《蕙风词话》，人民文学出版社1960年版，第58页。
② （元）脱脱等撰：《金史》卷八，中华书局1975年版，第204页。
③ （元）脱脱等撰：《金史》卷十二，中华书局1975年版，第285页。

南宋失败，双方签署"嘉定和议"告终。而此时的蒙古还处于部落征战阶段，1206年，即金章宗泰和六年，铁木真统一蒙古各部，在斡难河（今鄂嫩河）源头召开大会，即蒙古大汗位，号"成吉思汗"，国号"大蒙古国"。如果说先前金和南宋势均力敌，划江而治，那么蒙古立国后，金宋真正的敌人才刚刚开始走上历史的舞台。

这一时期的文学生态主要有以下几个特征：第一，相对安定的政治经济环境。海陵王挥师南伐未果，身死国灭。世宗在上京继位不久，就与南宋签订了"隆兴和议"。由此至章宗末期南宋发动开禧北伐，金宋南北保持了近四十年的和平，为金朝政治经济的繁荣创造了良好的客观条件。金大定初，户口才三百余万①，至泰和七年，天下户七百六十八万四千四百三十八，人口约四千五百八十一万六千零七十九。② 人口的急剧增长，是金朝南北休战，社会稳定，经济发展的直接反映。大定明昌时期是金朝最繁荣的时期。据《续资治通鉴》记载，世宗"在位二十八载，南北讲好，与民休息，躬节俭，崇孝弟，信赏罚，重农桑，群臣奉职，上下相守，家给人足，仓廪有余，刑部断罪，多不逾二十人，国中号称'小尧舜'"③。

第二，日趋完善发展的典章制度。仓廪实而知礼仪。世宗朝与民休息，发展经济。章宗即位后进一步完善典章制度。刘祁在《归潜志》中赞叹章宗时期"政令修举，文治灿烂，金朝之盛极矣"④。这一时期，一是教育制度的完善。朝廷兴建各类官学，统一学校教材。世宗大定六年置太学，养士近四百人。后又设汉人府学，十七处，近千人在学。章宗朝增设节镇、防御刺史州学六十处。国家统一教材，由国子监印之，发至各个学校。二是科举制度日臻完善。考试科目不断丰富，更定《贡举法》。世宗章宗两朝科举考试科目进一步丰富，新设了女真进士科、制举宏词科；恢复了经童和经义科。据《金史》选举志记载："世宗大定十一年，创设女直进士科，初但试策，后增试论，所谓策论进士也。明昌初，又设制举宏词科，以待非常之士。"⑤ 章宗朝还更定了《贡举法》，科举制度日趋定型完善。三是礼乐制度建设完备，尤其是以祭祀三皇五帝，议德运为重要标志。金太祖太宗时期国家草创，未暇礼乐建设，却也注重收集北宋礼乐

---

① （清）毕沅：《续资治通鉴·宋纪一百五十二》，中华书局1957年版，第4069页。
② （元）脱脱等撰：《金史》卷四十六，中华书局1975年版，第1036页。
③ （清）毕沅：《续资治通鉴·宋纪一百五十二》，中华书局1957年版，第4050页。
④ （金）刘祁：《归潜志》，中华书局1983年版，第136页。
⑤ （元）脱脱等撰：《金史》卷五十一，中华书局1975年版，第1130—1131页。

遗产。"金人之入汴也……金人既悉收其图籍，载其车辂、法物、仪仗而北，时方事军旅，未遑讲也。"① 熙宗时始乘金辂，导仪卫，陈鼓吹，宗社朝会之礼逐渐建立。海陵王修缮宗庙社稷。至世宗朝，南北休战，经济发展，方开"详定所"以议礼，设"详校所"以审乐，至明昌初编成四百卷的《金纂修杂录》。《金史》礼志称其："凡事物名数，支分派引，珠贯棋布，井然有序，炳然如丹。"② 章宗朝自明昌四年至泰和二年（1193—1202）开议德运，历时10年，最终更定金德为土德。礼制的完备对于金朝这一非汉族政权具有特殊重要的意义。传统的儒家民族观认为"华夷有别"，金朝作为女真族建立的王朝，如何取得汉族人口占绝大多数的国人的认可就显得极其重要。儒家"礼分华夷"的观念，为金朝建立稳固统治提供了一个重要突破口。章宗朝典章文物灿然成一代治规，各民族经过长期的冲突和融合逐渐形成了统一的有自身特色的区域文化。章宗泰和四年开始祭奠三皇五帝四王，以及最终确定金朝德运为土德，都是为了宣示其政权的合法性或者说正统性。正如刘浦江的《德运之争与辽金王朝的正统性问题》指出："综观这场旷日持久的德运之争，其初衷是要解决金王朝的正统问题，而在此过程中却面临着两种文化的抉择。金德、土德之争，其实质是保守女真传统文化还是全盘接受汉文化的分歧。"③ 也就是说金代礼制的建立和完善一方面是文化制度的借鉴和学习，另一方面也是金朝在所学的汉文化序列中寻求自身的位置。从政权角度来说，就是寻求王朝正统的继承权。

第三，对佛道二教相对宽松的政策。对于佛教，世宗一改海陵王排佛的政策，允许佛教在朝廷政策范围内发展。金世宗的母亲贞兹皇后和妻子昭圣皇后都崇信佛教。世宗大定初期，为补贴财用，曾卖僧、道、尼、女冠度牒，紫褐衣、师号、寺观名额，在一定程度上促进了佛道教徒人数的增加。但是世宗本人对于佛教还是比较谨慎。世宗、章宗明昌时期，对佛教还是多加限制的。主要目的是防止佛寺与国家争利。章宗明昌以后，对于佛教的管制有所放松。第一，允许僧人已具师号者度弟子，可补买本司官。承安年间，章宗下令长老、大师、大德不限年甲，长老、大师许度弟

---

① （元）脱脱等撰：《金史》卷二十八，中华书局1975年版，第691页。
② 同上书，第692页。
③ 刘浦江：《德运之争与辽金王朝的正统性问题》，《中国社会科学》2004年第2期。

子三人，大德二人，戒僧年四十以上者度一人。① 如僧道已具师号者，许补买本司官。第二，大建寺院，广度僧尼。第三，金朝皇帝给予高级僧侣以国师的待遇，《大金国志》卷三十六记载："威仪如王者师，国主有时而拜，服真红袈（裟），升堂问话讲经与南朝等。"②

世宗朝时，道教的三大派都已创立。太一教、大道教和全真教都已在民间传播。王处一和丘处机都曾受到世宗的召见。章宗继位后曾短暂地禁止全真教，不久又恢复旧制。这一时期文人和道教联系密切，如国朝文人王寂之弟，名王寀，字元辅，道号曲全子。王寂为之作《曲全子诗集序》。

第四，民族文化政策。世宗、章宗二朝，金朝统治者试图在保留女真民族特色的前提下吸收和发展汉族文化。随着经济的繁荣，汉族文化在金朝蓬勃发展，女真本族的语言和文字渐渐荒废，引起统治者的高度重视。据《金史》世宗本纪记载：

> （大定十三年四月）上御睿思殿，命歌者歌女直词。顾谓皇太子及诸王曰："朕思先朝所行之事，未尝暂忘，故时听此词，亦欲令汝辈知之。汝辈自幼惟习汉人风俗，不知女直纯实之风，至于文字语言，或不通晓，是忘本也。汝辈当体朕意，至于子孙，亦当遵朕教诫也。"③

大定十三年五月，禁女真人译为汉姓。大定二十七年，禁女真人改称汉姓、学南人衣装，违反者以罪论处。章宗朝也下旨不得将女真姓氏翻译为汉字，同时禁止女真人改汉姓学汉人装束。再三禁止说明积习难改，汉语、汉服已经融入金朝女真人的生活之中。虽然金朝统治者试图通过行政干预来阻碍汉文化在女真族中的蔓延，但是民族融合已经是大势所趋。在金朝初期，文献的翻译一般先由汉文译为契丹文，再由契丹文译为女真文。章宗时期，罢除契丹字，实现了汉字和女真字的直译。金朝的统治阶层也成为汉文化的爱好者。章宗的父亲显宗"好文学，作诗善画，人物、

---

① （元）脱脱等撰：《金史》卷十，中华书局1975年版，第239页。
② （宋）宇文懋昭撰，崔文印校证：《大金国志校证》，中华书局1986年版，第517页。
③ （元）脱脱等撰：《金史》卷七，中华书局1975年版，第159页。

马尤工"。① "读书喜文,欲变夷狄风俗,行中国礼乐如魏孝文。天不祚金,不即大位早世。"② 金朝帝王中,章宗的文化修养最高,其文学作品也保留得最多。刘祁称其"天资聪悟,诗词多有可称者"。③《书史会要》记载:"章宗喜作字,专师宋徽宗瘦金书。"章宗初期,政治清明,国泰民安,加上统治者自身具有较高的文化修养,一时名士辈出,文治灿烂。这些都为文学的发展创造了良好的条件。

事物的发展具有两面性。世宗、章宗时期的政治稳定和经济繁荣也滋长了社会的奢靡风气。据《金史》记载明昌元年:"户部尚书邓俨等曰'今风俗侈靡,宜定制度,辨上下,使服用居室,各有差等。抑昏丧过度之礼,禁追逐无名之费。'"④ 章宗本人也颇好浮奢,兴建宫阙。这种社会风气的滋长,对于国朝中期尖新浮艳诗风的形成产生了一定的影响。另外章宗时期的文字狱也束缚了这一时期文学的健康发展。《金史》章宗本纪记载:"六年十二月丁卯(十七),应奉翰林文字赵秉文上书论奸欺。"⑤ 这一案件受牵连的还有王庭筠、周昂。王庭筠削一官,杖六十,解职,第二年,降授郑州防御判官。周昂因《送路铎外补》诗有云:"龙移鳝鳝舞,日落鸱枭啸。未须发三叹,但可付一笑。"颇涉讥讽,上怒曰:"此政谓世宗升遐而朕嗣位也。"周昂杖责,贬官。⑥ 章宗朝文字狱对文学的发展起到了抑制的作用。作家在进行创作的时候,直抒胸臆必然受到政治因素的过多挟制。

二 国朝文派成熟期的文学特征

国朝文派成熟期,金代的文化礼仪制度基本建立定型,北方统一的区域文化形成。世宗章宗重视文学,国朝文派的作家群体丰富,文学作品的质量比前期更加符合汉族文学传统的品质。这一时期的文学特征主要表现为以下几点:

第一,国朝文派中少数民族汉语作家群体壮大,且具有较高的文学水准。如前所述,世宗、章宗时期汉族文化蓬勃发展,甚至荒废了女真本族

---

① (金)刘祁:《归潜志》,中华书局1983年版,第3页
② 同上书,第136页。
③ 同上书,第3页。
④ (元)脱脱等撰:《金史》卷九,中华书局1975年版,第215页。
⑤ (元)脱脱等撰:《金史》卷十,中华书局1975年版,第237页。
⑥ (金)刘祁:《归潜志》,中华书局1983年版,第112页。

的语言和文字，一度引起统治者的高度紧张。随着民族之间相互交融的深入，少数民族汉语作家群体壮大，其文学作品无论数量和质量都比国朝文派初期提高不少。需要指出的是，这一时期也有同样有其他语言的文学作品。世宗曾在上京歌女真本曲，道王业艰难，继述之不易。显宗也命完颜匡作《睿宗功德歌》，欲使子孙知创业艰难，其词质朴典雅，现存汉语文稿应为女真语翻译为汉语。但世宗、章宗朝汉语创作的数量，尤其是质量不可低估。

金显宗名允恭，是世宗的第二子，章宗的父亲。他被立为皇太子，未继位就去世了。刘祁《归潜志》卷十二称："宣孝太子最高明绝人，读书喜文，欲变夷狄风俗，行中国礼乐如魏孝文。天不祚金，不即大位早世。"① 现存诗两首，《书右相琚生日之寿》《次高骈风筝韵》，《大金国志》卷二十称其"皆得诗人风骚之旨也"。②

金章宗名璟，显宗嫡子，刘祁称"章宗聪慧，有父风，属文为学，崇尚儒雅"。③ 其诗歌作品也为人称道。章宗天资聪悟，诗词多有可称者。其《宫中绝句》及《命翰林待制朱澜侍夜饮诗》被《归潜志》称赞为："真帝王诗也。"又"尝为《铁券行》数十韵，笔力甚雄。又有《送张建致仕归》《吊王庭筠下世》诗，具载《飞龙记》中"④。

纥石烈明远，大定十二年（1172）任曷苏馆路（今辽宁盖州市一带）节度使，四首诗见于王寂《鸭江行部志》⑤，其三首如下：

壬辰七月晦日留题龙门山北岩壁

秋霁岚光到眼青，层峦叠巘与云平。解鞍暂借山僧屋，泉水潺潺漱玉声。

癸巳立夏后三日留题龙门山北岩壁

春尽山岚碧转加，携樽来醉梵王家。桃花半折东风里，应笑刘郎两鬓华。

---

① （金）刘祁：《归潜志》，中华书局1983年版，第136页。
② （宋）宇文懋昭撰，崔文印校证：《大金国志校证》，中华书局1986年版，第276页。
③ （金）刘祁：《归潜志》，中华书局1983年版，第136页。
④ 同上书，第3—4页。
⑤ 阎凤梧、康金声主编：《全辽金诗》，山西古籍出版社1999年版，第1152页。

甲午春分日留题龙门山北岩壁

春半辽东暖尚赊,青山苦恨乱云遮。三年绝徼劳魂梦,向壁题诗一叹嗟。

纥石烈明远时任曷苏馆节度使,离龙门山很近,屡来登览,题诗留念。牛贵琥《金代文学编年史》称其"自然又富有美感,反映了当时少数民族作家已经接受严格的训练,文学创作已达到纯熟的境界"[①]。

除了女真族,国朝文派成熟期还有许多其他民族的汉语诗人。王庭筠为渤海贵族后裔,少负盛名。赵秉文的诗与书法少时皆取法王庭筠。李纯甫更推崇其为继承文脉正统的金代文人楷模。

移剌霖,字仲泽,又译为耶律霖。他是金代契丹文人的代表,有《骊山有感》诗二首,如下:

苍苔径滑明珠殿,落叶林荒羯鼓楼。渭水都来细如线,若为流得许多愁。

山下惊飞烈火灰,山头犹弄紫金杯。梦回未奏梨园曲,卧听吟风阿滥堆。

第一首诗,后人评价很高,诗后跋云:"格愈老,意愈新,句愈健,字愈工,恬然备四炼体。自非深于文章者,其孰能与于此?"所谓"四炼体"就是炼格、炼意、炼句、炼字。移剌霖的诗歌艺术比较成熟,具备了优美诗歌应有的特质。

徒单镒,七岁通女真字,后习契丹及汉文字,熟悉经史,大定十三年(1173)状元。《乞通上下之情疏》从历史中总结出君臣之间进行沟通的重要性。《论为政之术疏》引经据典,从儒家思想角度对当朝统治提出自己的看法。这些说明金代中期的女真统治者已经完全把自己纳入中原王朝的谱系中,积极从历代王朝的得失教训中寻找建设自己王朝的经验。

第二,文人精神世界更加丰富,佛道思想更多的体现到文学作品中。这一时期的国朝文人没有了"借才异代"的纠结,缺少了金初开疆拓土建功立业的朝气。正如学者沈文雪所说:"在他们身上,已不复存有出仕

---

① 牛贵琥:《金代文学编年史》,安徽大学出版社2011年版,第215页。

异族的苦恼和深切的故国之思。起而代之的是士大夫的闲情逸趣。"① 世宗、章宗时期的佛道政策逐渐宽松，大建寺院，广度僧尼。道教三大派都已创立，全真教的王处一和丘处机都得到金代最高统治者的接见。王寂之弟王寀，道号曲全子，著有《曲全子诗集》。王寂本人更是和佛教结缘颇深。王寂的父亲王础也是一位虔诚的佛教信徒，据王寂《书金刚经后》载："先大夫归德君，夙植善根，奉佛谨甚。年二十七登第后，日诵《金刚经》至春秋八十有三，中间虽大寒暑风雨不废也。易篑之际，澡浴振衣，置经于首，合手加额，跏趺以终。香闻满室，信宿乃灭，人谓戒定之报。"② 王寂其名"寂"，乃佛教中永离一切烦恼生死之意，寄托了家族对他佛禅最美好的祝福。王寂的叔父也是僧人，精心研习佛理。王寂对于佛教有深刻的见解："心动万缘飞絮，心安一念如冰。过去未来见在，待将那个心澄？"这一时期僧人也开始加入文学创作的队伍，其题材多与寺院道观有关。《全辽金文》中僧人的作品大多创作于世宗、章宗时期，且表现出很强的叙事性。如作于大定六年的《观音院碑》，就借修缮观音院描绘了一位传奇和尚蔡百万。③ 全真教在这一时期内蓬勃发展，王重阳与众弟子的诗词也具有独特的文学价值。④

第三，成熟期的文学特征前后期各异。大定时期的国朝文风为平实工整，明昌后期则转为尖新浮艳。

前期主要以党怀英为代表。党怀英是大定文学的文坛盟主，也是工整平实文风的代表。以党怀英《昫山驿亭阻雨》诗为例，诗题下云："东海

---

① 沈文雪：《12世纪初至13世纪中期中国文学分流发展阶段性特征论略》，《长春师范学院学报》2004年第8期。
② 阎凤梧主编：《全辽金文》，山西古籍出版社2002年版，第1448页。
③ 百万和尚，俗姓蔡。有传奇色彩，围绕建庙筹钱"公凡有兴修，诚心一出，不远千里，车载人负，钱盈百万，故时人以'百万'称之"。作者在叙述修建观音院前，先举了三个蔡百万的例子。"皇统壬戌，平凉重修佛塔。是岁旱魃为虐，野有饿莩，公肯意论众，虽救死不赡，而人乐输财。数月之间，阙功告成。"在整修开元寺，因无垢净光佛塔所费巨大，众僧相议"非蔡百万莫能兴也"。在佛塔兴建的过程中，又出现了瑞兆，"经营之始，圣灯屡见于林表，塔影昭显于口中。又因解木而得佛像，容止可观，虽丹青妙笔，无以加比。由是人益敬信，遂致金帛泉涌，材木山峙，施工佣者不可胜数"（见《全辽金文》第1582页）功成后，蔡百万不告而振衣而去，愈发增加了传奇色彩。第三个例子是凤翔鸠公修塔，中道废，公至而成。渲染了蔡百万的筹钱能力后，才正式叙述观音院始末缘由。
④ 本书因篇幅所限，不涉及具体全真文学作品研究。相关文献参见《金代文学编年史》"金代中期文学"中相关部分、[日]蜂屋邦夫所著《金代道教研究——王重阳与马丹阳》，中国社会科学出版社2007年版，以及左洪涛《金元时期道教文学研究——以全真教王重阳和全真七子诗词为中心》，人民出版社2008年版。

地名苍梧，旧说云：此岛自苍梧浮来。又州有景疏楼。"诗曰：

> 脱叶萧萧山木稠，连樯飘泛海蓬秋。浪回昫岛冯夷舞，云暗苍梧帝子愁。欲往未行淹仆马，乍来还去羡鸰鸳。景疏楼下无边水，暂濯尘缨可自由。①

昫山为县名，今江苏省连云港市，金时属山东东路海州。该诗语言平实，结构工整，叙述了作者在昫山途中遇雨的景色和心情。秋风萧萧，秋水荡荡，诗人并未因遇雨而烦恼，反而定心享受天赐的休整时间。除了党怀英，同时期作家作品也以平实为主，如李献可。大定十年进士李献可，乃金太师金源郡王李石之子，世宗元妃之弟，其《清水寒食感怀》："桃花零乱柳成阴，人到春深思更深。芳草戍楼天不尽，异乡寒食故乡心。"②全篇结构工整，抒发的也是传统汉文学的流寓之思。

明昌、承安间，诗风尖新浮艳。后期主要以王庭筠、王寂为代表。刘祁《归潜志》卷八记载：

> 明昌、承安间，作诗者尚尖新，故张斋仲扬由布衣有名，召用。其诗大抵皆浮艳语，如："矮窗小户寒不到，一炉香火四围书。"又，"西风了却黄花事，不管安仁两鬓秋。"人号"张了却"。③

受时代风潮的影响就连国朝文派的代表诗人王庭筠也不能免俗，其晚年作诗风格趋尖新。《金史》卷一百二十六云："为文能道所欲言，暮年诗律深严，七言长篇尤工险韵。"④追求险韵本就是过度追求诗歌技巧的表现。赵秉文虽受王庭筠提携，却也指出王诗不足之处为尖新，他说："王子端固才高，然太为名所使。每出一联一篇，必要使人皆称之，故止是尖新。其曰：'近来陡觉无佳思，纵有诗成似乐天。'不免为物议也。"⑤元好问《王黄华墓碑》亦云："为文能道所欲言，如《文殊院斲琴飞来积雪赋》及《汉昭烈庙碑文》等，辞理兼备，居然有台阁体裁，暮年诗律

---

① （金）元好问编，张静校：《中州集校注》第2册，中华书局2018年版，第724页。
② （金）元好问：《中州集》卷八，华东师范大学出版社2014年版，第506页。
③ （金）刘祁：《归潜志》，中华书局1983年版，第85页。
④ （元）脱脱等撰：《金史》卷一百二十六，中华书局1975年版，第2732页。
⑤ （金）刘祁：《归潜志》，中华书局1983年版，第119页。

深严，七言长篇尤以险韵为工，方之少作如出两手，可为知者道也。"①可见王庭筠后期创作的诗歌作品，因工险韵而被后人称为尖新。

章宗后期金代文学风格转为尖新浮艳，一方面和金代科举制度的发展有关系，"泰和、大安以来，科举之文弊，盖有司惟守格法，无育才心，故所取之文皆萎弱陈腐，苟合程度而已。其逸才宏气、喜为奇异语者往往遭绌落，文风益衰"②；另一方面和文学自身的发展相关。金代文学在经历了"借才异代"和国朝文派形成期40多年的发展，从北宋文学中汲取了丰富的营养，融合北方区域民族文化，在世宗时期金代文学开始走向成熟。它首先展现出的特征是工整平实，中规中矩，符合汉语传统文学的标准。再积累和发展了30多年后，开始在诗歌艺术上追求极致，于是章宗后期的金代文学更加注重立意之新和技巧之工。可以说，章宗朝后期国朝文派开始追求锤炼诗歌技艺，是其诗歌艺术发展成熟的一个标志。虽然过分的雕琢将文风带入了尖新浮艳的误区，但是其对金朝文学自身价值的追求，却是功不可没的。

第四，从文学发展方面看，成熟期的国朝文派文学体裁丰富，雅文学不断推广的同时，俗文学也在发展。除了传统的诗文词创作，金代王寂还创作了《辽东行部志》和《鸭江行部志》。大定二十九年，六十三岁的王寂授提点辽东路刑狱。明昌元年，王寂按部州县，作《辽东行部志》。明昌二年二月，"予以职事，有鸭绿江之行"，作《鸭江行部志》。所谓行部，又称按部，指巡行所属部域，考核政绩。志，记也。此二书属于行记。行记原是一种史部著述，产生于汉晋间，盛行于晋唐，至北宋开始质变。到了南宋，行记迎来了兴盛。范成大、陆游、周必大、吕祖谦等文学大家都留下了为人所熟知的行记作品，尤以范成大的"石湖三录"（《揽辔录》《骖鸾录》《吴船录》）最为典型。王寂二书保留了金代东北地区的风土人情，有学者称之为"十三世纪东北风情的社会画卷"，为史学、地理学、民俗学、宗教学、文学多个方面研究提供了宝贵的研究资料。《辽东行部志》和《鸭江行部志》在文学体裁方面的独特价值尤其值得关注。

俗文学也在世宗、章宗时期得到了极大的发展，出现了金院本和诸宫调。随着城市经济的发展，适应市民阶层文化娱乐的需要的院本杂剧和诸

---

① 阎凤梧主编：《全辽金文》，山西古籍出版社2002年版，第2893页。

② （金）刘祁：《归潜志》，中华书局1983年版，第108页。

宫调开始兴起。据元末陶宗仪《南村辍耕录》卷二十五所载，院本名目多达七十余种，但是由于兵火散亡，没有一部传留下来。《刘知远诸宫调》当产生于金章宗时期以前，作者不详，大约为民间艺人。《西厢记诸宫调》则为金章宗时期的董解元所撰。

三　国朝文派成熟期代表作家研究

（一）党怀英

1. 党怀英生平及研究概况

党怀英，字世杰，故宋太尉进十一代孙，冯翊（今陕西省大荔县）人。父纯睦，泰安军录事参军，卒官，妻子不能归，因家焉。大定十年（1170），中进士第，调莒州军事判官，累除汝阴县令、国史院编修官、应奉翰林文字、翰林待制、兼同修国史、国子祭酒、翰林学士、翰林学士承旨等职，并负责《辽史》刊修。卫绍王大安三年（1211）卒，年七十八，谥文献。

近年来对于党怀英研究的关注点，主要有以下几个方面。首先是生平仕历。作家研究的基本要素是作家的生平、籍贯和仕宦经历。党怀英籍贯有冯翊、马邑、奉符三说。经王庆生在《党怀英生平仕历考述》一文考证，此三说皆有据。冯翊为党怀英祖籍，即今之陕西大荔县；马邑，《宋史·党进传》云进为马邑人，党怀英为进十一代孙，故此说亦可；奉符，今山东省泰安县，党怀英"父纯睦，泰安军录事参军，卒官，妻子不能归，因家焉"。故有奉符之说。作家籍贯考证是了解作家的重要环节。史籍中同一人，有的记载的是他的祖籍，有的是他的出生地，有的是他的居住地。古人有以封地和居地命氏的习惯，住的地方换了，连氏也变了。如商鞅祖籍是卫，后来在魏国，秦国当官，古书称他为"卫鞅"，其封地在商，又称为"商鞅"，楚简称其为"秦客公孙鞅"。是因其姓为公孙氏。[①]王庆生考证党怀英生卒年为太宗天会十二年至卫绍王大安三年（1134—1211）。师友交游方面，党怀英师从亳州刘瞻。刘瞻，字岩老，为天德三年进士，大定初召为史馆编修，其诗工于野逸。另有广道、明道二人也颇受党怀英尊敬。广道名去非，字广道，私谥醇德。明道，名去执，字明道，号榆山先生，广道从弟。二人乃金中期山东儒学的主要代表人物。是

---

① 李零：《思想地图　中国地理的大视野》，生活·读书·新知三联书店2016年版，第81页。

时党怀英广纳贤朋,据记载与其过往从密的主要有辛弃疾、吴子昭、东阿张子羽、奉符王颐、东平吴大方与其兄大年、郭弼宪等。在党怀英和辛弃疾同授业于蔡松年的问题上,王庆生持肯定的观点。①山东大学聂立申《金朝党怀英籍贯、家世和生平略考》提出不同观点,结合有关文献史料、碑志,认为党怀英其实生于金太宗天会十一年(1133),卒于大安二年(1210),是奉符南城(今山东泰安)人,祖籍应为山西马邑。②

学术界党怀英研究的第二个关注点是他的文学艺术成就。马志强、杜呈辉《党怀英及其诗文书法略论》介绍了党怀英及其诗文书法成就,认为其为官清廉,为诗隐逸,为书精绝,堪称我国古代一位杰出的人物。③关于党怀英的文学艺术成就,王庆生也给予了赞誉:

> 党怀英是个成就相当全面的文学家和艺术家。……他的文学成就主要在散文,风格近似欧阳修。诗虽不及散文,然"晚年五言古体,寄兴高妙,有陶谢之风"。……肯定了他作为一代文坛宗主的地位。他的书法艺术成就尤为突出。……似乎他还是位画家,为书法文章盛名所掩,其画名不称于世而已。④

李淑岩《党怀英的诗作品第及成因探析》对党怀英诗歌作品进行了详尽的归类分析,认为党诗的创作题材多写山水纪行,亦有题画诗等寄景抒怀之作。党诗景物描写以体物精细见长,善于营造幽独的诗境。科举仕途的坎坷、师学传承以及全真道教在山东的兴起等都成为影响党怀英创作思想的主要因素。⑤王花《论金代诗人党怀英对陶渊明的接受》一文,探讨了陶渊明对党怀英的影响。他认为:"金代诗人党怀英接受并继承了陶渊明的诗歌风格,但他又不是机械照搬,最终发展成具党氏自我面目的创作风格,其从陶诗中来的自然质朴的诗境、通脱达观的心境及平淡自然的语言风格甚至代表了金中叶诗坛创作的整体艺术趋向。"⑥聂立申《金朝党怀英研究》研究认为,党怀英思想继承了唐宋以来韩愈、石介等人的

---

① 王庆生:《党怀英生平仕历考述》,《文教资料》1999年第1期。
② 聂立申:《金朝党怀英籍贯、家世和生平略考》,《泰山学院学报》2008年第5期。
③ 马志强、杜呈辉:《党怀英及其诗文书法略论》,《大同高专学报》1998年第1期。
④ 王庆生:《党怀英生平仕历考述》,《文教资料》1999年第1期。
⑤ 李淑岩:《党怀英的诗作品第及成因探析》,《绥化学院学报》2007年第6期。
⑥ 王花:《论金代诗人党怀英对陶渊明的接受》,《集宁师专学报》2010年第3期。

思想，标榜儒学道统。党怀英还积极主张三教并立，在文学上提倡真率自然之文风，反对矫揉造作。可见学界在对党怀英作品进行分类研究的同时也在思想源头上探讨陶渊明、韩愈为代表的儒家思想，以及全真教三教合一对党怀英创作的影响。

也有一些学者对党怀英在金代的文学成就进行了大胆的质疑。如马积高《论党怀英与辛弃疾》将党怀英和辛弃疾二人的文学成就进行了对比，探讨了作家的生活道路、思想与作品的关系。马积高认为，党怀英的诗文词"虽都有一定的成就，然与其声名殊不相符"；"党诗亦有写得真切的，然亦时露矫饰或欲言忽止之状，更缺少时代气息。……命意比较浮浅或一般化，就更看不到时代气息了。这可以说是党怀英诗的一个带普遍性的弱点和缺陷"；"读党怀英的诗文，颇使我们想起后来明代的台阁体，一般说来，文词非不舒徐温雅，然缺少精湛的思想、深刻的感情"。① 这些研究都为探讨党怀英文学艺术提供了很好的学术基础。

2. 党怀英与国朝文派

党怀英大定三年参加府试，中东府解元，大定十年（1170）中进士第。党怀英于章宗初年不断升迁，卒于卫绍王大安二年（1210），享年78岁。党怀英从成年起，完整地经历了世宗和章宗两朝。更难能可贵的是，在这个时间段内，他已经拥有成熟的思想和独立思考的能力。党怀英是儒家道统和文统的忠实继承者和拥护者，同时他本人具有较高的艺术修养。考察党怀英的思想情况，对理解世宗、章宗两朝具有重要的代表意义。

党怀英是金朝统治的坚定拥护者。党怀英《曲阜重修至圣文宣王庙碑》云：

> 皇朝诞应天命，累圣相继。平辽举宋，合一天下为一家，深仁厚泽，以福斯民。粤自太祖，暨于世宗，抚养生息，八十有余年。庶且富矣，又将教化而粹美之。主上绍休祖宗，以润色洪业为务。即位以来，留神机政，革其所当革，兴其所当兴，饬官厉俗，建学养士，详刑法，议礼乐，举遗修旧，新美百为，期与万方同归于文明之治。②

在党怀英的文章中充满了对金政权的热情赞美，他认为金用武得国，

---

① 马积高：《论党怀英与辛弃疾》，《求索》1993年第1期。
② 阎凤梧主编：《全辽金文》，山西古籍出版社2002年版，第1504页。

平辽举宗，合天下为一，更兼修文治，建学养士，修礼乐刑法，以文明之治为目标。这一方面跟党怀英知制诰的身份有很大的关系，另一方面反映出国朝文派诗人对于金政权的高度认可。

党怀英是儒家思想的忠实继承者。世宗时对儒学颇为重视。据《重建郓国夫人殿碑》载："大定间，天子留意儒术，建学养士，以风四方。举遗湮，兴废坠，旷然欲以文治太平。"① 党怀英的思想具有浓厚的儒家色彩。他在《曲阜重修至圣文宣王庙碑》一文中阐述了对儒道的基本看法。他指出，各家学说皆由唐虞三代之道演化而来，而儒学为本渊，其他学说为末流。文中说道：

> 臣尝谓唐、虞、三代致治之君，皆相授以道。至周末，世不得其传，而夫子载诸六经，以俟后圣。降周迄汉，异端并起，儒墨道德，名法阴阳，分而名家，而以六艺为经传章句之学，归之儒流。不知六艺者，夫子所以传唐、虞、三代之道，众流之所从出，而儒为之源也。后世偏尚曲听，沿其流而莫达其本，用其偏而不得其醇。自是历代治迹，尝与时政高下。②

党怀英认为，金朝继承了三代之正统，是儒学道统的忠实拥护者。"洪惟圣上，以天纵之能，典学稽古，游心于唐、虞、三代之隆。故凡立功建事，必本六经为正，而取信于夫子之言。"③

党怀英是儒家思想的忠实捍卫者。党怀英为重建先圣孔子之夫人亓官氏郓国夫人大殿写了碑记，推崇孔子为"人伦之首。"并对佛教的"无夫妇，绝父子，废人伦"提出了批评，认为浮屠"空言幻惑，且不足为教"。他对佛寺林立，而学庙修建经费紧张表示了忧虑，尤其表达了对佛教思想冲击儒家思想正统地位的担心："夫子万世之师也。今休明之代，不患其不崇，吾独患夫悖人伦者，方起而害名教，故因是殿之役，有以发是言也。"④ 可知党怀英是儒家思想的忠实继承者和捍卫者。

党怀英还是金代文学艺术大家，在文学和书法领域的成就颇高。《金

---

① 阎凤梧主编：《全辽金文》，山西古籍出版社2002年版，第1498页。
② 同上书，第1505页。
③ 同上。
④ 同上书，第1498页。

史》云:"怀英能属文,工篆籀,当时称为第一,学者宗之。"① 在文学领域,党怀英擅长写文,尤其善于起草诏令。章宗曾赞扬:"近日制诏惟党怀英最善。"② 元好问亦称"公之制诰百年以来亦当为第一"③;在书法艺术方面,党怀英工篆籀,和赵沨并称为"党赵":"党怀英小篆,李阳冰以来鲜有及者,时人以沨配之,号曰'党赵'。"④ 赵秉文在为党怀英撰写的墓志中对其一生的艺术成就做了高度的概括:

> 公之文似欧公,不为尖新奇险之语;诗似陶谢,奄有魏晋。篆籀入神,李阳冰之后一人而已。尝谓唐人韩蔡不通字学,八分自篆籀中来,故公书上轧钟蔡,其下不论也。小楷如虞褚,亦当为中朝第一,书法以鲁公为正,柳诚悬以下不论也。古人名一艺,而公独兼之可谓全矣。⑤

可知党怀英文、诗、书法皆通,是一位文学艺术的全才。

党怀英的诗文冲淡平和,赵秉文《中大夫翰林学士承旨文献党公神道碑》云:

> 文章非能为之工,乃不能不为之为工也;非要之必奇,要之不得不然之为奇也。譬如山水之状,烟云之姿,风鼓石激,然后千变万化,不可端倪,此先生之文与之诗也。⑥

文以意为主,辞以达意而已,正符合国朝文派"雅"的审美传统。党怀英在金代文坛的地位很高,元好问列举国朝文派代表人物时仅位于蔡珪之后。赵秉文《竹溪先生文集引》云:

> 故翰林学士承旨党公,天资既高,辅之以学,文章冲粹,如其为人。当明昌间,以高文大册,主盟一世。自公之未第时,已以文名天下。然公自谓入馆阁后,接诸公游,始知为文法,以欧阳之文得其

---

① (元)脱脱等撰:《金史》卷一百二十五,中华书局1975年版,第2726页。
② 同上书,第2727页。
③ (金)元好问:《中州集》卷三,华东师范大学出版社2014年版,第162页。
④ (元)脱脱等撰:《金史》卷一百二十六,中华书局1975年版,第2729页。
⑤ (金)元好问:《中州集》卷三,华东师范大学出版社2014年版,第162页。
⑥ 阎凤梧主编:《全辽金文》,山西古籍出版社2002年版,第2251页。

正。信乎！公之文有似乎欧阳公之文也。①

赵秉文称党怀英为金代的欧阳修。主盟明昌间的党怀英为士林所向，主要原因是其在思想上继承了儒家正统，国子祭酒、翰林学士、翰林学士承旨的身份也是汉族文士最接近金朝权力中心的地方，加之党怀英博学多才，文艺俱佳，他成为文坛领袖也就是众望所归。

（二）王寂

1. 王寂生平及研究概况

王寂字元老，号拙轩，蓟州玉田（今河北省玉田县）人。父王础，辽国进士出身。王寂天德三年（1151）中进士，正隆二年（1157）赴选，历任祁县令、方山令、平州观察判官、户部侍郎、中都路转运使等职。著有《拙轩集》《北迁录》《辽东行部志》《鸭江行部志》。

元好问在《中州集》王都运寂小传中指出了王寂诗歌的艺术渊源："予谓诗固佳，恨其依仿苏才翁太甚耳。"② 可知王寂的诗歌受到苏舜元的影响较大。清代纪昀对王寂诗歌的艺术风格和在文学史上的地位予以了较高的评价：

> 寂诗清刻镂露，有戛戛独造之风。古文亦博大疏畅，在大定明昌间卓然不愧为作者。金朝一代文士见于《中州集》者不下百数十家，今惟赵秉文、王若虚二集尚有传本，余多湮没无存，独寂是编幸于沈霾晦蚀之余，复显于世，而文章体格亦足与滹南、滏水相为抗行。③

《金文雅》也认为"元老诗文清拔，为滹南、庄靖二家先导"④。可知王寂对金代文学影响很大。尤其为金末王若虚、李俊民诗文风格之先导。

近年来，周惠泉的《金代文学家王寂生平仕历考》以及王庆生的《金代文学家年谱》对王寂生平事迹进行了考订；张博泉的《辽东行部志注释》和《鸭江行部志注释》对王寂作品进行了整理注释；胡传志的

---

① 阎凤梧主编：《全辽金文》，山西古籍出版社2002年版，第2314页。
② （金）元好问：《中州集》卷二，华东师范大学出版社2014年版，第126页。
③ （清）纪昀：《四库全书总目提要》卷一百六十六"别集类十九"。
④ （清）庄仲方编：《金文雅》，吉林人民出版社1998年版，第290页。

《金代文学研究》一书中专设一节，讨论王寂的艺术成就，指出他是金代前期和中期传世作品最多的诗人，对研究金代中期诗风具有独特的价值。此外黑龙江大学张怀宇的硕士学位论文《王寂诗歌研究》从作家生平及思想，诗歌创作和艺术特色以及王寂同国朝文派的关系三个主要方面对其进行了深入的分析研究。吕肖奂《王寂题画诗析论》①，以王寂现存28题44首题画诗为研究对象，探讨了其独特的历史和艺术价值。题画诗中保留的金源画家及收藏家的信息，对研究金源绘画史有重要文献参考价值。吕肖奂认为题画诗和题咏的金源绘画，显示出共同的隐逸倾向，还露出画与诗在审美对象选择上具有的民间特色与民族特色；从诗人如何处理绘画这一对象，以及在处理绘画主题上表现出的诗歌表达能力，可以确立王寂在金源诗歌史的地位。

王定勇《论金源词人王寂》对王寂的词学艺术进行了分析研究，他认为："作为国朝文派的重要基石，王寂的词学成就卓异。拙轩词熔铸吴蔡体、北宋诸家、花间词派，兼收并蓄，自成一格，把金词引入一个新的境界。拙轩词带有鲜明的政治色彩和正统意识，从思想层面上标明国朝文派的正式确立。拙轩词的玩世心态，为词坛注入新风，也开启了后世散曲文学的玩世思潮。"② 王寂散文研究方面，有王永的《王寂散文与金代中期文风指向》，文中指出王寂散文传奇志异的特点蕴含了元代以后戏曲小说繁荣的因子。

2. 王寂和国朝文派

王寂于天德三年中进士第，初不赴选，正隆二年始赴吏部选，得官辽东。世宗大定二年为祁县令，后转任方山令，大理评事，平州观察判官，辽东路转运司同知，中都副留守，户部侍郎，提点辽东路刑狱，中都路转运使等职务。明昌四年卒，谥文肃。在人生最年富力强的黄金阶段，王寂经历了金朝最鼎盛的大定明昌时期。他留下来的278首诗歌，使其成为金代前期和中期保留传世作品最多的诗人。王寂其人其作均可为大定明昌时期的典型代表。

第一，诗人对金朝的自信。

王寂出生于太宗天会五年左右，是时金朝政权已经建立，王寂可谓无可争议的国朝成长起来第一代真正意义上的作家。在王寂的文学作品中已

---

① 吕肖奂：《王寂题画诗析论》，《广州大学学报》（社会科学版）2006年第10期。
② 王定勇：《论金源词人王寂》，《民族文学研究》2009年第3期。

经完全看不到"借才异代"作家"泪眼依南斗,难忘去国情"的那种身在异国对故乡的思念,更多的是对金朝政权天然的认可和由衷的自豪。王寂和蔡珪出生时间相近,不同之处在于他经历了金朝最鼎盛的大定明昌时期,而蔡珪于大定十四年就谢世了。所以,王寂的诗歌中,对金朝政权的由衷自豪和赞叹更加溢于言表。如《别高丽大使二首》:

其一

万里朝天礼告成,归途冰凘积峥嵘。相从遽作春云散,款语何妨夜月倾。两地关河伤远别,一天风雪叹劳生。他年币玉重来日,对立眔恩眼更明。

其二

送迓都忘百日劳,匆匆言别奈无聊。渡江相见迎桃叶,分马能忘赠柳条。烟抹鸡林山隐隐,云横鹤野路迢迢。君侯此去应前席,为赞忠嘉事圣朝。①

据《金史》记载:"金灭辽,高丽以事辽旧礼称臣于金。"② 金朝灭辽国后,高丽国和金朝建立邦交,互遣使者。王寂在诗歌中展现出一种倨傲的大国姿态,称金朝为"圣朝",把高丽大使的到访称为"万里朝天",展现出了对金朝政权的自信自豪。在《送田元长接伴高丽告奏使》中,王寂也有:"圣朝万里息烽烟,冀马吴牛尽稳眠。蜗国弄兵贪裂地,蚁臣将命恳呼天。"直接把金朝称"圣朝",高丽为"蜗国"。如果说这是面对别国的外交辞令,那么王寂《上南京留守完颜公二首》则是与皇亲贵胄的信件来往,其中对于金朝的自信也是溢于言表:

其一

圣朝敦睦重分封,不学成王戏翦桐。终以阿衡任天下,暂留萧相守关中。穷边绿野人烟接,永日黄堂狱讼空。巨手不应偏福地,会归调鼎赞元功。

其二

赫赫金源帝子家,暂分符竹莫京华。礼容登降歌麟趾,庙算纵横

---

① 阎凤梧、康金声主编:《全辽金诗》,山西古籍出版社1999年版,第569页。
② (元)脱脱等撰:《金史》卷一百三十五,中华书局1975年版,第2881页。

制犬牙。黄阁久闻虚鼎席，朱衣行引上堤沙。他年定数中书考，异姓汾阳不足夸。①

王寂诗中一如既往的称"圣朝"，由衷的"赫赫金源帝子家"。与"穷愁诗满箧，孤愤气填胸。脱身枳棘下，顾我雪窖中"的宇文虚中，"泪眼依南斗，难忘去国情"的高士谈，"天南家万里"的吴激的心境已经截然不同。王寂诗歌中的对国朝的自信以及自豪感与前期"借才异代"诗人的气郁难解形成鲜明的对比。

第二，诗人受佛道的影响。

王寂与佛学结缘，主要有两个方面的因素。一个是家庭环境的影响。王寂系出"三槐王氏"，有习佛的传统。先祖王旦为相，临终时，剃去头发，身披缁衣，依照僧例殓葬。王随，宋仁宗朝官至宰相，佛学修养极高，曾为长水子璇禅师《首楞严义疏注经》作序，并删次《景德传灯录》三十卷为《传灯玉英集》十五卷行世。王寂的父亲王础也是一位虔诚的佛教信徒，据王寂《书金刚经后》载，其父笃信佛学，奉佛谨甚，五十余年坚持日诵《金刚经》。王础八十三岁临终之际，澡浴振衣，置经于首，合手加额，跏趺以终。王础去世后，据说整个房间里充满了香气，两夜才逐渐散去。王寂其名"寂"，乃佛教中永离一切烦恼生死之意，寄托了家族对他最美好的祝福。王寂的叔父也是僧人，精心研习佛理。那么王寂近佛、习佛也就在情理之中了。第二个重要的因素就是大定明昌年间的佛教政策比较宽松。世宗改变海陵时期严禁佛教发展的政策，兴建寺院，允许佛教在较为宽松的环境下发展。据《辽东行部志》记载，王寂在巡按辽东各部时，行程中有一大部分时间留宿于当地佛寺内。

王寂诗文作品和佛学相关的主要有两类：一类是和佛教题材相关。如和佛寺，僧人相关的作品。二类是富有佛禅意蕴的诗文作品。比较著名的有《留题觉华岛龙宫寺》：

> 传闻三山驾空虚，珠宫贝阙神仙都。茫茫弱水限舟楫，人迹不到如有无。平生点检江山好，祇有龙宫觉华岛。何年经创作者谁，兴圣帝师孤竹老。老人绝俗栖金沙，岁久喜舍来天家。悬崖架壑置佛屋，

---

① 阎凤梧、康金声主编：《全辽金诗》，山西古籍出版社1999年版，第576页。

突兀殿阁凌烟霞。乃知造物开神异，故压祇园布金地。四顾鲸波翼宝岩，玻璃环拥青螺髻。我生自厌薰膻腥，坐觉两腋生清泠。夜凉海月耿不寐，几欲举手扪天星。明朝收帆落尘土，一梦回头散风雨。向令坡老此经行，想不愿为天竺主。①

觉华岛号称"海天佛国"，是辽代以来著名的佛教圣地。公元994年，辽圣宗授五台山和尚觉华为"拓岛先师"，派其到兴城县治所海岛上建寺兴佛。觉华和尚入岛后，与众僧一起修建大龙宫寺，传播佛法。觉华岛由人而名，由佛名传，流传甚广，成为辽国东部的佛教中心，对后世佛教发展影响深远。王寂存有两首与觉华岛相关的诗《觉华岛并引》和《留题觉华岛龙宫寺》。《留题觉华岛龙宫寺》首三句写觉华岛地势独特，海中一岛，名声远播。四五句写觉华大师受命拓岛建寺。六句至十句写大龙宫寺建筑宏伟和环境优美。十一二句写惜别之情和向佛之心。王寂在诗歌中采用了很多的佛教用语，如《留题晋阳古城慧明寺》：

劳生来往竟如梭，萧寺重游感慨多。十里晋溪新景物，千年唐叔旧山河。苾蒭香满阿兰若，舍利深藏窣堵波。我欲壁间书岁月，奈何惭愧小东坡。②

"苾蒭"亦作"苾刍"，本西域草名，梵语以喻出家的佛弟子，即比丘，为受具足戒者之通称。阿兰若，梵语的音译，原指寂静处或空闲处，后指代佛寺。窣堵坡原是印度埋葬佛祖释迦牟尼火化后留下的舍利的一种佛教建筑，窣堵坡也即是塔。开始为纪念佛祖释迦牟尼，在佛出生、涅槃的地方都要建塔，随着佛教在各地的发展，在佛教盛行的地方也建起很多塔，争相供奉佛舍利。后来塔也成为高僧圆寂后埋藏舍利的建筑。王寂的足迹不仅仅只停留在这些名山古刹，一些不知名的佛寺也常常出现在他的笔下，如《沁水山寺》：

两峡山高月半轮，五更人起马嘶频。无端又上长安道，输与僧窗

---

① 阎凤梧、康金声主编：《全辽金诗》，山西古籍出版社1999年版，第553—554页。
② 同上书，第582页。按：苏叔堂有"小东坡"之称，诗后有"壁间有苏叔党留题故云"。

饱睡人。①

又如《游山寺》：

  盘纡细路仅能通，断壑危桥渡几重。横岭尽头方见寺，乱云深处忽闻钟。黄昏古屋翻飞鼠，绿净寒潭隐蛰龙。惭愧居僧还好客，邻家乞粟备晨舂。②

  另外，王寂的佛学修养较高，不是随便写写寺庙游记，而是对于佛学禅理有着自己的见解，并且用诗歌的形式表达出来。据记载："癸亥，次柳河县，旧韩州也。先徙州于奚营，州后改为县。又以其城近柳河，故名之。予寄宿僧舍，视其牓曰'澄心庵'。予以周金纲公案，戏为短颂以问主僧，云：'心动万缘飞絮，心安一念如冰。过去未来见在，待将那个心澄？'僧虽尝讲经，绝不知个中消息，问之茫然，卒不能对。"可知王寂佛学修养深厚，以佛教公案为颂，一般僧人竟然不能对答。

  王寂和道教也有一定的接触，他的弟弟就是一名道士。《曲全子诗序》："吾弟名寀，字元辅，曲全子盖道号云。"③ 他留下来的文字资料中也与道教相关，如《道士女冠度牒》。

  总之，王寂由于家族因素，他个人的佛学造诣颇深，但是在思想方面他还是以儒家为主的。如他在《三友轩记》中就强调了理学中的"诚"，并把它作为自己和顽石散木为友的理论支持。客，也就是文中虚拟的提问方，指出王寂和木石为友的不可行之处："奈何木石无情，奚足以知子之区区如此？"王寂回答："人之遇物，但患不诚。果能以诚，则生公之石，可使点头；老奘之松，亦能回指。辛无忽。"④ 说完之后，客人惭愧，茫然自失，宜其有会于心者，乃相顾一笑而去。在《瑞葵堂记》中，王寂记述了一位整顿黠胥悍卒的循吏王安中，并提出了治国理政以"诚"为原则。他在文中指出："凡百有官君子，莅民从政，不可以不诚。孟子所谓'至诚而不动者，未之有也；不诚，而未有能动者。'如王君，其可谓

---

① （金）元好问：《中州集》卷二，华东师范大学出版社 2014 年版，第 128 页。
② 阎凤梧、康金声主编：《全辽金诗》，山西古籍出版社 1999 年版，第 578 页。
③ 阎凤梧主编：《全辽金文》，山西古籍出版社 2002 年版，第 1447 页。
④ 同上书，第 1442—1443 页。

至诚也已。"① 王寂的思想是这一时期儒道释合流倾向的代表。

第三，王寂的《辽东行部志》《鸭江行部志》丰富了金朝的文学体裁。

著名的《辽东行部志》《鸭江行部志》都是王寂晚年明昌年间完成的著作。大定二十九年，六十三岁的王寂授提点辽东路刑狱；明昌元年，按部州县，作《辽东行部志》；明昌二年二月，"予以职事，有鸭绿江之行"，作《鸭江行部志》。此二书的价值在于保留了金代东北地区的风土人情，有学者称之为"十三世纪东北风情的社会画卷"，为史学、地理学、民俗学、宗教学、文学多个方面研究提供了宝贵的研究资料。尤为值得关注的是其在文学体裁方面的独特价值。行记产生于汉晋，盛行晋唐，北宋兴变，至南宋而盛。金代作为和南宋时间上基本平行的王朝，王寂的《辽东行部志》《鸭江行部志》代表着金代文学在散文方面的成就，丰富了国朝文派的文学样式。无怪乎王寂总是对金朝充满了自豪之感。

王寂的文学作品表现出强烈的叙事倾向和志怪因素。王寂的《辽东行部志》《鸭江行部志》以日系事，本身就是一种记叙文体，除此以外，在王寂的诗歌作品中存有许多诗序，或介绍写诗缘由，或叙述事情始末，和诗歌本身一起，构成了独特的价值，如《觉华岛（并引）》：

> 予自少时即闻辽东觉华岛为人间佳绝处，凡道经海上，未尝不驻鞍极望，久不能去。第简书有期，不得一到为恨。大定乙未之秋，仲月十有四日，予自白霫审理冤狱归，投宿龙宫下院，谋诸老宿，期一往焉。老宿曰："今秋风劲，波浪汹涌，虽柂工篙师往来其间，亦不免缩颈汗背。当俟隆冬冰合，如履平地，然后可着鞭耳。"予竟不听，明日登舟，行未几半，风涛掀簸，舟人为之变色，于是收帆弭檝，维石于北渡。予叹曰："此而不济，则命也。"乃割牲酾酒，投是诗以祷之，遂复鼓枻以进。已而风停浪静，天水湛然，极目万里，恍然如坐大圆镜中。指顾之间，已登彼岸。舟僧询大德者谓予曰："正直劲山鬼，诗句起蛰龙者，信不诬矣。"予笑曰："如二公者，千古仰之，犹太山北斗，岂庸人末士所可拟哉。是必怜其勤而报以诚也。不然，则刘昆所谓反风灭火，蝗不入境者，皆偶然耳。"虽然，

---

① 阎凤梧主编：《全辽金文》，山西古籍出版社2002年版，第1444页。

第三章 国朝文派的发展演变

此一段奇,亦不可不纪也。①

此文颇有东坡"赤壁赋"之风,序文记述了作者拜访觉华岛,行未半而遇暴风巨浪。诗人作诗投入水中献祭祈祷而风波平息的一段奇遇。情节生动,叙述清晰,甚可读耳! 又《辙中毙龟(并引)》,如下:

> 予以公事,按部郊行,过污泥浊水,深不没膝,广可三丈许。车辙中有乌龟伏焉,首尾余尺。予初疑曝背,举而视之,则头且碎矣。予谓凡物之神无如龟者,意其舍鱼龙而伍蛙黾者,则必厌网罟搜罗之患,以求自安,今复死于奔轮之下,岂灵于人而不灵于己耶? 抑吉凶逆定而不可逃耶? 政如嵇叔夜锻隐以避世,反见谮于锺会,竟不免东市之刑。信乎,死生有命,脩短有期。彼有不顾名节,侥幸以求全者,未必然也。予作是诗,盖有激而云。②

201字的序言,可谓是一篇短文。先交代了缘何遇到乌龟,接着有感而发,围绕龟能占卜却不知己吉凶,最后上升到死生有命的哲学高度。王寂有些诗歌的题目就是一篇小记。如《漕副刘师韩自辽西按田讼回,仆率僚友迎劳于郊。是夕,仆酒战败绩。明日师韩传檄再三,竟不复出。盖渠豪于饮,而仆素不能也。戏以此诗解嘲》,五十六字交代了朋友斗酒的起因和经过,生动形象地刻画出善于豪饮的刘师韩。另外王寂的词也有小序,如《南乡子(并引)》云:

> 大定甲辰,驰驿过通州,贤守开东阁,出乐府,缥缈人作累累驻云新声,明眸皓齿,非妖歌嫚舞欺儿童者可比。怪其服色与侪等伍,或言占籍未久,不得峻陟上游,问之,云青其姓,小字梅儿,因感其事,拟其姓名,戏作长短句,以明日黄花蝶也愁歌之。③

小引交代了作词的时间、地点、人物和作词的缘由,也是有强烈的叙事倾向。

---

① 阎凤梧、康金声主编:《全辽金诗》,山西古籍出版社1999年版,第552—553页。
② 同上书,第556页。
③ 唐圭璋编:《全金元词》,中华书局1979年版,第34页。

王寂的文章中还夹杂着传奇志怪的因素，这可能和他的佛学修养有关。在《瑞葵堂记》描写异葵："异本而同枝，状如骈拇。及其末也，分而为双，花并秀如红玉连理。"①《书金刚经后》写王寂父亲笃信佛教，去世时香气满室，持续了一个晚上，在《先君行状》中也有同样记叙："晨起如平时，沐浴易服，跏趺而逝。属旷之后，香闻满室，信宿乃歇，人皆异之。"②《三友轩记》中，王寂与木石为友："吾欲友之，其可得乎！""果能以诚，则生公之石，可使点头；老奘之松，亦能回指"。③这里王寂化用了一个佛教故事。生公是对东晋高僧竺道生的尊称。相传他特别善于讲说佛法，刚到苏州时，由于不被了解，无人听讲，于是就对着石头讲了起来，结果石头都受了感动，点头赞许。今苏州虎丘山还保留有"生公讲台"摩崖石刻，据传为生公讲法石点头所在。对佛教的接触，丰富了王寂的文学表达内容。

王寂是国朝文派成熟期的代表诗人之一，他留存下来的诗歌数量可观，诗歌作品中洋溢着金朝鼎盛时期的自信和自豪。王寂又受到佛道思想的浸润，作品中体现出"儒道释三教合一，儒家为尊"的倾向。他的《辽东行部志》和《鸭江行部志》丰富了国朝文派的创作题材。王寂诗文清拔，为金末王若虚、李俊民的先导，他的作品中强烈的叙事倾向和志怪因素更是孕育了元代戏剧的要素。

（三）王庭筠

1. 王庭筠生平及研究概况

王庭筠，字子端，号黄华山主，又号雪溪，熊岳（今辽宁省盖州市）人，大定十六（1176）年进士。累官恩州军事判官、馆陶主簿、郑州防御判官、应奉翰林文字、翰林修撰等职务。泰和二年（1202）卒，年47岁。其父遵古，字符仲，正隆五年（1160）进士，仕为中大夫，翰林学士。元好问《王黄华墓碑》赞其"文行兼备，潜心伊洛之学，言论皆可纪述"④。

王庭筠作为章宗时期国朝文派的代表人物，有着极高的艺术造诣和文学修养。近年来学术界有关王庭筠的研究内容主要包括几个方面：一是关

---

① 阎凤梧主编：《全辽金文》，山西古籍出版社2002年版，第1444页。
② 同上书，第1452页。
③ 同上书，第1442—1443页。
④ 同上书，第2891页。

于王庭筠生平仕历的研究。在此方面用力最勤的当属金毓黻。他根据《金史》《中州集》《归潜志》等基础文献考证了关于王庭筠生平仕历及其家族的一些问题，并整理出年谱，为学界的研究奠定了基础。王庆生在《金代文学家年谱》对王庭筠的生年作了新的考证，提出与金毓黻不同的观点，值得借鉴。二是文集的整理。金毓黻整理了王庭筠的《黄华集》，收录于《辽海丛书》，为学术界研究王庭筠的文学作品提供了便利。三是对王庭筠诗歌创作的研究。马赫《略论金代辽东诗人王庭筠》[1] 讨论了王庭筠诗歌创作的内容及风格，简略探讨了王庭筠诗歌创作风格形成的客观原因。张晶、都兴智《金代诗人王庭筠诗歌创作摭论》发表于《文学遗产》1988年第5期，探讨了王庭筠的诗歌创作问题。张晶《辽金元诗歌史论》主要品评了王庭筠诗歌中表现出的幽独意识和明净清冷而高洁寂寥的审美境界。都兴智《王庭筠的文学艺术成就及其影响》探讨了王庭筠取得文学艺术成就的条件主要为世宗、章宗承平的历史环境，深厚的家学渊源，坎坷的人生经历，名师益友的交游及严谨的治学态度等。他认为："王庭筠的文学艺术成就在当时以及对后代尤其是对元、明两代都产生了深远的影响，他在中国古代文学艺术发展史上具有显著的地位。"[2] 李梅《金代王庭筠家族及其文学研究》[3] 主要从家族文化的角度对王庭筠进行了深入的研究。探究考证了王氏家族的源流、谱系及其文化传统，分析了王庭筠和其父王遵古，其子王万庆及王氏家族其他成员的仕历及文学创作和艺术风格。李梅认为以儒家思想文化为核心的文化传统为王氏家族成员的人格修养及其文学艺术创作奠定了基础，对其家族文学的形成与发展起到了至关重要的作用。关于王庭筠词的研究主要有于东新《论金代渤海词人王庭筠——兼论民族融合语境下词人的艺术取向》[4] 等。书法艺术的研究主要有龙小松《金代书法风格的嬗变》[5]、史宏云《王庭筠与湖州竹派》。绘画艺术方面主要有谈生广《从王庭筠〈墨竹枯槎图〉看宋金

---

[1] 马赫：《略论金代辽东诗人王庭筠》，《社会科学辑刊》1987年第5期。
[2] 都兴智：《王庭筠的文学艺术成就及其影响》，《辽宁师范大学学报》1997年第1期。
[3] 李梅：《金代王庭筠家族及其文学研究》，硕士学位论文，山西大学，2011年。
[4] 于东新：《论金代渤海词人王庭筠——兼论民族融合语境下词人的艺术取向》，《黑龙江民族丛刊》2011年第5期。
[5] 龙小松：《金代书法风格的嬗变》，《北方文物》2008年第1期。

及元初苏轼体系墨竹的传承》①。文化类的主要有杨秀兰《试析南北文学融合在王庭筠作品中的体现》等论文。学界在王庭筠研究的深度和广度上都取得了一定的成绩，但是从国朝文派的这一角度进行分析还有很多值得关注的内容。

2. 王庭筠与国朝文派

一是王庭筠对国朝文派的贡献。

王庭筠大约出生于正隆元年（1156），大定十六年（1176）甲科及第，泰和二年（1202）卒，是金代土生土长的文学家。王庭筠经历了金代鼎盛的世宗和章宗时期，他的作品反映了大定明昌间的社会风貌和文坛气象。他在诗书画方面取得的非凡的艺术成就，是国朝文派当之无愧的代表。

王庭筠少负盛名，对金代文坛影响很大。他是金代文坛争相学习的楷模，是文脉的传承者。主南渡文风一变的赵秉文因王庭筠荐而入翰林，幼年学习诗歌与书法都取法王庭筠。有诗《寄王学士子端》云："寄语雪溪王处士，年来多病复何如？浮云世态纷纷变，秋草人情日日疏。李白一杯人影月，郑虔三绝画诗书。情知不得文章力，乞于黄华作隐居。"② 这首诗是赵秉文的成名之作，因王庭筠的称赞而广为流传。赵秉文在诗中将王庭筠比为诗仙李白，和精通诗书画的唐人郑虔，可见其对王庭筠的诗歌和书画艺术成就的仰慕。南渡后怪奇诗风的代表人物李纯甫对王庭筠也是极为推崇："东坡变而山谷，山谷变而黄华，人难及也。"李纯甫认为王庭筠是继续北宋文脉的金代文学的代表。金末文学巨匠元好问对王庭筠更是崇敬之至，他曾应王庭筠之子王万庆之邀作《王黄华墓碑》。元好问文中自述少时就学王庭筠诗启蒙，随即仰慕终身："自初学语，先夫人教诵公五言。志学以来，知慕公名德，盖尝梦寐见之。虽不逭指授，至于不腆之文，亦从公沾丐得之。"③ "盖公门阀、人品、器识、文艺，一时名卿材大夫少有出其右者。"④ 王庭筠不仅在金代文坛声望颇高，在朝堂之上，金章宗对于王庭筠其人及其文学修养也是欣赏有加。王庭筠去世后，"上素知其贫，诏有司赙

---

① 谈生广：《从王庭筠〈墨竹枯槎图〉看宋金及元初苏轼体系墨竹的传承》，硕士学位论文，南京师范大学，2003年。
② （金）元好问：《中州集》卷三，华东师范大学出版社2014年版，第198页。
③ 阎凤梧主编：《全辽金文》，山西古籍出版社2002年版，第2893页。
④ 同上书，第2890页。

钱八十万以给丧事,求生平诗文藏之秘阁。"又以御制诗赐其家,其引云:"王遵古,朕之故人也。乃子庭筠复以才选,直禁林者首尾十年。今兹云亡,玉堂东观,无复斯人矣。"① 王庭筠声名远播,在当时的影响力已经超出了金朝统治区域的范围,"朝使至自河、湟者,多言夏人问(赵)秉文及王庭筠起居状"。② 王庭筠对后世文学也产生了积极的影响。耶律楚材《和黄华老人题献陵吴氏成趣园诗》赞誉王庭筠"雪溪诗翰耀星斗""丽句已后黄华手"。元代王恽评王庭筠诗作:"涧松出土,已有凌云之气势者。"明代胡翰赞叹王庭筠:"词翰皆非近人可比。"可见王庭筠的文学成就,不论在金代还是后世,金朝本土还是邻邦,文坛还是政坛都取得了一致的认可,是当之无愧的国朝文派的代表人物。

二是王庭筠的艺术成就。

王庭筠诗文俱佳。王庭筠为文能道所欲言,辞理兼备。如《涿州重修蜀先主庙碑》。碑文以"仁"为核心,以"先生(刘备)仁人也。当阳之役,不以身而以民;永安之命,不以家而以贤"③ 展开论述。此文深得后世推崇,元郝经《书黄华涿郡先主庙碑阴诗》有赞:"称道孔明独有杜少陵,论著昭烈复见王黄华。"王世贞《跋王庭筠先主庙碑》也称赞:"当阳之役不以身而以民,永安之命不以家而以贤,自是名语。"王庭筠《香林馆记》以王庭筠和沂州守张汝方书信往来为记。张汝方出守沂州,治州有方,无讼升平,筑香林馆,写信给王庭筠求为之记。张汝方在信中表达了筑馆的初衷:"非徒燕息而已,盖将致思于其中。人之思出于心,心为俗物所败则乱。故治心者,先去其败之之物,然后安。既安而思,则思之精。"王庭筠的回信则更加简洁条理,先叙张汝方治州之功:"公之治沂也,驭民宽,驭吏严,桥梁修,学校举,野无废田,庭无留讼,其为政播于人者如此!"次对张汝方的治心说予以回应:"政隙游戏翰墨,诗句高远似唐人,书画图美似晋人……乃日坐香林,思而得之欤?则其事君与夫治身、治家、治民之道,可以触类而知。"④ 整篇文章既有主客之问答,亦有治心之理,文辞之妙实可谓辞理兼备。

王庭筠的诗歌现存40余首,表现出前后期不同的风格。王庭筠的诗

---

① 阎凤梧主编:《全辽金文》,山西古籍出版社2002年版,第2890页。
② (元)脱脱等撰:《金史》卷一百十,中华书局1975年版,第2429页。
③ 阎凤梧主编:《全辽金文》,山西古籍出版社2002年版,第1964页。
④ 同上书,第1967页。

歌风格的转变主要以隐居黄华山为界。明昌元年之前因馆陶之贬隐居黄华为前期，明昌元年应章宗诏复用至泰和二年去世为后期。王庭筠前期隐居黄华山，致力经史，博学深究，书云："自公来居，以'黄华山主'自号……山居前后十年，得悉力经史，务为无所不窥，旁及释老家，尤所精诣。学益博，志节益高，而名益重。"① 这一时期的王庭筠作品风格清新自然，以《黄华亭》（又名《游黄华山诗》）六首为代表：

  帝遣名山护此邦，千山瑟瑟嵌西窗。山僧乞与山前地，招客先开四十双。

  手拄一条青竹杖，真成日挂百钱游。夕阳欲下山更好，空林无人不可留。

  王母祠东古佛堂，人传栋宇自隋唐。年深寺废无僧住，满谷西风栗叶黄。

  挂镜亭西挂玉龙，半山飞雪舞天风。寒云直上三千尺，人道高欢避暑宫。

  道人邂逅一开颜，为籍筇枝策我孱。幽鸟留人还小住，晚风吹破水中山。

  一派湍流漱石崖，九峰高倚翠屏开。笔头滴下烟岚句，知是栖霞观里来。②

王庭筠后期，因在翰林供职，写了不少应制诗。泰和元年，王庭筠扈从秋山，应制赋诗三十余首，章宗颇为嘉许。王庭筠后期诗风逐渐转为尖新，跟其御前侍驾的经历不无关系。元好问在《王黄华墓碑》指出王庭筠"暮年诗律深严，七言长篇，尤以险韵为工，方之少作，如出两手，可为知者道也"。③ 赵秉文也指出："子端才故高，然太为名所使，每出一联一篇，必要时人皆称之，故只是尖新。"④ 王庭筠的《中秋》诗云：

  虚空流玉洗，世界纳冰壶。明月几时有，清光何处无。人心但秋

---

① 阎凤梧主编：《全辽金文》，山西古籍出版社2002年版，第2892页。
② 阎凤梧、康金声主编：《全辽金诗》，山西古籍出版社1999年版，第1184页。
③ 阎凤梧主编：《全辽金文》，山西古籍出版社2002年版，第2893页。
④ （金）刘祁：《归潜志》，中华书局1983年版，第119页。

物，天下近庭梧。好在黄华寺，山空夜鹤孤。"①

又如《残菊》："幽花寂寞无多子，办与黄蜂实蜜脾。"② 或为造句而诗，或一味求新，正是其后期诗歌弊病所在。王庭筠后期尖新诗风一方面和其在宫廷任职个人生活狭窄有关，另一方面受明昌间承平日久，奢靡之风兴起的影响。这种社会生态的改变反应在诗歌中就是不喜平淡质朴，追求华丽尖新。

除了诗文，王庭筠还擅长字画。书法成就方面，王庭筠直追宋人，得二王精髓于气韵之间，和赵沨、赵秉文一起并称金代书法名家。正如元好问所说："世之书法皆师二王，鲁直、元章、号为得法。元章得其气，而鲁直得其韵。气之胜者，失之奋迅；韵之胜者，流为柔媚。而公则得于气韵之间。百年以来，公与黄山、闲闲、两赵公，人俱以名家许之。"③ 王庭筠尤擅墨竹，得文同之精髓，《中州集》称其"墨竹殆天机所到，文湖州以下不论也"④。王庭筠的墨竹画对元代画坛产生很大的影响。高克恭是元代湖州竹派的代表画家之一，享有盛誉，他的墨竹画法就是师承王庭筠而来。《图绘宝鉴》云高克恭："墨竹学黄华，大有思致。"元代李衎也善画墨竹，《图绘宝鉴》云："善画竹石枯槎，始学王澹游，后学文湖州。"王澹游就是王庭筠的儿子王曼庆，也称王万庆，号澹游。王万庆文章字画都继承的是王庭筠的衣钵。王庭筠不仅自己书画水平较高，同时也摹写法帖，品评前代书法名画。王庭筠有摹刻前贤墨迹古法帖所无者《雪溪堂帖》十卷，品第秘府书画《品第法书名画记》五百五十卷。

王庭筠是金代文学艺术集大成者，究其原因，主要受到两个客观因素的影响。一是大定明昌时期的重文之风，尤其是章宗对文学的喜爱，促进了这一时期文学的繁荣。王庭筠遇到了施展自己文学艺术才华最好的时代。王庭筠一生曾两次遭到贬黜，都是章宗力排众议重新起用。第一次是大定二十年，王庭筠以赃去馆陶主簿，从此隐居黄华山十年。金章宗明昌元年，王庭筠以书画局都监召用。随即召试馆职，御史台以馆陶赃罪弹劾不用。至明昌三年改应奉翰林文字，且金章宗在明昌五年公开为王庭筠

---

① 阎凤梧、康金声主编：《全辽金诗》，山西古籍出版社1999年版，第1180页。
② 同上书，第1188页。
③ 阎凤梧主编：《全辽金文》，山西古籍出版社2002年版，第2893页。
④ （金）元好问：《中州集》卷三，华东师范大学出版社2014年版，第182页。

辩解：

> 五年八月，上顾谓宰执曰："应奉王庭筠，朕欲以诏诰委之，其人才亦岂易得。近党怀英作《长白山册文》，殊不工。闻文士多妒庭筠者，不论其文顾以行止为訾。大抵读书人多口颊，或相党。昔东汉之士与宦官分朋，固无足怪。如唐牛僧孺、李德裕，宋司马光、王安石，均为儒者，而互相排毁何耶。"遂迁庭筠为翰林修撰。①

章宗先是抱怨最近大臣们的文笔退步了，然后提出王庭筠实为最佳人选，并说王庭筠有才，易被妒忌，且引东汉朋党和唐宋的典故来证明其观点，用心良苦。明昌六年，王庭筠因为赵秉文的牵连再次入狱罢职回乡。承安四年，王庭筠再次得到起用，泰和元年复为翰林修撰。同年九月，王庭筠扈从秋山，作应制诗三十余首，章宗十分满意。泰和二年王庭筠去世，章宗亲自作诗悼念。正是章宗的呵护提携，王庭筠才在人生仕途屡屡受挫之下，每次都有复起的机会。他对章宗始终是感激的，从因赵秉文事入狱所作《被责南归至中山》表露无遗。诗云：

> 短辕长路兀呻吟，行李迟迟日益南。亲老家贫官职重，恩多责薄泪痕深。向人柳色浑相识，著雨花枝半不禁。回首觚棱云气隔，六年侍从小臣心。②

此诗大约作于承安元年。王庭筠受到赵秉文的牵连入狱，最终罚削一官，杖六十，解职。王庭筠从明昌元年入朝，至贬出，在章宗身边服侍了六年，官职从应奉翰林文字，到翰林修撰。此次牢狱之灾，因赵秉文上书论当罢宰相胥持国，可用宗室守贞而起。王庭筠恰恰是举荐赵秉文入翰林的人，因而下狱。诗中没有对章宗的怨愤，只有侍从小臣的感恩和愧疚。面对贬斥，王庭筠泪沾衣裳，感慨"恩多责薄"。

二是王庭筠家族深厚的文化底蕴。王氏是渤海贵族，王庭筠祖上曾仕渤海。渤海与女真同出靺鞨，金太祖起兵之初曾号召"女直、渤海本同一家"。渤海人在金朝地位比普通汉人高很多，金朝完颜皇室也多与渤海

---

① （元）脱脱等撰：《金史》卷一百二十六，中华书局1975年版，第2731页。
② 阎凤梧、康金声主编：《全辽金诗》，山西古籍出版社1999年版，第1181页。

大族通婚。王庭筠的二女儿就入掖庭。王庭筠家族同女真皇族累世相交。祖父王政得吴王阇母、宋王宗望赏识，官至保静军节度使。父亲王遵古，正隆五年进士，人称"辽东夫子"，文行兼备，潜心伊洛之学，言论皆可记述。《中州集》载，王遵古有四子：庭玉，字子温，内乡令，终于同知辽州军州事。庭坚，字子贞，有时名。庭筠，字子端。庭淡，字子文。可见王家之子多在仕途，且有时名。王庭筠外家为渤海另一大族张氏，张浩为王庭筠外祖父。张浩从太祖至世宗历仕五朝，封南阳郡王，位至太师。王庭筠诸舅如张汝霖、张汝方、张汝弼等皆为金廷显贵，且文化修养较高。其舅张汝方曾与其"品第法书、名画，遂分入品者为五百五十卷"。①王庭筠《香林馆记》记载二人书信往来，品位不俗。王庭筠子王万庆继承祖上衣钵，外甥高宪也学有所成。由此可知王庭筠作为渤海高门，良好的教育和家学背景为其取得艺术成就奠定了坚实的基础。

王庭筠受到佛教思想的影响。王庭筠在佛教上有所寄托，主要是希望借佛教思想来摆脱俗世的烦恼。《超化寺》："吾道萧条三已仕，此行衰病独登临。简书催得匆匆去，暗记风烟拟梦寻。"②《舍利塔》："再拜初尝一勺甘，洗我三生烦恼障。"③王庭筠有些诗歌中表达了浮生如梦的思想，如《忆瀔川》："青灯十年梦，白发一扁舟。"④《书西斋壁》："世事云千变，浮生梦一场。"⑤

王庭筠是渤海贵族后裔，这一特殊的身份使他得到金朝统治者的特殊礼遇。同时，王庭筠也是国朝文派的代表人物，门阀、人品、器识、文艺，都是国朝文派成熟期的佼佼者。他后期的文学作品虽然有尖新的问题，但其处于国朝文派成熟期，着意于对诗歌艺术的雕琢打磨，有意突破旧有的诗歌题材，对于国朝文派的发展未尝不是一种有益的探索。

（四）周昂

周昂，字德卿，真定（今河北省正定县）人。其父伯禄，字天锡，大定初进士，宋遗民褚承亮弟子。周昂后调南和簿，迁良乡令，入拜监察御史，言事被斥，久之，起为隆州都军，以边功复召为三司官。大安兵

---

① （元）脱脱等撰：《金史》一百二十六，中华书局1975年版，第2731页。
② 阎凤梧、康金声主编：《全辽金诗》，山西古籍出版社1999年版，第1180页。
③ 同上。
④ 同上书，第1181页。
⑤ 同上书，第1176页。

兴，权行六部员外郎，从宗室承裕军，城陷死于难。周昂文武兼备，进士出身，靠军功起复，是国朝文派作家中少数有从军经历的人。可惜遇上战乱，死于非命。

今人对于周昂的研究，生平仕历方面主要有王庆生《金代文学家年谱》；文学方面，主要有周惠泉《金人金代文学批评初探》①、张晶《论周昂的诗学思想》② 等。

周昂在金朝有文名，是国朝文派的代表作家。赵秉文曾编了一部诗集，叫《明昌辞人雅制》，里面主要搜集了七位金代诗人的诗歌作品，其中就有周昂。《中州集》载：

> 闲闲公尝集党承旨、赵黄山、路司谏、刘之昂、尹无忌、周德卿与逸宾七人诗，刻木以传，目为《明昌辞人雅制》云。③

李纯甫对周昂的人品学识特别赏识："最爱之，尝曰'若德卿操履端重，学问淳深，真韩、欧辈人也'。"④ 李纯甫认为周昂跟唐代韩愈、宋代欧阳修一样文行并重，乃文脉正传者。元好问在《闲闲公墓铭》一文中将周昂与党怀英、王庭筠、雷渊等并称为辽宋以来的"豪杰之士"，其云："盖自宋以后百年，辽以来三百年，若党承旨世杰，王内翰子端、周三司德卿、杨礼部之美、王延州从之、李右司之纯、雷御史希颜，不可不谓豪杰之士。"⑤ 元好问在《闲闲公墓铭》中梳理了唐，五代，辽，宋至国朝的文脉流变，指出周昂与蔡珪、党怀英、王庭筠等人均继唐宋以来之文脉正统，为国朝文派之代表。可知周昂在金朝享有盛誉。在文学创作方面，张晶《论周昂的诗学思想》一文指出：

> 周昂本人的诗歌创作沉雄苍劲，气象阔大，而在艺术上又不粗糙，造语遣词颇见炉锤功夫。他的五言律诗最得老杜风神……周昂的七言律诗较之五律尤为气骨苍劲，如《登绵山上方》……周昂称杜诗"子美神功接微茫"，实际上，他自己的诗也颇得杜之神髓，有

---

① 周惠泉：《金人金代文学批评初探》，《黑龙江农垦师专学报》1994年第4期。
② 张晶：《论周昂的诗学思想》，《社会科学辑刊》1999年第6期。
③ （金）元好问：《中州集》卷四，华东师范大学出版社2014年版，第247页。
④ （金）刘祁：《归潜志》，中华书局1983年版，第13页。
⑤ 阎凤梧主编：《全辽金文》，山西古籍出版社2002年版，第2898页。

"接微茫"的气象。①

周昂对于文学有着自己独特的见解。周昂对于国朝文派最突出的贡献在于他"文章以意为主"的文论的提出，和对江西诗派的批评。赵执信《谈龙录》中有："盖自明代迄今，无限巨公，都不曾有此论到胸次。"周昂的文学评论主要是通过他的外甥王若虚的记载保留了下来。在论及文质关系方面，据《金史》记载，"其甥王若虚尝学于昂，昂教之曰：'文章工于外而拙于内者，可以惊四筵而不可以适独坐，可以取口称而不可以得首肯。'又云：'文章以意为主，以言语为役，主强而役弱则无令不从。今人往往骄其所役，至跋扈难制，甚者反役其主，虽极辞语之工，而岂文之正哉。'"② 这段话主要探讨了文章内容和形式的关系，认为内容重于形式。周昂对中期"金代文坛渐乖典则、争驰新巧的风气提出了尖锐批评"。周昂的文学观同时也反映出北方少数民族的文化特质。周惠泉认为："周昂的理论观点可以说既是我国文学批评史上沈约关于'以情纬文，以文被质'，传统看法的合理发展，同时也与辽、金时期北方民族文化的南渐不无关系。……周昂关于质文兼备而以意为主的文质观固然避免了一得之偏的片面性，而就某种意义来说无疑带有我国北方地区、北方民族文化传统的印记。"③ 周昂"文以意为主"文学观的形式打上了北方民族质朴、重实的烙印。

周昂还对江西诗派提出了批评。对于前人标榜黄庭坚以杜诗为祖的说法，周昂不以为然，他说："鲁直雄豪奇险，善为新样，固有过人者，然与少陵初无关涉；前人以为得法者，皆未能深见耳。"④ 周昂《在读陈后山诗》中对江西派另一位代表性诗人陈师道进行了批评："子美神功接混茫，人间无路可升堂。一斑管内时时见，赚得陈郎两鬓苍。"认为陈师道学习杜甫仅从格律形式着眼，管中窥豹，未领悟其精髓。周昂认为："宋之文章至鲁直，已是偏仄处；陈后山而后，不胜其弊矣。"⑤ 周昂批评江西诗派的主要目的是为了扭转金诗尖新的诗风。正如周惠泉《金人金代

---

① 张晶：《论周昂的诗学思想》，《社会科学辑刊》1999年第6期。
② （元）脱脱等撰：《金史》卷一百二十六，中华书局1975年版，第2730页。
③ 周惠泉：《金人金代文学批评初探》，《黑龙江农垦师专学报》1994年第4期。
④ （金）王若虚著，胡传志、李定乾校注：《滹南遗老集校注》，辽海出版社2006年版，第437页。
⑤ 同上书，第463页。

文学批评初探》中所说："表面上虽为褒贬宋人，实际上意在警诫金人，以周昂为代表的金代中期文人对于江西派的讥弹批评，是处于汉文化与北方民族文化交叉点上的金代文坛、甚至可以说也是整个中国文学批评史上对于北宋文学的第一次认真的反思。它的重要意义不仅在于用汉文化与北方民族文化优化互补的眼光首开唐、宋文学比较研究的先河，而且为其后金代诗坛借宗唐而变宋、以复古而创新的历史走向做了舆论准备。"① 由此可知周昂在金代文学批评史上的重要性，他是北宋文学的反思者，更是金代文学发展的引导者。

周昂针对明昌尖新浮艳的诗风提出的批评，为金代国朝文派的健康发展指明了方向，直接影响了国朝文派后期诗人的文学观，如赵秉文在《竹溪先生文集引》中说："文以意为主，辞以达意而已。古之人不尚虚饰，因事遣词，形吾心之所欲言者耳。"王若虚推崇白居易也受到其舅周昂文学观的影响。元好问对江西诗派的批评"北人不拾江西唾，未要曾郎借齿牙"和重视诗歌内容的诗歌观"若从华实论诗品，未便吴侬得锦袍"，都是周昂的文学观念的继承和发展。

金代国朝文派成熟期，既有博学多艺的文坛盟主党怀英，也有人品、器识、文艺出众的渤海贵族后裔王庭筠，王寂的《辽东行部志》和《鸭江行部志》将国朝文派的文学题材进一步拓展。文人的思想领域也愈加丰富，儒学为正，释老相杂。文学作品数量和质量都飞速增长，叙事性和志怪倾向更是孕育了元代戏剧的萌芽。更难能可贵的是国朝文派开始出现明确的针对本朝文坛的文学批评，即周昂的"文章以意为主"。这对国朝文派变革期的文学思想产生了极大的影响，是元好问王若虚等文学理论的先声。

第三节　国朝文派变革期

章宗去世后，将王位传给了他的叔父完颜永济，史称卫绍王。卫绍王在位仅仅六年，"政乱于内，兵败于外"，为胡沙虎所弑。宣宗继位，奖用吏胥，苛刻成风，先是胡沙虎，后有术虎高琪擅权专政，最终在新兴蒙古国的武力威慑下于贞祐二年迁都汴京，大金国从此走向没落。哀宗于天

---

① 周惠泉：《金人金代文学批评初探》，《黑龙江农垦师专学报》1994年第4期。

兴三年身死国灭。

这一时期，由于北有蒙古，南有南宋的威胁，金朝建立在大民族观念基础上的华夏正统意识空前的高涨。章宗朝自明昌四年至泰和二年（1193—1202），曾有历时10年的"德运之争"，并最终更定金德为土德。按照五德始终说，金继承宋火德之后为土德，确立了金朝的正统性。宣宗贞祐二年（1214年）春，重新开始商议德运。此次讨论由于时局变化，蒙古入侵，金王朝南渡而被迫终止，却也恰恰说明正统性问题对金朝的重要性。金开德运之议是统治者受到威胁时对政权合理性的论证和强调。这种观念投射到文学创作中，就是对道统的追求，正如刘扬忠所说："在这样江河日下的恶劣政治环境中，金晚期文学家普遍有了强烈的民族危机感，'中国'意识和捍卫金政权的华夏正统地位的思想得到了加强。"①

一 国朝文派变革期的文学生态

国朝文派变革期大约从卫绍王大安元年（1209）开始，到哀宗天兴三年（1234）金朝灭亡，共计24年。这一时期的文学生态环境呈现出以下特点。

一是政权动荡，国力衰退，金朝三面受敌。章宗没有继嗣，他的叔叔完颜永济继承了皇位，史称卫绍王。卫绍王是金九帝中资料保存最少的一位。据《金史》卫绍王本纪云："身弑国蹙，记注亡失，南迁后不复纪载。"②《金史》的卫绍王本纪大多由元代史官根据部分金人文集或搜集整理金朝遗老回忆整理而成。卫绍王统治时期，内有佞臣胡沙虎专权，外受蒙元的武力威胁，最终"政乱于内，兵败于外"③，为胡沙虎所弑，金朝历史进入了宣宗时代。"宣宗当金源末运，虽乏拨乱反正之材，而有励精图治之志。"④但也未能挽留住金朝日益衰落的脚步。南渡之后，北方的蒙古日益强盛，虎视眈眈，宣宗却缺乏战略眼光，"南开宋衅，西启夏侮"，奖用吏胥，苛刻成风，将金王朝一步步推向了深渊。哀宗时，金朝实际上"已经丧失了对所有黄河以北地区的实际控制，除河南以外，金

---

① 刘扬忠：《论金代文学中所表现的"中国"意识和华夏正统观念》，《吉林大学社会科学学报》2005年第5期。
② （元）脱脱等撰：《金史》卷十三，中华书局1975年版，第298页。
③ 同上。
④ （元）脱脱等撰：《金史》卷十六，中华书局1975年版，第370页。

朝多能控制的领土已经只剩山东、山西的一部以及陕西了"。① 大厦将倾，无可奈何，哀宗自缢于幽兰轩。综观金源后期，战乱迭起，生产力遭到了极大的破坏。据《金史·食货志》记载："及卫绍王之时，军旅不息，宣宗立而南迁，死徙之余，所在为虚矣。户口日耗，军费日急，赋敛繁重，皆仰给于河南，民不堪命，率弃庐田，相继亡去。"② 金朝统治者为了恢复经济，屡屡下诏招复业者，但收效甚微。

二是朝廷重吏轻文，酷吏之风日盛。卫绍王时吏治混乱，胡沙虎贪婪专恣，不奉法令，却因善结近幸，而得重用，最终犯上弑君，误国害民。《归潜志》记载："贞祐间，术虎高琪为相，欲树党固其权，先擢用文人，将以为羽翼。已而，台谏官许古、刘元规之徒见其恣横，相继言之。高琪大怒，斥罢二人。因此大恶进士，更用胥吏。彼喜其奖拔，往往为尽心，于是吏权大盛，胜进士矣。"③ 在术虎高琪的推动下，社会上重吏轻文的风气日浓："自高琪为相定法，其迁转与进士等，甚者反疾焉。故一时之人争以此进，虽士大夫家有子弟读书，往往不终辄辍，令改试台部令史。"④ 科举入仕的进士不被重视，职业官吏反而成为人人争赴的荣路所在。此外，"宣宗喜刑法，政尚威严。故南渡之在位者，多苛刻"。⑤ 一批官员以酷刑闻名："徒单右丞思忠，好用麻椎击人，号'麻椎相公'。李运使特立友之号'半截剑'。冯内翰璧叔献号'马刘子'。后雷希颜为御史，至蔡州，缚奸豪，杖杀五百人，又号'雷半千'。又有完颜麻斤出、蒲察咬住，皆以酷闻。"⑥ 这一串名单中不乏后世闻名的金代文学家，可见当时酷吏风行之盛。

三是伴随着吏习日盛的是科举制度的衰败。史书记载："宣宗南渡，吏习日盛，苛刻成风……仕进之歧既广，侥幸之俗益炽，军伍劳效，杂置令录，门荫右职，迭居朝著，科举取士亦复泛滥，而金治衰矣。"⑦ 南渡后科举考试的录取名额显著增加，扩招现象严重。章宗泰和年间策论进士

---

① ［德］傅海波、［英］崔瑞德：《剑桥中国西夏辽金元史》，中国社会科学出版社 1998 年版，第 269 页。
② （元）脱脱等撰：《金史》卷四十六，中华书局 1975 年版，第 1036 页。
③ （金）刘祁：《归潜志》，中华书局 1983 年版，第 71 页。
④ 同上书，第 72 页。
⑤ 同上书，第 69 页。
⑥ （金）刘祁：《归潜志》，中华书局 1983 年版，第 69 页。
⑦ （元）脱脱等撰：《金史》卷五十一，中华书局 1975 年版，第 1130 页。

三人取一,词赋、经义四人取一。到宣宗兴定二年会试,策论进士不及两人取一,词赋、经义二人取一。兴定五年(1221)试经义进士,考官于常额外多放十余人,宣宗又特恩赐及第,"(贞祐二年三月)辛卯,诏许诸人纳粟买官"。① 至哀宗朝,因国力衰竭,又允许举子进粟易第。从录取的人数看,金末科举之盛甚至超过世宗、章宗两朝。究其根本,这显然是国势衰微情形下"仕进之歧既广"所导致的结果。金末科举表面的兴盛难掩其本质上的衰败。

此时的南宋处于宋宁宗后期与宋理宗前期。1206 年,成吉思汗建立大蒙古国。

二 国朝文派变革期的文学特征

在日薄西山,江河日下的金王朝末期,文坛却呈现出了另一番生机勃勃的景象。正所谓"国家不幸诗家幸"。马克思曾在《1857—1858 年经济学手稿》的导言中指出:"关于艺术,大家知道,它的一定的繁盛时期绝不是同社会的一般发展成比例的,因而也绝不是同仿佛是社会组织的骨骼的物质基础的一般发展成比例的。"② 南渡后的金末文坛正是印证了"物质生产与艺术生产的不平衡关系"这一艺术哲学论断。

金末,一方面,家园遭变,打破了众人的富贵梦、温柔乡。文坛上一扫大定、明昌间纤巧尖新的文学风格,出现了一批反映现实生活,同情民众遭遇的文学作品,文风转向质朴刚健。另一方面,科举衰败,吏风日盛,对士人的心态无疑产生了巨大的影响。正如晏选军《贞祐南渡与士风变迁——对金末文坛的一个侧面考察》一文中指出:"对这些人来说,精神的苦闷郁积心中始终难以平复。环境的压抑使他们的愤懑无处申诉,其道不行的胸中块垒无处排遣……如此这般的重压,显然是个人心灵难以承受的,必须找到一个宣泄的渠道,于是,传统的诗文便顺理成章地成为士大夫们的首选。"③

据元好问《陶然集诗序》记载,南渡后文坛之上,诗学为盛:

---

① (元)脱脱等撰:《金史》卷十四,中华书局 1975 年版,第 304 页。
② 《马克思恩格斯全集》第 12 卷,人民出版社 2016 年版,第 760—761 页。
③ 晏选军:《贞祐南渡与士风变迁——对金末文坛的一个侧面考察》,《社会科学辑刊》2003 年第 5 期。

贞南渡后，诗学为盛。洛西辛敬之（愿）、淄川杨叔能（弘道）、太原李长源（汾）、龙坊雷伯威（王官）、北平王子正（粹）之等，不啻十数人，称号专门。①

南渡后时局的变迁和士大夫心态的转变，促使文坛又出现了新生机，表现为沉郁深婉与奇崛雄健两种主流风格。第一种风格的代表是赵秉文。他主张文尚平易，以俗为雅，反对尖新艰险之语。他的《竹溪先生文集引》曰：

亡宋百余年间，惟欧阳公之文，不为尖新艰险之语，而有从容闲雅之态，丰而不余一言，约而不失一辞，使人读之者，亹亹不厌。盖非务奇之为尚，而其势不得不然之为尚也。②

第二种风格，主张师古人之长，而后独成一家。他在《答李天英书》提出：

为文师六经及左丘明、庄周、太史公、贾谊、刘向、扬雄、韩愈，为诗当师三百篇、《离骚》、《文选》、古诗十九首，下及李、杜，学书当师三代金石、钟、王、欧、虞、颜、柳，尽得诸人所长，然后卓然自成一家。非有意于专师古人也，亦非有意于专摈古人也。③

李纯甫则为怪奇诗派的代表。他在《西岩集序》中提出"诗无定体""惟意所适"的诗学主张，认为无论文体、诗体都是随文意多变而没有固定体制，倡导诗人应秉持丰富的个性，以自得之心吐露真语，表现出轻体制、重情志的诗学倾向。这对当时文风渐衰的金源后期诗坛具有深刻的现实批判意义。他在《西岩集》序文中称：

人心不同如面。其心之声发而为言，言中理谓之文，文而有节为之诗。然则诗者，文之变也，岂有定体哉。故《三百篇》，什无定

---

① 阎凤梧主编：《全辽金文》，山西古籍出版社2002年版，第3247页。
② 同上书，第2314页。
③ 同上书，第2351页。

章，章无定句，句无定字，字无定音。大小长短，险易轻重，惟意所适。虽役夫、室妾悲愤感激之语，与圣贤相杂而无愧，亦各言其志也已矣，何后世议论之不公邪？①

其中"言为心声"和"诗为文变"的提法，及"文无定体"和"惟意所适"的观念对文学创作具有指导意义。

南渡之后的诗文创作再次兴盛，迎来复古风潮。南渡后的复古之风是在科举制度遭到破坏，以杨赵为首的文坛盟主的极力推动变革的背景下展开的。科举制度的主要功能是有针对性地为朝廷选拔官吏，因而具有明显的指向性。金朝科举有词赋、经义、策论、律科、经童、武举诸科，中选前三类者称进士，后三类称为举人。②《归潜志》记载："国家初设科举用四篇文字，本取全才，盖赋以择制诰之才；诗以取风骚之旨；策以究经济之业；论以考识鉴之方。"但因朝廷选拔偏重于赋科，导致士子务为律赋，不学他目。"而学者不知，狃于习俗，止力为律、赋，至于诗、策、论俱不留心，其弊基于为有司者止考赋，而不究诗、策、论也。"③ 士子以其为晋升之梯，出现了为举业而不读其他书籍，只顾钻研备考的律赋之体而忽视古文的现象。金朝科举发展至后期，其一度成为束缚金代文学健康发展的桎梏。据刘祁《归潜志》卷八记载："金朝取士，止以词赋为重，故士人往往不暇读书为他文。尝闻先进故老见子弟辈读苏、黄诗，辄怒斥，故学子止工于律、赋，问之他文则懵然不知。间有登第后始读书为文者，诸名士是也。"④ 南渡后这一情况发生变化。一是，文坛提倡古雅，赵秉文、李纯甫等文士以身作则，文多学奇古，诗多学风雅。刘祁云："南渡后，文风一变，文多学奇古，诗多学风雅，由赵闲闲、李屏山倡之。屏山幼无师传，为文下笔便喜左氏、庄周，故能一扫辽宋余习。而雷希颜、宋飞卿诸人，皆作古文，故复往往相法效，不作浅弱语。赵闲闲晚年，诗多法唐人李、杜诸公，然未尝语于人。已而，麻知几、李长源、元裕之辈鼎出，故后进作诗者争以唐人为法也。"⑤ 在他们的倡导下，明昌尖新诗风得到扭转，《归潜志》记载："南渡以来，士人多为古学，以著

---

① 阎凤梧主编：《全辽金文》，山西古籍出版社2002年版，第2626页。
② 薛瑞兆：《金代科举》，中国社会科学出版社2004年版，第46页。
③ （金）刘祁：《归潜志》，中华书局1983年版，第80页。
④ 同上。
⑤ 同上书，第85页。

文作诗相高。"① 二是通过科举取士的标准影响文学发展。赵秉文、杨云翼等文坛盟主在主持科考，录取士子的标准上倾向于诗文，对于扭转文风起到积极的作用。"南渡后，赵、杨诸公为有司，方于策论中取人，故士风稍变，颇加意策论。又于诗赋中亦辨别读书人才，以是文风稍振。然亦谤议纷纭。然每贡举，非数公为有司，则又如旧矣。"② 虽然赵秉文、杨云翼对科举制度的影响力有限，甚至为此影响个人仕途，但是对振兴南渡文风起到了很大的作用。刘祁云："夫科举本以取天下英才。格律其大约也。或者舍彼取此，使士有遗逸之嗟，而赵、李二公不徇众好，独所取得人，彼议者纷纷何足校也。"③

经过南渡后这批文人的共同努力，金代的诗文创作也随之走向繁盛。

三　国朝文派变革期代表作家研究

（一）赵秉文

1. 赵秉文生平及研究概况

赵秉文，字周臣，磁州滏阳（今河北省磁县）人，大定二十五年（1185）进士。累官安塞簿，迁邯郸令，再迁唐山。丁父忧，起复南京路转运司都勾判官。明昌六年，入为应奉翰林文字，同知制诰。以言事废，后起为同知岢岚军州事，转北京路转运司支度判官。泰和二年，召为户部主事，迁翰林修撰。十月，出为宁边州刺史。三年，改平定州。大安间为兵部郎中，兼翰林修撰，不久任职翰林直学士。贞祐四年，拜翰林侍讲学士。兴定元年，转侍读学士。拜礼部尚书，兼侍读学士，同修国史，知集贤院事。又明年，知贡举，坐取进士卢亚重用韵，削两阶，因请致仕。兴定五年复为礼部尚书，正大九年五月壬辰卒，年七十四，积官至资善大夫、上护军、天水郡侯。据《金史》记载，赵秉文著有《易丛说》十卷，《中庸说》一卷，《扬子发微》一卷，《太玄笺赞》六卷，《文中子类说》一卷，《南华略释》一卷，《列子补注》一卷，删集《论语》《孟子解》各十卷，《资暇录》十五卷，所著文章号《滏水集》三十卷。赵秉文诸体兼备，擅长书画，据《金史》赵秉文小传记载："秉文之文长于辨析，极所欲言而止，不以绳墨自拘。七言长诗笔势纵放，不拘一律，律诗壮丽，

---

① （金）刘祁：《归潜志》，中华书局1983年版，第80页。
② 同上。
③ 同上书，第109页。

小诗精绝,多以近体为之,至五言古诗则沉郁顿挫。字画则草书尤遒劲。"①

在相对冷寂的金代文学研究中,赵秉文研究还是比较火热,学界对其给予了较多的关注。首先,在有关赵秉文思想研究方面,在 1985 年第 8 期《学习与探索》上,张博泉发表了《赵秉文及其思想》一文,分析了赵秉文思想的时代特点及其形成的历史原因,并对其哲学思想、政治思想、史学思想、文学思想的特点进行了深入的阐释。赵秉文仕五朝,官六卿,但是他的思想真正成形于金朝章宗明昌、承安时期。"赵秉文主文坛时,正处于金朝转向衰落的历史时期,他为维护金朝早已确定的以儒学为治国的根本思想,为使儒家思想保持绝对的统治地位,振兴儒术,他便以继承孔孟道统的韩愈自任,宗孔孟,挽文风,提倡孔学,自比韩愈第二。"② 关于赵秉文哲学思想的来源和政治主张,张博泉认为:"赵秉文的哲学思想源于韩愈的道学,出自二程的理学。"③ 他的政治思想"原本于儒家治世思想,其核心是仁政"。④ 史学思想方面,赵秉文把仁和义作为解释历史的基础,将历史的发展归结为"理势"。文学思想方面,赵秉文以义理之学为基础,文尚平易,以俗为雅,反对尖新艰险之语;对待前代文化遗产方面,主张继古诸家之精华,卓然自成一家。此文对赵秉文的思想进行了综合性的概括研究,奠定了赵秉文研究的基础,为以后学者分类深入研究提供了平台。在赵秉文理学思想研究方面,戴长江、王宏海《赵秉文理学思想研究》⑤ 从理学思想的角度对赵秉文进行了分析。文中指出,赵秉文理学思想主要由道统论、道体论和明道论三个部分构成。道统论指赵秉文对儒学学术传承续的理解,具有调和不同学术观点的倾向;道体论也就是哲学本体论,是其对万事万物理解的根据,也是道德实践的最高根据,具有内在的矛盾性,即道与道德价值的分裂;明道论是赵秉文理学修养功夫论,是道德实践的具体步骤,有明显的教化作用。刘辉《赵秉文理学研究略论》⑥ 分析了赵秉文"道论""大中说""诚说"的特

---

① (元)脱脱等撰:《金史》卷一百十,中华书局 1975 年版,第 2428—2429 页。
② 张博泉:《赵秉文及其思想》,《学习与探索》1985 年第 3 期。
③ 同上。
④ 同上。
⑤ 戴长江、王宏海:《赵秉文理学思想研究》,《河北大学学报》(哲学社会科学版)2006 年第 5 期。
⑥ 刘辉:《赵秉文理学研究略论》,《社会科学战线》2009 年第 12 期。

点，总结其尊崇周程二夫子、归本伊洛，倡导"无我"学风、三教兼修而又终身致力于分殊儒释道异同的学术特征，肯定了赵秉文在金朝统治的北方区域接续理学命脉，推动理学的传播所做的贡献，为元代儒学的发展打下了基础。

在有关赵秉文思想研究方面，赵秉文儒家思想研究受到学者重视。夏宇旭在《松辽学刊》（人文社会科学版）2002年第1期上发表了《试论赵秉文的儒家思想及实践》①。文中指出，赵秉文的儒家思想主要包括明理欲、"叙彝伦"，大力倡导孔孟之道，在实践中他主张用儒家思想救国，提倡舍生取义，并身体力行，身先士卒。方旭东《儒耶佛耶：赵秉文思想考论》关于金代学者赵秉文的思想属性，主要有两种看法：一说其阳儒阴释，始作俑者为刘祁，《金史》及《宋元学案》皆受其影响；一说推其为金季儒宗，时人杨云翼、元好问力主之。方旭东认为，刘祁之说有大量不可靠之处，赵秉文对于佛学的开放心态，并"不影响一个人成为儒家式君子"，"事实上，大多数金代士人并不斤斤计较于儒佛异同，在某种意义上，这也正是金代儒学的特色"。② 另外在赵秉文思想研究方面还有夏宇旭《简论赵秉文的天道性命观》③ 等。

有关赵秉文的文学研究有，张晶《金代诗人赵秉文诗论刍议》概括赵秉文诗论特点为"主张多师古人，兼学诸体，反对只恃才性不积学养，而在诗歌风格上更重含蓄蕴藉，对奇怪峭硬的诗风深致不满"④。刘达科《〈明昌辞人雅制〉与赵秉文的诗学思想》以《明昌辞人雅制》为研究对象，探讨了其诗学史意义和价值。他认为："《明昌辞人雅制》是赵秉文诗学思想转变过程中的重要环节，是赵氏力图反拨当时尖新浮艳诗风的结晶和总结金代前、中期诗师法苏、黄的利弊之产物，标志着赵秉文诗学思想走向成熟和趋于定型。"⑤ 更值得注意的是，此文首次探讨了赵秉文文学思想的发展分期。文中指出赵30岁以前为早期，诗法唐宋诸家；章宗在位时为中期，"多法唐人"；南渡后为后期，"专法唐人"。王昕《金人

---

① 夏宇旭：《试论赵秉文的儒家思想及实践》，《松辽学刊》（人文社会科学版）2002年第1期。
② 方旭东：《儒耶佛耶：赵秉文思想考论》，《学术月刊》2008年第12期。
③ 夏宇旭：《简论赵秉文的天道性命观》，《东北史地》2007年第2期。
④ 张晶：《金代诗人赵秉文诗论刍议》，《社会科学辑刊》1987年第5期。
⑤ 刘达科：《〈明昌辞人雅制〉与赵秉文的诗学思想》，《学术交流》2006年第5期。

赵秉文拟作论析》①，苏静《论赵秉文拟诗中的三重文化身份》②，从文化身份的角度研究其文学创作，这一研究视角具有创新的参考价值。牛海蓉《赵秉文对金赋的变革及其赋作》对赵秉文赋体的创作情况进行了研究，"其现存的 14 篇赋，基本上是古赋。……古赋也有'趋于文''杂于俳'两种倾向，近似文赋和俳赋，此外，他还有远祖《离骚》的骚体赋、酷似周汉的古体赋以及融会前人而自铸伟词的古赋"③。赵秉文为金代赋作变革做出了贡献："金朝以律赋取士，虽然取得了律赋的繁荣，到后期却积弊重重。赵秉文作为当时的文坛领袖，不仅利用贡举变革律赋，在科举外也倡导古学，并以其古赋创作有力地推进了金朝后期赋风的转变。"④

生平综合研究类。吴凤霞《金士巨擘——赵秉文》⑤，概述了赵生平事迹，综合评价赵在理学文学史学及政治上的贡献。王昕《赵秉文研究》⑥，对赵秉文进行了综合深入全面的研究，综合分析了赵秉文的人生轨迹与文化心态；对赵秉文的儒释道思想、理学思想与正统观念进行了系统的整理与阐释；文学创作方面，探讨赵秉文诗词、文赋的艺术特征与金代文学风格的关系等。

其他方面，学术综述类，有王昕《赵秉文研究述评》⑦，就金元明清与近现代的评价和研究进行述评，为作者此后深入研究赵秉文打下了基础。有的学者还注意到了赵秉文的历史观研究，吴凤霞《金代名儒赵秉文的史论特点》，指出赵秉文的历史思想集中体现在《闲闲老人滏水文集》卷十四的史论十篇。赵秉文强调风俗、人才和兵食的重要性，并就封建制与郡县制、魏晋和蜀汉的正名、汉唐的历史经验等提出了自己的见解。⑧ 薛文礼《金代民俗文化与赵秉文诗歌》从民俗学的角度探讨了赵秉文诗歌的价值⑨。

综上所述，赵秉文研究在学术界得到了较多的关注，大量的研究集中在其哲学思想和文学研究方面。思想研究的焦点主要集中在其理学、儒学

---

① 王昕：《金人赵秉文拟作论析》，《哈尔滨学院学报》2011 年第 1 期。
② 苏静：《论赵秉文拟诗中的三重文化身份》，《石家庄学院学报》2011 年第 1 期。
③ 牛海蓉：《赵秉文对金赋的变革及其赋作》，《社会科学战线》2010 年第 9 期。
④ 同上。
⑤ 吴凤霞：《金士巨擘——赵秉文》，《社会科学集刊》1991 年第 2 期。
⑥ 王昕：《赵秉文研究》，博士学位论文，黑龙江大学，2011 年。
⑦ 王昕：《赵秉文研究述评》，《古籍整理研究学刊》2011 年第 3 期。
⑧ 吴凤霞：《金代名儒赵秉文的史论特点》，《中州学刊》2007 年第 3 期。
⑨ 薛文礼：《金代民俗文化与赵秉文诗歌》，《民族文学研究》2008 年第 3 期。

和佛学三个方面。主流观点认为赵秉文为金代的儒学大家；赵秉文为理学在北方少数民族区域内的传播做出了贡献；赵秉文受佛学思想影响较大，值得关注，这也是争论所在。文学研究方面，对其诗歌关注多于文，诗歌中拟作又是热点，其诗学思想是研究者着力较多的区域。在赵秉文与国朝文派相关研究方面仍有可待深入探讨的空间。

2. 赵秉文与国朝文派

如果说，金末元好问重申了国朝文派的概念，并对其诗歌作品及发展规律进行了概况总结，那么赵秉文则是在国朝文派发展成熟经历变革的关键期，激浊扬清。赵秉文在思想上正本归原，提倡儒家，讲仁义，在创作上反对尖新艰险，一味求奇，提倡文以意为主，辞以达意而已。

第一，赵秉文在思想上提倡儒学，为国朝文派正本归源。赵秉文生活在金朝由大定、明昌间极盛转向金末衰落时期，北有蒙古，南有南宋，西有西夏，国家命运内外交困。赵秉文在此时大力提倡儒学为正，一方面强调了金朝的正统地位，如他在《总论》中强调：

> 尽天下之道，曰仁而已矣。仁不足，继之以义。世治之污隆，系乎义之小大；而其世数之久近，则系乎其仁所积之有厚薄。纪纲刑政，皆由义出者也。……孟子曰："不仁而得天下者，未之有也。"余独曰："不仁而得天下者，亦有之矣。不仁而世数长久者，未之闻也。"……"苟争地以战，杀人盈野，争城以战，杀人盈城，不顾逆顺，是生人之仇也。予尚忍言之哉？"①

赵秉文认为，以儒家仁义立国者长久，以争地争城发动战争，致使生灵涂炭为不义。赵秉文在继承孟子仁政说的基础上，又提出了自己的思考并进行了论证。他在《侯守论》中以正统自居，称入侵的蒙古为"夷狄"：

> 诸侯世擅其地，则各爱其民。爱其民，则军不分。修其城郭，备其器械，则人自为战。人自为战，则我众彼寡，夷狄不能交侵。一也。夷狄无外侮，则天下终为我有。二也。虽有强犷之徒，大小相

---

① 阎凤梧主编：《全辽金文》，山西古籍出版社2002年版，第2292—2293页。

维，足以长世，三也。①

另一方面赵秉文提倡儒学为正，重仁义之说，为国朝文派的发展提供了强有力的思想指导和理论支持。杨云翼在《闲闲老人滏水集序》中说：

> 盖其学，一归诸孔孟，而异端不杂焉，故能至到如此，所谓儒之正、理之主，尽在是矣。天下学者，景附风靡，知所适从，虽有狂澜横流，障而东之，其有功吾道也大矣。②

杨云翼指出赵秉文主盟文坛，学为儒之正也，屏阻其他杂说，于沧海横流时力挽狂澜，是金代儒学发展的大功臣。赵秉文作了一系列的文章阐明自己尊儒的观点，《总论》《唐论》《知人论》等，还对儒家的经典著作进行了注释笺注，如《法言微旨引》《道学发源引》《笺太玄赞引》《中说类解引》《尚书无逸直解引》。尤其是《蜀汉正名论》提出的"春秋诸侯用夷礼则夷之，夷而进于中国则中国之"的观点，标志着金代"礼分华夷"大民族观的正式确立，同时也表明了金代对于本国礼仪制度的自信。无怪乎元好问《闲闲公碑铭》赞其："不溺于时俗，不汩于利禄，慨然以道德、仁义、性命、祸福之学自任，沉潜乎六经，从容乎百家，幼而壮，壮而老，怡然涣然，之死而后已者，惟我闲闲公一人。"③元好问认为赵秉文乃是金朝继承道统的中流砥柱："道统中绝，力任权御。一判藩篱，倒置冠屦。公起河朔，天以经付。挺身颓波，为世砥柱。"④ 可知，赵秉文在儒学上的贡献在金代是得到高度认可的。

第二，赵秉文对南渡后文风转变的贡献。赵秉文借科举扭转文风。刘祁《归潜志》卷十记载："泰和、大安以来，科举之文弊。盖有司惟守格法，无育材心，故所取之文皆猥弱陈腐，苟合程度而已。其逸才宏气、喜为奇异语者往往遭绌落，文风益衰。"赵秉文知贡举，曾破格选拔了格律上不太符合科举规范，但文辞有古意的士子之文。据《归潜志》卷十载：

---

① 阎凤梧主编：《全辽金文》，山西古籍出版社2002年版，第2310—2311页。
② 同上书，第2432页。
③ 同上书，第2898页。
④ 同上书，第2902页。

及宣宗南渡，贞祐初，诏免府试，而赵闲闲为省试，有司得李钦叔赋，大爱之。盖其文虽格律稍疏，然词藻庄严绝俗，因擢为第一人，擢麻知几为策论魁。于是举子辈哗然，愬于台省，投状陈告赵公坏了文格，又作诗讥之。台官许道真奏其事，将覆考，久之方息。①

赵秉文因此事牵连，以是得罪。此事之后不久，李献能复中宏词，入翰林。众人厌服。兴定二年，赵秉文知贡举，坐取进士卢亚重用韵，官职降两阶。赵秉文的努力最终换来了有识之士的认同，为扭转金末科举文风做出了贡献。正大年间，李献能知贡举，取史学赋，士论哗然，待史学中廷试方息。可谓是赵和李当年旧事的翻版。赵秉文还利用自己文坛盟主的地位提倡质朴文风，注重培养和提携文坛后进新人，他在《答李天英书》《答麻知几书》中言辞恳切地表达了自己的文学观点。赵秉文对李经（字天英）寄来的诗歌阅读多遍，并提出了自己的看法。"天英足下：……所寄杂诗，疾读数过，击节屡叹。足下天才英逸，不假绳削，岂复老夫所可拟议？"他恳切地指出了李诗的不足，提出为学应当博采众家之长：

为文师六经左丘明、庄周、太史公、贾谊、刘向、扬雄、韩愈，为诗当师三百篇、《离骚》《文选》古诗十九首，下及李、杜，学书当师三代金石、钟、王、欧、虞、颜、柳，尽得诸人所长，然后卓然自成一家。非有意于专师古人也，亦非有意于专摈古人也。自书契以来，未有摈古人而独立者。②

此外，赵秉文对后生的生活和思想状况十分关切。麻九畴帘试下第，赵秉文《答麻知几书》中对其百般开解，甚至举出自己少时的经历："仆少时被黜应举，戚戚若不复堪处。然穷达自有数，显晦自有时。以今观之，向之戚戚者，何其妄也！"③

第三，在文学创作方面，赵秉文提倡文以意为主，辞以达意而已，反对尖新艰险。他在《竹溪先生文集引》中指出：

---

① （金）刘祁：《归潜志》，中华书局1983年版，第108页。
② 阎凤梧主编：《全辽金文》，山西古籍出版社2002年版，第2351页。
③ 同上书，第2354页。

> 文以意为主，辞以达意而已。古之文不尚虚饰，因事遣词，形吾心之所欲言者。间有心之所不能言者，而能形之于文，斯亦文之至乎。譬之水不动则平，及其石激渊洄，纷然而龙翔，宛然而凤蹙，千变万化、不可殚穷。此天下之至文也。①

赵秉文的这一观点直接影响了金末的王若虚的"知本""求真"说和元好问的"诚""雅"说。在文章方面，赵秉文推崇北宋的欧阳修，"亡宋百余年间，惟欧阳公之文，不为尖新艰险之语，而有从容闲雅之态，丰而不余一言，约而不失一辞，使人读之者，亹亹不厌。盖非务奇之为尚，而其势不得不然之为尚也。"② 欧阳修其文不为尖新艰险之语，正是符合赵秉文的"辞达"文学观。

第四，赵秉文受佛道教思想的影响。南渡后，金朝对于佛教的控制逐渐宽松，一度发放僧牒、院额来换军饷。在这种环境下，文人大夫与僧人的交往逐渐增加。木庵英上人是金代颇有盛名的诗僧，擅长书法，人称："书如东晋名流，诗有晚唐风骨。"③ 有《木庵集》，元好问为之作序。南渡后许多文人都和这位木庵英上人交游，据元好问《木庵诗集序》云：

> 贞祐初南渡河，居洛西之子盖，时人固以诗僧目之矣。三乡有辛敬之、赵宜之、刘景玄，予亦在焉。三君子皆诗人，上人与相往还，故诗道益进。出世住宝应……闲闲赵公、内相杨公、屏山李公及雷、李、刘、王诸公，相与推激，至以不见颜色为恨。④

正大中，赵秉文侍祠太室，会英上人住少林久，倦于应接，思欲退席，赵秉文特作《留木庵英上人住少林疏》留之。受佛教思想影响，赵秉文的文学作品中也体现出了佛教的禅趣，如《反小山赋并序》云："子以心为物役，智为众缘。不知无尘有尘，桎梏于一峰之玄也。空花悟大夫之梦，庭柏证祖师之禅。无一物之非我，君其问诸屏山之散仙。"⑤《咏

---

① 阎凤梧主编：《全辽金文》，山西古籍出版社2002年版，第2314页。
② 同上。
③ 同上书，第2388页。
④ 同上书，第3249页。
⑤ 同上书，第2192页。

声》云:"万籁静中起,犹是生灭因。隐几以眼听,非根亦非尘。"①

赵秉文与道士来往频繁,作品中也体现出道家的思想。他曾为上清宫道士写经并赠鹅,传为佳话。杨云翼有《闲闲公为上清宫道士写经,并以所养鹅群付之,诸公有诗,某亦同作》:"会稽笔法老无尘,今代闲闲是后身。只有爱鹅缘已尽,举群还付向来人。"②杨云翼以赵秉文写经比之东晋王羲之书《老子》换鹅之雅趣。赵秉文还著有《道德真经集解》,此书以苏辙《老子解》为基础,博采众说,成一家之言,既以儒释道,又援佛入老,极力消解儒、道、释三者间的壁垒,集中反映了金后期三教融合的发展趋势。赵秉文作品中也有很多道家思想浓重的作品,如《栖霞赋送道人还山》:"山中人兮烟霞语,黑霓落手兮醉毫舞。蓬莱山兮在何处,乘清风兮欲归去!"③

赵秉文晚年将自己文集中和佛道有关的资料单独整理成卷册。据刘祁《归潜志》卷九记载:

> 赵闲闲本喜佛学,然方之屏山,颇畏士论,又欲得扶教传古之名,晚年,自择其文,凡主张佛老二家者皆削去,号《滏水集》。首以中和诚诸说冠之,以拟退之原道性,杨礼部之美为序,直推其继韩、欧。然其为二家所作文,并其葛藤诗句另作一编,号《闲闲外集》。以书与少林寺长老英粹中,使刊之,故二集皆行于世。④

《滏水集》本二十卷,别有十卷为《外集》,而与佛道相关的内容保存在《外集》中,今已不存。赵秉文的思想中包含了儒道释三种成分,其中儒家思想是根本,他自己也以继承道统为己任。

赵秉文是国朝文派继承唐宋文统的关键人物,他是贞祐南渡后诗坛的领袖。一方面,赵秉文身兼数艺,文学书画均有所成,并担负起金代国朝文派承继唐宋以来文统的重任。南渡以后,金代文学发展已经成熟,有见识的文人开始谋求金代文学在中国文学史上的地位,强调承继唐宋以来的文统和寻求金朝政权合理性的道统一样的重要。元好问《闲闲公墓铭》

---

① 阎凤梧、康金声主编:《全辽金诗》,山西古籍出版社1999年版,第1319页。
② (金)元好问:《中州集》卷四,华东师范大学出版社2014年版,第276页。
③ 阎凤梧主编:《全辽金文》,山西古籍出版社2002年版,第2185页。
④ (金)刘祁:《归潜志》,中华书局1983年版,第106页。

中先梳理了唐宋文统传递及其在金朝的继承概况：

> 唐文三变，至五季，衰陋极矣。由五季而为辽、宋，由辽、宋而为国朝，文之废兴可考也。宋有古文，有词赋，有明经。柳、穆、欧、苏诸人，斩伐俗学，力百而功倍，起天圣，迄元祐，而后唐文振。然似是而非，空虚而无用者，又复见于宣、政之季矣。辽则以科举为儒学之极致，假贷剽窃，牵合补缀，视五季又下衰。唐文奄奄，如败北之气，没世不复，亦无以议为也。国初，因辽、宋之旧，以词赋、经义取士，豫此选者，选曹以为贵科，荣路所在，人争走之。传注则金陵之余波，声律则刘郑之末光，固已占高爵而钓厚禄。至于经为通儒，文为名家，未暇也。及翰林蔡公正甫，出于大学大丞相之世业，接见宇文济阳、吴深州之风流，唐宋文派，乃得正传。然后诸儒得而和之。盖自宋以后百年，辽以来三百年，若党承旨世杰、王内翰子端、周三司德卿、杨礼部之美、王延州从之、李右司之纯、雷御史希颜，不可不谓之豪杰之士。若夫不溺于时俗，不汩于利禄，慨然以道德、仁义、性命、祸福之学自任，沈潜乎六经、从容乎百家，幼而壮，壮而老，怡然涣然，之死而后已者，惟我闲闲公一人。①

对于唐代文学发展，元好问延续了北宋宋祁、欧阳修在《新唐书·文艺列传序》提出的"唐文三变说"②，推崇韩愈复古明道。元好问历数柳开、穆修、欧阳修和苏轼诸人于北宋文学的发展之功。宋末宣政之季"唐文奄奄"，辽代"视五季又下衰"，唐宋以来的文统在金朝又有谁来承继呢？元好问指出了蔡珪为唐宋文派正传之宗，接着列举了党怀英等人，但"慨然以道德仁义性命祸福之学自任，沈潜乎六经、从容乎百家，幼而壮，壮而老，怡然涣然，之死而后已者，惟我闲闲公一人"。也就是说，赵秉文自觉以金朝的韩愈自任，主动担负起恢复儒家道统文统的重任。赵秉文自觉将国朝文派和唐宋文派一脉接续，给金代文学在中国文学

---

① 阎凤梧主编：《全辽金文》，山西古籍出版社2002年版，第2898页。
② 《新唐书·文艺列传序》："唐有天下三百年，文章无虑三变：高祖、太宗，大难夷始，沿江左余风，绹句绘章，揣合低昂，故王、杨为之伯；玄宗好经术，群臣稍厌雕琢，索理致，崇雅黜浮，气益雄浑，则燕、许擅其宗，是时，唐兴已百年，诸儒争自名家；大历、贞元间，美才辈出，擩哜道真，涵泳圣涯，于是韩愈倡之，柳宗元、李翱、皇甫湜等和之，排逐百家，法度森严，抵轹晋、魏，上轧汉、周，唐之文完然为一王法，此其极也。"

发展史上找到定位,对国朝文派的发展起到承前启后的作用。

总之南渡后的国朝文派在道统文统的承继上开始深化,而赵秉文功不可没。

(二) 杨云翼

《中州集》卷四"礼部杨公云翼小传"云:

> 云翼字之美,乐平人。明昌五年经义进士第一人,词赋亦中乙科。天资颖悟,博通经传,至于天文、律历、医卜之学,无不臻级。……南渡后二十年,与礼部闲闲公代掌文柄,时人号"杨赵",而公以后辈自处,不敢当也。……正大五年八月终于翰林学士,年五十九,谥曰文献。天下识与不识皆哀惜之,至今评者以为百余年以来大夫士身备四科者,惟公一人而已。①

目前,学术界对杨云翼的关注比较薄弱,仅有刘达科在《忻州师专学报》1995 年第 1 期发表的《杨云翼编年评传》,未见其他专论。

杨云翼经历五朝,四朝为官,比之王庭筠、赵秉文,他是国朝文派当中仕途最为顺达的一人。据《金史》记载,杨云翼明昌五年中进士第一,词赋亦中乙科,特授承务郎、应奉翰林文字。承安四年,杨云翼出任陕西东路兵马都总管判官。泰和元年,杨云翼被召回任命为太学博士,迁任太常寺丞,兼翰林修撰。大安元年,杨云翼授提点司天台,兼翰林修撰,不久又兼礼部郎中。贞祐二年(1214),起授前职,兼吏部郎中。三年,转礼部侍郎,兼提点司天台。兴定元年(1217)六月,迁翰林侍讲学士,兼修国史,知集贤院事,兼前职。兴定二年,拜礼部尚书,兼职如故。四年,改吏部尚书。哀宗即位,杨云翼摄太常卿,不久拜翰林学士。正大二年(1225)二月,复为礼部尚书,兼侍读。正大五年八月终于翰林学士,年五十九。② 杨云翼历世宗、章宗、卫绍王、宣宗、哀宗五朝,四朝为官,都受到最高统治者的欣赏。"章宗咨以当世之务,称旨。"③ 谏南伐,宣宗兵败责诸将曰:"当使我何面目见杨云翼耶?"④ 正大三年哀宗"设益

---

① (金)元好问:《中州集》卷四,华东师范大学出版社 2014 年版,第 270 页。
② (元)脱脱等撰:《金史》卷一百十,中华书局 1975 年版,第 2421—2425 页。
③ 同上书,第 2421 页。
④ 同上书,第 2425 页。

政院，云翼为选首，每召见赐坐而不名"①。无怪乎史料称其"入仕能官，练达吏事，通材也"②。杨云翼为官"天性雅重，自律甚严，其待人则宽……其于国家之事，知无不言"③。他敢于言事，甚至"医谏"。史书记载哀宗时，"云翼尝患风痹，至是稍愈，上亲问愈之之方，对曰：'但治心耳。心和则邪气不干，治国亦然，人君先正其心，则朝廷百官莫不一于正矣。'上矍然，知其为医谏也"。④但奇怪的是，杨从未因言事获罪，真可谓练达吏事。

杨云翼博学多能，还擅长医术。据记载，宣宗兴定三年，"筑京师子城，役兵民数万，夏秋之交病者相籍，云翼提举医药，躬自调护，多所全济"。⑤杨云翼对于天文历法也有研究。他任提点司天台多年，著有《五星聚井辨》一篇，《悬象赋》一篇，《勾股机要》《象数杂说》等。

南渡后20年内，杨云翼与赵秉文代掌文柄，时人号"杨赵"。元好问说："至今评者以为百余年以来大夫士身备四科者惟公一人而已。"⑥现《中州集》存其诗21首。在文学观念上，杨云翼和赵秉文一致，提倡儒家，主张中和之美。《遗山集》卷三十七《张仲经诗集序》："内相文献杨公有言'文章，天地中和之气，太过为荒唐，不及为灭裂。'仲经所得，雍容和缓，道所欲言者而止，其亦得中和之气者欤？"⑦所谓中和，和赵秉文提倡的文辞达意，反对怪奇诗风之论相近。思想方面，杨云翼提倡儒家学说，其思想在其《滏水集序》中表露无遗，其文曰：

> 学以儒为正，不纯乎儒非学也。文以理为正，不根于理非文也。自魏晋而下，为学者不究孔孟之旨，而溺异端，不本于仁义之说，而尚夸辞，君子病诸？今礼部赵公实为斯文主盟，近日择其所为文章，厘为二十卷，过以见示。予披而读之，粹然皆仁义之言也。盖其学，一归诸孔孟，而异端不杂焉，故能至到如此。所谓儒之正，理之主，尽在是矣。天下学者，景附风靡，知所适从，虽有狂澜横流，障而东

---

① （元）脱脱等撰：《金史》卷一百十，中华书局1975年版，第2423页。
② （金）刘祁：《归潜志》，中华书局1983年版，第34页。
③ （元）脱脱等撰：《金史》卷一百十，中华书局1975年版，第2424页。
④ 同上。
⑤ 同上书，第2422页。
⑥ （金）元好问：《中州集》卷四，华东师范大学出版社2014年版，第270页。
⑦ 阎凤梧主编：《全辽金文》，山西古籍出版社2002年版，第3246页。

之，其有功吾道也大矣。予生多幸，得从公游，然聋瞽无与乎视听，故不足知公。后生可畏，当有如李之尊韩、苏之景欧者。予虽老矣，犹幸及见之。元光二年岁次癸未冬十有一月庚戌日。前翰林学士中奉大夫知制诰皋落杨云翼引。①

在这篇文章里，杨云翼提了儒学为正的观点，并且指出赵秉文之所以取得引人注目的文学成就，其根基在于以儒为正，以理主之，并且以此取得了障狂澜横流之功绩。正如牛贵琥所说："这篇文论代表着当时士大夫的主流观点。所谓文以理为正、本于儒家仁义而不尚夸辞，正是处于金末衰亡时代所需救偏归正的举措。"② 南渡后金朝三面受敌，开始走下坡路。国力衰亡，触发了有识之士救偏归正重拾儒家正统。另一方面，从文学自身来看，南渡后的国朝文派已经发展成熟，开始自觉的寻求金代文学在文学史上的地位，继承唐宋文统成为一个不错的选择。

南渡后，杨云翼和赵秉文一起提倡回归儒家正统，为扭转明昌以来的尖新文风做出了贡献。

(三) 李纯甫

1. 李纯甫生平及作品研究

李纯甫，字之纯，弘州襄阴人。金章宗承安二年（1197）经义进士。为文法庄周、列御寇、左氏、《战国策》，后进多宗之。又喜谈兵，慨然有经世心。少自负其材，作《矮柏赋》，以诸葛孔明、王景略自期。中年，度其道不行，益纵酒自放，无仕进意。日与禅僧士子游，以文酒为事。晚年喜佛，自类其文，凡论性理及关佛老二家者号"内稿"，其余应物文字为"外稿"。又解《楞严》《金刚经》《老子》《庄子》。又有《中庸集解》《鸣道集解》，号"中国心学、西方文教"，数十万言，以故为名教所贬云。③

学术界对于李纯甫的研究在金代的作家中还是比较深入的。主要集中在三个方面。首先，关于李纯甫生卒年的考证和生平事迹方面，周惠泉《金代文学家李纯甫生卒年考辨》④，质疑谭正璧、唐圭璋提出的"金世宗

---

① 阎凤梧主编：《全辽金文》，山西古籍出版社2002年版，第2431—2432页。
② 牛贵琥：《金代文学编年史》，安徽大学出版社2011年版，第524页。
③ （元）脱脱等撰：《金史》卷一百二十六，中华书局1975年版，第2734—2735页.。
④ 周惠泉：《金代文学家李纯甫生卒年考辨》，《社会科学战线》1984年第3期。

大定二十五年（1185）生，金哀宗正大八年（1231）卒"之说。周惠泉通过详细举证，得出李纯甫金世宗大定十七年（1177）生，金宣宗元光二年（1223）卒的结论。随后，在2001年第5期《古典文学知识》上，周惠泉发表了《金代文学家李纯甫》，对李纯甫的生平事迹和文学创作情况进行了全面的介绍。① 胡传志《李纯甫考论》对李纯甫进行了更为详细的考证，其中有生平补证、交游考、著述考、创作论等。这些研究对前人的考证结果进行了补充和丰富，具有重要的参考价值。胡传志指出李纯甫："摆脱了浮艳浅弱的文风，相当充分地表现出他的个性，在某种程度上也表现了北方豪杰的性格……他成功地为许多诗人找到了一条较合适的诗歌之路，为金末文学的振起做出了重要贡献。"在散文创作方面，胡传志认为李纯甫"仅就文章而言，他不愧为金代第一流的散文作家，影响了金末一代文风，推动了金代的散文创作"。② 另外，王庆生发表于《晋阳学刊》2001年第4期的《李纯甫生平事迹考略》，对李纯甫的生平事迹按照时间顺序进行了考证和叙述。③

其次对于李纯甫佛、儒思想的研究。主要有2006年第2期《社会科学战线》上霁虹、史野的《李纯甫儒学思想初探》。此文以《鸣道集说》为主要依据，从关于《鸣道集说》、儒学思想的主要内容、儒学与佛学、大道合一四个方面，对李纯甫的儒学思想作了探讨。文章认为："李纯甫的儒学思想有着明显的三教合一的特征，他援儒入佛，以佛释儒，使许多儒学问题得到精妙阐发，其诸多论述不囿成说，不拘门户之见，确实卓有见地……对于促进儒学在北方少数民族地区的传播，对于儒家思想乃至佛家思想、道家思想地深入研究都是有所裨益的。"④ 刘洁《李纯甫的诗学观念及其禅学渊源》从禅学对于李纯甫诗学观念和诗歌创作的影响的角度对其进行了分析。指出李纯甫"诗无定体""惟意所适"的诗学主张深受禅学"以心为师""游戏三昧"思想的影响，"他认为诗人当如禅家心悟一样以自家内心所悟所感为准地，大胆展现个性，超越已有体制，而作诗作文也会因此而成为达到禅家自由解脱境界的重要途径"。⑤

最后是对于李纯甫文学艺术方面研究。胡文川《李纯甫怪奇诗风的

---

① 周惠泉：《金代文学家李纯甫》，《古典文学知识》2001年第5期。
② 胡传志：《李纯甫考论》，《社会科学战线》2000年第2期。
③ 王庆生：《李纯甫生平事迹考略》，《晋阳学刊》2001年第4期。
④ 霁虹、史野：《李纯甫儒学思想初探》，《社会科学战线》2006年第2期。
⑤ 刘洁：《李纯甫的诗学观念及其禅学渊源》，《北方论丛》2010年第4期。

内涵及形成原因》①从横纵两个方面对李纯甫进行了全方位的深入研究。横向主要从李纯甫的文学主张、创作路程及其对金末其他文人的影响来分析李纯甫的创作风格和内心世界。纵向从李纯甫所处的社会背景、当时的社会制度、特定时期下文人的心理以及韩愈等人对李纯甫的影响等方面来分析李纯甫创作风格形成的原因，从整体上来把握李纯甫一生的创作及其影响下的"后怪奇诗派"。

由上可知学界对李纯甫生卒年和生平进行了初步考证，并对李纯甫的思想，尤其是其儒学思想和佛学思想进行了重点考察。文学艺术方面，李纯甫的怪奇诗风独树一帜对金末文学产生了重要影响。从金代国朝文派的角度来探讨李纯甫对于金代文学的贡献具有一定的创新研究价值。

2. 李纯甫与国朝文派

第一，李纯甫在金末文坛的地位和对国朝文派的影响。南渡后李纯甫和赵秉文共执牛耳，有"李赵风流两谪仙"之称。刘祁《归潜志》记载："南渡后，文风一变，文多学奇古，诗多学风雅，由赵闲闲、李屏山倡之。"② 又云："（李纯甫）为文法庄周、左氏，故其词雄奇简古。后进宗之，文风由此一变。"③ 可见李纯甫为南渡后文风的转变做出了贡献。他扭转了大定明昌以来尖新浮艳的诗风，开辟了雄奇的审美风格，影响了雷渊、李经等人的创作，对金末文坛产生了重要影响，正如胡传志所说，"（李纯甫）摆脱了浮艳浅弱的文风，相当充分地表现出他的个性，在某种程度上也表现了北方豪杰的性格，因此得到了雷渊、李经等一批豪杰之士的响应。可以说，他成功地为许多诗人找到了一条较合适的诗歌之路，为金末文学的振起作出了重要贡献。"④ 李纯甫也十分重视文坛后续力量的培养，奖掖后进，《归潜志》云："李屏山雅喜奖拔后进，每得一人诗文有可称，必延誉于人。……然屏山在世，一时才士皆趋向之。"⑤ 李纯甫和赵秉文分别代表了南渡后怪奇和平易两种截然不同甚至有些对立的风格。有学者将赵李之风格差异比之于北宋苏黄之不同，如杜呈辉、杨利民《崛起于西京大同的文学流派——简评金代著名文学家李纯甫和雷渊》指

---

① 胡文川：《李纯甫怪奇诗风的内涵及形成原因》，硕士学位论文，山西大学，2011年。
② （金）刘祁：《归潜志》，中华书局1983年版，第85页。
③ 同上书，第6页。
④ 胡传志：《李纯甫考论》，《社会科学战线》2000年第2期。
⑤ （金）刘祁：《归潜志》，中华书局1983年版，第87页。

出:"赵秉文和李纯甫的对立,是北宋苏、黄对立在金时的继续。……赵秉文文宗欧阳修、苏轼,尚平易,主集成,常犯古语,论诗细而论文粗。李纯甫则宗黄庭坚,文尚奇怪,主一体,矜独创,论文细而论诗粗。赵、李二人所见不同,论调亦异,互有批评。"① 此说虽有推敲之处,但是文学风格发展的多样性,恰恰是国朝文派或者说金代文学发展成熟的标志。

第二,李纯甫的创作主张及作品风格。

在创作方面,李纯甫主张"言为心声""惟意适从"自成一家风格。他为刘汲《西岩集》所作的序文中称:

> 人心不同如面。其心之声发而为言,言中理谓之文,文而有节为之诗。然则诗者,文之变也,岂有定体哉! 故《三百篇》什无定章,章无定句,句无定字,字无定音。大小长短,险易轻重,惟意所适。虽役夫室妾悲愤感激之语,与圣贤相杂而无愧,亦各言其志也已矣,何后世议论之不公邪?②

李纯甫提倡作家要有自己的独特风格,刘祁《归潜志》卷八记载:"李屏山教后学为文,欲自成一家,每曰:'当别转一路,勿随人脚跟。'故多喜奇怪,然其文亦不出庄、左、柳、苏,诗不出卢仝、李贺。晚甚爱杨万里诗。"③ 其次,李纯甫注重文的地位,他认为"言中理谓之文,文而有节谓之诗"。李纯甫散文创作更是得到了文坛的认可。刘祁提出学诗当从赵秉文,学文则要从李纯甫:"赵于诗最细……李于文甚细,说关键宾主抑扬;于诗颇粗,止论词气才巧。故余于赵则取其作诗法,于李则取其为文法。"④ 其晚年甚爱杨万里,曰:"活泼剌底,人难及也。"这其实反映了南渡后文学发展的俗化和叙事化倾向。李纯甫创作的文学作品虽然被赵秉文批评"文字无太硬,之纯文字最硬,可伤"⑤,但作为一种文学风格,"硬"也正是其独特面目所在。

第三,李纯甫儒道释合流思想。李纯甫探究理学,著有《鸣道集说》

---

① 杜呈辉、杨利民:《崛起于西京大同的文学流派——简评金代著名文学家李纯甫和雷渊》,《雁北师院学报》1994年第4期。
② 阎凤梧主编:《全辽金文》,山西古籍出版社2002年版,第2626页。
③ (金)刘祁:《归潜志》,中华书局1983年版,第87页。
④ 同上书,第88页。
⑤ 同上。

一卷。《四库全书总目》曰:"是书列周程张邵朱吕蔡诸儒之说,而条辨之末,附自作文数篇,大旨出于释氏,殊为偏驳。"可见李纯甫对理学颇有研究且角度独特。他采用佛教观点来解释理学,所谓"援佛入理"。此举虽受到历史局限性,颇多微词,但这是用新观点分析原有的事物,是对理学的发扬和新的探索。李纯甫对于当时人对援佛入理的误解,给予了回应。他在《重修面壁庵记》中写道:

> 学士大夫犹畏其高而疑其深,诬为怪诞,诟为邪淫,惜哉!龙宫海藏,琅函贝叶,无虑数千万言,顶之而不观,目之而不解。且数百年老师宿德,又各执其所见,裂于宗乘,泊于义疏,吾佛之意扫地矣。悲夫。①

李纯甫认为佛学作为一种外来思想,语言障碍造成了思想交流的困难,此一也。二是宿儒囿于门户之见,使得佛教思想难以传播。李纯甫对佛教思想作了精确的概括:"吾佛大慈,皆如实语,发精微之义于明白处,索玄妙之理于委曲中。"② 指明了佛教思想的妙处。李纯甫对于佛教的理解,也体现在了他的创作之中,据《归潜志》卷十记载:

> 屏山南渡后,文字多杂禅语葛藤,或太鄙俚不文,迄今刻石镂板者甚众。余先子尝云:"之纯晚年文字半为葛藤,古来苏、黄诸公亦语禅,岂至如此?可以为戒。"又多为浮屠作碑记传赞,往往诋訾吾徒,诸僧翕然归向,因集以板之,号《屏山翰墨佛事》,传至京师,士大夫览之多愠怒,有欲上章劾之者。先子尝谓曰:"此书胡不斧其板也?"屏山曰:"是向诸僧所镂,何预我耶?"后屏山殁,将板其全集,闲闲为涂剟其伤教数语,然板竟不能起,今为诸僧刻于木,使传后世,惜哉。③

佛学思想是屏山哲学思想的重要组成部分。如果说赵秉文提倡儒学,是回归纯粹的传统儒学的话,那么屏山的儒学则夹杂了佛学的色彩。他们

---

① 阎凤梧主编:《全辽金文》,山西古籍出版社2002年版,第2616页。
② 同上。
③ (金)刘祁:《归潜志》,中华书局1983年版,第119页。

二人都是对儒学的回归，不同之处在于扬弃和发展的侧重不同罢了。

李纯甫代表了国朝文派变革期文学风格中的怪奇一派。李纯甫在主张传统儒学的基础上又极富佛学思想色彩。他和赵秉文一样，都是南渡文坛新风的提倡者，且二人各有侧重。正是这种流派纷呈、思想激荡，给金代文学的发展带来了新的活力。李纯甫的文学作品呈现怪奇风格，他主张文学"自成一家，勿随人脚跟"，也恰恰反映出国朝文派对文学独立性的追求。

（四）雷渊

雷渊，字希颜，一字季默，应州浑源（今山西浑源县）人。父思，字西仲，官至同知北京转运使。雷思有《易解》行于世，号学易先生。雷渊登至宁元年（1213）词赋进士甲科，累官泾州录事、应奉翰林文字、监察御史、太学博士、南京转运司户籍判官、翰林修撰等职，年四十八卒。

学界关于雷渊的研究有李正民《雷渊评传》[①]，该文对雷渊的生平、宦绩以及诗文情况进行了梳理和介绍；吕秀琴、杜呈辉《浑源雷氏与朔州李氏的纠葛》通过考证志书，将雷李两个家族作了区分，肯定了雷渊在历史上的功用；李瑞《从人际交往中看雷渊其人》[②]通过对雷渊人际交往对象、人际交往特点的考察，得出其豪侠之气、仕途的跌宕和不羁的性格，及朋友交往影响了雷渊的诗文创作和仕途。总的来说，学术界对于雷渊的研究都基于生平宦绩的简述，对其文学特色的形成过程和原因没有深入的探讨。

雷渊与国朝文派。雷渊是国朝文派中最具个性的一位作家。雷渊之奇，奇在个性耿直乖戾。据史书载雷渊"为人躯干雄伟，髯张口哆，颜渥丹，眼如望洋，遇不平则疾恶之气见于颜间，或嚼齿大骂不休，虽痛自惩创，然亦不能变也"[③]。可知雷渊身材伟岸，面色红润，傲然，似眼中无物，脸上的胡须也很抢眼。他疾恶如仇，遇不平事立刻表现出来，大骂不休。雷渊之奇，奇在他为事则喜立名。"初登第摄遂平县事，年少气锐，击豪右，发奸伏，一邑大震，称为神明。尝擅笞州魁吏，州檄召之不

[①] 李正民：《雷渊评传》，《山西大学师范学院学报》（综合版）1991年第3期。
[②] 李瑞：《从人际交往中看雷渊其人》，《安徽文学》2011年第2期。
[③] （元）脱脱等撰：《金史》卷一百十，中华书局1975年版，第2435页。

应，罢去。后凡居一职辄震耀，亦坐此不达。"① 雷渊为官刑法严苛，有酷吏之名。据《金史》酷吏传云：

> 雷渊为御史，至蔡州得奸豪，杖杀五百人，号曰"雷半千"。②

雷渊为官的雷厉作风跟宣宗朝吏习大盛，刑法苛刻的大环境相关。史书记载："初，宣宗喜刑罚，朝士往往被笞楚，至用刀杖决杀言者。高琪用事，威刑自恣。南渡之后习以成风，虽士大夫亦为所移。"③ 雷渊虽为士大夫的代表，却也不免为时俗所影响。另外，雷渊的个性也受到其的成长环境的影响。据《金史》记载：

> 渊庶出，年最幼，诸兄不齿。父殁不能安于家，乃发愤入太学。衣弊履穿，坐榻无席，自以跣露恒兀坐读书，不迎送宾客，人皆以为倨。④

雷渊为庶子，幼年丧父，艰苦的成长环境对形成其性格产生了巨大影响。雷渊生活的时代环境和个人成长经历共同塑造了其坚毅果敢，喜欢名望的性格。

雷渊作品的艺术特色。古语云，文如其人。雷渊为人追求立名，文章也追求与众不同，求新求异。《金史·雷渊传》称其"为文章诗喜新奇"⑤刘祁在《归潜志》中也说："（雷渊）诗杂坡、谷，喜新奇。好收古人书画、碑刻藏于家，甚富。……工于尺牍，辞简而甚文，朋友得之，辄以为珍藏。发书顷刻数十轴，皆得体可爱。"⑥"诗亦喜韩，兼好黄鲁直新巧，每作诗文，好于朋友相商订，有不安，相告立改之，此亦人所难也。"⑦ 雷渊诗歌创作主要是受到江西诗派的影响，喜新奇。雷渊的文章则表现出长于叙事，崇尚简古，以韩愈为法的特征。《归潜志》记载：

---

① （元）脱脱等撰：《金史》卷一百十，中华书局1975年版，第2435页。
② （元）脱脱等撰：《金史》卷一百二十九，中华书局1975年版，第2779页。
③ 同上书，第2778页。
④ （元）脱脱等撰：《金史》卷一百十，中华书局1975年版，第2434页。
⑤ 同上书，第2435页。
⑥ （金）刘祁：《归潜志》，中华书局1983年版，第10页。
⑦ 同上书，第88—89页。

"公博学有雄气,为文章专法韩昌黎,尤长于叙事。"① "论文尚简古,全法退之。"②

雷渊的文学创作观。雷渊作文注重法度,他说:"作文字无句法,委靡不振,不足观。"③ 雷渊所主张的法,主要指文学韩愈,诗学苏黄。在对北宋文学的继承中,雷渊和李纯甫一样,更多地偏向于学习黄庭坚。如《归潜志》卷八云:

> 雷则论文尚简古,全法退之。诗亦喜韩,兼好黄鲁直新巧,每作诗文,好于朋友相商订,有不安,相告立改之,此亦人所难也。④

雷渊对诗歌艺术的推敲钻研精益求精正是其注重文法的表现。此外,雷渊也重视诗歌用韵的技巧,这方面与黄庭坚江西诗派一脉相承。他创作了许多分韵、次韵唱和之作。分韵,又叫赋韵,指作诗时先规定若干字为韵,各人分拈,依韵作诗。雷渊有诗《同裕之钦叔分韵得莫论二字》《玉华山中同裕之分韵送钦叔得归字》《九日登少室绝顶同裕之分韵得萝字》《月下同飞伯观畦丁灌园得畦字》《梨花得红字》等。刘祁曾说:"凡作诗,和韵为难。古人赠答皆以不拘韵字。迨宗苏、黄凡唱和,须用元韵,往返数回以出奇。"⑤ 可知和韵自苏黄而为盛。次韵又是和韵中要求更加严格的作诗方式。次韵,又叫步韵,按照原诗的韵和用韵的次序来和诗,是文人间和诗的一种方式。次韵之风,宋时苏黄与江西诗派切磋诗艺常用,虽为后世诟病,却在诗人相互切磋,提高诗歌写作技巧方面发挥了促进作用。雷渊诗有《叔献兄归隐嵩山有诗见及依韵奉寄》《次裕之韵兼及景□弟》等。在创作态度方面,雷渊不喜文过饰非,有史家秉笔直书的气概。《归潜志》载雷渊为人作碑记"虽称其德善,其疵短亦互见之"。他为老师李纯甫作墓志,也丝毫不因私交而故作美饰之言,"数处有微言,刘光甫读之不能平,与宋飞卿交劝令削去,及刻石犹存'浮湛于酒,其性厌怠,有不屑为'之言"⑥。又,雷渊的《嵩州福昌县竹阁禅院记》

---

① (金)刘祁:《归潜志》,中华书局1983年版,第10页。
② 同上书,第88页。
③ 同上书,第89页。
④ 同上书,第88—89页。
⑤ 同上书,第90页。
⑥ 同上书,第89页。

本是应僧人福汴之请而作，可是他在文中却并非专为溢美之词，而是毫无保留的直接表达了对佛教的意见：

> "滋殚天下之美，而浮屠氏终日享之，不既幸矣乎？"……三代以降，田不复井，吾民之贫者，数口之家，至无厝足之地。……而浮屠氏方鼓其师之说，擅其膏腴，占其名胜。饱食暖衣，若子若孙，交手付畀。①

雷渊在文中直指寺院据名山胜地，而其僧众不参加劳动，不纳皇粮，与民争利的情况。

雷渊为文重法度，为诗好新巧。在思想上仍是推崇儒家。他始终以儒家道德标准要求自己，"吾儒者也，谈一浮屠居之胜，不若考其山川风俗之所以然；记一夫之勤惰，不若推本道术废兴之由"。即使为佛寺题记，他也是从山川风俗王道兴废的角度来构思，践行文以载道。

雷渊的好奇峭、新奇的文学观和当时主张平淡纪实的王若虚相悖。王若虚主张"议论文字有体致，不喜出奇，下字止欲如家人语言"②。雷渊为文则尚奇好新巧。正大年间，王若虚在史馆主持史事，雷渊为翰林应奉兼编修官，同修《宣宗实录》，二人由于文体不同，多有争论：

> 王则曰："实录止文其当时事，贵不失真。若是作史，则又异也。"雷则云："作文字无句法，萎靡不振，不足观。"故雷所作，王多改革，雷大愤不平，语人曰："请将吾二人所作令天下文士定其是非。"王亦不屑，王尝曰："希颜作文好用恶硬字，何以为奇？"雷亦曰："从之持论甚高，文章亦难止以经义科举法绳之也。"③

这场文体纷争不仅仅是雷、王之间的个人冲突，更是南渡后文坛尚奇同好平实的两种创作倾向的交锋。

雷渊亦是南渡后文坛领袖之一。元好问在《希颜墓铭》中说："渡河后，学益博，文益奇，名益重。"他关注文脉兴衰，《京叔将拜归于陈，

---

① 阎凤梧主编：《全辽金文》，山西古籍出版社2002年版，第2761页。
② （金）刘祁：《归潜志》，中华书局1983年版，第88页。
③ 同上书，第89页。

微言为赠，老懒废学茫无所得，独记其与屏山云卿襟期所在者，非以为诗也》诗云"斯文兴废实关天"，并为扭转当时文坛萎靡不振文风，在文坛奔走呼吁。他曾寄语刘从益（字云卿）父子独扬清风，为抵挡颓风之堤障。《云卿父子有宛丘之行作二诗为践》诗云："独有石间柏，不落鼓舞中。期君如此木，岁晚延清风。""颓风正波靡，去去作堤障。"雷渊作为南渡文坛的盟主，和李纯甫一样代表了南渡后两种文风中的新奇一派。这是国朝文派南渡后文风新变的一个重要分支。与赵秉文、王若虚主张为文平易相比，雷渊和李纯甫的新奇派是对北宋以来苏黄及江西诗派一脉的继承和发扬，更是寻求扭转章宗朝颓败诗风的有力探索。双方虽然观点不同，但是在寻求国朝文派发展与自我定位的初衷上却是一致的。相互迥异观点的出现，正是金代文学发展成熟，寻求突破，产生新变的必然，而雷渊在此也起到了文坛领袖的重要作用。

南渡后，金朝处于三面被围的困势中，国力由大定明昌的极盛而陡转直下。政治上，文人地位不高，朝廷重吏轻文，赵秉文都曾受杖刑。思想方面，一是在亡国之际，正统意识的强烈反弹，以宣宗重议五德，赵秉文"礼分华夷"为代表；二是表现出以全真派为首的儒道释合流的总趋势，有李纯甫"援佛入理"为代表。文学方面，杨赵和李纯甫执掌文坛，力排明昌尖新，分别开创了以赵秉文为首的平易风格和李纯甫为代表的怪奇风格。国朝文派的成熟期，思想上对于女真民族政权不仅仅是高度认可，更是以其符合儒家仁义规范视金朝为正统王朝，而将蒙、宋、夏视为异族。在文学风格上，成熟期的国朝文派艺术风格更加多样化，对于文学本身规律性的探索越来越深入，对于文学传统的培养越来越重视。另外，以李纯甫、雷渊为代表的文学创作，体现出重文的倾向，金代末期文学的叙述性开始增强。

第四节　国朝文派的余波

金哀宗天兴三年（1234），即宋理宗端平元年、蒙古太宗六年，蔡州城破，哀宗自缢，金朝灭亡。此时，南宋处于大力推崇朱熹理学时期，但军事上节节败退，终在金亡后约四十四年国灭。蒙古灭金伐宋，两位深谙中原文化的儒臣功不可没。一是元太祖时的耶律楚材，二是元世祖时的刘秉忠。耶律楚材在汴京城破时，阻止了蒙古军队屠城，保护了中州文脉，还建立平阳经籍所,大兴文治。刘秉忠则为元朝建立一代制度。他建议忽必烈取《易》"大哉乾元"之意,改国号为"大元"。这个时期的政治生态可谓蒙古势如破竹,南宋节节败退,元朝终结南北分裂,再建大一统王朝。

这个时期出现了一类人,他们成长成熟于金朝,却已国灭君亡,人称其为金遗民。金末元初,形成于章宗时期的北方区域文化已经成熟,"礼辨华夷"的观念深入人心,统一的大民族观念早已确立,金朝遗民皆以华夏文明正统自居。在华夏陆沉之季,金代遗民们或兴学,或撰史,为延续一代文脉奔走。他们以更加开放的胸襟融入元初社会。

这个时期中国文学发展的大方向依然是由雅趋俗。而金代文学主流则由俗至雅,同时出现了文学叙事化倾向,特别在一些道教题材的作品当中更为突出。

一 金末元初的文学生态

金哀宗天兴三年(1234),即宋理宗端平元年、蒙古太宗六年,甲子两周的金国灭亡了。元好问《续夷坚志》卷二历年之谶云:"古人上寿,皆以千万岁寿为言。国初种人纯质,每举觞,惟祝百二十岁而已。盖武元以政和五年、辽天庆五年乙未为收国元年,至哀宗天兴二年蔡州陷,适两甲子周矣。历年之谶遂应。"[①] 建国一百二十年的金朝在宋、蒙联军的强烈攻势下,以蔡州城破、哀宗自缢于幽兰轩画上了句号。

在灭金的前一年,也就是绍定六年十月,南宋权臣史弥远病死,沉默蛰伏十年之久的宋理宗赵昀终于开始亲政,改元端平。端平年间,宋理宗采取了一系列的改革措施,涉及政治、经济、文化各个方面,史称"端平更化"。宋理宗在位期间在文化上最大的贡献之一就是重新确定了朱熹理学的正统地位。据《宋史》理宗本纪端平元年九月"诏:进士何霆编类朱熹解注文字,有补经筵,授上文学"[②]。淳祐元年正月,宋理宗再次对儒学道统进行了宋朝角度的梳理,对朱熹大为肯定:

> 朕惟孔子之道,自孟轲后不得其传,至我朝周敦颐、张载、程颢、程颐,真见实践,深探圣域,千载绝学,始有指归。中兴以来,

---

① (金)元好问:《续夷坚志》,中华书局1986年版,第31页。
② (元)脱脱等撰:《宋史》卷四十一,中华书局1985年版,第803页。

又得朱熹精思明辨，表里混融，使大学、论、孟、中庸之书，本末洞彻，孔子之道，益以大明于世。①

在宋宁宗朝被禁为伪学的朱熹理学，终于在理宗朝得到了礼遇和认可。金灭后，蒙古仅将陈、蔡以南之地归还与宋，并未履行将河南归还的约定。宋与蒙古的战争一触即发，河淮、川之间迄无宁日。咸淳十年（1274），元世祖下诏，水陆并进，左丞相伯颜统领20万元兵大举攻宋。景炎元年（1276）三月，即元世祖至元十三年，伯颜帅兵入临安，将宋恭帝及嫔妃宗室官吏俘虏北上，南宋形式上已经灭亡。南宋遗臣先后拥立了两位皇帝，终究没有挽回南宋灭亡的命运，此时距离金亡约40年。金朝最后的一位遗民段成已在南宋被灭约五年后也逐渐远离了文坛视野。

1234年，元太宗窝阔台六年甲午，《元史·太宗本纪》记载，本年秋七月，议自将伐宋。元太宗七年乙未，同时遣诸王对西域，南宋，高丽征伐。"遣诸王拔都及皇子贵由、皇侄蒙哥征西域，皇子阔端征秦、巩，皇子曲出及胡土虎伐宋，唐古征高丽。"② 元太宗八年丙申三月，复修孔子庙及司天台。这一年发生了一件对金代遗民们影响重大的事件，那就是平阳经籍所成立。"耶律楚材请立编修所于燕京，经籍所于平阳，编集经史，召儒士梁陟充长官，以王万庆、赵著副之。"③ 金末遗民"河汾诸老"中麻革、陈赓、陈庚、段克己、曹之谦都曾入经籍所。元太宗九年丁酉秋八月，命术虎乃、刘中试诸路儒士，中选者除本贯议事官，得四千三十人。十三年辛丑十一月丁亥元太祖窝阔台崩于行殿，在位十三年，寿五十有六，葬起辇谷，追谥英文皇帝，庙号太宗。元太宗去世后三年，乃马真后甲辰年夏五月，中书令耶律楚材薨。金元易代，耶律楚材为保护一代士人文物做出了巨大贡献。据《元史》列传第三十三：

耶律楚材，字晋卿，辽东丹王突欲八世孙。父履，以学行事金世宗，特见亲任，终尚书右丞。……太祖定燕，闻其名，召见之。楚材身长八尺，美髯宏声。帝伟之，曰："辽、金世仇，朕为汝雪之。"对曰："臣父祖尝委质事之，既为之臣，敢仇君耶！"帝重其言，处

---

① （元）脱脱等撰：《宋史》卷四十二，中华书局1985年版，第821页。
② （明）宋濂等撰：《元史》卷二，中华书局1976年版，第34页。
③ 同上。

之左右，遂呼楚材曰"吾图撒合里"而不名，"吾图撒合里"，盖国语"长髯人"也。①

元太祖铁木真曾对太宗窝阔台说："此人天赐我家。尔后军国庶政，当悉委之。"②正是源于蒙古对耶律楚材的重用，采纳了他一系列的建议，金亡之后，中原士族文化得以延续。蒙金征伐之际，他阻止蒙古的屠城政策，请封孔子后人，开设平阳经籍所。《元史》记载：

> 旧制，凡攻城邑，敌以矢石相加者，即为拒命，既克，必杀之。汴梁将下，大将速不台遣使来言："金人抗拒持久，师多死伤，城下之日，宜屠之。"楚材驰入奏曰："将士暴露数十年，所欲者土地人民耳。得地无民，将焉用之！"帝犹豫未决，楚材曰："奇巧之工，厚藏之家，皆萃于此，若尽杀之，将无所获。"帝然之，诏罪止完颜氏，余皆勿问。时避兵居汴者得百四十七万人。楚材又请遣人入城，求孔子后，得五十一代孙元措，奏袭封衍圣公，付以林庙地。命收太常礼乐生，及召名儒梁陟、王万庆、赵著等，使直释九经，进讲东宫。又率大臣子孙，执经解义，俾知圣人之道。置编修所于燕京、经籍所于平阳，由是文治兴焉。③

蒙古宪宗继位后，对南宋发起强大攻势。后因蒙哥在钓鱼城下作战负伤去世，忽必烈急于返回北方争夺大汗位，最终以南宋称臣、割让江北土地、进贡银币绸缎收场。

1260年，忽必烈在开平继汗位，即元世祖。《元史》本纪对他的评价为："度量宏广，知人善任使，信用儒术，用能以夏变夷，立经陈纪，所以为一代之制者，规模宏远矣。"④ 元世祖时期制定典章制度，都和刘秉忠有密切的关系。"刘秉忠，字仲晦，初名侃，因从释氏，又名子聪，拜官后始更今名。其先瑞州人也，世仕辽，为官族。曾大父仕金，为邢州节度副使，因家焉，故自大父泽而下，遂为邢人。"⑤ "中统元年，世祖即

---

① （明）宋濂等撰：《元史》卷一百四十六，中华书局1976年版，第3455—3456页。
② 同上书，第3456页。
③ 同上书，第3459页。
④ （明）宋濂等撰：《元史》卷一七，中华书局1976年版，第377页。
⑤ （明）宋濂等撰：《元史》卷一百五十七，中华书局1976年版，第3687页。

位，问以治天下之大经、养民之良法，秉忠采祖宗旧典，参以古制之宜于今者，条列以闻。于是下诏建元纪岁，立中书省、宣抚司。朝廷旧臣、山林遗逸之士，咸见录用，文物粲然一新。"① 忽必烈采用刘秉忠建议，取《易》"大哉乾元"之意，于至元八年辛未（1271）十一月改国号为"大元"。历史总是惊人的相似。金有"借才异代"，元有耶律楚材，刘秉忠。朝代变迁，唯文化永生。至元十一年，刘秉忠去世。至元十三年，二月，南宋向元上投降表，三月伯颜入杭州，南宋宗室臣公被俘北上。公元1279 年，时元世祖至元十六年，陆秀夫负帝赵昺跳海，南宋亡。

另外，金亡时的崔立碑事件是诸多遗民心中的一个绕不过的坎。刘祁《归潜志》卷十二详细记述了崔立碑事件始末：

> 崔立既变，以南京降，自负其有救一城生灵功，谓左司员外郎元裕之曰："汝等何时立一石，书吾反状邪？"时立国柄入手，生杀在一言，省庭日流血，上下震悚，诸在位者畏之，于是乎有立碑颂功德议。
>
> 数日，忽一省卒诣予家，赍尚书礼房小帖子云："首领官召赴礼房。"予初愕然，自以布衣不预事，不知何谓，即往至省。门外遇麻信之，予因语之。信之曰："昨日见左司郎中张信之言，郑王碑事欲属我辈作，岂其然邪？"即同入省礼房。省掾曹益甫引见首领官张信之、元裕之二人曰："今郑王以一身救百万生灵，其功德诚可嘉。今在京官吏、父老欲为立碑纪其事，众议属之二君，且已白郑王矣，二君其无让。"予即辞曰："祁辈布衣无职，此非所当为。况有翰林诸公如王丈从之及裕之辈在，祁等不敢。"裕之曰："此事出于众心，且吾曹生自王得之，为之何辞？君等无让。"予即曰："吾当见王丈论之。"裕之曰："王论亦如此矣。"予即趋出，至学士院，见王丈，时修撰张子忠、应奉张元美亦在焉。予因语其事，且曰："此实诸公职，某辈何与焉？"王曰："此事议久矣，盖以院中人为之，若尚书檄学士院作，非出于在京官吏、父老心，若自布衣中为之，乃众欲也。且子未仕，在布衣，今士民属子，子为之亦不伤于义也。"余于是阴悟诸公自以仕金显达，欲避其名以嫁诸布衣。又念平生为文，今

---

① （明）宋濂等撰：《元史》卷一百五十七，中华书局 1976 年版，第 3693 页。

而遇此患难，以是知扬子云《剧秦美新》，其亦出于不得已邪？因逊让而别。

连延数日，又被督促。知不能辞，即略为草定，付裕之。一二日后，一省卒来召云："诸宰执召君。"余不得已，赴省。途中，遇元裕之骑马索予，因劫以行，且拉麻信之俱往。初不言碑事，止云省中召王学士诸公会饮，余亦阴揣其然。既入，即引诣左参政幕中，见参政刘公谦甫举杯属吾二人曰："大王碑事，众议烦公等，公等成之甚善。"余与信之俱逊让曰："不敢。"已而，谦甫出，见王丈在焉，相与酬酢。酒数行，日将入矣，余二人告归。裕之曰："省门已锁，今夕既饮，当留宿省中。"余辈无如之何，已而烛至，饮余，裕之倡曰："作郑王碑文，今夕可毕手也。"余曰："有诸公在，诸公为之。"王丈谓余曰："此事郑王已知众人请太学中名士作，子如坚拒，使王知诸生辈不肯作，是不许其以城降也，则衔之以刻骨，缙绅俱受祸矣。是子以一人累众也。且子有老祖母、老母在堂，今一触其锋，祸及亲族，何以为智，子熟思之。"予惟以非职辞。久之，且曰："予既为草定，不当诸公意，请改命他人。"诸公不许，促迫甚。予知其事无可奈何，则曰："吾素不知馆阁体，今夕诸公共议之，如诸公避其名，但书某名在诸公后。"于是裕之引纸落笔草其事。王丈又曰："此文姑使裕之作以为君作又何妨？且君集中不载亦可也。"予曰："裕之作政宜，某复何言？"碑文既成，以示王丈及余。信之欲相商评，王丈为定数字。其铭词则王丈、裕之、信之及存予旧数言。其碑序全裕之笔也。然其文止实叙事，亦无褒称立言。时夜几四鼓，裕之趣曹益甫书之，裕之即于烛前焚其稿。迟明，予辈趋去。

后数日，立坐朝堂，诸宰执首领官共献其文以为寿，遂召余、信之等俱诣立第受官。余辈深惧见立。俄而，诸首领官赍告身三通以出，付余辈曰："特赐进士出身。"因为余辈贺。后闻求巨石不得，省门左旧有宋徽宗时《甘露碑》，有司取而磨之，工书人张君庸者求书。刻方毕，北兵入城纵剽，余辈狼狈而出，不知其竟能立否也？①

之所以详细摘录刘祁原文，是因为崔立碑事件涉及金末文坛几个重要

---

① （金）刘祁：《归潜志》，中华书局1983年版，第131—133页。

人物。元好问（裕之）、曹之谦（益甫）、刘祁（京叔）、麻革（信之）在此文中均有详细的记录。此文能帮助读者透过历史的迷雾，揭开文学家的面纱，更加清晰地看到人性深处，看到亡国文人在情势之下的身不由己，也更能真实的理解和把握他们金亡后创作的遗民文学作品。

所谓国朝文派的余波，实际上就是指金代的遗民诗人。关于"遗民"的概念，学术界一直存在着广义和狭义之分。一是是亡国之民，二是改朝换代后不仕新朝的人，如伯夷、叔齐。本书所论述的范畴为第一种广义遗民的概念，即亡国之民。陶然认为，即不以是否出仕为限，也不以是否心存故国为限，凡是在其生命历程中经历了国破家亡、翻天覆地的变化的人，都可以称为"遗民"。同时陶然把金代遗民文人的出路归结为：仕于新朝、依于汉人世侯、归隐山林乡里、遁而入道、入宋五种。① 陶然的观点是从遗民们生存方式来进行划分的。笔者则从遗民们对文化的贡献来考虑，将金代遗民分为三类，第一类为存史立说型，以元好问和刘祁为代表；第二类为隐居兴学型，以李俊民、王若虚为代表；第三类人士以服务新朝文化部门，传承文化为主业，河汾诸老为代表。② 这三类遗民事迹略有交叉，主要以其文学成果为标准。

崔立碑事件后，天兴三年，元好问自大梁拘管聊城，蒙古太宗八年，时年四十七岁的元好问客居冠氏令赵天锡之所。自癸巳北渡至戊戌还乡，元好问客居冠氏数年，皆依赵天锡以居。据《元史·列传第三十八》：

> （赵天锡）字受之，冠氏人。属金季兵起，其祖以财雄乡里，为众所归。贞祐之乱，父林保冠氏有功，授冠氏丞，俄升为令。大安末，天锡入粟佐军，补修武校尉，监洺水县酒。太祖遣兵南下，防御使苏政以为冠氏令，乃挈县人壁桃源、天平诸山。岁辛巳春，归行台东平严实。实素知天锡名，遂擢隶帐下，从征上党，以功授冠氏令，俄迁元帅左都监，兼令如故。③

冠氏在东平路治下。严实为东平路行军万户，能养士，故金之故老、

---

① 陶然：《宋金遗民文学研究》，浙江大学出版社2014年版。
② 关于金元隐逸的特点及不同，参见牛贵琥、师莹《论元代后期隐逸现象之特殊性》，《山西大学学报》（哲学社会科学版）2017年第1期。
③ （明）宋濂等撰：《元史》卷一百五十一，中华书局1976年版，第3583页。

中州名士多往归之。天锡为冠氏令，也延致名儒，考论古今。金亡，宋蒙混战，地方豪强，趁机发展势力，拥兵据地，保境安民。有胸怀远大如严实者，以东平养士，为保护中华文化做出了贡献。太宗十年秋，元好问挈家还秀容，他在《别冠氏诸人诗》中写道："分手共伤千里别，低眉常愧六年贫。他时细数平原客，看到还乡第几人。"可见他在东平为客已然六载。元好问贞祐四年避兵南渡，至太宗十年还乡，前后有二十三年之久："并州一别三千里，沧海横流二十年。"回到故乡的元好问从此奔波在存史立说的征途上。太宗十一年，五十岁的元好问在家乡忻州构筑野史亭，以著述存史为业，先后完成了《中州集》《壬辰杂编》。

同样以书存史的还有山西浑源人刘祁。刘氏一门四世，多人考中进士，家学深厚。赵秉文为浑源刘氏书"丛桂窟"于堂。汴京投降之后，刘祁随三教人士一起北上，经魏过齐，由燕山入武川，最后辗转回到了故乡浑源。历经国破山河在的刘祁，将所居之处题名为"归潜堂"，并于太宗七年写成了《归潜志》一书。这一年，刘祁三十三岁。刘祁在《归潜志》序言中说明了此书的写作目的：

> 独念昔所与交游，皆一代伟人，人虽物故，其言论、谈笑，想之犹在目。且其所闻所见可以劝戒规鉴者，不可使湮没无传，因暇日记忆，随得随书，题曰《归潜志》。"归潜"者，予所居之堂之名也。因名其书，以志岁月，异时作史，亦或有取焉。①

刘祁和元好问都是以存史为己任的金代遗民。李俊民则是代表了金遗民的另一种选择。虽然元好问等人也曾有过教授学生的活动，但从文化贡献上看，元好问的成就更倾向于"著史"，而李俊民则着重选择"兴学"。李俊民虽然是金代状元出身，但是和政治的关系一直都很疏离。短暂的仕途也是在基层作沁水令兼提举常平仓事，随即返乡以学业教授乡里。金元易代，出乡避乱的李俊民应泽州长官段然之邀，回乡再次以兴学授教为业，其年李俊民已经六十岁。李俊民是在金代灭亡之前就已选择了远离政治，归隐于学。元好问等则是在金亡后，选择不加入新朝的政治统治阶层。虽然忽必烈曾对李俊民三召，但是李俊民始终和政治保持较远的距

---

① （金）刘祁：《归潜志》，中华书局1983年版，第1页。

离，从未热心奔走。李俊民的人格魅力可以用他表明个人志趣的《睡鹤记》中"孤高"二字概括。李俊民兴学，使得金元易代之际传统文化得以传承，尤其在理学方面贡献非凡。《宋元学案》卷十四《明道学案下》："郝陵川为明道伊川《两先生祠堂记》云：'泰和中，鹤鸣先生得先生之传，又得邵氏皇极之学，廷试冠多士，退而不仕，教授乡曲，故先生之学复盛。'"① 文中先生是指宋代大儒明道先生程颢。李俊民在理学方面是继承了程颢的。

滹南遗老王若虚则在金亡国后隐逸不仕，研究诗歌艺术，独自潜心进行诗文创作。王若虚，字从之，藁城人，承安二年经义进士，累官鄜州录事，管城、门山二县令，国史院编修官，应奉翰林文字、平凉府判官、直学士。金亡，微服北归镇阳，年七十而逝。有《慵夫集》《滹南遗老集》传于世。

供职于新朝文化机构的遗民代表是河汾诸老。麻革字信之，自号贻溪子，正大八年为太学生。蒙古时入平阳经籍所，后归隐王官，约卒于宪宗五年至中统元年之间。陈庚字子京，号澹轩，章宗明昌五年生，金亡归乡，应高雄飞邀，赴平阳为郡教授，后入平阳经籍馆，曾应元世祖潜邸六盘山问治道，中统元年，张德辉为河东宣抚使，授其为平阳路提举学校官，中统二年卒。段克己字复之，号遁庵，别号菊庄，稷山人，与弟成己，人号"稷亭二段"，与弟赴试汴京，赵秉文曰"二妙"，天兴三年隐居龙门山芹溪，乃马真后二年，应陈赓之邀请入平阳经籍所。段成己字诚之，号菊轩，别号遁斋，正大八年归乡，隐居龙门。段克己殁，元宪宗二年，成己移家平阳，为儒学教授，中统为提举平阳路学校官。曹之谦字益甫，号兑斋，参与崔立碑事件。金亡曹之谦归应州，就读州学，元太宗十年移居平阳，与诸生讲学，又入经局。河汾诸老八人，可考证的就有五人曾供职平阳经籍所，或者任职提举学校官。平阳经籍所是由耶律楚材提议设置的机构，目的是为了收拢人才。《元史》云："置编修所于燕京、经籍所于平阳，由是文治兴焉。"② 提举学校官是专门负责文化教育的高级地方行政官，管理所属州县学校和教育行政。

---

① （清）黄宗羲：《宋元学案》卷十四，中华书局1986年版，第584页。
② （明）宋濂等撰：《元史》卷一百四十六，中华书局1976年版，第3459页。

二　金末元初的文学特征

金亡后的文学主要表现出以下几个特征：第一，金朝灭亡初期，怀念故国和感念身世的作品大量涌现，诗歌的叙事性增强。第二，在诗歌创作方面提倡诗歌要表达真情实感，主张诗歌的内容重于形式，突出表现在对江西诗派的批评，代表观点为王若虚"知本"和"求真"，元好问的"诚"和"雅"的文学主张。

国家不幸诗家幸。金亡后涌现出大量的写实作品，多以怀念故国和感念身世为题材，宛如一幅金末世相图。天兴元年三月，蒙古包围汴京，刘祁在《归潜志》卷十一录大梁事中详细描绘了当时的城内情况。蒙古进攻猛烈，城内全民皆兵："北兵树炮攻城，大臣皆分主方面。……末帝亲出宫，巡四面劳军，故士皆死战。……北兵攻城益急，炮飞如雨，用人浑脱，或半磨，或半碓，莫能当。……时自朝士外，城中人皆为兵，号防城丁壮。下令，有一男子家居处死。太学诸生亦选为兵。"① 十二月，朝议以食尽无策，哀宗出城，留参知政事完颜奴申，以余兵守南京。城内粮绝："百姓食尽，无以自生，米升直银二两，贫民往往食人殍，死者相望，官日载数车出城，一夕皆剐食其肉净尽。缙绅士女多行匄于街，民间有食其子。锦衣、宝器不能易米数升。人朝出不敢夕归，惧为饥者杀而食。平日亲族交旧，以一饭相避于家。又日杀马牛乘骑自啖，至于箱箧、鞍鞯诸皮物，凡可食者皆煮而食之。其贵家第宅与夫市中楼馆木材皆撤以爨。城中触目皆瓦砾废区，无复向来繁侈矣。朝官士庶往往相结携妻子突出北归，众谓不久当大溃。"② 元好问作有《壬辰十二月车驾东狩后即事五首》：

> 翠被匆匆见执鞭，戴盆郁郁梦瞻天。只知河朔归铜马，又说台城堕纸鸢。血肉正应皇极数，衣冠不及广明年。何时真得携家去？万里秋风一钓船。
>
> 惨澹龙蛇日斗争，干戈直欲尽生灵。高原水出山河改，战地风来草木腥。精卫有冤填瀚海，包胥无泪哭秦庭。并州豪杰知谁在？莫拟分军下井陉。

---

① （金）刘祁：《归潜志》，中华书局1983年版，第123页。
② 同上书，第126—127页。

郁郁围城度两年，愁肠饥火日相煎。焦头无客知移突，曳足何人与共船？白骨又多兵死鬼，青山元有地行仙。西南三月音书绝，落日孤云望眼穿。

　　万里荆襄入战尘，汴州门外即荆榛。蛟龙岂是池中物？虮虱空悲地上臣。乔木他年怀故国，野烟何处望行人？秋风不用吹华发，沧海横流要此身！

　　五云宫阙露盘秋，银汉无声桂树稠。复道渐看连上苑，戈船仍拟下扬州。曲中青冢传新怨，梦里华胥失旧游。去去江南庾开府，凤凰楼畔莫回头。①

不久崔立兵变，宗室男女五百余人被送至青城，全被蒙古人杀害。青城在汴京城外，是当年北宋钦宗、徽宗投降女真人的地方，如今却是女真在此投降蒙古人。元好问有《癸巳四月二十九日出京》：

　　塞外初捐宴赐金，当时南牧已骎骎。只知灞上真儿戏，谁谓神州遂陆沉。华表鹤来应有语，铜盘人去亦何心。兴亡谁识天公意？留着青城阅古今。②

又《癸巳五月三日北渡三首》：

其一

　　道旁僵卧满累囚，过去舻车似水流。红粉哭随回鹘马，为谁一步一回头？

其二

　　随营木佛贱于柴，大乐编钟满市排。虏掠几何君莫问，大船浑载汴京来！

其三

　　白骨纵横似乱麻，几年桑梓变龙沙。只知河朔生灵尽，破屋疏烟却数家。③

---

① 姚奠中编：《元好问全集》上册，山西人民出版社1990年版，第222页。
② 同上书，第223—224页。
③ 同上书，第364页。

元好问用诗人的笔触记载下了金末战争的惨烈和人民的流离失所。情感悲凉而骨力苍劲，正是元好问纪乱诗的典型特征。

其他遗民诗人也相应创作了同题材的作品。如李俊民《闻蔡州破》：

不周力摧天柱折，阴山怨彻青冢骨。方将一掷赌乾坤，谁谓四面无日月。石马汗滴昭陵血，铜人泪泣秋风客。君不见周家美化八百年，遗恨《黍离》诗一篇。①

王若虚在金亡国后回到故里，也写下了《再致故园述怀五绝》：

其一
日日天涯恨不归，归来老泪更沾衣。伤心何啻辽东鹤，不独人非物亦非。

其二
荒陂依约认田园，松菊存亡不必论。我自无心更怀土，不妨犹有未招魂。

其三
山杏溪桃化棘榛，舞台歌馆堕灰尘。春来底事堪行处，门外流莺枉唤人。

其四
回思梦里繁华事，幸及当年乐此身。闲立斜阳看儿戏，怜渠虚作太平人。

其五
艰危尝尽鬓成丝，转觉繁华不可期。几度哀歌仰天问，何如还我未生时。②

第二，金末文学创作理论主要提倡作品表达真情实感，强调文学作品的内容重于形式。在诗歌创作方面主要表现为对江西诗派的批评和对苏轼的推崇，形成了金代诗学王若虚的"知本""求真"说和元好问的"诚""雅"文学观。王若虚的诗学观点是对赵秉文诗学理论的继承，其直接渊

---

① 阎凤梧、康金声主编：《全辽金诗》，山西古籍出版社1999年版，第1891页。
② 同上书，第1862—1863页。

源则是来自其舅舅周昂，内容大多记载在《滹南诗话》三卷中。王若虚认为："凡文章须是典实过于浮华，平易多于奇险，始为知本。"这跟周昂主张"文以意为主，字语为之役。主强而役弱，则无使不从"①，同样都是强调文学作品的内容重于作品形式。那么怎样判断文学作品的内容的优劣呢？王若虚提出了"求真"说。王若虚认为："夫文章唯求真而已。"何为"真"呢，王若虚认为："哀乐之真，发乎性情，此诗之正理也。"②也就是发自真心、真情而创作的作品才是真正的好作品。元好问的诗文观和王若虚有异曲同工之处。

元好问主张"诚"。他在《杨叔能小亨集引》中指出：

> 唐诗所以绝出于《三百篇》之后者，知本焉尔矣！何谓本？诚是也。……故由心而诚，由诚而言，由言而诗也。三者相为一。情动于中而形于言，言发乎迩而见乎远。同声相应，同气相求。虽小夫贱妇、孤臣孽子之感讽，皆可以厚人伦，美教化，无他道也。故曰：不诚无物。夫惟不诚，故言无所主，心口别为二物，物我邈其千里。漠然而往，悠然而来，人之听之，若春风之过马耳。其欲动天地、感神鬼，难矣！其是之谓本。③

此文中，元好问虽也有"知本"但是其在文中之意和王若虚所论却不相同。元好问的"知本"，就是"诚"。文中元好问明确指出"由心而诚"，诚就是指心诚，即创作情感的真实，真诚。元好问"诚"和王若虚的"真"都是强调创作情感的真诚，真心，即好的文学作品的要素之一是要表达真情实感。王若虚和元好问的观点在当时得到了诗坛的赞同。如房皞《读杜诗三首》："后学为诗务斗奇，诗家奇病最难医。欲知子美高人处，只把寻常话作诗。""穿䃣冥搜枉费功，天然一语自然工。况兼诗是穷人物，好句多在感慨中。"但是，只要是发自内心真情实感的就是好作品了吗？元好问回答了这个问题，他指出，除了具备"诚"以外，优秀的作品还应该具有"雅"的特征。"雅"就是指《诗经》的风雅传统，

---

① （金）王若虚著，胡传志、李定乾校注：《滹南遗老集校注》，辽海出版社2006年版，第437页。

② 同上书，第449页。

③ 阎凤梧主编：《全辽金文》，山西古籍出版社2002年版，第3241页。

是古雅。元好问《别李周卿》云："风雅久不作，日觉元气死"，《赠答杨焕然》道："诗亡又已久，雅道不复陈。"元好问强烈推崇学习古雅，《东坡诗雅引》云"五言以来，六朝之谢、陶，唐之陈子昂、韦应物、柳子厚最为近风雅，自余多以杂体为之，诗之亡久矣"，又说"夫诗至于子瞻，而且有不能近古之恨，后人无所望矣"①。将近风雅称为近古。元好问在《感兴四首》明确指出了好句的标准就是"好句端如绿绮琴，静中窥见古人心"。王若虚和元好问的诗学主张主要是针对当时诗坛上一味求奇而忽视诗歌思想内容的诗风而提出的。他们都对江西诗派进行了批评。王若虚云："山谷之诗，有奇而无妙，有斩绝而无横放，铺张学问以为富，点化陈腐以为新，而浑然天成、如肺肝中流出者不足也。此所以力追东坡而不及欤！""黄诗大率如此，谓之奇峭，而畏人说破，元无一事"。②元好问也曾有"北人不拾江西唾，未要曾郎借齿牙"之句。

三　金末元初代表作家研究

（一）王若虚

王若虚（1174—1243），字从之，号慵夫，藁城（今河北藁城）人。他博学淹贯，在经学、史学、文学诸领域都有贡献，是金元之际的著名文论家、经学家，是国朝文派的代表作家。

1. 王若虚研究概况

王若虚是受到关注度较高的金代诗人，学术界的焦点主要集中在其诗论方面。傅希尧《王若虚文学理论初探》③，从内容与形式、对唐宋诗的态度及文学遗产的继承三个方面对王若虚的诗论进行了探讨。文中指出王若虚诗论认为作文以内容为主，语言形式次之，即文"以意为主"；王若虚对于唐宋诗的态度是扬唐抑宋，尤其批评江西诗派；对于文学遗产，王若虚既不反对继承，又主张不为古人所囿。此文对王若虚的文学理论进行了初步的理论化的整理，为以后的研究提供了思路。丁放、孟二冬《王若虚对金代诗学的贡献》④将王若虚的诗论归结为：第一，注重文质相

---

① 阎凤梧主编：《全辽金文》，山西古籍出版社2002年版，第3228—3229页。
② （金）王若虚著，胡传志、李定乾校注：《滹南遗老集校注》，辽海出版社2006年版，第474页。
③ 傅希尧：《王若虚文学理论初探》，《河北学刊》1990年第4期。
④ 丁放、孟二冬：《王若虚对金代诗学的贡献》，《安徽师范大学学报》1993年第2期。

符，反对雕琢过甚。第二，注重"平易"，反对"奇险"。第三，注重发展、创造，反对泥古、模拟。文章作者认为："王若虚诗学的显著特点是有破有立，论战性较强，其论诗的三个主要观点似可归纳为一个总的趋向：即要求作家贴近生活，取材于千变万化的自然与人生，而不要在故纸堆里兜圈子，要求作品言之有物，其诗论既评价了历代诗人（尤其是唐宋诗人）的作品，又有批评当时不良诗风，指导创作的作用，还提出了一些建设性的意见，他的某些见解，至今仍有借鉴意义。"① 这一观点奠定了王若虚诗论研究的基调。张晶《王若虚诗学思想得失论》② 文章论述了王若虚"作诗求真而反对奇诡诗风"和"倡导平实诗风"的诗学思想，以及"以意为主"的诗学主张；同时也指出了"以意为主"所带来的诗歌审美的片面性。张晶此文对王若虚的诗学观点进行了可贵的辩证的分析和评价。杨忠谦《论王若虚诗论的主体性特征》认为，王若虚所提倡的诗歌"以意为主"、要"自得"，实际上强调的是"诗人主体意识在诗歌创作中的支配地位，杜绝文字游戏和无病呻吟"。③ 如果说杨忠谦的文章是从西方文学理论的角度来剖析王若虚的诗学观念的话，那么胡蓉的《论〈滹南诗话〉——兼论"以意为主"思想在中国诗话史上的发展衍变》，则是从中国传统文论的角度对这一问题进行了探讨。④ 2005 年安徽师范大学李定乾的硕士学位论文《〈滹南遗老集〉研究》⑤，就《滹南遗老集》的版本、《论语辨惑》、史学思想及散文观和散文创作等四个方面进行研究，肯定了王若虚在金代文学、经学、史学上的地位和贡献。王若虚《滹南诗话》将"以意为主"的文学理论全面应用于诗歌创作、批评和鉴赏等各个环节，具有很强的针对性，上承宋下启元明清，在中国诗话史上不可忽略。因而王若虚诗论研究相关论文较多。

其他有关王若虚在史学、经学、美学、儒学等方面著述的研究也比较丰富。葛兆光《金代史学与王若虚》指出，金代的史学于世宗章宗时期逐渐繁荣，至卫绍王宣宗哀宗史学成就突出，其代表就是王若虚所著《五经辨惑》《论语辨惑》《史记辨惑》《诸史辨惑》《新唐书辨惑》《议

---

① 丁放、孟二冬：《王若虚对金代诗学的贡献》，《安徽师范大学学报》1993 年第 2 期。
② 张晶：《王若虚诗学思想得失论》，《辽宁师范大学学报》（社会科学版）1997 年第 2 期。
③ 杨忠谦：《论王若虚诗论的主体性特征》，《兰州学刊》2007 年第 1 期。
④ 胡蓉：《论〈滹南诗话〉——兼论"以意为主"思想在中国诗话史上的发展衍变》，硕士学位论文，湖南师范大学，2004 年。
⑤ 李定乾：《〈滹南遗老集〉研究》，硕士学位论文，安徽师范大学，2005 年。

论辨惑》《君事实辨》《臣事实辨》等三十三卷。金人曾将他的著作与刘知几《史通》比肩。"王若虚的确是金代史学的批判者和总结者,《辨惑》的确是金代一部杰出的、有真知灼见的史学批评考辨著作。"① 此论肯定了王若虚在金代史学上的地位。刘辉《王若虚的经学思想研究》认为:"王若虚是金代经学成就的代表,继承和吸纳了汉唐、宋代的经学成就,形成了自己的揆以人情约之中道、依经立意崇实求真、重经而不废传、遍引诸子断以己意的解经原则和特色。"② 雷恩海、苏利国《崇经重史,惟真惟实——王若虚文学观与其经学、史学思想的辩证关系》指出王若虚的文论成就和其经学素养及理学、史学修养等因素有关,文中指出:"从立足经学、审视理学、借鉴史学等方面具体论述,认为经学培养了王若虚的思辨性和独立思考能力,史学培养其求真精神,作用于文学则形成了王氏重思辨、不盲从,求真务实而又重情性抒发的宏通文学观,使其文论思想在重情、理、诗意的同时,呈现出鲜明的经学思辨色彩,亦带有史学求真唯实的光芒,能够切入文学本体,在金源诗学而独具特色。"③ 关于王若虚的研究呈现出诗论研究一枝独秀、思想领域涉及较广的特点。

2. 王若虚和国朝文派

王若虚推崇白居易的诗。王若虚在诗话中指出:

> 乐天之诗,情致曲尽,入人肝脾,随物赋形,所在充满,殆与元气相侔。至长韵大篇,动数百千言,而顺适惬当,句句如一,无争张牵强之态。此岂捻断吟须悲鸣口吻者之所能至哉!而世或以浅易轻之,盖不足与言矣。④

有人批判白居易的诗过于浅易,王若虚进行了反驳。他指出:"郊寒白俗,诗人类鄙薄之,然郑厚评诗,荆公苏黄辈曾不比数,而云乐天如柳阴春莺,东野如草根秋虫,皆造化中一妙,何哉?哀乐之真,发乎情性,

---

① 葛兆光:《金代史学与王若虚》,《扬州师院学报》(社会科学版)1988年第4期。
② 刘辉:《王若虚的经学思想研究》,《社会科学战线》2011年第3期。
③ 雷恩海、苏利国:《崇经重史,惟真惟实——王若虚文学观与其经学、史学思想的辩证关系》,《甘肃社会科学》2010年第4期。
④ (金)王若虚著,胡传志、李定乾校注:《滹南遗老集校注》,辽海出版社2006年版,第448页。

此诗之正理也。"① 王若虚认为真情可贵，抒发真情的文学作品才是优秀的作品，"夫文章唯求真而已"。他因王庭筠诗中有"近来徒觉无佳思，纵有诗成似乐天"而不满，认为其"小乐天甚矣"，专门作了四首绝句来回应辩驳：《王子端云："近来徒觉无佳思，纵有诗成似乐天。"其小乐天甚矣。予亦尝和为四绝》：

其一

功夫费尽漫穷年，病入膏肓不可镌。寄语雪溪王处士，恐君犹是管窥天。

其二

东涂西抹斗新妍，时世梳妆亦可怜。人物世衰如鼠尾，后生未可议前贤。

其三

妙理宜人入肺肝，麻姑搔痒岂胜便（鞭）。世间笔墨成何事，此老胸中具一天。

其四

百斛明珠一一圆，丝毫无恨彻中边。从渠屡受群儿谤，不害三光万古悬。②

王若虚在诗中指出王庭筠以管窥天，低估了白居易诗歌的价值。他认为后辈的无知诽谤，并不能磨灭白居易诗歌的价值。王若虚推崇白居易，受到其舅周昂文学观的影响："吾舅尝论诗云：'文章以意为之主，字语为之役，主强而役弱，则无使不从。世人往往骄其所役，至跋扈难制，甚者反役其主。'可谓深中其病矣。"③ 文学作品的内容重于形式，内容要真，发乎性情，白居易的诗符合王若虚的这一审美标准。他的反对求奇的文学观得到了当时文坛的认可，刘祁《归潜志》说王若虚"贵议论文字有体致，不喜出奇，下字止欲如家人语言，尤以助辞为尚"。④ 从个人创

---

① （金）王若虚著，胡传志、李定乾校注：《滹南遗老集校注》，辽海出版社2006年版，第449页。
② 阎凤梧、康金声主编：《全辽金诗》，山西古籍出版社1999年版，第1864—1865页。
③ （金）王若虚著，胡传志、李定乾校注：《滹南遗老集校注》，辽海出版社2006年版，第437页。
④ （金）刘祁：《归潜志》，中华书局1983年版，第88页。

作来看，王若虚自己的作品也体现出白居易明白晓畅的诗歌特色。元好问称其"文似欧苏为正脉，诗学白乐天"，其诗《慵夫自号》"身世飘然一瞬间，更将辛苦送朱颜。时人莫笑慵夫拙，差比时人得少闲"。①《感怀》"枉却全家仰此身，书生那是治生人。百忧耿耿填胸臆，强作欢颜慰老亲"。② 都是感怀胸臆，不得不发之作。在国朝文派发展演变的过程当中，王若虚代表的正是金代诗歌由俗变雅大趋势下的一个小回流，是对当时诗坛一味求奇的一个纠偏，是为国朝文派健康发展开出的一剂良方。李正民在《试论金代国朝文派的发展演变》一文中道："在金代国朝文派由俗趋雅这一发展流程中，包含着十分复杂的情况。……少但'俗'的特质并未泯灭；如王若虚强调学习白居易，元好问、刘祁重视民间歌谣。"③

　　王若虚不仅仅是金末著名的诗人，更是集经学、史学之大成者。元好问在《中州集》王若虚小传中写道："自从之没，经学史学，文章人物，公论遂绝。"④ 元好问认为王若虚的经学、史学、文章、甚至品评人物皆可为当时之典范。王若虚其学问之赅博，文坛之地位可见一斑。经学方面，王若虚著有《五经辨惑》《论语辨惑》《孟子辨惑》。在经学研究方面，王若虚除了《易经》不太熟悉，其他都颇有见解。正如《四库全书》之《滹南集提要》所说：王若虚"其《五经辨惑》颇诘难郑学，于《周礼》《礼记》及《春秋三传》亦时有所疑，然所攻者皆汉儒附会之词，亦颇树伟义"。王若虚不满于宋儒对于《论语》的解读，特作《论语辨惑》："解《论语》者，不知其几家，义略备矣。然旧说多失之不及，而新说每伤于太过。……宋儒之议论不为无功，而亦不能无罪焉。"⑤ 王若虚对宋代理学的贡献和不足发表了自己的看法："彼其推明心术之微，剖析义利之辨，而斟酌时中之权，委曲疏通，多先儒之所未到，斯固有功矣。至于消息过深，揄扬过侈，以为句句必涵养气象，而事事皆关造化，将以尊圣人，而不免反累，名为排异端，而实流于其中。亦岂为无罪也哉！"⑥《论语辨惑》约作于兴定五年（1221年，南宋宁宗嘉定十四年）。王若虚讥南宋时称"程门四先生"的谢良佐（字显道）和横浦学派的代表张九成

---

① 阎凤梧、康金声主编：《全辽金诗》，山西古籍出版社1999年版，第1869页。
② 同上书，第1868—1869页。
③ 李正民：《试论金代国朝文派的发展演变》，《民族文学研究》2004年第2期。
④ （金）元好问：《中州集》卷六，华东师范大学出版社2014年版，第362页。
⑤ 阎凤梧主编：《全辽金文》，山西古籍出版社2002年版，第2465页。
⑥ 同上书，第2465—2466页。

（字子韶）之论为"迂谈浮夸往往令人发笑"。就连朱熹之学，王若虚也提出了自己的看法"晦庵删取众说，最号简当，然尚有不安及未尽者"。从王若虚有关经学的论著里，可以看到他治学的态度就是一个字"实"，他引用南宋水心先生叶适的话阐述了自己的观点："今之学者，以性为不可不言，命为不可不知。凡六经孔子之书，无不牵合其论，而上下其词，精深微妙，茫然不可测识，而圣贤之实，犹未著也。"① 在史学研究方面，王若虚有《史记辨惑》《诸史辨惑》《新唐书辨》《君事实辨》《臣事实辨》等。王若虚主张学者读书时要有自己的辨别能力，不可轻信所谓"圣贤"之说："鸣呼，世之学者，自非《诗》《书》《易》《春秋》《语》《孟子》之正经，一切异说，不近人情者，虽托以圣贤，皆当慎取，不可轻信也。"② 他还提出了作史应该重"质实"，尊重史实，以内容定繁简。"作史与他文不同：宁失之质，不可至于芜靡而无实；宁失之繁，不可至于疏略而不尽。"王若虚批评了宋祁修《新唐书》的一味追求词语华丽，失了史之求实的本质：

  宋子京不识文章正理而惟异之求，肆意雕镌，无所顾忌，以至字语诡僻，殆不可读。其事实则往往不明，或乖本意，自古史书之弊，未有如是之甚者。鸣呼，笔力如韩退之，而《顺宗实录》不惬众论。或劝东坡重修《三国志》，而坡自谓非当行家不敢当也。以祁辈奇偏之识而付之斯事，非其宜矣。③

  王若虚把自己关于史学的观点，践行到了实际的行动中。正大间，王若虚和雷渊同修《宣宗实录》。二人由于文体不同，多纷争。王若虚平日好平淡纪实，雷渊则好尚奇峭造语。《归潜志》卷八载，王若虚曰："实录止文其当时事，贵不失真。若是作史，则又异也。"④
  总之，王若虚尊崇白居易直抒胸臆的作文风格，在自己的创作实践中也体现出类白诗的特点。他博通经史，是金末著名的学者，他注重质实，反对雕琢的实事求是的治学态度和其诗学观是统一的。王若虚对国

---

① 阎凤梧主编：《全辽金文》，山西古籍出版社2002年版，第2466页。
② （金）王若虚著，胡传志、李定乾校注：《滹南遗老集校注》，辽海出版社2006年版，第211页。
③ 同上书，第232页。
④ （金）刘祁：《归潜志》，中华书局1983年版，第89页。

朝文派的贡献，一方面在文学创作方面，体现了金末文学的"俗"的特质，丰富了国朝文派的艺术表达方式，是国朝文派末期平易风格的代表。另一方面，王若虚的《滹南诗话》作为金代唯一的诗话体例的诗歌评论著作，体现出金代国朝文派的文学自觉。他在三卷诗话中有意识的对前代的文学现象、作家、作品进行了分析和品评，如李杜苏黄，针对当时诗坛的弊病进行了指正，并且宣扬了"文以意为主"的创作论。

（二）李俊民

1. 李俊民研究现况

李俊民（1176—1260），字用章，泽州（今山西省晋城市）人。得河南程氏之学。金承安中，举进士第一，应奉翰林文字。不久，他弃官不仕，以所学教授乡里，从之者甚盛，至有不远千里而来者。金源南迁，李俊民先隐于嵩山，后徙怀州，不久又复隐于西山。李俊民在河南时，曾向隐士荆先生学习邵雍《皇极经世》，天下知名。元世祖在潜藩时，召李俊民，延访无虚日。不久，他乞还山林。世祖重违其意，遣中贵人护送之。又尝令张仲一问以祯祥，及即位，其言皆验。李俊民死后，赐谥庄靖先生。

李俊民一生著述颇丰，但多遗失于战火。首次为李俊民编辑诗文集的是泽州长官段直。① 段直字正卿，号锦堂主人。明武宗正德三年（1508），沁水人李翰重版《庄靖先生遗集》。李翰重版对旧版的诗文作了增补。《庄靖先生遗集》中共收录诗歌920首，其中赋2首、诗851首、词67

---

① 金元易代之际，泽州长官段直在战乱中给避乱人们提供了一个庇护所。据《元史》卷一百九十二《良吏传》记载："段直，字正卿，泽州晋城人。至元十一年，河北、河东、山东盗贼充斥，直聚其乡党族属，结垒自保。世祖命大将略地晋城，直以其众归之，幕府承制，署直潞州元帅府右监军。其后论功行赏，分土世守，命直佩金符，为泽州长官。"段直为泽州长官，治理有方，泽为乐土："泽民多避兵未还者，直命籍其田庐于亲戚邻人之户，且约曰：'俟业主至，当析而归之。'逃民闻之，多来还者，命归其田庐如约，民得安业。素无产者，则出粟赈之；为他郡所俘掠者，出财购之；以兵死而暴露者，收而瘗之。未几，泽为乐土。"此外，段直还大力兴学："大修孔子庙，割田千亩，置书万卷，迎儒士李俊民为师，以招延四方来学者。不五六年，学之士子，以通经被选者，百二十有二人。在官二十年，多有惠政。"李俊民在《重修庙学记》中详细记载了段直的兴学，保护文脉相传之功。同样为颠沛流离的文人提供庇护所的还有元初的真定史氏。元初的真定，在史氏家族的治理下，政治安定，经济得到恢复，成为北方避难的乐土，吸引了王若虚、元好问、张德辉、李大节、王守道及白华、白朴父子等文士。他们或辅佐史氏之政事，或从事文化活动，或讲学授徒，讨论经史文艺。真定成为杂剧创作中心之一，其剧作家包括白朴、李文蔚、尚仲贤、戴善甫、侯克中等人。史氏家族在文化方面有所成就，史天泽能诗，还名列元曲家之目，其子史杠擅长绘画，史枢、史棣多与文人交往，其中最突出的是次子史樟。有关内容参见师莹、张建伟《史樟〈庄周梦〉与元初政治》，《中华戏曲》2017年第52辑。

首、文章 101 篇，加上新发现的遗诗 2 首，遗文 8 篇，共计诗歌 922 首，文章 109 篇。

目前学界对于李俊民的研究主要集中在以下几个方面，一是诗歌研究，二是词的研究，三是其他研究，如从音韵学、道教、思想等方面的研究，但多浅尝辄止，缺乏深入系统的探讨。

诗歌研究方面，王锡九《论李俊民的七言古诗》探讨了李俊民的七言古诗"寄怀深远"的特征和"奔腾放逸"的风格。王锡九认为"前者更多涉及作品的思想内容，却也表现了李俊民所擅长独到的表达方式；后者则是他诗歌创作的基本风貌，这是他的个性禀赋与效法前贤的结果。"① 2011 年黑龙江大学曹焕焕的硕士学位论文《李俊民诗歌研究》② 从李俊民的生平，诗歌的思想内容及艺术风格、评价及影响三个方面对其进行了全面的关照。

词的研究方面，暨南大学禤志德《隐者的情怀遗民的哀歌——论李俊民词》，从内容选择、功能特点和艺术表现等方面，对李俊民词进行了探讨。作者认为李俊民词作兼具深沉悲苍和隐逸自适的特征，这和他遭遇乱世，时逢国亡，同时又隐遁山林，授学传业有关。③ 郭凤明、李艳春《金代词家李俊民的遗民情怀》，从遗民心理的角度对李俊民的词进行了研究。④ 关于李俊民词作研究的还有邵鸿雁《金遗民词研究》等⑤。

其他方面的研究，有张建伟《论李俊民与陶渊明之归隐》讨论了均有隐逸经历的李俊民和陶渊明的不同之处。文章对《四库总目》卷一百六十六《庄靖集提要》所说"俊民抗志遁荒，于出处之际能洁其身。集中于入元后只书甲子，隐然自比陶潜"提出了疑问。"因为在元世祖忽必烈中统元年（1260）以前为蒙古时期，元朝尚未建立，是没有年号的。而这一年李俊民已经八十五岁，且在当年就去世了，《庄靖集》中尚未发现中统元年以后的作品。而李俊民在金亡之后的蒙古时期所写的作品，是

---

① 王锡九：《论李俊民的七言古诗》，《扬州大学学报》（人文社会科学版）2000 年第 5 期。
② 曹焕焕：《李俊民诗歌研究》，硕士学位论文，黑龙江大学，2011 年。
③ 禤志德：《隐者的情怀遗民的哀歌——论李俊民词》，硕士学位论文，暨南大学，2005 年。
④ 郭凤明、李艳春：《金代词家李俊民的遗民情怀》，《内蒙古民族大学学报》（社会科学版）2011 年第 3 期。
⑤ 邵鸿雁：《金遗民词研究》，硕士学位论文，吉林大学，2007 年。

以干支来记年的。"① 张建伟认为，李俊民的隐逸主要是为了明哲保身，追求自在，并举其诗作为证。司广瑞《泽州名人李俊民及其〈会真观记〉初探》② 从保存道教传播史的角度，评价了《会真观记》一文。另外丁治民《李俊民、段氏二妙诗词文用韵考》③ 从音韵学的角度对李俊民的诗词进行了研究。

2. 李俊民与国朝文派

从李俊民现存作品可以看出，很多文学家的真情实感都在诗歌里受到了局限，大量的真情实感在文章中没有表达出来，这是国朝文派末期俗化的隐性表现。相对而言，王若虚对白居易的明白晓畅诗风的推崇则是显性。李俊民代表金末国朝文派遗民的一种归宿。他归隐然后授学，且与佛道二教接触频繁。

李俊民是金末遗民中的一个特例，他早在金朝灭亡之前就已经归隐。据史书记载，李俊民在金章宗承安中以进士第一，入职应奉翰林文字。不久便弃官不仕，以所学教授乡里。慕名而来的人很多，甚至有不远千里而来跟随从李俊民受教者。李俊民辞官与其沉沦于下层官阶，积年不调有关。李俊民以状元授翰林应奉，历任沁水令，兼举常平仓事，后改彰德军节度判官。他一直未进入金朝的行政中枢，沉沦下僚。李俊民诗《山中寄张汉臣、李广之》云："枳棘非所栖，系匏焉不食。未黔墨子突，又夺伯氏邑。一年三褫服，半岁两涂敕。归去来山中，无丧亦无得。"④ 诗中大量用典，诗意晦涩。枳棘喻世道艰难，匏瓜用《论语·阳货》系而不食之典，喻抱负不得施展。孔席不暖，墨突不黔，即使有管仲之才，却终日劳碌，不若归隐山中，不计得失。可见仕途的难如人意是李俊民选择归隐的外部因素。笔者认为李俊民辞官归隐的主要原因还跟他个人的志趣有关系。李俊民在《睡鹤记》中写道："鹤也者，物之生于天而异者也。其性洁而介，其声亮而清。洁而介，则寡所合；亮而清，则寡所合。独以孤高自处，飞鸣于汉霄之上。"⑤ 李俊民号鹤鸣老人，这鹤正是他自己的象征。由于他高洁的志向难合于世事的纷杂，所以李俊民选择了归隐回乡教

---

① 张建伟：《论李俊民与陶渊明之归隐》，《湖州师范学院学报》2007 年第 10 期。
② 司广瑞：《泽州名人李俊民及其〈会真观记〉初探》，《中国道教》2001 年第 3 期。
③ 丁治民：《李俊民、段氏二妙诗词文用韵考》，《东南大学学报》（哲学社会科学版）2003 年第 2 期。
④ 阎凤梧、康金声主编：《全辽金诗》，山西古籍出版社 1999 年版，第 1911 页。
⑤ 阎凤梧主编：《全辽金文》，山西古籍出版社 2002 年版，第 2528 页。

学授业。

李俊民在经学方面的成就是引人注目的。他出生于经学渊源深厚的泽州。北宋大儒程颢曾经担任过晋城令,以经旨授诸士子。泽州得天独厚的学术氛围对李俊民求学产生了积极影响。李俊民成年赴科考一举夺魁,为经义榜进士第一。李俊民还精通术数,黄宗羲认为李俊民"在河南时,隐士荆先生者授以邵雍《皇极》数学,时知数者无出刘秉忠右,亦自以为弗及。"因为李俊民精于术数,曾蒙忽必烈召见。"世祖在藩邸,以安车召至,延访无虚日。遽乞还山,遣中贵护送之。又尝令张仲一问以祯祥,及即位,其言始验。"① 只可惜李俊民关于经学的研究,并未形成论著,这或许和金代文献的散佚有关。但是我们能从后人对李俊民的评价之中,一窥其深厚的学术造诣。李仲绅《庄靖集序》:"自初筮仕,四十余年,手不释卷,经传、子史、百家之书,无不研究,其学之有本可知矣。"刘瀛《序》:"盖以学问精勤,耽玩经史、诸子百家,无不研究。"

李俊民的诗歌现存的数量很多,《全金诗》收录800余首,内容涉及题画、交友唱和、游览、怀古、咏怀等各个方面。后人对其诗歌的评价褒贬不一。刘瀛《庄靖集序》曾称赞其:"文章典赡,华实相副,字字有源流,句句有根柢。格律清新似坡仙,句法奇杰似山谷。集句圆熟,脉络贯穿,半山老人之体也,雄篇巨章,奔腾放逸,昌黎公之亚也。小诗高古涵蓄,尤有理致,而极工巧,非得天地之秀,其孰能与于此。"刘瀛认为李俊民的诗有苏轼和黄庭坚的风范,集句似王安石,长篇似韩愈。但是清代翁方纲的《石洲诗话》则表达了截然不同的观点,卷五指出:"李庄靖诗,肌理亦粗。说者乃合韩、苏、黄、王许之,殊为过当。"② 翁方纲认为刘瀛的评价有些过誉李俊民的诗歌了。翁方纲为清人,所见所读乃《庄靖集》的历代传本,而刘瀛和李俊民为同时代且彼此交往的人,且刘在序言中也明确指出"先生平昔著述多矣。变乱以来,荡析殆尽,此特晚年游戏之绪馀耳"。也就是说,成书于元代的《庄靖集》多代表的是李俊民晚年后游戏之作的水平而已。由此推断,以《庄靖集》来反映李俊民的诗歌水平是不全面的。

从李俊民所存的文章中可以发现,李俊民晚年回到泽州后,与道士交往频繁,撰写了一系列相关的文学作品。分析这些作品,有助于我们更深

---

① (清)黄宗羲:《宋元学案》卷十四,中华书局1986年版,第583页。
② (清)翁方纲:《石洲诗话》卷五,人民文学出版社1981年版,第156页。

入的了解李俊民其人及其文学作品的特色。李俊民乃泽州晋城人,据《李氏家谱》:

> 唐高祖渊二十二子,其韩王元嘉,守泽州。……其后裔孙因家于泽,或隐或仕。宋初,李植,字彦材,熙宁间中武举科,随范文正公西征,官至右侍禁,墓志云:"葬于泽州晋城县五门乡,从先茔也。"三子:持、构、授。高祖李宪之,忘其所出。生曾祖猷。猷生祖行可。行可二子:长之邵,次之才。①

李俊民家世居于泽州,其祖是唐高祖李渊的二十二子韩王李元嘉。李俊民是李之才的第三个儿子,老大、老二分别为李植和李构。天兴三年(1234),即蒙古太宗六年,蔡州城破金亡。李俊明由襄阳至怀州。大约在第二年,即蒙古太宗七年,李俊民应泽州长官段直的邀请,移居泽州,时年60岁。

在泽州,李俊民和多位道士颇多往来,如秦志安、李德方、孙景玄,还有许多喜欢道教的人士,如元阳子纥石烈守一等。秦志安,字彦容,号樗栎老人,泽州陵川人,和李俊民为老乡。秦志安的父亲叫秦略,字简夫,号西溪老人,元好问《中州集》卷七有传,称其"诗尚雕刻,而不欲见斧凿痕,故颇有自得之趣"。② 秦志安早年曾在科场求功名未果。正大七年,其父下世后遂出世,与僧道游。金亡后,秦志安拜披云大师宋德方为师,道号通真子,并主持了《道藏》的重新编纂工作。秦志安诗文皆工,和同时期的名流雅士多有唱和。元好问同秦彦容为世契之交,其去世后为作《通真子墓碣铭》。同是泽州老乡,他和李俊民的唱和之作也就颇为瞩目。李俊民有《和秦彦容韵》五首和《再和秦彦容韵》一首。《和秦彦容韵》五首其序云:"彦容寄诗,有'先生高见真吾师,速营菟裘犹恨迟,窗明炕暖十笏地,松风萧萧和陶诗,山野已寻云外路,直入天坛最深处,踏开李愿旧游踪,请君自草盘谷序'之句,故依韵和。"秦志安在诗中尊李俊民为师,李俊民写诗一和再和,可见二人绝非泛泛之交,乃志趣相投的挚友。如《和秦彦容韵》(其四):

---

① 阎凤梧主编:《全辽金文》,山西古籍出版社2002年版,第2526页。
② (金)元好问:《中州集》卷七,华东师范大学出版社2014年版,第451页。

谷因辟后厌鼎烹，那在丘嫂饇釜羹。冠未挂前已先裂，一簦却上山头雪。我虽无师心我师，速修何恨下手迟。论中自得养生理，笔底尽是游仙诗。休向回车问前路，终须有个安排处。晴窗点检白云篇，不知谁为作者序。①

诗歌中"辟谷"，是道家养生的一种方法。"我虽无师心我师，速修何恨下手迟。论中自得养生理，笔底尽是游仙诗。"可见李俊民于道家的养生之术还是颇有心得，并且把道家的精髓投射到诗歌中，尽是超然物外的游仙诗了。李俊民与秦彦容在思想层面的交流主要在道家思想层面。李俊民还为秦彦容主持编纂的《道藏经》作跋；另一个和李俊民交往颇多的道友为纥石烈守一。纥石烈守一的道号为元阳子，他的度师为无名老人。无名老人姓陶，平水襄陵人，曾师全真道马钰。李俊民应纥石烈守一之请，为无名老人的诗集《天游集》写了序言，称其诗句"头头见道，无一字闲，非烟火食人所能道也"。②此外，李俊民还应元阳子纥石烈守一之请，为全真教的争然子《大方集》作了序言。第三个道友为李德方，字处静，紫号妙达，陵川人，为泽州道正。李德方道学出众，元朝丁酉岁召集天下随路僧道等考试，一共选取一千人。李德方为泽、潞二州选第一。泽州高平南有二仙庙一所，唐曰真泽，宋曰冲惠、冲淑，贞祐间，李德方纳粟捐额，以二仙庙改名为悟真观，李俊民应邀为作《重修悟真观记》。李德方虽为道士，却悠游自在，不为道务所累，颇有名士风流之态。他在悟真观附近建鹤鸣堂三间，"日与方外友弹琴话道，焚香煮茗，诵《周易》、《黄庭》、《老子》书，究诸家穷理尽性之说。……不以傲为高，不以诞为异。简而和，婉而通。行必和于义，动不悖于理"③。

李俊民和道士的往来中留下了很多和道教相关的文记，如《重修悟真观记》《阳城县重修圣王庙记》《重建修真观圣堂记》《重修真泽庙碑》《重修王屋山阳台宫碑》《重修真泽庙记》《元修会真观记》《阳城县台底村岱岳观记》《太清观碑》。尤其是李俊民撰写的《新建五祖堂记》，是为数不多的金代文人（包括金朝遗民）对创建于金朝的全真教的记录，具有很高的文献价值。此文与完颜璹《全真教祖碑》、王鹗《玄门掌教大宗

---

① 阎凤梧、康金声主编：《全辽金诗》，山西古籍出版社1999年版，第1892页。
② 阎凤梧主编：《全辽金文》，山西古籍出版社2002年版，第2521页。
③ 同上书，第2533页。

师真人道行碑铭》对于我们研究金末元初全真教的发展状况及考证全真教的创建和其教徒的行迹具有重要的意义。此文作于蒙古宪宗五年，李俊民已然八十岁的高龄。文中先叙全真教创建经过，五祖分别为祖师王重阳，四大弟子邱、刘、谭、马。指出其教发扬光大，教众之多："其教流行，闻风响应，从众遍天下。至于朝市、山林、簪冠之属，争为营建，华丽相尚，以崇奉之。"① 李俊民在文末还提出了何为"全真"之"全"，见解深刻。"夫道之真以治身，当谨修其身，慎守其真，谓之全者，全此而已。"② 另外从李俊民撰写的《新建五祖堂记》可以看出，到元朝初年，全真教还未有"七真"之说，只是以"五祖"来称呼王重阳师徒五人。王玉阳、郝广宁、孙不二三人还未纳入全真谱系，全真教"七真"之说应该晚于蒙古宪宗五年。

李俊民一系列和道教相关的作品，都反映了一个线索，那就是中国文学的大方向由雅至俗，由抒情的传统逐渐向叙事转化。束缚在诗歌阳春白雪里的各种用典，限制了诗人真实情感的表达。诗人的关注已经转移到了具体的生活当中，比如宗教活动。这些叙事性的文学作品反而承载了作者更多的心力和情感，这也正奠定了元明清叙事文学发展的格局。

综上所述，李俊民是金末遗民中具有代表性的一位。李俊民的研究价值在于其代表了金末遗民的一种生活状态。

(三) 河汾诸老

1. 河汾诸老

"河汾诸老"是金、元之交活跃在黄河、汾水流域的重要诗人群体。《元诗选·三集》"麻革小传"云：

> 当金源北渡后，裕之首为河汾倡正学。时信之与张宇彦升、陈赓子飏、庾子京、房暤希白、段克己复之、成己诚之、曹之谦益甫诸老与裕之游，从宦寓中，一时雅合，并以诗鸣。元大德间，大同路儒学教授房祺自号横汾隐者，纂录信之等八人编集成帙，得古律诗二百一首，号曰《河汾诸老诗集》。③

---

① 阎凤梧主编：《全辽金文》，山西古籍出版社2002年版，第2613页。
② 同上书，第2614页。
③ (清) 顾嗣立：《元诗选》(三集)，中华书局1987年版，第1页。

元大德年间，平阳房祺辑录八位河汾诗人的诗作编成《河汾诸老诗集》，"河汾诸老"由此得名。这八人分别是：麻革、张宇、房皞、陈赓、陈庾、曹之谦、段克己、段成己。

麻革，字信之，号贻溪子，虞乡（今山西省永济市）人。① 其祖父麻秉彝为金皇统九年进士，官至兵部主事（一说为兵部侍郎）。麻革约生于明昌初，贞祐避兵乱入河南，与元好问、雷渊、陈赓兄弟相交游。金亡，北渡，颠沛流离，隐居教授而终，有《贻溪集》。据《元诗选·三集》云：

> 革生中条王官五老之下，长侍其先人西观太华，迤逦东游至洛，遂避地家焉。北渡后，尝自代门逾代岭之北，留滞居延。己亥夏，赴试武川。及秋归，道浑水，访刘祁京叔于浑源。登龙山绝顶，自作游记。隐居教授而终，人称为贻溪先生。有诗文行世。信之正大中与张澄仲经、杜仁杰仲梁隐内乡山中，日以作诗为业。②

金末汴京被围，麻革与刘祁等以布衣参与崔立碑事件，多遭后人诟病。易地而处，却也是国破家亡、书生之无奈事。麻革和元好问及河汾诸老其他人物交往颇深，麻革《寄元裕之》有："朔云阴雪晚重重，日入寒芜塞草空。沂水东回无去翼，天山南断有哀鸿。三年远别交情外，一夜相思客梦中。明日关河对双泪，只将幽愤寄秋风。"麻革此诗颇有杜甫《梦李白》其二"浮云终日行，游子久不至。三夜频梦君，情亲见君意"的友谊之情。元好问亦有怀念麻革的《闻歌怀京师旧游》："楼前谁唱《绿腰》催？千里梁园首重回。记得杜家亭子上，信之钦用共听来。"曹之谦《麻信之为寿》："中州人物一元老，卓荦英才块磊胸。浊酒数杯遗世虑，清诗千首傲侯封。"陈赓《吊麻信之》："弊屣功名懒着鞭，剧谈豪放本天然。闲来每爱从人语，醉里何妨对客眠。体瘵渐成中酒病，家贫全仰卖碑钱。"元好问称麻革的诗为："信之如六国合纵，利在同盟，而敝于不相统一，有连鸡不俱栖之势，虽人自为战，而号令无适从，故胜负未可知。当时以为知言。"③ 也就是说麻革之诗距离形神兼备尚欠火候。

---

① 麻革籍贯有虞乡和临晋二说。王庆生认为此源于行政区域的变更，参见王庆生《金代文学家年谱》，凤凰出版社2005年版，第1258页。

② （清）顾嗣立：《元诗选》（三集），中华书局1987年版，第1页。

③ 同上。

张宇，字彦升，号石泉先生，平阳（临汾）人。《元诗选》存诗14首。贞祐南渡，元好问为内乡令，与之交游。金亡后居平阳。

房皞又作房灏，字希白，自号白云子，平阳（临汾）人，终身隐居，有诗名于世。房皞生于金章宗承安年间，贞祐避兵渡河，与元好问等游。金亡入元，迹不可考。《白云子集》，今存诗34首，《河汾诸老诗集》收31首。房皞作诗反对新奇，提倡语言平易，有感而发，《读杜诗三首》云：

其一

后学为诗务斗奇，诗家奇病最难医。欲知子美高人处，只把寻常话做诗。

其二

穹礴冥搜枉费功，天然一语自然工。况兼诗是穷人物，好句多生感慨中。①

其三

千里奔驰蜀道难，草堂宾主馨交欢。怒冠三挂帘钩上，谁谓将军礼数宽。

房皞学习杜诗有感而发遂成此篇。他提倡平易自然的文风，同金末元初元好问的诗学观点是一致的。

陈赓（1190—1274），字子飏，号默轩，猗氏（今山西临猗县）人。早年与弟庾、膺齐名，被元好问称为"三凤"。崇庆间，他定居华阴，正大间避乱颍川，后入汴。入元后，陈赓曾任河南两路宣慰司参议，后因病而归。有《子飏集》，今存诗20首，见《河汾诸老诗集》。

陈庾（1194—1261），字子京，号澹轩，"四秀"之一。陈庾初居青州，后避兵乱还猗氏，河东破后，迁华阴，后隐洛西，兴定间隐居卢氏山。金亡后，陈庾应高鸣之召，为平阳校官。耶律楚材奏置经籍所于平阳，命陈庾为校雠，领所事。中统元年（1260），陈庾以张德辉荐，任平阳路提举学校官。今存诗19首，见《河汾诸老诗集》。

曹之谦，字益甫，号兑斋，云中应州（今山西省应县）人。其父曹恒，字君章，号清轩，为高汝砺之婿。曹之谦兴定年间中进士。天兴汴京

---

① 阎凤梧、康金声主编：《全辽金诗》，山西古籍出版社1999年版，第2919页。

被蒙古所围，曹之谦为尚书省令史，同元好问一起参与了崔立碑事件。金亡之后，曹之谦回到故乡应州，有《过茹越岭有感》：

> 山川良是昔人非，北望松楸泪满衣。三十余年成底事，全家南渡一身归。①

诗中充满国破家亡、物是人非、身世凄凉之感。元太宗十年左右，曹之谦至平阳，入平阳经籍所。他以所学教授学生，影响了元初文风。据王恽《兑斋先生文集序》载："及与诸生讲学，一以伊洛为宗，众翕然从之，文风为之一变。"②所著古文杂诗近三百首，曰《兑斋文集》。今存诗45首。

段克己（1196—1254），字复之，号遁庵，别号菊庄，绛州稷山（今山西稷山）人。克己与弟成己早负才名，兴定四年同游京师，受到礼部尚书赵秉文赏识，誉为"二妙"，并题其居里"双飞"。克己正大七年（1230）登进士第，无意仕途，纵酒自放。天兴元年兄弟二人陷开封围城，城破后俱隐龙门山，终身不仕。元泰定间，克己孙、吏部侍郎段辅合克己、成己遗作为《二妙集》，刻之家塾。此集收克己诗115首。克己还兼擅填词，况周颐《蕙风词话》称其词"清劲能树骨"。《全金元词》收其词67首。

段成己（1199—1279），字诚之，号菊轩，别号遁斋。正大元年（1224）登进士第，授宜阳主簿。《析津志》把他归入《名宦》。金室壬辰北渡后，他与兄隐居龙门，结社赋诗，游历山水。元宪宗四年克己去世后，徙居晋宁北郭，闭门读书。中统元年朝廷征其为平阳儒学提举，段成己坚辞不赴。段成己诗、词、文俱佳。《全金元词》收其词63首。周文懿说："其文在班、马之间。"清末缪荃孙从《皕宋楼藏书志》《金文最》《山右石刻文编》辑录其文7篇，编成《二妙集遗文》。此外他还为万泉人薛景石的木工技术专著《梓人遗制》作过序，为曹之谦本《遗山先生诗集》写过引。段成己诗作今存204首，见《全金诗》。段氏兄弟与元好问相次登第，交往也很深。二人生平详见孙德谦《金稷山段氏二妙年谱》。

河汾诸老研究是相对沉寂的金代文学研究中受到较多关注的部分。刘达科在《山西大学学报》（哲学社会科学版）1991年第3期发表的《河

---

① 阎凤梧、康金声主编：《全辽金诗》，山西古籍出版社1999年版，第2799页。
② 李修生主编：《全元文》第六册，江苏古籍出版社1999年版，第192页。

汾诸老诗歌初探》，是 20 世纪初以来有关这方面研究的第一篇专论。其后又发表了《河汾诸老探赜》①，明确提出了河汾诸老为"诗人群体"而非"诗派"。刘达科的两本学术专著《河汾诸老诗人群体研究》和《解读河汾诸老》对这一作家群体进行了系统全面的研究，将其推进到更高的学术层次和理论水平上。其他学者也在此深入拓展研究，如在河汾诸老的隐逸研究方面有贾秀云《"河汾诸老"隐居心态研究》②、贾晓峰《河汾诸老忧患情怀的多维度解读》③ 等。地域文化研究方面，李旦初《论河汾诗派的形成及其文化背景》④ 等。在诗歌研究方面，主要有苗鑫《论"河汾之派"的诗歌创作》⑤ 等。在思想研究方面，闫凤梧《河汾诸老与理学》⑥ 初步勾勒出河汾诸老与理学思潮的关系及其濡染理学的情况，并从三个方面指出北方理学对他们的影响：冲破民族偏见、承认元蒙对道统的继承权；治见乱隐、安贫乐道的生活态度；诚道感应、温柔敦厚的创作思想。此外还有对诸老中个人的单独研究，如伊博《麻革研究》⑦，从麻革的生平、家室、交游及其思想，诗作题材主题等的研究。这些都为本书的研究奠定了坚实的基础。

2. 河汾诸老和国朝文派

河汾诸老的生存状态。河汾诸老数人在金末曾被裹挟入崔立碑事件，在元初则有多人供职于耶律楚材设立的平阳经籍所。曹之谦字益甫，号兑斋，应州人，兴定间进士。在汴京围城时，曹之谦和元好问同为省掾，即尚书令史，参与了崔立碑事件。崔立碑事件，是金末文人被国破家亡性堪忧的命运裹挟的结果，被后世好事者在道德的高度品啙指点，其实是完全没有必要的。金代汉族文人距离政治核心很远，反因此事促成了金末诸人之间的交往。金亡后，曹之谦回到故乡应州，教学授业。约元太宗窝阔台十年，移居平阳，入平阳经籍所。麻革在金亡后北渡，后归乡，应曹之谦之邀入平阳经籍所，王恽《大元故蒙溪先生张君墓碣铭》云："适贻溪麻先生洎前进士兑斋曹丈来主经局，君喜且不寐，曰：'今而后，吾学有所

---

① 刘达科：《河汾诸老探赜》，《江苏大学学报》（社会科学版）2005 年第 1 期。
② 贾秀云：《"河汾诸老"隐居心态研究》，《晋阳学刊》2003 年第 5 期。
③ 贾晓峰：《河汾诸老忧患情怀的多维度解读》，《忻州师范学院学报》2008 年第 1 期。
④ 李旦初：《论河汾诗派的形成及其文化背景》，《晋阳学刊》1992 年第 6 期。
⑤ 苗鑫：《论"河汾之派"的诗歌创作》，硕士学位论文，河北大学，2004 年。
⑥ 闫凤梧：《河汾诸老与理学》，《山西大学学报》（哲学社会科学版）1991 年第 4 期。
⑦ 伊博：《麻革研究》，硕士学位论文，山西师范大学，2012 年。

正矣!'遂刮去故习,沉潜伊洛诸书,虽饥渴寒暑,贫穷得失,不易其初心。"① 由曹、麻二人可知元初主要是以伊洛之学为宗。中统元年,陈赓为平阳路提举学校官,勉学戒惰,风俗为之一变。有着类似经历的还有"二段"中的段克己、段成己。段克己,于乃马真厚二年应陈赓之邀请入平阳经籍所;宪宗二年,段成己移家于平阳,任儒学教授一职。中统二年他又任提举平阳路学校官。河汾诸老的其他人,张宇资料最少,终生未仕;陈赓,中统元年,张德辉宣抚河东,张启元建行省,皆署为参议,又为河东两路宣慰司参议。至元以疾归;房皞临汾人,金亡入宋又入元,资料可考不多。总之,河汾诸老金亡后,多数都曾任职平阳经籍所,还有个别人担任了元朝河东路提举学校官,他们都以参与新朝的文化建设的姿态出现,为保存和传递文化做出了贡献。

河汾诸老和元好问的交往。曹之谦和元好问相交甚深,金末同为省掾,相互切磋诗艺。《元好问全集》卷五十《至元本诗段成己引》:"余亡友曹君益甫尝谓余曰:'昔与元遗山为东曹同舍郎,虽在艰危警急之际,未尝一日不言诗。迨今垂三十年,其所与论辩,历历犹可复'。"② 曹之谦有《读〈唐诗鼓吹〉》:"杰句雄篇萃若林,细看一一尽精深。才高不似人间语,吟苦定劳天外心。白璧连城不少玷,朱弦三叹有遗音。不经诗老遗山手,谁解披沙拣得金。"③ 称赞了元好问《唐诗鼓吹》对于整理唐代诗歌的贡献。元初曹之谦曾经准备刊刻出版遗山诗集,可惜未及而身卒,后由其子曹輗和门下士杨天翼完成。据段成己《元遗山诗集引》记载:

> 北渡而后,诗学日兴,而遗山之名日重。世之留意于诗者,虽知宗师之,至其妙处而人未必尽知之也。(曹之谦)自侨居平阳时,为诸生举似其一二,然以未见其全,为诸生惜。间遣人即其家,尽所得有律诗凡千二百八十首,又续采所遗落八十二首,将刻梓以传,以膏润后学。未及,而益甫没。于后四年,子輗继成父志,同门下士杨天翼命工卒其事。④

---

① 李修生主编:《全元文》第六册,江苏古籍出版社1999年版,第537页。
② 姚奠中主编:《元好问全集》下册,山西人民出版社1990年版,第417页。
③ 阎凤梧、康金声主编:《全辽金诗》,山西古籍出版社1999年版,第2795页。
④ 阎凤梧主编:《全辽金文》,山西古籍出版社2002年版,第3556—3557页。

麻革与元好问在三乡，汴京，内乡时均有交往。元好问《赠麻信之》："梁苑同来手重分，洛西清语意尤亲。相期晚岁定知我，可道古人惟有君。霁日光风开白昼，琼林珠树照青春。陆机旧有三间屋，便拟东头著弟云。"①卫绍王崇庆年间，陈赓、陈庾兄弟，买田洛西，与元好问、麻革、辛愿、李献卿等相友善。后入汴应试，陈庾有《送麻信之内乡山居》，麻革去世后有《吊麻信之二首》。房皞曾避兵卢氏，与元好问等从游。元好问《续夷坚志》卷二"贞鸡"即是写房皞在卢氏时杀鸡待客的故事。房皞和麻革、段氏兄弟也有书信往来，诗歌相赠，如麻革《卢山兵后得房希白书知弟谦消息》，房皞有《寄段诚之》："寥寥孔学今千载，赖有斯人可共谈。"又有《辛卯生朝呈郭周卿、段复之》。段成己更是为元好问作《遗山诗集引》。可见，河汾诸老和元好问彼此之间相互来往很密切。

如何评价河汾诸老对国朝文派的贡献呢。河汾诸老作为国朝文派中唯一的诗人群体，就像群星环绕在元好问周围，有学者称之为金末的"一带一星"。他们对于传承文脉、保护金源文化做出了贡献。《秋涧集》卷四十三《西岩赵君文集序》："逮壬辰北渡，斯文命脉，不绝如线。赖元、李、杜、曹、麻、刘诸公为之主张，学者知所适从。"② 他们为金末后的文学树立了标杆，指明了方向。正如顾嗣立《元诗选·三集》"麻革小传"所言："当金源北渡后，裕之首为河汾倡正学。时信之与张宇彦升、陈赓子扬、庾子京、房皞希白、段克己复之、成己诚之、曹之谦益甫诸老与裕之游，从宦寓中，一时雅合，并以诗鸣。"③ 文化传承从来就不是一个人的事情。元好问、李俊民、河汾诸老都经历过国破家亡的巨大社会变革，拥有独立思考的能力和冲破世俗樊篱的勇气，他们以文化传承为己任，续写了金代文学最后的辉煌，同时也为元代文学的繁荣奠定了基础。

（四）元好问

1. 元好问研究概况

元好问，字裕之，号遗山，秀容人，兴定五年进士，天兴中除左司都事，转行尚书省左司员外郎，金亡不仕。元好问才雄学瞻，能诗善文，兴寄深远，无愧为金代文学的巨擘。

元好问研究一直是金元文学研究的热点。刘锋焘《元好问研究百年

---

① 阎凤梧、康金声主编：《全辽金诗》，山西古籍出版社1999年版，第2635页。
② 李修生主编：《全元文》第6册，江苏古籍出版社1999年版，第205页。
③ （清）顾嗣立：《元诗选·三集》，中华书局1987年版，第1页。

之回顾与反思》① 和狄宝心《20世纪以来的元好问研究》② 追本溯流，对元好问的研究概况进行了梳理，肯定成绩的同时指出了研究的薄弱环节。刘锋焘指出，虽然元好问相关研究论著在1949年前不过十余篇（部），但都分量颇重。如缪钺《元遗山年谱汇纂》《遗山乐府编年小笺》、郭绍虞《元遗山论诗绝句》等。程千帆、陈中凡等发表的《对于金代作家元好问的一二理解》《元好问及其丧乱诗》等。80年代以后，元好问研究逐渐繁荣，在元好问的生平、思想、诗论、诗作、词作等方面都取得了丰硕的研究成果。元好问生平思想研究方面，崔立碑事件和元好问与蒙古国的关系成为热点。黄时鉴《元好问与蒙古国关系考辨》："如果我们不是用传统的儒家忠君思想来惋惜或责备元好问作为一个亡金遗民似有不足之处，而是从中国历史发展的角度来考察元好问的活动是否符合他那个时代向他提出的历史要求，那么可以这样认为：元好问同耶律楚材、忽必烈一样，是一个促进了十三世纪中国历史发展的人物。"③ 降大任《〈外家别业上梁文〉释考——重评元遗山的气节问题》④、狄宝心《元遗山在崔立碑事件中的动机及其评价》⑤ 等都是这方面的研究成果。在诗论研究方面，专著有郭绍虞《元好问论诗三十首小笺》⑥、刘泽《元好问〈论诗三十首〉集说》⑦ 等。相关论文成果丰硕，不一一赘述。此外，学术界对元好问的哲学思想、教育思想、学术思想、民族观、宗教观等方面也展开了研究。

2. 元好问与国朝文派

元好问对金代文学的贡献，不仅仅在其个人文学创作方面，更主要的在于他以存史的自觉对金代文学文献进行了梳理和总结，凭借一己之努力为保护金源文化、延续儒学命脉做出了巨大的贡献。

元好问文学创作方面对金代文学的贡献。元朝脱脱编纂的《金史》

---

① 刘锋焘：《元好问研究百年之回顾与反思》，《山西大学师范学院学报》2000年第3期。
② 狄宝心：《20世纪以来的元好问研究》，《山西大学学报》（哲学社会科学版）2005年第1期。
③ 黄时鉴：《元好问与蒙古国关系考辨》，《历史研究》1981年第1期。
④ 降大任：《〈外家别业上梁文〉释考——重评元遗山的气节问题》，《晋阳学刊》1985年第1期。
⑤ 狄宝心：《元遗山在崔立碑事件中的动机及其评价》，《山西大学师范学院学报》1994年第2期。
⑥ 郭绍虞：《元好问论诗三十首小笺》，人民文学出版社1978年版。
⑦ 刘泽：《元好问〈论诗三十首〉集说》，山西人民出版社1992年版。

"元好问传"云其：

> 为文有绳尺，备众体。其诗奇崛而绝雕刿，巧缛而谢绮丽。五言高古沉郁。七言乐府不用古题，特出新意。歌谣慷慨挟幽，并之气。其长短句，揄扬新声，以写恩怨者又数百篇。兵后，故老皆尽，好问蔚为一代宗工，四方碑板铭志尽趋其门。①

金亡之后，元好问文章妙手浑成，已然成为文坛的宗主。元李冶云："吾友元君遗山……始龀能诗，甫冠时，名已大振。寻登进士上第。兴定、正大中，殆与杨、赵齐驱。壬辰北还，老手浑成，又脱去前日畦畛矣。"② 清《四库全书遗山集提要》称："好问才雄学瞻，金元之际，屹然为文章大宗。……至所自作，则兴象深邃，风格遒上，无宋南渡末江湖诸人之习，亦无江西流派生拗粗犷之失。至古文绳尺严密，众体悉备，而碑版志铭诸作，尤为具有法度。"③ 从历代对元好问的评价中可以看出，元好问诸体皆备，尤其是在扭转诗坛文风，自成金代文学气格方面贡献巨大。正如纪昀所说："无宋南渡末江湖诸人之习，亦无江西流派生拗粗犷之失。"清方戊昌云元好问是苏轼文脉在金代的继承者："尝论宋自南渡后，疆域分裂，文章学术，亦判为两途。程氏之学行于南，苏氏之学行于北。行于南者，朱子集其大成；行于北者，遗山先生衍其统绪。"并称其"文诗皆宪章北宋，直接长公，屹然为一大宗"。④ 元好问重申国朝文派的概念，注重文统接续传承，而他自己本身就是北渡后国朝文派的代表，正如徐世隆所言：

> 金百年以来，得文派之正，而主盟一时者，大定、明昌，则承旨党公；贞祐、正大，则礼部赵公；北渡则遗山先生一人而已。自中州研丧，文气奄奄几绝。起衰救坏，时望在遗山。遗山虽无位柄，亦自知天之所以畀付者为不轻，故力以斯文为己任。⑤

---

① （元）脱脱等撰：《金史》卷一百五，中华书局1975年版，第2742页。
② 姚奠中主编：《元好问全集》下册，山西人民出版社1990年版，第413页。
③ 同上书，第409页。
④ 同上书，第410页。
⑤ 同上书，第414页。

元好问的存史观与国朝文派概念的重申。"自中州新丧，文气奄奄几绝。"① 金末战火频繁，许多文人直接面临生命的威胁。"崔立之变，骈首死难者不可胜纪……"② 元好问在《兴定庚辰太原贡士南京状元楼宴集题名引》记载："晋北号称多士……丧乱以来……计其所存，百不能一。"③ 正是在战乱频繁、文物凋敝的情况下，元好问以一己之力承担起了保存金代文献的历史重任。明朝储巏说："天兴播亡，文献沦丧。遗山奔走流寓，不能自存。乃力以国史为己任；网罗放失，辄访耆旧，孜孜矻矻，几三十年。虽沮于匪人，薄于既老，不克成书，其所自著，若《中州集》、《壬辰杂编》、《续夷坚志》，并兹《集》四十卷，则皆一代文献之所萃。"④ 元好问在《中州集序》中更是明确阐述了自己整理此本诗集的主旨："亦念百余年以来……不总萃之则将遂湮灭而无闻，为可惜也。"⑤ 后世对元好问有意识"存史"更是给予了肯定。清徐世隆云："起衰救坏，时望在遗山。遗山虽无位柄，亦自知天之所以畀付者为不轻，故力以斯文为己任。周流乎齐鲁燕赵晋魏之间，几三十年。其迹益穷，其文益富，其声名益大以肆。"⑥ 清代编纂的《四库全书遗山集提要》指出元好问"所撰《中州集》，意在以诗存史"，"以史笔自任，构野史亭"。⑦ 元好问正是心怀"以国史为己任""以诗存史"为主旨，整理了金代诗歌作品集《中州集》。《中州集》收录了251位作者2062首诗歌，是金人整理金代诗歌最多的诗集。它不仅为后人研究金诗提供了宝贵的文献资料，同时还具有丰富的史料价值。元好问在《中州集》作家小传中对传主文学作品的评论，反映出元好问的诗学观和史学观。他是在国灭身存、亲身经历了丧乱流离之苦，诗歌艺术和个人修养淬炼成熟，站在金末元初的历史节点上，对金代诗歌，甚至是金代文学作了一个概览和总结。

元好问对儒学的保护。汴京城降，金嫔妃、三教、医匠等都被押往青城。元好问于此时给蒙古中书令耶律楚材写信，请求庇护金朝文士。这就是著名的《癸巳寄中书耶律公书》，信中先明兹事体大："独有事系斯文

---

① 姚奠中主编：《元好问全集》下册，山西人民出版社1990年版，第414页。
② 同上书，第418页。
③ 同上书，第49页。
④ 同上书，第419页。
⑤ 同上书，第60—61页。
⑥ 同上书，第414页。
⑦ 同上书，第409页。

甚重，故不得不为阁下言之。"后写人才教养非一日之功："夫天下大器，非一人之力可举。而国家所以成就人材者，亦非一日之事也。从古以来，士之有立于世，必藉学校教育、父兄渊源、师友之讲习，三者备而后可。"然后就推荐了一个人才名单：

> 窃见南中大夫士归河朔者，在所有之。圣者之后，如衍圣孔公；耆旧如冯内翰叔献、梁都运斗南、高户部唐卿、王延州从之；时辈如平阳王状元纲、东明王状元鹗、滨人王贲、临淄人李浩、秦人张徽、杨奂然、李庭训，河中李献卿、武安乐夔、固安李天翼、沛县刘汝翼，齐人谢良弼、郑人吕大鹏、山西魏璠、泽人李恒简、李禹翼、燕人张圣俞，太原张纬、李谦、冀致君、张耀卿、高鸣、孟津李蔚、真定李冶，相人胡德珪、易州敬铉、云中李微、中山杨果、东平李彦、西华李世隆、济阳张辅之、燕人曹居一、王铸、浑源刘祁及其弟郁、李全，平定贾庭扬、杨恕、济南杜仁杰、洺水张仲经、虞乡麻革、东明商挺、渔阳赵著、平阳赵维道、汝南杨鸿、河中张肃、河朔句龙瀛、东胜程思温及其从弟思忠。凡此诸人，虽其学业操行参差不齐，要之皆天民之秀，有用于世者也。百年以来，教育讲习非不至，而其所成就者无几。丧乱以来，三四十人而止矣。乃今不死于兵，不死于寒饿，造物者挈而授之维新之朝，岂亦有意乎？无意乎？诚以阁下之力，使脱指使之辱，息奔走之役，聚养之、分处之……它日阁下求百执事之人，随左右而取之；衣冠礼乐，记纪纲文章，尽在于是。将不能少助阁下萧、曹、丙、魏、房、杜、姚、宋之功乎？①

耶律楚材听从了元好问的建议：奏遣使入城，索取孔子五十一代孙袭封，封衍圣公元措。令收拾散亡礼乐人等。及取名儒梁陟等数辈，于燕京置编修所、平阳置经籍所，以开文治。元好问不仅通过自己的努力保护了金末文士免遭屠城身死的命运，在入元后仍积极奔走，宣扬儒家传统文化，使一代文脉得以传续。此后身为遗民的元好问还同张德辉到金莲川觐见忽必烈，奉之为"儒教大宗师"，奠定了其以儒治国的思想基础，延续了儒学之脉。

---

① 姚奠中主编：《元好问全集》下册，山西人民出版社1990年版，第76—77页。

元好问是北渡后文坛巨擘。他以自己的众体兼备的文学成就树立了文学作品的典范，同时又以起衰救坏延续文脉为己任，通过《中州集》对金代文学进行了梳理和总结，重申了国朝文派的概念，厘清了金代文学正统传续脉络。他突破了国家这一政治观念的樊篱，以接续儒学正脉为己任，以一己之力奔走呼号，保护学者，不愧为一代之宗。

国朝文派中的金代遗民文学最终以河汾诸老诗人群和元好问这颗文学巨星画上了大大的句号。元好问的《中州集》对金代的诗歌作家作品做了一个回顾和总结，并在作家小传中探讨了金代文学发展的脉络，重申了国朝文派的概念；王若虚《滹南诗话》则从理论的高度对金代的文学观念进行了梳理。可以说这两部作品是对国朝文派，也就是金代文学最好的定义和总结。

第五节 国朝文派与苏黄及江西诗派的关系

元好问总结金代文学时说："百年以来，诗人多学坡、谷。"① 明王世贞《艺苑卮言》卷四曰金代文学"大旨不出苏、黄之外"②，可见金代文学受苏轼、黄庭坚影响之大。苏黄与金代文学之间的关系受到学界的关注，但苏黄，包括以黄庭坚为盟主的江西诗派与金代国朝文派之间是如何互动发展，尚待深入研究，这对于我们认识金代文学的发展规律，甚至认识中国文学的发展规律都具有重要的启示意义。

苏黄及江西诗派对于国朝文派的影响可以按两个节点分为三个阶段。第一个节点是金贞祐南渡，第二个节点为天兴三年金代灭亡。相应的第一个阶段为金"借才异代"作家逐渐退出文坛，国朝文派逐渐形成的南渡前，第二阶段是金南渡后至天兴三年金代被蒙古灭国，第三阶段是金灭国后的遗民主持文坛总结金代文学规律时期。

一 南渡之前：全面尊崇苏黄到个别反思

南渡之前的金代国朝文派，受早期借才异代文人等因素的影响，出于对苏黄及江西诗派的学习模仿阶段。这一时期的国朝文派在文学创作和理论方面尚未形成独立的见解和属于金朝文学自己的特色。他们对苏黄极力

---

① 姚奠中主编：《元好问全集》下册，山西人民出版社1990年版，第113页。
② 丁福保编：《历代诗话续编》，中华书局1983年版，第1021页。

推崇，要么对其诗歌技巧学习模仿，要么对其推崇的诗人作品大加赞赏。一直到末期，周昂才第一次对苏黄之风进行了反思。

如"国朝文宗"蔡珪，被公认为国朝文派第一人，是第一位金代土生土长的作家。蔡珪对苏轼极为推崇，称其为"坡公"，并与苏轼诗作隔代唱和，如《雪拟坡公韵》"浊酒无人同此兴，扁舟有客访谁家"。蔡珪诗作中还有模拟苏轼的痕迹，如《饮陈氏第代主人留客》"文举客常满，次公醒亦狂"来自苏轼"时复中之徐邈圣，毋多酌我次公狂"（《赠孙莘老七绝》）。除了苏轼，金人对黄庭坚也比较推崇，称其为"涪翁""黄夫子"，刘仲尹《酴醾》诗云："安得涪翁香一瓣，种成聊供小南丰。""可人谁似黄夫子，着意裁诗寄四休。"（《谢孔遵席后堂画山水图》）所谓"四休"，出自黄庭坚《四休居士诗序》"太医孙君昉字景初……自号四休居士。山谷问其说。四休笑曰：'粗茶淡饭饱即休，补破遮寒暖即休，三平二满过即休，不贪不妒老即休。'山谷曰：'此安乐法也'"。王寂《易足斋》也有"一榻蠹书闲处看，两盂薄粥饱时休"之句。除了对苏黄其人欣赏，金代国朝文派南渡前的诗人也对苏黄及江西诗派的诗歌进行唱和与模仿，其中刘迎和刘仲尹较为突出。国朝文派诗人刘迎，明胡应麟称其"格苍语古，即宋世二陈不能过。盖金人虽学苏、黄，率限篱堑，唯此作近之"。[1] 刘迎学习苏黄可从他和苏黄的次韵诗歌看出端倪。苏轼有《郭熙秋山平远》一诗，黄庭坚也有唱和之作《次韵子瞻题郭熙画秋山》。金代国朝诗人刘迎有《郭熙秋山平远用东坡韵》。作为国朝文派中卓有成就的诗人，刘迎次韵苏轼诗歌的现象反映出这一时期的诗坛对于苏黄是推崇以及学习的态度。

在诗歌技巧学习上，除了苏黄，江西诗派的诸位诗人也是此时金代作家的学习对象。如国朝诗人刘仲尹，元好问《中州集》称其"参涪翁而得法者也"。[2] 刘祁《归潜志》亦云："学江西诸公。"[3] 刘仲尹的《墨梅》与江西诗派陈与义《和张规臣水墨梅五绝》题材相同，后世有人评论"去题终远"，殊不知乃是借花寓人，将人的品格寄寓到了梅花之中。

此外，苏黄对国朝文派的影响也体现在金人对于陶渊明的喜爱这一特殊文化现象上。陶渊明是六朝诗人，在后世的文名主要因苏轼的推崇而

---

[1] （明）胡应麟：《诗薮·杂编》卷六，续修四库全书本，第233页。
[2] （金）元好问：《中州集》卷三，华东师范大学出版社2014年版，第130页。
[3] （金）刘祁：《归潜志》，中华书局1983年版，第31页。

第三章 国朝文派的发展演变

显:"渊明文名,至宋而极。永叔推《归去来辞》为晋文独一;东坡和陶,称为曹、刘、鲍、谢、李、杜所不及。自是厥后,说诗者几乎万口同声,翕然无间。"① 金人刘迎有《题归去来图》云:

> 笔端奇处发天藏,事远怀人涕泗滂。余子风流空魏晋,上人谈笑自羲皇。折腰五斗几钱直,去国十年三径荒。安得一堂重写照,为公桂酒泻蕉黄。②

此诗为题画诗,图旨在于对陶渊明《归去来辞》意境的描绘,刘迎由图而发表达了对陶渊明人格的欣赏,这范式和苏轼是一脉相承的。

在学习模仿苏黄及江西诗派的影响下,南渡前的国朝文派,尤其是在大定明昌时期,形成了以炼格、炼意、炼句、炼字为法的诗歌特点,至章宗末期甚至发展成为尖新浮艳的文风。国朝文派南渡前期的少数作家,看到了一味崇苏黄、学习江西诗派的弊端,不满诗坛追求诗歌技巧,一味求新的现状,对江西诗派提出了批评。

周昂的文学评论主要是保留在其外甥王若虚的记载中。周昂对江西诗派的代表黄庭坚追求新奇乃师法杜甫的观点进行了否定,他说:"鲁直雄豪奇险,善为新样,固有过人者。然与少陵初无关涉,前辈以为得法者,皆未能深见耳。"③ 江西诗派的"一祖三宗"说至元初方回《瀛奎律髓》方才正式提出。早在金代中期,周昂就已经指出了杜甫和黄庭坚诗歌创作的不同。除了黄庭坚,周昂也对江西派另一位代表诗人陈师道进行了批评,他在《在读陈后山诗》写道"子美神功接混茫,人间无路可升堂。一斑管内时时见,赚得陈郎两鬓苍"。周昂认为陈师道学习杜甫仅从格律形式着眼,管中窥豹,未领悟其精髓。他认为:"宋之文章至鲁直,已是偏仄处。陈后山而后,不胜其弊矣。"④ 周昂认为文章到黄庭坚已经是偏向逼仄之处,到江西诗派其他人,则弊端毕现。

周昂对于江西诗派的批评,可以视为金代文学发展成熟并形成自我风貌后对如何承继北宋文学的第一次反思。正如周惠泉在《金人金代文学

---

① 钱锺书:《谈艺录》,中华书局1984年版,第88页。
② 阎凤梧、康金声主编:《全辽金诗》,山西古籍出版社1999年版,第707页。
③ (金)王若虚著,胡传志、李定乾校注:《滹南遗老集校注》,辽海出版社2006年版,第437页。
④ 同上书,第463页。

批评初探》所说，周昂对于江西诗派的批评"表面上虽为褒贬宋人，实际上意在普戒金人。以周昂为代表的金代中期文人对于江西派的讥弹批评，是处于汉文化与北方民族文化交叉点上的金代文坛、甚至可以说也是整个中国文学批评史上对于北宋文学的第一次认真的反思。它的重要意义不仅在于用汉文化与北方民族文化优化互补的眼光首开唐、宋文学比较研究的先河，而且为其后金代诗坛借宗唐而变宋、以复古而创新的历史走向做了舆论准备"。① 周惠泉对周昂在金代文学批评史上的重要性和地位给予的充分的肯定。周昂对江西诗派的批评为南渡后国朝文派文风的转变奠定了理论基础。

二 南渡之后：崇苏黄意识的深化与金代文学观的成熟

南渡之后，国朝文派的创作风气发生了转变。"南渡后，文风一变，文多学奇古，诗多学风雅，由赵闲闲、李屏山倡之。"② 这一时期的国朝文派已经开始形成独立的文学观念。在经历过南渡前对苏黄及江西诗派的学习和吸收后，金人将学习的眼光超越宋代，向更早的汉唐魏晋学习，开始以一种文学史观的眼光审视苏黄和江西诗派。于是出现了崇苏贬黄，或者尊苏黄而贬江西诗派的现象。

南渡后文坛的领袖人物为赵秉文和李纯甫。赵秉文的诗歌作品中和南渡前的诗人一样还有苏黄的痕迹。赵秉文的诗歌作品中许多题材和苏黄有关。有以苏轼书画作品为题的《题东坡画古柏怪石图三首》《题东坡与佛印帖》《三苏帖二首》。《题东坡眉子石砚诗真迹》云："东坡袖里平原手，忠义胸藏笔发之。世俗卧笔取妍媚，书意乃似东邻施。"赵秉文是金代的书法大家，元好问在《中州集》小传中称其"草书尤警绝，殆天机所到，非学能至"。③ 他将自己对于苏轼作品的体悟写到诗歌作品当中。还有和黄庭坚书法相关的《鲁直乌丝襕黄庭》（又名《题鲁直书黄庭经》），其诗云："涪翁书法出兰亭，名书此经实自铭。开卷恍然如酒醒，养生新发庖丁硎。"④ 有以东坡个人经历为题材的画作的题作《东坡赤壁图》《题赵琳画东坡石上以杖横膝扇头二首》，还有以苏轼诗文为题材的

---

① 周惠泉：《金人金代文学批评初探》，《黑龙江农垦师专学报》1994年第4期。
② （金）刘祁：《归潜志》，中华书局1983年版，第85页。
③ （金）元好问：《中州集》卷三，华东师范大学出版社2014年版，第191页。
④ 同上书，第195页。

《题东坡石钟乳山记墨》，以及和苏轼的拟作《拟东坡谪居三适》。《谪居三适》是苏轼贬谪海南时期的代表作品，包括《旦起理发》《午窗坐睡》《夜卧濯足》三首，后世对这组诗的唱和与拟作较多。苏辙有《次韵子瞻谪居三适》、李纲和张九成也有拟作。"三适"取材均为日常生活或艰苦环境里的寻常之事，经过诗人的创作使它们获得了审美与哲理的特殊意味。赵秉文拟作分为《旦起咽日》《午窗曝背》《夜卧暖炕》三适。除此之外，赵秉文还创作了以陶渊明为题材的相关作品，有《和渊明拟古九首》《伯胜九日诗萧然有陶风趣因次韵》《和渊明归田园居送潘清客六首》《拟陶和许至忠二首》《仿渊明自广》《和渊明饮酒二十首》等。赵秉文的《东篱采菊图》云："雅志怀林渊，高情邈云汉。……平生忠义心，回作松菊伴。"亦是其人格精神的写照。可见南渡后，学苏与和陶开始由金代初期人格魅力的吸引力内化为传统文士的精神寄托和文学符号。赵秉文学苏黄是全方位的。他文化素养较高，佛道儒均有涉猎，书法方面也成就斐然，这和苏黄艺术层次相对接。

虽然赵秉文的诗歌创作还是在苏黄的影响之下，但我们也要看到，其诗歌理论力求突破苏黄及江西诗派的樊篱的一面。在诗歌风格上，赵秉文崇尚平易，提倡含蓄蕴藉，反对尖新艰险。他在《竹溪先生文集引》说："亡宋百余年间，惟欧阳公之文，不为尖新艰险之语，而有从容闲雅之态，丰而不余一言，约而不失一辞，使人读之者，亹亹不厌，盖非务奇之为尚，而其势不得不然之为尚也。"① 此论虽未直接批评苏黄及江西诗派，但是提出北宋间唯有欧阳修"不为尖新艰险之语""非务奇之为尚"，也就对苏黄及江西诗派的奇怪峭硬表示不赞成。南渡前国朝文派提倡全面学习苏黄，赵秉文则主张兼学诸体，转益多师，"为文当师六经左丘明、庄周、太史公、贾谊、刘向、扬雄、韩愈，为诗当师三百篇、《离骚》《文选》、古诗十九首，下及李杜，学书当师三代金石、钟、王、欧、虞、颜、柳，尽得诸人所长，然后卓然自成一家。非有意于专师古人也，亦非有意于专摈古人也。自书契以来，未有摈古人而独立者"②。赵秉文在其诗歌创作中也在尽力实现自己的文学主张，如《和韦苏州二十首》《仿老杜无家》《仿刘长卿出塞二首》等。

南渡后文坛的另一位领袖人物李纯甫对苏黄和江西诗派的态度则截然

---

① 阎凤梧主编：《全辽金文》，山西古籍出版社2002年版，第2314页。
② 同上书，第2350—2351页。

不同。李纯甫对于苏轼人格魅力比较欣赏,有诗《赤壁风月笛图》:"钲鼓掀天旗脚红,老狐胆落武昌东。书生那得麾白羽,谁识潭潭盖世雄。裕陵果用轼为将,黄河倒卷湔西戎。却教载酒月明中,船尾呜呜一笛风。九原唤起周公瑾,笑煞儋州秃鬓翁。"诗以赤壁之战为由,借苏轼的《赤壁赋》来抒发苏轼不得庙堂重用,放逐赤壁山水间的感慨。李纯甫对江西诗派的态度则一分为二。他认为黄庭坚才高,江西诗派学习未得其精髓。他在《西岩集序》中写道:"黄鲁直天资峭拔,摆出翰墨畦径,以俗为雅,以故为新,不犯正位,如参禅者末后句为具眼。江西诸君子翕然推重,别为一派。"① 李纯甫对黄庭坚的评价是肯定的,而对江西诗派的其他人则不吝批评之词,认为其创作难与黄庭坚相提并论:"高者雕镂尖刻,下者模影剽窜。公言韩退之以文为诗,如教坊雷大使舞;又云学退之不至,即一白乐天耳,此可笑者三也。"②

虽然李纯甫对苏黄持肯定的态度,但是在诗歌创作上又不局限于苏黄,主张突破苏黄的笼罩,自成一家,建立金代文学自己的特色:"李屏山教后学为文,欲自成一家,每曰:'当别转一路,勿随人脚跟。'"李纯甫学习古人也是博采众长,"其文亦不出庄、左、柳、苏,诗不出卢仝、李贺。晚甚爱杨万里诗,曰:'活泼刺底,人难及也'"③ 李纯甫"欲自成一家"的文学观体现出国朝文派的文学自信,标志着国朝文派文学发展进入成熟阶段。

从赵秉文和李纯甫对苏黄和江西诗派的态度可以看出,南渡后文人对于北宋文学遗产的思考进一步深入了,视野进一步拓宽了,如赵秉文不止学苏黄,还学欧阳修,更提倡超越宋朝,向更古远的文学经典,诗经、离骚、文选、古诗十九首,李杜诗学习。李纯甫学诗则向晚唐诗人学习,甚至向南宋诗人学习。虽然赵秉文和李纯甫提倡的文学风格不同,赵为含蓄蕴藉,李为奇崛雄健,但文学风格的多样性呈现恰恰是南渡后金代文学,或者说国朝文派的创作走向成熟的标志。

需要注意的是,文学风气的转变是一个渐进的过程,虽然在赵秉文和李纯甫的提倡之下,金代文风有所改变,但并不代表时人创作完全摒弃了苏黄。理论指导和实际创作还存在一个时间差。如赵秉文《陪赵文孺路

---

① 阎凤梧主编:《全辽金文》,山西古籍出版社2002年版,第2627页。
② 同上。
③ (金)刘祁:《归潜志》,中华书局1983年版,第87页。

宣叔分韵赋雪》：："清寒入诗肠，思绕昏鸦飞。力除盐絮俗，改事文章机。后生那办此，颦眉正冥挥。请看西溪老，传着东坡衣。"赵文儒名赵沨，字文儒，号黄山，文与王庭筠齐名，书法与赵秉文同号"草圣"。路铎，子宣叔，为文尚奇，诗精致温润。西溪是指秦略。秦略字简夫，号西溪老人，诗尚雕刻。赵沨、路铎和秦略都是国朝文派的名家，在诗歌创作中虽有"力除盐絮俗，改事文章机"的主观意向，却仍然一时难以摆脱"传着东坡衣"之嫌。另一位学苏黄，诗文喜新奇的诗人是雷渊。《金史》称其"为文章诗喜新奇"。① 刘祁在《归潜志》中也说雷渊："博学有雄气，为文章专法韩昌黎，尤长于叙事，诗杂坡、谷，喜新奇。"② "诗亦喜韩，兼好黄鲁直新巧，每作诗文，好于朋友商订，有不安，相告立改之，此亦人所难也。"③ 但是学习苏黄或者作品体现出新巧的文学特征，都不妨碍南渡后文坛力求打破明昌间尖新浮艳的诗风的努力。如雷渊的《云卿父子有宛丘之行作二诗为饯》云：

其一

阳春到上林，百卉纷白红。岸谷稍敷腴，溪光亦冲融。独有石间柏，不落鼓舞中。期君如此木，岁晚延清风。

其二

汉庭议论学，倾耳待歆向。君家贤父子，千载蔚相望。读书二十年，闭户自师匠。异端绌偏杂，陈言刊猥酿。刚全百炼余，气出诸老上。颓风正波靡，去去作隄障。④

诗中雷渊将刘从益、刘祁比为汉代的刘向、刘歆，寄希望他们父子二人可以抵御文坛的颓靡之风。南渡后的金代诗坛就在国朝文派诗人努力扭转明昌尖新浮艳文风的探索中，逐步勾勒出金代文学的面貌特征。

三 金末元初：打破苏黄笼罩后金代文学观的独立

1234 年金朝灭亡，金代文人经历国破家亡颠沛流离之后，文学思想

---

① （元）脱脱等撰：《金史》卷一百十，中华书局 1975 年版，第 2435 页。
② （金）刘祁：《归潜志》，中华书局 1983 年版，第 10 页。
③ 同上书，第 24 页。
④ （金）元好问：《中州集》卷六，华东师范大学出版社 2014 年版，第 397 页。

伴随着生存环境的改变，产生了质的飞跃。尤以王若虚和元好问的创作代表了这一时期的文学成就。王若虚对黄庭坚和江西诗派的文学观点进行了猛烈的抨击。元好问则是在力图挣脱苏黄及江西诗派对金代诗坛的笼罩的基础上提倡恢复古雅传统，成为金代文学的最高峰。

王若虚对黄庭坚和江西诗派的批评尤为激烈。王若虚是周昂的外甥，其观点继承其舅舅甚多。王若虚《滹南诗话》论苏、黄优劣云：

> 东坡文中龙也，理妙万物，气吞九州，纵横奔放，若游戏然，莫可测其端倪。鲁直区区持斤斧准绳之说，随其后而与之争，至谓未知句法。……鲁直欲为东坡之迈往而不能，于是高谈句律，旁出样度，务以自立而相抗，然不免居其下也，彼其劳亦甚哉！①

可知其谓苏胜于黄。王若虚指出苏轼不屑于与江西诗派在句律上一争高下，"其肯与江西诸子终身争句律哉？"② 王若虚主要批评黄庭坚诗歌过于求奇求新，铺张学问，缺少了浑然天成和真情流露：

> 山谷之诗，有奇而无妙，有斩绝而无横放，铺张学问以为富，点化陈腐以为新，而浑然天成，如肺肝中流出者，不足也。此所以力追东坡而不及欤。或谓论文者尊东坡，言诗者右山谷，此门生亲党之偏说，而至今词人多以为口实，同者袭其迹而不知返，异者畏其名而不敢非。善乎吾舅周君之论也，曰："宋之文章至鲁直，已是偏仄处。陈后山而后，不胜其弊矣。"③

王若虚更是直批黄庭坚"夺胎换骨、点铁成金"之喻为剽窃的掩饰。他指出：

> 鲁直论诗，有夺胎换骨、点铁成金之喻，世以为名言，以予观之，特剽窃之黠者耳。鲁直好胜，而耻其出于前人，故为此强辞，而

---

① （金）王若虚著，胡传志、李定乾校注：《滹南遗老集校注》，辽海出版社 2006 年版，第 461 页。

② 同上。

③ 同上书，第 463 页。

私立名字。夫既已出于前人，纵复加工，要不足贵。虽然，物有自然之理，人有同然之见，语意之间岂容全不见犯哉？盖昔之作者，初不校此，同者不以为嫌，异者不以为夸，随其所自得，而尽其所当然而已。至于妙处，不专在于是也，故皆不害为名家，而各传后世，何必如鲁直之措意耶？①

王若虚认为黄庭坚的诗歌内容乏味，他说："黄诗大率如此，谓之奇峭，而畏人说破，元无一事。"②

王若虚对黄庭坚具体的诗作，也颇多批评，有些恳切，有些则失之偏激。如黄庭坚《题惠崇画图》云："欲放扁舟归去，主人云是丹青。"王若虚评："使主人不告，当遂不知。"③

对于本朝学习江西诗派的诗人诗作，王若虚也提出批评。如金朝刘仲尹和王庭筠都曾受到批评。据《滹南诗话》载：

> 近世士大夫有以《墨梅》诗传于时者，其一云："高髻长眉满汉宫，君王图玉按春风。龙沙万里王家女，不着黄金买画工。"其一云"五换邻钟三唱鸡，云昏月淡正低迷。风帘不着栏干角，瞥见伤春背面啼。"予尝诵之于人，而问其咏何物，莫有得其仿佛者，告以其题，犹惑也。尚不知为花，况知其为梅，又知其为画哉？自赋诗不必此诗之论兴，作者误认而过求之，其弊遂至于此，岂独二诗而已？④

上文中所引乃刘仲尹之《墨梅》诗，王若虚认为此诗所咏与题目相距甚远，乃是源于诗坛上存在对苏轼的"赋诗必此诗，定非知诗人"之说的误读和过分追求导致的。他说东坡此论"妙在形似之外，而非遗其形似，不窘于题，而要不失其题，如是而已耳。世之人不本其实，无得于心，而借此论以为高……赋诗者，茫昧僻远，按题而索之，不知所谓，乃曰格律贵尔。一有不然，则必相嗤点，以为浅易寻常，不求是而求奇，真

---

① （金）王若虚著，胡传志、李定乾校注：《滹南遗老集校注》，辽海出版社2006年版，第479页。
② 同上书，第474页。
③ 同上书，第476页。
④ 同上书，第486页。

伪未知，而先论高下，亦自欺而已矣，岂坡公之本意哉？"① 王若虚再读到陈与义的《和张规臣水墨梅五绝》之三"粲粲江南万玉妃，别来几度见春归。相逢京洛浑依旧，只有缁尘染素衣"，认为找到了本朝出现刘仲尹《墨梅》去题太远的之源头乃是在于此，大叹"乃知此弊有自来矣"。② 另一位受到王若虚批评的金代诗人是王庭筠。王若虚说，王庭筠《丛台》中"'猛拍阑干问废兴，野花啼鸟不应人'。若应人，可是怪事"。他认为其王庭筠诗歌过于求新，和黄庭坚一样"诗人之语，诡谲寄意，固无不可，然至于太过，亦其病也"。③

然而需要注意的是，王若虚只是反对奇巧为诗歌，提倡辞达理顺，并不是对宋代的诗歌全盘否定。王若虚认为宋诗虽不及前代，但仍有自己的特色："宋人之诗，虽大体衰于前古，要亦有以自立，不必尽居其后也。遂鄙薄而不道，不已甚乎？"对那些绝口不提宋诗的情形进行了批评，"近岁诸公，以作诗自名者甚众，然往往持论太高，开口辄以《三百篇》《十九首》为准，六朝而下，渐不满意，至宋人殆不齿矣。"④ 王若虚对于苏轼为文追求"不能不为之工也"的辞达境界很是推崇。而对苏轼次韵的诗歌不甚赞同："诗道至宋人，已自衰弊，而又专以此相尚，才识如东坡，亦不免波荡而从之，集中次韵者几三之一。虽穷极技巧，倾动一时，而害于天全多矣。"⑤

元好问与江西诗派。元好问是金代文学集大成者，在金元更替之际，对金代文学发展脉络进行梳理，重申了国朝文派的意义和价值。元好问在继承前代诗学成就的基础上，对包括江西诗派在内的宋代诗学进行反思，提倡"雅"与"诚"的文学观念，最终为诗坛树立了新的诗学范式。元好问对江西诗派诗学观点的批判和发展，本质上是一个"破"和"立"的过程：破除江西诗派一味追求新奇和对句式技巧的推崇，确立了对风雅传统的恢复和以诚文本的创作观念。

元好问的文学观主要表现的《论诗绝句三十首》之中。其中和苏黄及江西诗派有关的有：一是对苏黄的次韵诗进行了批评，第二十一首：

---

① （金）王若虚著，胡传志、李定乾校注：《滹南遗老集校注》，辽海出版社2006年版，第455页。
② 同上书，第488页。
③ 同上书，第476页。
④ 同上书，第494页。
⑤ 同上书，第456页。

"窘步相仍死不前,唱酬无复见前贤。纵横正有凌云笔,俯仰随人亦可怜。"刘淮南《元好问〈论诗三十首〉中评苏诗的问题》指出,宋代以来盛行的次韵、和韵等酬唱诗是为诗而诗,客观上束缚了诗人的创造性此风气恰恰因苏轼、黄庭坚而始。这一点元好问和王若虚的观点不谋而合。二是对苏黄一味追求新奇,给予批评,第二十二首:"奇外无奇更出奇,一波才动万波随。只知诗到苏黄尽,沧海横流却是谁?"批评苏黄诗一味追求新奇引得诗坛以追求新奇。三是将黄庭坚和江西诗派分别对待,对江西诗派进行了批评,但是对黄庭坚则是批判中有继承。《论诗三十首》之二十九,元好问讽刺江西诗派陈师道的"闭门觅句"为"可怜无补费精神"。《自题中州集后五首》中明确表示"北人不拾江西唾,未要曾郎借齿牙"。可见元好问对江西诗派的批判是旗帜鲜明的。而对黄庭坚,元好问则是在批判中学习。这一点可以在其作品中找到踪迹。元好问的作品中有的甚至沿用黄庭坚诗原句,如元好问《阎商卿还山中》一诗,就用了黄庭坚《观伯时画马》的"翰林湿薪爆竹声"原句。元好问有的诗喜用典故,也受到黄庭坚的影响。如《寄答溪南诗老辛敬之》连用了五个典故,还从《招魂》《酒德颂》等古代名篇中取用句意。元好问《锦机》一书的得名,也是受到黄庭坚的启发:"山谷与黄直方书云:'欲作《楚辞》,须熟读《楚辞》,观古人用意曲折处,然后下笔。喻如世之巧女,文绣妙一世,欲织锦,必得锦机,乃能成锦。'因以'锦机'名之。"①李正民在《元好问诗论初探》里指出元好问对黄庭坚推崇的原因:一是社会原因,苏黄之风对金代浸润已久;二是家学渊源,元好问受到其父兄的影响。② 元好问《杜诗学引》说:"先东岩君有言,近世唯山谷最知子美。以为今人读杜诗,至谓草木鱼虫皆有比兴,如试世间商度隐语然者,此最学者之病。"③ 元好问之兄元敏之也说:"文章天下之难事,其法度杂见于百家之书,学者不遍考之,则无以知古人之渊源。"④ 于是,元好问"集前人议论为一编,以便观览",命名为《锦机》。从元好问对黄庭坚和江西诗派的态度看,元好问的诗学思考是理性的、成熟的,他的批判都是建立在吸纳前代文学精髓基础上,批判是在为新的理论的建立做准备。

---

① 姚奠中主编:《元好问全集》下册,山西人民出版社 1990 年版,第 26—27 页。
② 李正民:《元好问诗论初探》,《西南师范学院学报》1981 年第 4 期。
③ 姚奠中主编:《元好问全集》下册,山西人民出版社 1990 年版,第 24—25 页。
④ 同上书,第 26 页。

打破了苏黄对金代诗坛的笼罩后，元好问想要建立一种怎样的文学观念呢？什么样的诗文才是值得推崇和学习的呢？元好问认为好的诗文应该同时具备两个特征，即"诚"和"雅"，并最终追求"性情之外，不知有文字"的境界。首先是"诚"。元好问在《杨叔能小亨集引》中指出：

> 唐诗所以绝出于三百篇之后者，知本焉尔矣。何谓本，诚是也。……故由心而诚，由诚而言，由言而诗也，三者相为一。情动于中而形于言，言发乎迩而见乎远。同声相应，同气相求，虽小夫贱妇、孤臣孽子之感讽，皆可以厚人伦、美教化，无他道也。故曰不诚无物。夫惟不诚，故言无所主，心口别为二物，物我邈其千里，漠然而往，悠然而来，人之听之，若春风之过马耳。其欲动天地，感鬼神，难矣。其是之谓本。①

所谓"诚"，是指诗歌创作要以真情实感作为出发点。这与何休《公羊传解诂》"饥者歌其食，劳者歌其事"及《汉书·艺文志》"感于哀乐，缘事而发"表达的观点相一致。元好问《论诗三十首》十一："眼处心生句自神，暗中摸索总非真。画图临出秦川景，亲到长安有几人？"批评了脱离实际经验，缺乏真情实感的艺术创作模式。认为只有亲眼见到的自然景观，亲身经历的生活事件，发自内心的真情实感，通过艺术的提炼才能感人肺腑。

其次是"雅"。如果说"诚"是作家进行诗文创作的出发点，那么只有同时符合了"雅"的艺术规范，才能被称为优秀的文学作品。元好问在《别李周卿三首》其二曾感慨："风雅久不作，日觉元气死。"在《赠答杨焕然》又云："诗亡又已久，雅道不复陈。"元好问认为"雅"是诗歌的元气，也就是诗歌精神之所在。所谓的"雅"即指源自《诗经》风雅精神的温柔敦厚，即"哀而不怨，忧而不伤"。元好问推崇《诗经》之雅浑然天成，源自"盖秦以前，民俗醇厚，去先王之泽未远"。② 而后世文人则孜孜以求达到《诗经》浑然天成、典雅醇厚的艺术境界，才有了历朝历代文学都有的复古运动倾向。元好问认为符合"诚"和"雅"标准的典范是唐人的诗文作品。他在《杨叔能小亨集引》指出：

---

① 姚奠中主编：《元好问全集》下册，山西人民出版社1990年版，第38页。
② 同上书，第45页。

> 唐人之诗，其知本乎？何温柔敦厚、蔼然仁义之言之多也！幽忧憔悴，寒饥困惫，一寓于诗；而其厄穷而不悯、遗佚而不怨者，故在也。至于伤谗疾恶，不平之气不能自掩，责之愈深，其旨愈婉；怨之愈深，其辞愈缓；优柔餍饫，使人涵泳于先王之泽，情性之外，不知有文字。幸矣，学者之得唐人为指归也。①

也就是说，唐诗发乎于情，而止乎于礼仪，是符合"诚""雅"规范的优秀文学作品。金末以唐人为指归，宗唐之风盛行，元好问是提倡者。

第三，元好问认为优秀的文学家，其作品最终应该达到"性情之外，不知有文字"的境界。这是引用了唐代皎然的观点。既然后世文人都以追求《诗经》浑然天成、典雅醇厚为目标，但却求"古"为难。"故文字以来，诗为难；魏、晋以来，复古为难；唐以来，合规矩准绳尤难。夫因事以陈辞，辞不迫切而意独至，初不为难；后世以不得不难为难耳！"②元好问认为只有经过反复刻苦训练，在抒发真情实感，符合典雅规范的基础上，才能达到"性情之外，不知有文字"的境界。古来凡是有所成就的作家无不经历过炼词琢句的过程。元好问以唐杜甫"毫发无遗恨""老去渐于诗律细""新诗改罢自长吟""语不惊人死不休"，宋王安石"看似寻常实奇崛，成如容易却艰难"，以及宋唐庚作诗"悲吟累日，仅自成篇。初读时未见可羞处，姑置之；后数日取读，便觉瑕疵百出。辄复悲吟累日，反复改定，比之前作稍有加焉；后数日复取读，疵病复出。凡如此数四，乃敢示人。然终不能工"③等为例。诗人只有通过刻苦的训练，在诗歌艺术上褪去人工斧凿的痕迹，将诗歌创作由"技"提升至"道"的层面，最终达到"学至于无学"的境界。正如"子美夔州以后，乐天香山以后，东坡海南以后，皆不烦绳削而自合，非技进与道者能之乎？"④元好问认为："诗家圣处，不离文字、不在文字；唐贤所谓'性情之外，不知有文字'云耳。"⑤可见要达到只知性情，而忘记文字的境界，诗歌技艺的锤炼是必不可少的，牛贵琥将其概括为"琢"。⑥

---

① 姚奠中主编：《元好问全集》下册，山西人民出版社1990年版，第38页。
② 同上书，第45页。
③ 同上。
④ 同上书，第46页。
⑤ 同上。
⑥ 牛贵琥：《金代统一区域文化形成后的诗歌理论》，《民族文学研究》2010年第3期。

通过上述对元好问诗文观的研究我们发现，元好问的观点是对儒家传统的文学观的继承。"诚"是继承《诗经》和汉乐府"饥者歌其食，劳者歌其事""感于哀乐，缘事而发"的传统；"雅"是继承《诗经》"哀而不怨，忧而不伤""发乎情，止乎礼仪"的风雅传统。至于"性情之外，不知有文字"则是引用了唐代皎然的观点。元好问文学观念对于传统雅正文学观念的继承和发展，是金代文学努力比肩唐宋，更是少数民族政权寻求文学正统地位的体现。

金代文学在对苏黄及江西诗派的学习和模仿中奠定了国朝文派的艺术之基，后又进一步尊唐变宋，跨过北宋直追魏晋汉唐，在充分学习汉族文学遗产的基础上，由元好问最终打破苏黄的笼罩，代表了国朝文派的最高成就。其实不仅金朝，南宋诗坛也经历了一个初期尊崇苏黄江西诗派，后来又摒弃批判的过程。南宋初期，苏黄诗风靡一时，江西诗派的影响尤为显著。然而随着社会环境的变化和文学自身的发展，越来越多的诗人开始对江西诗派进行了批判和反思。如张戒《岁寒堂诗话》，姜夔的《白石诗说》、严羽《沧浪诗话》都从不同方面对江西诗派进行了批评和反思。最终诗人陆游、杨万里摆脱束缚，自成一家，形成南宋诗歌自己的特色。由此可见文学发展的规律是何其的相似，都是在对前代文学遗产的学习模仿和融合突破中最终形成自己的特有面貌。这也正是一代又一代之文学之所在。

第四章

金代特殊生态与国朝文派关系研究

第一节 少数民族文化对国朝文派的影响

金代是一个多民族的政权,在它的统治区域里生活着汉族、女真、契丹、渤海等多个民族。金建国120年间,其统治区域内的各个民族经历了一个渐进式的民族融合过程。考察金代民族政策的发展变化对于帮助我们理解金代少数民族作家的汉语文学创作具有重要的意义。

一 金代多民族结构与差异性民族政策下的民族融合

金代的多民族构成。金代是由女真族建立的政权,在它的统治区域里生活着女真等多个民族。据《金史·太祖本纪》记载,收国二年金主曾下诏:"自破辽兵,四方来降者众,宜加优恤。自今契丹、奚、汉、渤海、系辽籍女直、室韦、达鲁古、兀惹、铁骊诸部官民,已降或为军所俘获,逃遁而还者,勿以为罪,其酋长仍官之,且使从宜居处。"① 所载室韦族,又作失韦,或失围,源于东胡,与契丹同类。在南为契丹,在北号室韦。其中居今额尔古纳河一带的"蒙兀室韦",据说是蒙古部祖先。达鲁古原为契丹一部,是现在的达斡尔族的祖先。兀惹则是契丹征服渤海,渤海贵族建立的抵抗契丹统治的国家。铁骊,亦作铁离、铁甸、铁勒,其先人为唐初黑水靺鞨铁利部民,后归服渤海,渤海国置铁利府。这些民族称谓或多或少都与契丹和渤海相关,由此可知构成金代民族结构主体的主要是女真、渤海、契丹、汉族四个部分,其中汉又有汉人和南人。据赵翼《廿二史札记》云:"金、元取中原后,俱有汉人、南人之别。金则以先

---

① (元)脱脱等撰:《金史》卷二,中华书局1975年版,第29页。

取辽地人为汉人，继取宋河南、山东人为南人。"① 也就是说，金建国后，原来辽国统辖范围的称为汉人，而原北宋统治范围内的称为南人。张中政在《汉儿、签军与金朝的民族等级》② 一文就提出了金朝存在女真、渤海、契丹及奚、汉人、南人五个民族等级。

金代具有差异性的民族政策。在民族政策方面，金代历代帝王略有不同，刘浦江《金朝的民族政策与民族歧视》一文概括："从金代民族政策的演变过程来看，金初的民族歧视最为严重，海陵、世宗以后有很大的改观，宣宗南渡后，由于外患深重，统治者不得不采取某些措施以进一步缓和民族矛盾；但终金之世，民族歧视政策并没有发生根本的改变。"③ 在金朝，女真、渤海、契丹及奚、汉人、南人在政治经济地位方面的确存在很大的差异。这与元代蒙古、色目、汉人、南人四等人区分有些相似。赵子砥《燕云录》云："有兵权、钱谷，先用女真，次渤海，次契丹，次汉儿；汉儿虽刘彦宗、郭药师亦无兵权。"④ 经济方面，金代的土地租税实行两套规制，对猛安谋克户实行牛头税制，对州县民户实行两税法。据刘浦江换算得出"与猛安谋克户所纳牛头税相比，两税的税额要高 20 倍至 40 余倍"。在政治地位上，根据都兴智《金代的科举制度》统计，金代三品以上官员可考者共 627 人，其中女真 344 人，占总数的一半以上。金代位列宰执者共 158 人，其中有 101 人为女真。⑤ 由此可知，金代在经济政治资源的分配方面，优先次序为女真、渤海、契丹、汉人、南人。

同时我们也应该看到，民族融合也一直在困顿中发展前行。金建国初，太祖打天下，争取一切同盟。"招谕其乡人曰：'女直、渤海本同一家，我兴师伐罪，不滥及无辜也。'使完颜娄室招谕系辽籍女直。"⑥ 金熙宗也大力提倡各民族一视同仁，金皇统八年"乙未，金左丞相宗贤、左丞禀等，言州县长吏当并用本国人，金主曰：'四海之内，皆朕臣子，若分别待之，岂能致一！谚不云乎："疑人勿使，使人勿疑。"自今本国及

---

① （清）赵翼：《廿二史札记》卷二八"金元俱有汉人南人之名"条，中华书局 1984 年版。
② 张中政：《汉儿、签军与金朝的民族等级》，《社会科学辑刊》1983 年第 3 期。
③ 刘浦江：《金朝的民族政策与民族歧视》，《历史研究》1996 年第 3 期。
④ （宋）徐梦莘：《三朝北盟会编》卷九八，上海古籍出版社 1987 年版。
⑤ 都兴智：《金代的科举制度》，《金史论稿》第 2 卷，吉林文史出版社 1992 年版。
⑥ （元）脱脱等撰：《金史》卷二，中华书局 1975 年版，第 25 页。

诸色人，量才通用之.'"① 但是在多个民族融合的过程当中往往也遇到阻力，如金熙宗时，恩赏契丹与女真同，就遇到下属的拒不执行。"甲辰，金谕：'契丹人户累经签军立功者，官赏恩例与女真人同，仍许养马、为吏。'知大兴府事赫舍哩执中格诏不下，金主责之曰：'汝虽意在防闲，而不知朝廷自有定格。自今勿复如此烦碎生事也。'乃下诏行之。"② 其中"意在防闲"颇能反映作为统治阶层的女真贵族的微妙心理。女真建国日久，对汉文化的学习和吸收愈来愈多，世宗章宗担心女真失去自己的特色，发起了对汉化的抵制。"（大定十三年四月）上御睿思殿，命歌者歌女直词。顾谓皇太子及诸王曰：'朕思先朝所行之事，未尝轻忘，故时听此词，亦欲令汝辈知之。汝辈自幼惟习汉人风俗，不知女直纯实之风，至于文字语言，或不通晓，是忘本也。汝辈当体朕意，至于子孙，亦当遵朕教诫也。'"③ "（大定十三年五月）戊戌，禁女直人毋得译为汉姓。"④ "（大定二十七年十二月）戊子，禁女直人不得改称汉姓、学南人衣装，犯者抵罪。"⑤ "（明昌二年）十一月丙午朔，制诸女直人不得以姓氏释为汉字。"⑥ "（泰和七年九月）壬寅，敕女直人不得改为汉姓及学南人装束。"⑦

但是民族融合的大势是难以阻挡的。在金代多民族结构与差异性民族政策下的民族界限至金末已逐步消减。如马庆祥，本名习礼吉思，先世自西域如居临洮狄道，以马为姓氏。他精通六国语言，兵败于元，不屈而死。杨达夫，字晋卿，耀州三原人，泰和三年进士，金末避乱为游骑所执，曰："我金国臣子，既为汝所执，不过一死，忍裸袒以渎天日耶。"遂见杀。可知120年的时间流淌而过，金朝各民族之间相互交融，形成了自己特有的北方文化，各民族对其政权的认可和归属感也已建立并成熟。

二 金代女真族汉语作家

女真族原本没有自己的文字，建立金国后先后创制了女真大字和小

---

① （清）毕沅：《续资治通鉴·宋纪一百二十八》，中华书局1957年版，第3387页。
② （清）毕沅：《续资治通鉴·宋纪一百五十六》，中华书局1957年版，第4190—4191页。
③ （元）脱脱等撰：《金史》卷七，中华书局1975年版，第159页。
④ 同上。
⑤ （元）脱脱等撰：《金史》卷八，中华书局1975年版，第199页。
⑥ （元）脱脱等撰：《金史》卷九，中华书局1975年版，第219页。
⑦ （元）脱脱等撰：《金史》卷十二，中华书局1975年版，第282页。

字。金太祖完颜旻命完颜希尹和叶鲁创制了女真大字，于天辅三年颁行。金熙宗完颜亶天眷元年颁布女真小字，皇统五年开始使用。女真用本族语言所作文学作品现存不多，金石碑帖保留下来字数较多、影响较大的有《女真进士题名碑》《大金得胜陀颂碑》。女真人用汉语创作的文学作品反而保留下来。金代女真族汉语作家主要为女真贵族，尤其是皇族占了很大的比例。如海陵王、显宗、金章宗，密国公完颜璹，完颜匡等。如果说海陵王的汉语文学作品还带有北方少数民族豪放不羁的天性，那么金章宗的汉语文学作品则俨然是受过良好教育的儒家子弟。他著名的《绝句》："五云金碧拱朝霞，楼阁峥嵘帝子家。三十六宫帘尽卷，东风无处不扬花。"可见女真贵族的汉语文学创作水平与女真族对汉文化的接受程度基本是同步的。女真族汉语作家中又以完颜璹的文学成就最为瞩目，他代表了金代女真族汉语文学创作的高峰。

完颜璹，字仲宝、一字子瑜。世宗孙，越王永功次子。大定十二年（1172）生，哀宗天兴元年（1232）卒，享年六十一。完颜璹一生经历了世宗、章宗、卫绍王、宣宗、哀宗五朝。他是国朝文派中女真作家的杰出代表。

第一，困顿的王孙。完颜璹出生于金代皇族，未享殊荣，却因皇权斗争成为牺牲品，一生困顿潦倒。通过梳理世宗诸皇子的概况，有助于理解完颜璹在皇族中的地位。如表4.1所示。

表4.1　　　　　　　　　　　世宗诸子统计

世宗后妃	所诞皇子	其他
昭德皇后乌林荅氏	显宗允恭、赵王孰辇、越王斜鲁	允恭先于世宗而死，世宗遂以允恭之子璟为皇太孙。孰辇、斜鲁皆早卒
元妃张氏	镐王永中、越王永功	明昌六年五月，永中以"言语得罪"被赐死
元妃李氏	郑王永蹈、卫绍王永济、潞王永德	明昌四年十二月，永蹈以谋逆罪被诛
昭仪梁氏	豫王永成	
才人石抹氏	蘷王永升	

据《金史·世宗诸子》[①]记载，章宗因其父显宗早殁，以皇太孙继位。世宗诸子名皆排"允"字，章宗避其父允恭讳，遂改"允"为

---

① （元）脱脱等撰：《金史》卷八十五，中华书局1975年版，第1897页。

"永"。章宗对诸位叔父颇多顾忌，采取了一系列限制防范宗族的举措。明昌二年二月"初设王傅府尉官"①，史书言"初置王傅、府尉官，名为官属，实检制之也。府尉希望风旨，过为苛细"②。明昌四年十二月，永蹈以谋逆罪被诛，并祸及妻、子及胞妹泽国公主。事后，又增置诸王司马一员。明昌六年五月，永中以"言语得罪"被赐死，其妻遭流放，二子被弃市，举家强迁威州。永蹈、永中二王事发后，其血亲都遭受到严密监控。完颜璹之父越王永功与永中为亲兄弟，因此，受到牵连，其时处境如临深渊。据《遗山集》中《如庵诗文叙》记载："自明昌初，镐厉等二王得罪后，诸王皆置傅与司马、府尉、文学，名为王府官属，而实监守之。府门启闭有时，王子若孙及外人不得辄出入。出入皆有籍，诃问严甚。"③卫绍王名永济，小字兴胜，世宗第七子，是完颜璹叔父辈。宣宗本名吾睹补，显宗长子，和完颜璹为同辈。哀宗名守绪，初名守礼，又名宁甲速，宣宗第三子，则完颜璹为其叔父辈。直到宣宗兴定五年（1221），完颜璹的父亲"永功薨，门禁始缓"。元好问《如庵诗文叙》："元光以后，王薨，门禁缓，文士稍遂款谒，然亦不过三数人而止矣。"④此时的完颜璹已经49岁，人生中的大好时光已过。郝经《青城行》有云："最苦爱王家两族，二十余年不曾出。朝朝点数到堂前，每向官司求米肉。男哥女妹自夫妇，腼面相看冤更酷。一旦开门见天日，推入行间便诛戮！"镐厉二王等罪王家属"终身禁锢，男女幽闭，绝婚嫁之望"。自金章宗明昌四年（1193），迄金哀宗天兴元年（1232），长达四十年。然禁令方开，国已残破，族人开门便狼狈赴死。可悲可叹。天兴元年（1232）十二月，蒙古围汴京，完颜璹卧病，仍欲代曹王出使，为国分忧。哀宗慰之曰："南渡后，国家比承平时有何奉养，然叔父亦未尝沾丐。无事则置之冷地，无所顾藉，缓急则置之不测，叔父尽忠固可，天下其谓朕何？叔父休矣。"⑤于是君臣相顾泣下。不久，完颜璹卒，1234年金亡。

第二，对汉文化的接受和学习。完颜璹从小学习汉族文化，诗歌和书法均有所成，"少日师三川朱巨观学诗，龙岩任君谟学书，真积之久，遂擅出蓝之誉。""名胜过门，明窗棐几，展玩图籍，商略品第顾、陆、朱、

---

① （元）脱脱等撰：《金史》卷九，中华书局1975年版，第217页。
② （元）脱脱等撰：《金史》卷八十五，中华书局1975年版，第1899页。
③ 阎凤梧主编：《全辽金文》，山西古籍出版社2002年版，第3234页。
④ 同上书，第3235页。
⑤ （元）脱脱等撰：《金史》卷八十五，中华书局1975年版，第1905页。

吴笔虚笔实之论，极幽渺；及二王笔墨，推明草书、学究之说，穷高妙，而一言半辞皆可纪录。字画得于苏、黄之间。"他博览群书，尤其于史书中《资治通鉴》："于书无所不读，而以《资治通鉴》为专门。驰骋上下千有三百余年之事，其善恶是非、得失成败，道之如目前。穿贯他书，考证同异，虽老于史学者，不加详也。"完颜璹有诗五卷，号《如庵小稿》。金末元初刊行，"汴梁鬻书家有之"。①

完颜璹待人真诚，"公资禀简重，而至诚接物，不知名爵为何物。""典衣置酒，或终日不听客去；炉薰茗碗，或橙蜜一杯，有承平时王家故态，使人爱之而不能忘也。"他像宋代的士大夫一样有参禅的喜好。"参禅于善西堂，名曰'祖敬'。"在他的诗歌中也往往充满的禅趣。《自适》："幽人诵佛书，清香萦几席。"《华亭》："世尊遗法本忘言，教外别传意已圆。"《如庵乐事》一诗："七卷莲经爇沉水，一杯汤饼泼油葱。因循默坐规禅老，取次拈诗教小童。炕煖窗明有书册，不知何者是穷通。"更是将读经与饮食、教童子读书等日常生活中细节刻画得惟妙惟肖相得益彰，亦可知佛教在金代的世俗化之深。即使《老境》也不离经卷诗歌："老境唯禅况，幽居似宝坊。酒杯盛砚水，经卷贮诗囊。"除却寄托于佛禅的精神上的自我超脱，完颜璹对于国家疾苦还是深挂于心的，虽然他也以"无用老臣还有用，一年三五度烧香"。自嘲为无用皇亲，但是从金末病中请求为蒙古质子，其对国家朝廷之忠心可鉴。南渡后，完颜璹诗歌中屡屡表达出对北方的怀念。"人居似河朔，冈势接荥阳。……悠然望西北，暮色起悲凉。"（《城西》）"新诗淡似鹅黄酒，思归浓如鸭绿江。"（《思归》）"飘零何在五株柳，乱离难归二顷田。……吾乡已宅无何有，一笑醯鸡尽瓮天。"（《寓迹》）写尽女真由东北鸭绿江而来，经历了建国、繁荣、南渡、衰败后的悲凉之感，尤其为一个困顿的皇族写出，更是沉痛。

完颜璹存文仅有两篇，且均为与道教中全真教相关的碑文。这一方面和全真教在金代盛行有关，另一方面，由于战火频繁，石头的碑记更容易保留下来。这两篇碑文里保留了重要的信息。第一，完颜璹对于三教的态度。"夫三教各有至言妙理：释教得佛之心者，达摩也，其教名之曰禅；儒教传孔子之家学者，子思也，其书名之曰《中庸》；道教通五千言之至理，不言而传，不行而到，居太上老子无为真常之道者，重阳子王先生

---

① 阎凤梧主编：《全辽金文》，山西古籍出版社2002年版，第3235页。

也，其教名之曰全真。"① 王重阳在文登建三教七宝会，福山县立三教三光会，登州建三教玉华会，莱州建三教平等会："凡立会必以三教名之者，厥有旨哉！先生者，盖子思、达摩之徒与？足见其冲虚、明妙、寂静、圆润，不独居一教也。"② 第二，记录了金代统治者对全真教的支持。"伏遇世宗皇帝知先生道德高明，二十八年戊申二月，遣使访其门人，应命者邱与王也。命邱主万春节醮事，职高功。五月，见于寿安宫长松岛，讲论至道。圣情大悦，命居于官庵，又命塑纯阳、重阳、丹阳三师像于官庵正位。邱累进诗曲，其辞备载《磻磎集》中。八月恳辞还山。至承安丁巳六月，章宗再诏王处一至阙下，特赐号体玄大师，及赐修真观一所。十月，诏刘处玄至，命待诏天长观。自重阳、丹阳、长春暨诸师，皆有文集传于世。"③

完颜璹身历五朝，虽贵为女真皇族，却一生困顿。完颜璹对于汉族传统文化有着深入的研究和修养，参禅悟道俨然一位儒家老者。可见文化是不分民族的，是联系民族的桥梁和纽带。金朝后期已然形成了属于自己的区域文化。

三 金代渤海族汉语作家

渤海族在金代的民族关系中地位比较特殊，仅次于女真族。最重要的原因是渤海与女真是同一族源，他们都是靺鞨人的后裔，渤海出自粟末靺鞨，女真来自黑水靺鞨。金太祖起兵反辽宣称"女直、渤海本同一家"④，渤海族在辽朝也受到民族歧视，于是渤海和女真结成反辽同盟。女真建国后，皇室也注重和渤海族建立姻亲关系。皇室联姻的对象主要是渤海辽阳大氏、李氏、张氏三大姓。金朝的九位皇帝中有三位都是由渤海人所生，分别是海陵王、金世宗、卫绍王。⑤ 金朝对渤海族的政策在各个时期也有所变化。金代前期渤海人在政治上影响不大。海陵、世宗两朝是渤海人的鼎盛时期，张浩独任首相七年比较罕见。世宗朝共四位尚书令，其中两位都是渤海族人。章宗时，因渤海人卷入宫廷争斗，渤海人在政治上的影响

---

① 阎凤梧主编：《全辽金文》，山西古籍出版社2002年版，第2449页。
② 同上书，第2452页。
③ 同上书，第2453页。
④ （元）脱脱等撰：《金史》卷二，中华书局1975年版，第25页。
⑤ 刘浦江：《渤海世家与女真皇室的联姻——兼论金代渤海人的政治地位》，《北大史学》1995年第3期。

力开始逐步衰落。

渤海王氏文学家族在整个金代文学中占有重要地位。王庭筠的祖上曾在渤海任职。据元好问《王黄华墓碑》载："又八世曰乐德，居渤海，以孝闻。辽太祖平渤海，封其子为东丹王，都辽阳。乐德之曾孙继远，仕为翰林学士，因迁家辽阳。继远孙中作使咸饬，避大林延之难，迁渔阳。咸饬孙六宅，使恩州刺史叔宁，迁白霅。六宅生永寿，居韩州，辽天庆中，迁盖州之熊岳县，遂占籍焉。"① 王庭筠的祖父政，为永寿的长子，本名南撒里，因曾出使高丽，改名为政，《金史》将王政列入"循吏传"。辽东高永昌败，渤海人争以为功，独王政"逡巡引退"，吴王阇母赏识，授庐州渤海军谋克。后随金兵伐宋，滑州降，留政为安抚使。此前，数州既降，复杀守将反为宋守。人以为忧，政曰："苟利国家，虽死何避。"宋王宗望壮之。后滑州为定，傍郡多降。王政为官多年，贫而不加富，吴王阇母异之，对曰："以杨震四知自守，安得不贫。"王政官至保德军节度使，致仕卒②。王政对于金政权的忠诚拥戴和安贫守节是其留给渤海王氏的宝贵遗产。其孙王庭筠去世后，章宗"素知其贫，诏有司赠钱八十万以给丧事，求生平诗文藏之秘阁"。

王政有三子，遵仁、遵义、遵古。王遵古即王庭筠之父。"遵古，字元仲，正隆五年进士，仕为中大夫、翰林直学士。文行兼备，潜心伊洛之学，言论皆可纪述。明昌应诏，有'昔人君子'之目。"③ 王遵古为正隆五年（1160）进士，大定二十一年（1181）由太子司经出为博州同知，王去非为撰《博州重修庙学碑》，子庭筠书，党怀英篆额，人号"三绝碑"。承安二年（1197），王遵古为翰林直学士，章宗对其优待有佳"仍敕无与撰述，入直则奏闻。或霖雨，免入值，以遵古年老，且尝侍讲读也"。④ 章宗对于王遵古、王庭筠父子是偏爱的。王庭筠一生曾两次遭到贬黜，都是章宗力排众议重新启用。第一次是大定二十年，王庭筠以赃去馆陶主簿，隐居黄华山十年。金章宗明昌元年，王庭筠以书画局都监召用。明昌六年，王庭筠因为赵秉文的牵连再次入狱罢职回乡。承安四年，王庭筠又再次得到起用，泰和元年复为翰林修撰。泰和二年王庭筠去世，

---

① 阎凤梧主编：《全辽金文》，山西古籍出版社2002年版，第2891页。
② （元）脱脱等撰：《金史》卷一百二十八，中华书局1975年版，第2760页。
③ 阎凤梧主编：《全辽金文》，山西古籍出版社2002年版，第2891页。
④ （元）脱脱等撰：《金史》卷十，中华书局1975年版，第242页。

章宗还作诗悼念。金章宗作为金朝的最高统治者，对于王氏父子的偏爱，一方面由于他们的才华出众，更重要的是其背后的渤海望族政治势力不容小觑。渤海王氏从王政开始就对金王朝忠心耿耿。王庭筠外家为渤海另一大族张氏，其外祖父张浩从太祖至世宗历仕五朝，封南阳郡王，位至太师。王庭筠诸舅如张汝霖、张汝方、张汝弼等皆为金朝显贵。王庭筠自然也就比其他民族的文人更容易获得统治者的支持。

正因为王庭筠和金朝政权有着深刻的联系，其诗歌中所体现出来的对于金朝的忠心与认可也就比同时期的其他文人要深刻。如《被责南归至中山（丙申春）》"亲老家贫官职重，恩多责薄泪痕深。向人柳色浑相识，着雨花枝半不禁。回首觚稜云气隔，六年侍从小臣心。"王庭筠因赵秉文牵连被贬，归乡途中也是挂念章宗"恩多责薄"，即使收捕入狱所作《狱中见燕》"笑我迂疏触祸机，嗟君底事入园扉。落花吹湿东风雨，何处茅檐不可飞。"也是自责多于埋怨。这既是个人修养，也反映出王庭筠和金政权的感情深厚。

王庭筠是金代渤海人汉语作家的杰出代表。他因为民族的原因受到女真统治者的庇护，其文学成就也是成绩斐然的，不愧为国朝文派成熟期的代表。

四 金代契丹族汉语作家

契丹是金各民族中最具复杂性的一个。契丹是因为女真而灭国，所以终金一代，契丹始终是女真统治者最担心的一个不稳定因素。海陵王正隆六年（1161）四月，契丹部族叛乱。直到大定二年（1162）九月，历时一年半的起义才被金世宗平息。卫绍王大安三年（1211），契丹耶律留哥在隆州举兵反金，这一次的反叛直到兴定四年（1220）才告结束。但是因为辽对于宋参与灭其国耿耿于怀，金初就和女真联合伐宋，因而金初契丹人的地位又高于汉人和南人。此外奚族与契丹渊源颇深，可谓"异种同类"，均出于东胡。奚族王族与辽耶律氏宗室累世通婚。金代基本将奚族以契丹人视之，如海陵朝参知政事萧肄便为奚人。

文化方面，在女真没有自己的文字之前，契丹担负了汉语和女真之间的桥梁作用。一直到章宗时期，这一媒介才取消。明昌二年（1191）四月"癸巳,谕有司:'自今女直字直译为汉字,国史院专写契丹字者罢之。'"① 明昌二年乙酉,正式诏罢契丹字。辽是一个对汉族文化吸收很多的国家,有很多用汉语创作的著名的契丹文人。辽代汉语文学的发达主要集中在辽代的皇族。如东丹王耶律倍、辽圣宗耶律隆绪、辽道宗耶律洪基、道宗皇后萧观音、天祚帝文妃萧瑟瑟等。入金后,契丹人仍然保留了自己的文化传统。金代契丹族的文学家们不单是女真和汉文化之间的桥梁,也继续发展了本族的汉语文学。

金代著名的契丹文学家有耶律履、移剌霖、石抹世勣等。耶律履是耶律倍七世孙,大定三年(1163)特赐进士,世宗时入为礼部尚书,兼翰林直学士,提控刊修《辽史》,章宗时拜参知政事,进尚书右丞。宇文懋昭《大金国志》将耶律履列入《文学翰苑下》,与王若虚、党怀英、赵秉文等并列,可见其文学成就影响很大。耶律履有文集传世,可惜现已不传。另外耶律履将辽寺公大师契丹文作的《醉义歌》翻译为汉文,促进了契丹语文学和汉语文学的发展和沟通。金代中期成就较大的契丹文人还有移剌霖。移剌霖,字仲泽,章宗承安、泰和年间在世,历任武定军节度使兼奉圣州管内观察使、陕西路按察使等职。移剌霖在为丘长春《磻溪集》所作序文中表达了自己对于文学创作独到见解:"且夫至道之妙,不得以声色求,而不得以形迹窥,必赖至人为驯致计,揣章摘句,俾得传诵之、歌诵之,而渐能游圣域而造玄门者也。然而句乏警策,文无渊底,则乌可歆艳当时而激励后学者哉?"② 此外著名的契丹诗人还有移剌道。移剌道以"通女直、契丹、汉字"入仕,从刑部令史升至宰执。世宗评价说:"道清廉有干局,翰林文雅之职,不足以尽其才。"③

石抹世勣金代契丹族汉语作家的代表之一。石抹世勣字晋卿,一字景略,一字鲁航,契丹人。石抹氏为辽之述律氏,辽亡入金,改为石抹氏。汉姓称萧。清朝改为舒穆禄。石抹世勣祖上应该在金朝担任显职,其父石抹元毅,本名神思,生于海陵天德三年,以荫补吏部令史,历任景州宁津令,大理司法、汾阳军节度副使、彰德府治中、抚州刺史。承安二年(1197),遇敌战死,赠信武将军。石抹世勣生于大定十三年(1173),先以父故收充擎执,后于承安五年,词赋经义两科及第。初仕翰林,历任

---

① (元)脱脱等撰:《金史》卷九,中华书局1975年版,第218页。
② 阎凤梧主编:《全辽金文》,山西古籍出版社2002年版,第2120页。
③ (元)脱脱等撰:《金史》卷八十八,中华书局1975年版,第1967页。

太常丞，同知金安军节度使。尚书左司郎中、礼部侍郎、司农、太常卿、礼部尚书兼翰林侍讲学士。子名嵩，字企隆，兴定二年（1218）经义进士，任新蔡县令，后授应奉翰林文字。蔡州城破，父子俱死于难。

从石抹世勣家族的发展上，我们可以管窥到契丹族在女真政权下的家族的发展，大概经历了从荫封到科举入仕的过程。石抹世勣父亲石抹元毅由荫封入仕，时间大约在世宗时期。石抹世勣父亲战死，他以父故收充擎执，也是受荫于家族。值得注意的是，石抹家族的转型却也是从石抹世勣开始的。因父故收充擎执三年后，也就是承安五年（1200），石抹世勣词赋经义两科及第。据《金史·石抹元毅传》载，进士奏名之日，章宗曾对着宰臣说："此神思子耶？"① 叹赏者久之。石抹世勣为其家族的发展的贡献在于，他没有在父辈因功授职的成就面前止步，而是凭借着自己的学识，在金代的科举选拔中以经义词赋双科进士的成绩证明了自己的能力，推动了石抹家族的发展。后，其子企隆也于兴定二年经义进士的身份踏入仕途。石抹世勣则在家族发展由封荫到科举入仕的过程中起到了承上启下的作用。

据《金史·石抹世勣传》称其"幼勤学，为文有体裁"。②《中州集》存诗一首，名为《纸鸢》：

> 鸱鸢雕鹗谁雌雄，假手成形本自同。果物戏人人戏物，为风乘我我乘风。扶摇谩拟层霄上，高下都归半纸中。儿辈呦呦方伫目，岂知天外有冥鸿。③

此诗颇有几分哲思理趣在内。首句，鸱鸢、雕鹗本外形不同，其实都是人手工制作。二三句，纸鸢乘风而上，人放纸鸢游戏，怎知纸鸢不也在戏人；风在纸鸢上下，纸鸢忽高忽低。四句哲思深远，游戏纸鸢的人，眼界局限于此，怎知天外还有冥鸿大鸟。此诗充满理趣，以议论为诗，和北宋的理趣诗有相似之味。如苏轼的《琴诗》："若言琴上有琴声，放在匣中何不鸣？若言声在指头上，何不于君指上听？"再如《题西林壁》："横看成岭侧成峰，远近高低各不同。不识庐山真面目，只缘身在此山中。"由此可见，北宋文学，尤其是苏轼对于金代文学的影响是巨大的。另外，

---

① （元）脱脱等撰：《金史》卷一百二十一，中华书局1975年版，第2643页。
② （元）脱脱等撰：《金史》卷一百十四，中华书局1975年版，第2517页。
③ （金）元好问：《中州集》卷八，华东师范大学出版社2014年版，第533—534页。

金末佛道思想的流行，也给文学带来了说理谈趣的影响。据《归潜志》卷九记载，石抹世勣子企隆，从赵秉文游，学佛。赵秉文甚为爱之。理趣诗的出现，和佛道善于思辨，阐发教义有很大的关系。

石抹世勣是金代国朝文派中优秀的契丹族作家。他丰富了金代国朝文派创作主体，推动了汉语文学在少数民族作家中的发展。他的诗歌虽然存量有限，但是证明了金代国朝文派创作主体的丰富性。同时也反映了改朝换代后契丹族的发展历程。

第二节 金代科举制度对国朝文派的影响

近年来，金代科举制度研究不断深入，成果丰硕。20世纪90年代以前有方壮猷的《辽金元科举年表》，张博泉的《金史简编》中设有章节讨论金代教育和科举，日本学者三上次南的《金史研究》也对金代科举制度进行了关注。20世纪90年代以后，学界对金代科举制度的研究升温，成果斐然。专著有薛瑞兆的《金代科举》、裴兴荣的《金代科举与文学》等，论文有都兴智《金代科举的女真进士科》[①]，刘达科的《金代科举与文学》[②] 等。有关金代科举的文献考订进一步完善，对金代科举制度的研究不断深入，科举的历史作用，科举对社会的影响都得到了广泛的关注。[③] 金代科举对文学的影响引起了学者的注意，但是从国朝文派发展演变的角度来考察科举制度的作用尚可待深入探索。

一 金代科举制度的发展历程

陈衍云"金代诗人多出科举"[④]，据统计，国朝文派作家中百分之六十一为进士出身，这其中还不包括那些参加科举考试而最终未取得功名的士子。由此可见科举制度对于金代作家的影响之大。

金代的科举制度经历了一个由草创到不断发展完善，直至最终衰败的过程。薛瑞兆《金代科举》将金代科举的百年历程分为初创期、发展期和衰落期三个阶段[⑤]。

---

① 都兴智：《金代科举的女真进士科》，《黑龙江民族丛刊》2004年第6期。
② 刘达科：《金代科举与文学》，《社会科学辑刊》2007年第3期。
③ 张建伟：《近二十年金代科举研究述评》，《宋史研究论丛》2009年。
④ 陈衍：《金诗纪事》，上海古籍出版社2003年版，第1页。
⑤ 薛瑞兆：《金代科举》，中国社会科学出版社2004年版，第1—16页。

金朝自太宗天会元年十一月开科取士，最初是为了缓解伴随金朝疆域扩大而带来的官员短缺问题，同时也有收拢人心之意。熙宗、海陵王两朝一统南北选，科举考试科目增加，科举制度逐渐发展。到金世宗设立了女真进士，章宗更订了《贡举法》，设立宏词科，金代科举基本完善定型。卫绍王至金亡，伴随着大金国山河日下，金代科举制度也逐渐衰落。科举制度的本质是一种为国家行政机构选拔管理人才的制度，其在政治领域的重要性促进了科举制对文学的影响。

二 金代科举制度对国朝文派的影响

目前学界对金代科举制度及其对文学影响的研究还是比较深入的。但从国朝文派发展演变的角度来考察科举制度尚有可探讨的空间。

金代科举科目的设置促使应试士子被迫进行语言艺术的系统训练，这就极大了增加了士子成为作家的可能性。文学创作是一种语言艺术，而作家正是熟练掌握了这种艺术规范，并取得一定成就的人。金代的科举制度恰恰迎合了这一要求，为科举士子成为作家创造了条件。金代科举科目"先后设词赋、经义、律科、经童、武举诸科。……词赋、经义、策论中选者谓之进士。律科、经童、武举中选者，曰举人"。[1] 而诸科中以词赋进士应试和录取的人数居多。[2] 所谓词赋，是"一种散文与韵文相间的文体，讲究辞藻、对仗、典故、韵律。金代词赋选举程文要求运用词赋伎艺，紧扣试题，限以八韵，阐述清楚。词赋考试科目包括赋、诗、策、论"[3]。金代的应试士子经过了乡试（明昌元年废除）、府试、会试、御试层层选拔后，熟识基本的语言艺术技巧。至于创作出来的作品质量则又是另外一个层面的问题[4]。金代拥有较高的文学起点跟金代较早开科举考试关系密切。

金代科举制度强化了知识分子对于少数民族政权的认同。既然科举制度的科目设置有利于士子进行相应的文学创作训练，那么作家多出自科举就不会是金代独有的现象。科举制度发源于隋唐，盛于宋，金承继辽宋，创立女真进士制度，分族而治。唐代著名的诗人王维、白居易、李商隐、

---

[1] 薛瑞兆：《金代科举》，中国社会科学出版社2004年版，第46页。
[2] 牛贵琥：《金代文学编年史》，安徽大学出版社2011年版，第6页。
[3] 薛瑞兆：《金代科举》，中国社会科学出版社2004年版，第47页。
[4] 牛贵琥：《金代文学编年史》，安徽大学出版社2011年版，第6—8页。

杜牧，宋代著名的文学家王安石、欧阳修、苏轼、黄庭坚等均出自科举。但是，金代的科举制度比之唐宋却更多了一层政治含义，它加强了高级知识阶层，尤其是汉族士子对女真政权的认同，促进了金代大民族观的形成和确立。而金代大民族观的建立就帮助那些在女真族统治下的汉族文人摆脱了"华夷有别"的桎梏，获得精神上的自由，可以在金朝尽情舒展自己的性灵和才华。这也正是金代国朝文派作家的作品呈现出与"借才异代"作家作品不同精神面貌的原因所在。可见科举制度不仅为金代士人跨界作家提供了写作技巧的训练，同时也促进了金代文人对女真政权的认同，从而创作出富有金代特色的作品。

国朝文派的发展始终是和科举制度紧密相关。金代自太宗天会元年开科取士，哀宗正大七年为最后一科，共举办科举选拔约47次，可以说科举制度的变革影响了整个国朝文派文学的走向。金初开科取士，为汉语文学的迅速发展奠定了良好的基础，同时也培养了国朝文派的第一代作家，如蔡珪，刘仲尹均为进士出身。加之借才异代文人的培养，金代文学拥有了较高的起点。随着金代科举制度的不断完善和发展，世宗章宗时期，一大批经由科举培养的人才脱颖而出，促进了国朝文派的繁荣。党怀英，大定十年进士，擅长属文，尤善起草诏令，被赞为文似欧公，诗似陶谢，书法为中朝第一人。王庭筠大定十六年（1176）进士，其文学成就被认为接续东坡，"东坡变而山谷，山谷变而黄华，人难及也"。① 其门阀、人品、器识、文艺均被元好问称为第一流。周昂也为大定年间进士，他最早对苏黄之风对金代文学的影响进行了反思。章宗后期，科举制度开始走向衰败，纲纪无存，取士泛滥，科举之文萎弱陈腐，文坛尖新浮艳之风蔓延。南渡后，杨云翼、赵秉文借主持科考之机力倡风雅传统，为开拓奇古风雅文风做出了贡献。赵秉文为大定二十五年进士，杨云翼为明昌五年（1200）经义进士第一人，词赋乙科。《归潜志》卷四云："晚年与赵闲闲齐名，为一时人物领袖。且屡知贡举，多得人。"② 赵秉文甚至因在科举取士中提倡新文风而获罪，据《金史》载：

    金自泰和、大安以来，科举之文其弊益甚。盖有司惟守格法，所取之文卑陋陈腐，苟合程度而已，稍涉奇峭，即遭黜落，于是文风大

---

① （金）刘祁：《归潜志》，中华书局1983年版，第119页。
② 同上书，第34页。

衰。贞祐初，秉文为省试，得李献能赋，虽格律稍疏而词藻颇丽，擢为第一。举人遂大喧噪，诉于台省，以为赵公大坏文格，且作诗谤之，久之方息。俄而献能复中宏词，入翰林，而秉文竟以是得罪。①

正大七年后，金代的开科取士随着国家的灭亡而终结。但是经由金代科举培养的人才却继续发挥着作用。如元好问，兴定五年进士及第，段克己正大七年进士，段成己正大元年进士，李俊民承安间进士，金遗民们在金亡后延续文脉，传承着金朝百年文化。可以说，国朝文派的发展始终是和科举制度紧密联系在一起的。

第三节 宗教对国朝文派的影响

宗教作为一种思想因素和生态环境的组成部分对文学产生着重要的影响。考察金代佛道二教的发展概况及其对文人的影响，对于我们理解国朝文派的文学作品具有积极的意义。

一 佛教与国朝文派

佛教自东汉传入中国，不断发展壮大。金代受到禅宗的临济和曹洞两宗影响较大。金代的佛教政策呈现出由严到宽的总体趋势，统治者对佛教的态度总体上利用大于崇奉。通过考察金代文人与佛教僧侣的互动，发现佛教世俗化和金代文学日益增强的叙事化倾向同频共振。以下将从金代的佛教政策、金代佛教的发展概况和佛教僧侣与金代文人的互动三个方面进行分析讨论。

第一，金代的佛教政策。

金代承辽宋而来，其佛教的政策受到辽宋的影响不言而喻。辽代以崇佛著称，以致后世有"辽以释废"的说法。辽兴宗溺于佛法，曾在重熙七年亲幸佛寺受戒皈依佛祖。辽道宗也好佛法，亲自撰写《华严经随品赞》10卷，执经亲讲于僧徒和群臣。他在位期间还完成了契丹藏的刻印工程。道宗还屡召名僧，于宫内设坛授戒。史称"一岁而饭僧三十六万，一日而祝发三千"②。宋代则对佛教保持了一个比较客观的态度。宋太祖

---

① （元）脱脱等撰：《金史》卷一百十，中华书局1975年版，第2427页。
② （元）脱脱等撰：《辽史》卷二十六，中华书局1974年版，第314页。

赵匡胤继位后一改后周世宗柴荣的灭佛政策，停止毁寺废佛，开宋代护佛之端。仁、英、神、哲四朝对佛教的限制尽管加强了，但仍然坚持了保存和尊重佛教的基本政策。宋徽宗初崇佛教，后用林灵素之言，兴道教。宋徽宗宣和元年，诏改佛号为大觉金仙，服天尊服，菩萨为大士，僧为德士，尼为女德士，寺为宫，院为观，住持为知宫观事等。但此次改佛入道活动仅喧嚣一年多就告终，一切复旧。金代以辽代溺佛为戒，佛教政策虽然在各个统治时期有所不同，大体上延续了北宋的方针，即不毁佛，不溺佛，尊重佛教却又加强限制和管理。

受到辽国和渤海人的影响，佛教早在金建国前就已传入女真。金初，太宗曾下令"禁私度僧尼"①，强调国家对于佛教的限制和管理。金熙宗时，佛教开始兴盛。金熙宗崇信佛教，在其子出生时，大赦天下，据《松漠纪闻》卷上记载："令燕云沛三台普度，凡有师者皆落发，奴婢欲脱隶役者才以数千，嘱请即得之，得度者亡虑三十万。"在女真统治者的倡导下，佛教迅速发展，燕京佛寺林立，佛教信徒众多，不少人"多舍男女为僧尼"。海陵王时期，佛教政策大逆转，对佛教持排斥打压的政策。海陵王杖责法宝事件影响较大。《金史》卷五记载："(贞元三年)三月壬子，以左丞相张浩、平章政事张晖每见僧法宝必坐其下，失大臣体，各杖二十。僧法宝妄自尊大，杖二百。"② 僧法宝欲去，朝臣张浩、张晖等苦留而不得，海陵王诏三品以上官面责，据《金史》卷八十三《张通古传》记载："闻卿等每到寺，僧法宝正坐，卿等皆坐其侧，朕甚不取。佛者本一小国王子，能轻舍富贵，自苦修行，由是成佛，今人崇敬。以希福利，皆妄也。况僧者，往往不第秀才，市井游食，生计不足，乃去为僧，较其贵贱，未可与簿尉抗礼。闾阎老妇，迫于死期，多归信之。卿等位为宰辅，乃复效此，失大臣体。张司徒老成旧人，三教该通，足为仪表，何不师之？'召法宝谓之曰：'汝既为僧，去住在己，何乃使人知之？'法宝战惧，不知所为。海陵曰：'汝为长老，当有定力，今乃畏死耶？'遂于朝堂杖之二百，张浩、张晖杖二十。"③ 海陵王斥责宰辅张浩、张晖对僧人膜拜，有失大臣之仪。对张浩、张晖和僧法宝进行了杖责。从海陵王之言，可知其对佛教的态度多为贬斥。

---

① （元）脱脱等撰：《金史》卷三，中华书局1975年版，第61页。
② 同上书，卷五，第103—104页。
③ （元）脱脱等撰：《金史》卷八十三，中华书局1975年版，第1861页。

金世宗时期，改变了许多海陵王时期的政策，佛教恢复发展。金世宗的母亲贞懿皇后和妻子昭圣皇后都崇信佛教。但是世宗本人对于佛教并非信徒，他说："至于佛法，尤所未信。梁武帝为同泰寺奴，辽道宗以民户赐寺僧，复加以三公之官，其惑深矣。"① 他告诫宰臣勿要滥建佛寺："闻愚民祈福，多建佛寺，虽已条禁，尚多犯者，宜申约束，无令徒费财用。"② 世宗大定时期，为补贴财用，曾卖僧、道、尼、女冠度牒，紫褐衣、师号、寺观名额。综观世宗时期，约束佛寺数量，禁止私度僧尼，甚至为了严禁女真贵族与僧尼道士往来有"僧尼午后不得出寺"的禁令，对佛教持限制和利用的态度。章宗明昌以后，统治者对于佛教的管制有所放松。一是允许僧人已具师号者度弟子，可补买本司官。承安年间，章宗下令长老、大师、大德、不限年甲，长老、大师许度弟子三人，大德二人，戒僧年四十以上者度一人。③ 如僧道已具师号者，许补买本司官。二是大建寺院，广度僧尼。三是金朝统治者给予高级僧侣以国师的待遇："威仪如王者师，国主有时而拜，服真红袈裟，升堂问话讲经与南朝等。"④ 可见金代后期佛寺及僧人的数量增加，僧人的地位也得到了显著提升。

纵观金源一代，对佛政策基本呈现出由严到宽的总趋势，海陵王对待佛教态度严苛，世宗对佛则是限制利用，统治者对于女真贵族及朝臣于佛教僧徒密切来往很是敏感，这恰恰从另一个角度也可以看出佛教在民间影响力。如知大兴府事王翛，看到僧尼多游贵戚门，下令僧尼午后不得出寺。有一僧犯禁，皇姑大长公主为其求情，王翛拒绝说："'奉主命，即令出之。'立召僧，杖一百死，京师肃然。"⑤ 僧人犯禁，长公主为之求情，可见佛教对皇亲贵族影响之大。另一金朝贵族宗杰，天性仁慈，喜谈佛道，在军中被称为"菩萨太子"。佛教作为一种宗教信仰，不管统治者是否提倡，已经浸润到了士人的生活之中。

第二，金代佛教的发展概况。

赵安上《龙岩寺碑》云："摩腾入汉，梦符明帝之灵；僧会归吴，瑞

---

① （元）脱脱等撰：《金史》卷六，中华书局1975年版，第141页。
② （元）脱脱等撰：《金史》卷七，中华书局1975年版，第161页。
③ （元）脱脱等撰：《金史》卷十，中华书局1975年版，第239页。
④ （宋）宇文懋昭撰，崔文印校证：《大金国志校证》，中华书局1986年版，第517页。
⑤ （元）脱脱等撰：《金史》卷一百五，中华书局1975年版，第2316页。

应如来之迹。事盖闻于西域，化乃显于东土。由是释教大扬，精蓝肇建。"① 佛教自东汉明帝时传入中国，经历了汉末三国西晋的肇始，东晋南北朝的发展，隋唐的光大，共形成了大乘八宗与小乘二宗。唐武宗会昌法难，各宗逐渐衰落，独禅宗以"不立文字，教外别传"率先恢复后一家独盛。此后，禅宗"一花开五叶"，分为沩仰、临济、曹洞、云门、法眼五个派别，史称"五宗分灯"。在宋朝之前，沩仰已熄不传。宋初以云门、法眼为盛，尤以法眼为最，但法眼三四传后也不传了。所以太虚大师有"北宋百余年，云门为盛"之说。至北宋末，云门也由盛而衰。辽代以华严宗最发达，禅宗并不兴盛。金朝禅宗法脉大多传承于北宋。因而禅宗对金代影响较大的就是临济和曹洞两宗。

金代临济宗的代表僧人主要有玄冥凯与虚明亨，其中虚明亨法嗣众多，在金代影响较大。教亨（1150—1219），字虚明，济州任城（今山东济宁）王氏子，师承郑州普照宝。普照宝，生于大定初，累住名刹，以住持郑州普照寺最久，故称郑州宝公。教亨所住持之中都潭柘寺、庆寿寺均是重要的皇家寺院，其住持潭柘寺乃应左丞相夹谷清臣之请，其影响力可见一斑。教亨的弟子中以清凉相为人所熟识。清凉相，法号宏相，沂水人，俗姓王氏，号西溪。元好问与西溪禅师交善，称其"于近世诗僧不多见也"。在其圆寂后元好问为他作了《清凉相禅师墓铭》。金末元初盛极一时的海云简，名印简，字海云，山西宁远人也，得道于庆寿璋禅师，被元朝尊为临济正宗，乃金代临济一脉相承。

金代的曹洞宗传承脉络大致为：金初青州希辩、大明宝、金末元初万松行秀。青州希辩对金朝禅宗的发展影响很大，金代的施宜生还为青州辩撰写了《塔铭》，其曰：

>青希辩，本江西洪州黄氏……天德初示化于仰山。记乃金翰林学士中靖大夫知制诰施宜生所撰。其文略云：潭拓老人二百年后，放大光明。芙蓉家风，却来北方。薰蒸宇宙，岂其大事！因缘殊胜，亦有数耶？教有兴废，道无兴废。人有通塞，性无通塞。师既来燕，潭拓寂然。师既往燕，曹溪沛然。人知寂然，而不知潭拓未尝去也。人知沛然，而不知青州未尝来也。若然则无碑亦无害，有碑亦无碍。遂为

---

① 阎凤梧主编：《全辽金文》，山西古籍出版社2002年版，第1555页。

之说，贞元元年十月记。①

大明宝，据李辉、冯国栋考证，姓武氏，磁州里人，法名为法宝，因建大明禅院于滏阳，称"大明宝"。② 海陵朝时，法宝曾因和朝廷亲贵来往密切，受到杖责；金末著名的禅师万松行秀，号万松野老，俗姓蔡，河中府解州解县（今山西运城西南）河内人，世称万松老人。据《全辽金文》小传载万松"平生厉行苦志，勤修不倦，住持多处名刹，弘扬佛旨"。③ 其声名因当时的蒙古书令耶律楚材师事之而益彰。耶律楚材"湛然居士"的法号就是万松所赐。

第三，金代僧侣和文人的互动及其对俗文学的影响。

如上文所示，佛教是金代文化生态的一个重要组成部分，渗透到了金代人的生活当中。在现有的文献记载中我们可以看到僧人和文人交往的种种印记。如孟宗献和西堂和尚。孟宗献，字友之，号虚静居士。因大定三年乡府省御试连中四元，人称"孟四元"。孟宗献与佛道中人都有往来，现仅存文一篇，就是《与西堂和尚书》，内容是邀请西堂和尚和其他朋友一起过府清论小聚。根据王庆生在《金代文学家年谱》中的推断，孟宗献应该是在大定十五年在乡闲居时，与西堂和尚讲论禅理。西堂和尚又是何许人也？所谓"西堂"，是禅林称当寺前住之人名为东堂，他山退隐之长老来住本寺，名为西堂。以西是宾位故也。高陟《刻孟宗献与西堂和尚帖跋》中明确指出"雪斋学上人，乃西堂宝公之的子"。④ 而宝公，有临济宗的普照宝和曹洞宗的大明宝二人。据《长清灵岩寺宝公禅师塔铭》载，曹洞宗的大明宝于大定十三年七月七日圆寂，和孟宗献没有时间上的交集。据《郑州荥阳县洞林大觉禅寺第一代西堂宝公大崇师颂古序》⑤，亦可知西堂宝公、西堂和尚、西堂老人均是指临济宗的普照宝。孟宗献和西堂宝公书信往来密切，将书札刊诸石，并邀请郑城太守魏道明、郭邦杰为书跋见证，成为一段佳话："西堂老人之道德，孟公友之之文章，二太

---

① （元）孛兰肹撰，赵万里校辑：《元一统志》，中华书局1966年版，第24页。此段引文可补《全辽金文》之缺。
② 李辉、冯国栋：《曹洞宗史上阙失的一环——以金朝石刻史料为中心的探讨》，《佛学研究》2008年第1期。
③ 阎凤梧主编：《全辽金文》，山西古籍出版社2002年版，第2410页。
④ 同上书，第944页。
⑤ （清）方履籛：《金石粹编补正》卷四。

守之发扬，师贤之好事，真不愧于昔人矣。且孟公友之不惟光扬圣世，文行过人，亦于禅祖门中遇大宗匠，有所开发，□不减东坡、山谷二老人尔。"① 可知文人僧人交往的风尚，金代是承继北宋风气而来。又如党怀英、赵沨和照公禅师。明昌六年二月，党怀英作《请照公和尚开堂疏》。这位照公又是何许人也？据赵沨《济州普照禅寺照公禅师塔铭》②，"师讳智照，姓万氏，泰安奉符人"，是临济宗的著名禅师。这位照公禅师，和金代著名的"党赵"为泰安奉符同乡，以禅师身份得二位撰文，其礼遇可见一斑。再如赵秉文、元好问等和木庵英上人。赵秉文为南渡后文坛盟主，于佛教颇多修为，惜其将与宗教相关手稿删去。但是在仅存的文献中，还是可以看到他和僧人往来的痕迹。正大中，赵秉文侍祠太室，会英上人住少林久，倦于应接，思欲退席，赵秉文特作疏留之，文中对其诗大加夸赞："书如东晋名流，诗有晚唐风骨。"③ 这位木庵英上人，是金代颇有盛名的诗僧，有《木庵集》，元好问为之作序。元好问在文中详细记录了南渡后诸位文人和这位木庵英上人的交游情况，曰：

> 贞祐初南渡河，居洛西之子盖，时人固以诗僧目之矣。三乡有辛敬之、赵宜之、刘景玄，予亦在焉。三君子皆诗人，上人与相往还，故诗道益进。出世住宝应……闲闲赵公、内相杨公、屏山李公及雷、李、刘、王诸公，相与推激，至以不见颜色为恨。④

和元好问交好的禅师还有清凉寺相禅师、汴禅师，照禅师等。元好问是金末大诗人，和他交往的禅师在文学方面也颇有造诣。"（相禅师）师讳宏相，出于沂水王氏……初予未识师。有传其诗与文来者，予爱其文颇能道所欲言，诗则清而圆，有晚唐以来风调，其深入理窟，七纵八横，则又于近世诗僧不多见也。"⑤ 龙兴汴禅师是临济传人，和元好问相交30余年，元好问曾赠之："大道疑高骞，禅枯耐寂寥。盖头茅一把，绕腹箴三条。"汴禅师的师傅赟禅师和路铎（字宣叔）交好。"州倅信都路公宣叔，文翰之外兼涉内典，与师为淘汰之友。师开堂，宣叔具文疏，朝服施

---

① 阎凤梧主编：《全辽金文》，山西古籍出版社2002年版，第944页。
② 同上书，第1759页。
③ 同上书，第2388页。
④ 同上书，第3249页。
⑤ 同上书，第3117页。

敬……其为中朝名胜所推服如此。"① 元好问的父亲去世,赟禅师还为其荐冥福。李纯甫也为临济宗的虚明禅师作墓志。

通过考察文人和僧人的互动,可以看到文人向僧人学参佛理,僧人与文人切磋诗艺;佛教为文人提供了一种思考的方式,文人却也走入山门促进了佛教这一外来宗教和中国本土文化的结合。金朝佛学乃承继北宋一脉,文人参禅问法、访寺求道、谈性说理的士林风尚也受到北宋的影响。北宋就有文人号道人、居士之风。欧阳修号六一居士、王安石号半山居士、苏轼号东坡居士、黄庭坚自号山谷道人、秦观号淮海居士、陈师道号后山居士等。金代文人和禅林往来,号居士之风更炽,如香岩居士刘彧,撄宁居士刘瞻,虚舟居士郝俣,无净居士刘迎,樗轩居士完颜璹,赵秉文自号闲闲居士,照了居士王彧,屏山居士李纯甫,愚轩居士赵元,还有以居士之称行世传文的作家,如无余居士、三兴居士等。受到佛学思想的浸润,金人的诗文之中或是表达对佛禅生活的向往,或是透露出一种佛禅味。如王庭筠《游黄华山诗》"道人邂逅一开颜",刘迎《数日冗甚,怀抱作恶,作诗自遣》"直欲弃家参学去,一龛香火供斋盂",李纯甫《杂诗二首》其一云"禅心已作沾泥絮",元好问《出山》也有"少日漫思为世用,中年直欲伴僧间"。正如刘达科所说:"佛禅对辽、金文人的生存状态、社会行为、人生理想、处世态度、思维模式、价值观念、审美情趣等方方面面都产生了明显而巨大的历史性意义,成为丰富辽、金两朝社会文化格局、深化12世纪至13世纪初的中国北方时代内涵的一个极有活力的历史因素。"②

佛禅思想对于雅文学的影响,学界已颇多关注。但是在佛教世俗化与俗文学的联系方面却未引起足够重视。其实金代不论是僧人的文学作品,还是有关宗教题材的文人作品,都出现了叙事性和俗化增强的倾向。

在《全辽金文》中共有金代僧侣作者19人,另有4人佚名,存篇。这些僧人的作品文体多以碑、记、塔铭为主,内容多为叙述寺院兴建,或者僧人生平。值得注意的是在这些僧人的作品中出现了颇具小说色彩的记述。大定六年,释大沔所做的《观音院碑》,就描述了一位善于筹钱募捐的传奇和尚"蔡百万"。百万和尚,俗姓蔡,建庙筹钱,"公凡有兴修,诚心一出,不远千里,车载人负,钱盈百万,故时人以'百万'称之"。

---

① 阎凤梧主编:《全辽金文》,山西古籍出版社2002年版,第3134页。
② 刘达科:《佛禅与辽金文人》,《江苏大学学报》(社会科学版) 2009年第6期。

作者在叙述修建观音院前，先举了三个蔡百万的例子。"皇统壬戌，平凉重修佛塔。是岁旱魃为虐，野有饿莩，公肯意论众，虽救死不赡，而人乐输财。数月之间，阙功告成。"在整修开元寺，因无垢净光佛塔所费巨大，众僧相议"非蔡百万莫能兴也"。在佛塔兴建的过程中，又出现了瑞兆："经营之始，圣灯屡见于林表，塔影昭显于日中。又因解木而得佛像，容止可观，虽丹青妙笔，无以加此。由是人益敬信，遂致金帛泉涌，材木山峙，施工佣者不可胜数。"① 功成后，蔡百万不告而振衣而去，愈发增加了传奇色彩。第三个例子是凤翔鸠公修塔，中道废，公至而成。渲染了蔡百万的筹钱能力后，才正式叙述观音院始末缘由。第二个讲述蒲州铁牛的故事。释绍瞻《安济院铁牛和尚记》记载唐开元十二年（724）铸铁牛八只，分置河两岸，以维巨緪。宋嘉祐八年（1063）秋，黄河水大涨，西岸四只铁牛沉入水中，桥塌坏。真定府西禅院僧怀炳，受荐来取沉水之铁牛。关于取牛的经历，文中记载了两种不同的版本，"炳公乃辇石驾舟，自没于水，得牛所在，以长绳系之，增石转机，已出其三。"而后，绍瞻听安济院主僧全公，讲述了其中的传奇细节，并记录下来。"我尝闻诸耆旧云，当是役也，有善洇者十人佐助其役，师每书士字于十人之掌，则入深渊如步平地，视听亦了然，工不告劳，卒至成办，十人者皆被恩剃度为师。"② 另外，佛教中的充满佛教神秘氛围的环境描写，也给小说创作增添的素材。释觉聪《三泉寺英上人禅师塔记》讲述祥英"荼毗之时，数千引从牵舆而行，伏以白莲瑞现，花雨空中，蝉化金光，香馥满地"。③

无独有偶，在金代文人的作品中也出现了这些奇幻的情节。党怀英《重修天封寺碑》记载：

> （党怀英）盖尝下第归，过（天封寺）而托宿焉。醉卧僧榻上，夜半若有人掖余者三，且言曰："前路通矣，何为醉且眠？"殆梦而非梦也，寤而甚异之。是时独一老僧宿东庑下，诘旦，告以其故。老僧笑曰："是伽蓝神也。异时神甚灵，寺之僧童有不力者，神必以疾痛苦之，至悔谢迺已。间亦警人以来事，子其或者为神警乎？审如

---

① 阎凤梧主编：《全辽金文》，山西古籍出版社2002年版，第1582页。
② 同上书，第3725页。
③ 同上书，第2067页。

神，子固非久滞者。行矣，勉之。"余亦漠然未之信也。其后余登科第，始记神言有征，欲书其事于石以答神意，盖久而不果。①

无论是僧人的作品，还是受到佛教思想影响的文人作品中出现奇幻小说的情节，正是金代的文学的叙述性和俗化增强的表现。究其原因与金代佛教尤其是禅宗的发展特点密不可分。佛教传入中国，必然要经历一个和中国本土文化不断结合发展的过程。而禅宗的出现，就是这个发展规律的产物。葛兆光在《中国思想史》中曾指出，佛教发展至禅宗出现，"佛教卸缺了它作为精神生活的规训与督导的责任，变成了一种审美的生活情趣，言语智慧和优雅态度"。②日本学者小岛毅也指出，六朝隋唐时代的佛说是为了镇护国家这个最高目的，而到了五代宋朝以后，佛教逐渐变化成为人们日常生活的存在。③佛教的这一不断脱去宗教精神色彩世俗化的过程恰恰促成了在金代的文学作品中叙事性和俗化的增强。正如牛贵琥在《金代文学编年史》中所述："金代文学所体现出来的新兴的文学总趋向，为元代文学作了厚实的铺垫，其突出表现之一便是叙事性和俗化的倾向明显增强。"④ 这恰恰是金代文学的价值所在⑤。

二 道教与国朝文派

道教是中国的本土宗教，发展至金代呈现出三教合流的倾向。太一教、大道教和全真教在金代影响较大。金代对待道教的政策和佛教相似，都是利用加限制。国朝文派的作家们也和道士多有来往，为其撰写碑记。金末道教尤其是全真道，为抚慰饱经战乱的人心起到了积极的作用。道教思想为金末遗民文学增添了一抹悲天悯人的色彩。下文将从金代道教的宗派及其特征，金代的道教政策以及金代文人和道教三个方面进行论述。

第一，金代道教的宗派及其特征。

金代道教影响较大的可以分为三家，按建教时间先后分别为太一教，

---

① 阎凤梧主编：《全辽金文》，山西古籍出版社2002年版，第1500页。
② 葛兆光：《中国思想史》卷二，复旦大学出版社2005年版，第90页。
③ ［日］小岛毅：《中国思想与宗教的奔流：宋朝》，广西大学出版社2014年版，第181页。
④ 牛贵琥：《金代文学编年史》，安徽大学出版社2011年版，第24页。
⑤ 金代文学叙事性倾向研究，参见牛贵琥、秦琰《论金代文学的叙事性与俗化倾向》，《山西大学学报》（哲学社会科学版）2012年第1期。

大道教和全真教。

太一教是萧抱珍在金熙宗天眷年间创立的。据说此教是依靠太一三元法箓等道术而创立。太一，是汉代已知名的天神，也就是北极星神。三元，乃天地水三官。法箓就是符箓。蜂屋邦夫指出，太一教是"以太一神为信仰对象，使用注入了太一神和三官灵力的符箓来解救人们的苦恼"。① 陈垣认为太一教是"以老氏之学修身，以巫祝之术御世"②。萧抱珍之后，传继给萧道熙—萧志冲—萧辅道—李居寿—李全祐—蔡天祐等。太一教的弟子都改姓"萧"。

大道教是金熙宗皇统年间由刘德仁创建。据传，刘德仁从一个号称是老子的人那里学到了"玄妙的道诀"，他依照道诀治好了病人。刘德仁一边行医，一边结合儒家和《道德经》以及部分佛教戒律形成了自己的理论体系，拥有了很多信徒。大道教的谱系为刘德仁—陈师正—张信真—毛希琮—郦希诚—孙德福—李德和—岳德文—张清志等。大道教至郦希诚而分为两派，一为真大道教，另一为正一大道教。

全真教是海陵王正隆年间由王重阳创建。王重阳，北宋末生于咸阳，曾试图以科举立身，不得志，据传四十八岁遇仙人入道，后建活死人墓修行。五十六岁烧掉居所，前往山东，遇马丹阳，建全真庵，以分梨十化教丹阳入道。五十七岁在昆仑山烟霞洞教化弟子，后称为全真七子：谭处端，号长真子；马钰，号丹阳子；王处一，号玉阳子；丘处机，号长春子；刘处玄，号长生子；郝升，号广宁子、恬然子。在元朝颁布《褒封制词》之前，七真是指王重阳和他的六位弟子。在至元六年《褒封制词》颁布后，孙不二正式加入了七子的行列，而王重阳被尊为真君。这当然是全真教具有一定规模后，全真教对教史的修饰和神秘化的需要。

这三大道派之中，就总体特征而言，太一道符箓色彩最为强烈。太一道与全真道注重内性修炼不同，太一道历代祖师普遍使用符箓法术，曾以秘传符箓法术作为嗣教之信。据元代《国朝重修太一广福万寿宫之碑》所载"太一为教，宗师振起，符箓相传"是也。太一教所传符箓有千数之多，其作用也大多与济度平民百姓相关。如洒坛符用于禳蝗虫灾害，飞雷救旱符用于祷雨，六丁符用于驱除邪祟，祈嗣符用于祈求子孙绵长，保

---

① ［日］蜂屋邦夫：《金代道教研究——王重阳与马丹阳》，中国社会科学出版社2007年版，第7页。

② 陈垣：《南宋初河北新道教考》，《民国丛书》第1编第13册，第112页。

胎符等。符箓大多是以迎合平民的日常生活愿望为目标。太一教是三者中最具平民色彩的道派。大道教则和全真教比较接近，不崇尚符箓法术治病，甚至取消了醮斋科仪活动，为人治病也多采用"默祷虚空"的方式。大道教的教众是以农民为主体，但其思想又不仅仅局限于农民朴素平实的思想，大量的借鉴了儒道释诸家思想因素，表现出"三教混一"的特点。所谓"混一"是指大道教思想混杂了儒道释各家，却又未深入提炼，仅仅停留在拿来使用的层面。大道教以内炼心性为主要特征，其宗教思想主要来源于老子，混合了儒家忠孝伦理，佛教苦修等内容。

　　三大道派之中，全真教产生时间最晚，其势力和影响却最大，流传也最久。全真教不重符箓，对传统道教所宣扬的肉体成仙说进行了变革，主张灵魂成仙，并形成了自身完善的理论体系且得到广大教众的认可。全真教的灵魂成仙说主张所谓的长生不老并非肉体长存，而是人的真性或真身得以长生。王重阳云："本来真性唤金丹，四假为炉炼作团。不染不思除妄想，自然衮出入仙坛。"① 也就是说全真教徒通过修炼真性得以成仙。在修行的过程中，全真教主张"真功"和"真行"。全真教思想影响较大的为"三教一家"。唐宋以来呈现出儒道释合流的趋势，在全真教被明确提出来。王重阳的道教组织都冠以"三教"之名，如文登的三教七宝会，宁海的三教金莲会，蓬莱的三教玉花会，莱州的三教平等会等。王重阳极力宣扬"儒门释户道相通，三教从来一祖风"。② "三教一家"的思想在全真教弟子中广泛传播。由于全真教的创始人王重阳和七子多有儒学的功底，文化层次较高，这就使得全真教的"三教一家"思想比大道教拿来就用的"三教混一"更加系统化和深入化。

　　第二，金代的道教政策。

　　据《大金国志》记载：

　　　　金国崇重道教，与释教同。自奄有中州之后，燕南、燕北皆有之，所设道职于帅府置司，正曰道录，副曰道正，择其法箓精专者授之，以三年为任，任满，则别择人。其后，熙宗又置道阶，凡六等，

---

① （金）王重阳：《重阳全真集》卷二，《道藏》第 25 册，文物出版社、上海书店、天津古籍出版社 1988 年版，第 701 页。
② 同上书，第 693 页。

有侍宸、授经之类，诸大贵人，奉一斋施，动获千缗。道教之传有自来矣。①

金代统治者对于道教的政策和对佛教相似，都是利用加限制的态度。金熙宗对道教并不排斥，皇统八年（1148），他召太一始祖萧抱珍入阙，赐以太一万寿观观额。海陵王则对佛道排斥。金世宗对道教外为安抚拉拢，内为限制防范。大定七年（1167），世宗下诏召大道教始祖刘德仁"居京城天长观，赐号东岳真人"；大定九年，敕立太一教汲县祖庭道院"万寿额碑"；大定二十六年，太一教三代祖师萧志冲"补住中都天长观"；随后的大定二十七年十一月和大定二十八年十二月两次宣召全真教的王处一。可惜的是第二次宣召因世宗驾崩，王处一并未见到世宗和新君章宗就返回故地。而后，章宗三次召见王处一，分别为承安二年（1197）、泰和元年（1201）与泰和三年（1203）。后两次王处一被宣宗召见主要是主持亳州太清宫普天大醮。统治者对于道教统领者的接见，客观上促进了道教的发展，如全真教出现了"南际淮，北到朔漠，西向秦，东向海，山林城市，庐舍相望，什百为偶，甲乙传受，牢不可破"② 的繁荣景象，但是这绝非统治者的本意。金朝统治者出台了一系列限制道教发展的政策，控制道教无序蔓延。大定十八年、二十五年，一再下令禁民间不得创兴寺观，禁为僧道者。

章宗初期对道教也比较反对，恐怕其危及政权。据《金史》记载，明昌元年戊辰，制禁自披剃为僧道者。明昌元年（1190）十一月以惑众乱民，禁罢全真及五行毗卢。明昌二年二月敕亲王及三品官之家，毋许僧尼道士出入。明昌二年九月禁以太一混元受箓私建庵室者。章宗承安年间，对释道的政策才开始逐渐宽松。承安元年（1196）六月，"敕自今长老、大师、大德不限年甲，长老、大师许度弟子三人，大德二人，戒僧年四十以上者度一人。其大定十五年附籍沙弥年六十以上并令受戒，仍不许度弟子。尼、道士、女冠亦如之"。③ 这主要有三方面的原因，一方面是由于北方蒙古战事吃紧，国库压力巨大，不得不采用卖空名牒的方法化缘。据《金史·章宗纪》承安二年四月，"尚书省奏，比岁北边调度颇

---

① （宋）宇文懋昭撰，崔文印校证：《大金国志校证》，中华书局1986年版，第518页。
② 阎凤梧主编：《全辽金文》，山西古籍出版社2002年版，第3217页。
③ （元）脱脱等撰：《金史》卷十，中华书局1975年版，第239页。

多，请降僧道空名度牒紫褐师德号以助军储，从之"。① 章宗承安二年召见了全真王处一，还特地问了北方的战事。"帝问《清净经》，师解之，次问北征事，师答云：'戊午年即止。'后果应，次问全真门户，师一一对答。章宗赐紫衣，号'体玄大师'。"② 承安年间道教政策宽松的第二个原因和章宗求子嗣息息相关。史书记载，章宗有六子皆早夭，金廷举办的斋醮祭祀活动多为皇室祈嗣或为皇子祈福。泰和二年八月，元妃生皇子忒邻，群臣上表称贺，使亳州报谢太清宫。十二月，忒邻生满三月，敕放僧道度牒三千道，设醮于玄真观，为忒邻祈福。泰和元年（1201）与泰和三年（1203），王处一也两次被宣主持亳州太清宫普天大醮。第三方面，道家养生术是吸引金统治者的又一要素。金世宗问以养生、为治之道，王处一答以"含精以养神，恭己以无为。虽广成复生，为陛下言，无易臣者"。章宗召见王处一也同样问及养生之道，师以"无为清静、少私寡欲"为对。

宣宗、哀宗大金山河日下，腹背受敌，疲于应战，更是无心亦无力关心道教了，只是颁发空名宣敕和度牒筹集军费。据《金史·宣宗纪》贞祐三年五月"中都破……降空名宣敕、紫衣师德号度牒，以补军储"。③

由上可知，金代道教的政策经历了一个由严到宽，由排斥到利用的过程。从中我们也可发现统治者对宗教政策的规律。一般在政治环境比较稳定，经济比较发达的时候，作为精神需要的宗教就会受到统治者的重视，无论是提倡也罢，限制也罢，至少在统治阶级的视野之内。一旦兵火战乱，立国存亡就成为统治者的重心，宗教政策则处于可有可无的次要地位了。

第三，金代文人与道教。

金代是道教发展的关键时期，尤其是全真道的创建和发展对道教史影响极大。作为中国道教后期的重要教派，全真道在文学方面也有独特的建树。全真教道士相较其他教派，文学素养较高。在道教活动中，全真道的

---

① （元）脱脱等撰：《金史》卷十，中华书局1975年版，第241页。
② （金）王处一：《云光集》卷一，《道藏》5册，文物出版社、上海书店、天津古籍出版社1988年版，第648页。
③ （元）脱脱等撰：《金史》卷十四，中华书局1975年版，第309页。

领袖人物注意运用诗词等文学形式来表达他们的思想情趣。① 共同的文学素养，成为金代文人和道士相交往的基点。考察金代文人和道士的交往甚至诗词唱和，有助于理解金代国朝文派的文学作品。

王重阳与孟宗献。孟宗献，字友之，开封人。大定九年左右，孟宗献丁忧家居。王重阳携马钰等弟子至开封，孟宗献往拜之。《历世真仙体道通鉴续编》卷一，对此事作了详细记载：

> 师至南京，憩于王氏旅邸。时孟宗献友之，以同知单州，丁母忧归。有神风先生杜哥者，尝预言友之四魁事，凡所发，莫不应，友之以仙待之。一日，忽告友之曰：元帅来，我当参谒。友之令童仆默踵其后，杜径入王氏邸中，一膝跪见。师方卧而阅书，殊不少顾。友之雅重杜，及闻，大惊。杜再往，始为一盼。三往，笑而视之，杜乃雀跃而去。友之因之就谒，师阅书而不为礼。问读何书，亦不答。就视，乐章集也。问：全乎？师曰：止一帙尔。友之曰：家有全集，可观也。即为送至。师自到京日，使马钰等四人乞钱于市，市及斤之鲤煮食之，秤不及则不食。友之颇惑，默念道人看《乐章集》，已非所宜，又食鱼，必其斤重，果何为哉。他日，问《乐章集》彻乎，师不言，但付其旧本。友之检阅，其空行间逐篇和讫，不觉叹曰：神仙语也。即还，沐浴更衣，焚香请教，日益加敬。师自是不复食鱼，盖以友之为大鲤，故示意尔。……（王重阳去世）时大定十年正月四日也。友之谓众曰：我既为弟子，当主丧事。日祭谨甚，至灵柩西迁，不少懈焉。告其子曰：五人受重阳王公点化，我其一也。②

孟宗献和王重阳结缘自柳永的《乐章集》，王重阳作有《解佩令·爱看柳词，遂成》：

> 平生颠傻，心猿轻忽。乐章集、看无休歇。逸性据灵，返认过、

---

① 关于金代全真教道教文学研究可参见詹石窗《南宋金元道教文学研究》（上海文化出版社 2001 年版），[日] 蜂屋邦夫《金代道教研究——王重阳与马丹阳》（钦伟刚译，中国社会科学出版社 2007 年版），左洪涛《金元时期道教文学研究——以全真教王重阳和全真七子诗词为中心》（人民出版社 2008 年版）。

② （元）赵道一：《历世真仙体道通鉴续编》，《道藏》第 5 册，文物出版社、上海书店、天津古籍出版社 1988 年版，第 417 页。

修行超越。仙格调，自然开发。四句七上，慧光崇兀。词中味、与道相谒。一句分明，便悟彻、耆卿言曲。杨柳岸、晓风残月。①

可见共同的文化修养是金代文人和全真教道士来往的基础。王重阳死后，孟宗献自认弟子，为其主办了丧事。此外，马钰和孟宗献也有来往，并作有词《长思仙·与刘处玄并示孟四元》：

梦轩辕，弃田园。难继夷门孟四元。惟修性月圆。缚心猿。认根源。小小蛇儿俯视鼋。阳纯礼太原。②

从词的内容来看，主要是马钰点化孟宗献入道的内容。

赵秉文与道士。赵秉文曾为上清宫道士写经，并赠鹅，传为佳话。杨云翼曾作《闲闲公为上清宫道士写经，并以所养鹅群付之，诸公有诗，某亦同作》云："会稽笔法老无尘，今代闲闲是后身。只有爱鹅缘已尽，举群还付向来人。"杨云翼以赵秉文写经比之东晋王羲之书《老子》换鹅，颇为雅趣。赵秉文还著有《道德真经集解》，此书以苏辙《老子解》为基础，博采众说，成一家之言，既以儒释道，又援佛入老，极力消解儒、道、释三者间的壁垒，集中反映了金后期三教融合的发展趋势。

完颜璹作《全真教祖碑》《长真子谭真人仙迹碑》。据《终南山祖庭仙真内传》卷下"洞真真人"记载，正大三年（1226），洞真子于善庆（字伯祥）奉旨至京为太一宫提点，密国公完颜璹、候莘公挚、尚书杨云翼、司谏许古、内翰冯璧，诸相贵近，争相景慕。密国公也就是在此时应邀作了《全真教祖碑》《长真子谭真人仙迹碑》。其实密国公和道教的接触和他皇亲身份一直被防避有一定的关系。元好问《如庵诗文序》："旧制，国公祭山林……若山清储祥宫、若太乙宫、五岳观设醮，上方相蓝大道场，则国公代行香。公多豫焉。"③因被金帝防避，一直不肯重用，只是以皇族身份参与一些礼仪性的活动，密国公为此还戏作诗一首："借来羸马钝如墙，马上官人病且痒。无用老臣还有用，一年三五度烧香。"

元好问与道教。元好问有《紫微观记》《朝元观记》《太古观记》。

---

① 唐圭璋编：《全金元词》，中华书局1979年版，第199页。
② 同上书，第313页。
③ 阎凤梧主编：《全辽金文》，山西古籍出版社2002年版，第3235页。

据《紫微观记》载,紫微观,原是东平左副元帅赵天锡(字受之),为其太夫人而改建。赵侯之太夫人既老,弃家入全真道,拜郓人普惠大师张志刚为师。一开始居住在冠氏的洞清庵,颇为简陋,赵天锡为之修葺,由丘处机改名为紫微观。此文中表明了元好问对全真教的看法比较客观中立,赞赏其于道家渊静,佛家禅定中汲取智慧,自食其力的修行方式,同时也透露出对道教符箓派之不赞成。"贞元、正隆以来,又有全真家之教。咸阳人王中孚倡之,谭、马、邱、刘诸人和之。本于渊静之说,而无黄冠襡襘之妄;参以禅定之习,而无头陀缚律之苦。耕田凿井,从身以自养,推有余以及之人。"元好问还对丧乱之后的金末杀戮及民不聊生给予了深刻的同情:"殆攻劫争夺之际,天以神道设教,以弭勇斗嗜杀者之心耶?"①能抚慰饱经战乱疮痍的人心正是全真教在金末元初盛行的原因之一。在《清真观记》中,元好问再一次表达了他对全真教疗愈人心作用的认同:"所谓'全真'家者,乃能救之荡然大坏不收之后,杀心炽然如大火聚,力为扑灭之。"②此外,元好问的诗歌当中也常借道家仙迹或典故来阐发书写情怀。如《猴山置酒》:

灵宫肃清晓,细柏含古春。人言王子乔,鹤驭此上宾。白云山苍苍,平田木欣欣。登高览元化,浩荡融心神。西望洛阳城,大路通平津。行人细如蚁,扰扰争红尘。蓬莱风涛深,鬓毛日夜新。殷勤一杯酒,愧尔云间人。③

猴山,又名猴氏山,现于河南省偃师县南40里处,据传为王子乔升仙之处。在神仙飞升之处把酒临风,览怀古今,颇有一番滋味。元好问的《岳祠斋宫夜宿》《阳泉栖云道观》《赠萧炼师公弼》等都和道家题材相关。

辛愿和道士也有交往。据《朝元观记》记载:"禹都孙仲阳,道风孤俊,时人有玄门临济之目。与吾辛、刘交甚款。辨疑,其高弟云。"④元好问,辛愿与道士孙仲阳相交甚欢。辛愿对全真道的观点在《陕州重修

---

① 阎凤梧主编:《全辽金文》,山西古籍出版社2002年版,第3217页。
② 同上书,第3221页。
③ 姚奠中主编:《元好问全集》上册,山西人民出版社1990年版,第7页。
④ 阎凤梧主编:《全辽金文》,山西古籍出版社2002年版,第3219页。

雪虚观碑》表露无遗。雪虚观应为灵虚观之笔误。此文乃辛愿应陕州灵虚观道士辛希声之请而作。希声曾师全真教玉阳真人王处一。辛愿言全真道："其逊让似儒，其勤苦似墨，其慈爱似佛。至于块守质朴，澹无营为，则又类夫修浑沌者。"① 辛愿的思想受到道教影响，如其诗作《山园》："岁暮山园懒再行，兰衰菊悴颇关情。青青多少无名草，争向残阳暖处生。"残阳下的无名之草，就像乱世里贱如草芥的人命。残阳的暖和无名草的青，似象征着希望，只是那希望是那么的渺茫。此诗后两句写尽了金末的乱世之悲。

总之，金代道教影响较大为太一教，大道教和全真教三家。金朝的宗教政策经历了一个由严到宽的过程。金代末期，文人和道士相互交往，许多道观碑铭都由当时的著名文人所作。在和道士交流中，文人的思想受到宗教悲天悯人的影响。宗教抚慰了金末乱世士人的灵魂，对其文学创作产生了一定的影响。

---

① 阎凤梧主编：《全辽金文》，山西古籍出版社 2002 年版，第 2765 页。

结　语

　　金代国朝文派与南宋文学同源异流，均受到北宋文学的影响，却又各具特色。一是文学风格的南北差异。中国地域广阔，南北文学风格差异显著，《隋书》卷七十六《文学传序》云："江左宫商发越，贵于清绮。河朔词义贞刚，重乎气质。"金代与南宋分属南北不同的地理环境之下，南宋重艺术、尚绮丽，国朝文派的文学作品则更多体现出重气质，尚清疏的风格特性。如《石洲诗话》评金诗云："合观金源一代之诗，刘无党之秀拔，李长源之俊爽，皆于遗山相近。"① 又如李汾《怀淮阴》诗"渭水波涛喧陇阪，散关形势轧兴元"，被清翁方纲赞为："气格亦不减古人也。大约以幽并慷慨之气出之，非尽追摹格调而成。"② 二是金代和南宋文学观的不同。国朝文派发展成熟后的文学观注重对文学传统的继承，提倡复古。如元好问就推崇"古雅"的文学标准。南宋文学则是在北宋的基础上继续向精细化、系统化发展。需要注意的是，这一现象是由双方不同文学生态所导致的观念的不同，并不能作为区分金代文学与南宋文学价值大小的评判标准。金朝作为少数民族建立的多民族政权，为增强民族自信心，证明政权的正统性和合法性，比南宋更加注重传统意识。南宋则处于理学的黄金时期，朱熹、陆九渊等都建立了严密庞大的思想体系。南宋文学观受其影响，也向精细化、系统化发展。如严羽的《沧浪诗话》就以严谨的理论体系著称。三是金代文学尤其是国朝文派为元代文学的发展奠定了基础。国朝文派的文学作品表现出叙事性倾向，为元代俗文学的发展做好了铺垫。金与南宋在中国文学由雅趋俗的发展趋势上虽方向一致，却

---

① （清）翁方纲：《石洲诗话》，人民文学出版社1981年版，第154页。
② 同上书，第152页。

侧重不同。南宋在词这一文学体裁上繁荣发展，而金代国朝文派则在传统的诗文体裁上表现出强烈的叙事性倾向，其自然平易的文学风格与曲的美学追求相一致，对元曲有着促进和推动作用。国朝文派作为金代文学的重要组成部分，承宋启元，具有重要的研究价值。

首先，本书探讨了国朝文派的概念及内涵，名正则言顺是也。国朝文派的概念是金元易代之际，元好问重申金代萧贡的观点，对故国金朝文学的一个回顾式的总结。它不是一个具体的文学流派，没有统一的文学主张和一致的文学风格，它是金代文学的特称，代表了金代文学的特色。国朝文派概念的意义在于它反映了金朝作为一个少数民族建立的政权对自身文化的自信以及元好问对金代文学的独特贡献。国朝文派的创作主体是金朝土生土长，以科举进士出身为主，具有较高文化艺术修养的高级知识分子。他们以汉族为主，也有少数其他民族的杰出作家；他们都与传统的汉文化保持着深刻的联系，其中家学渊源成为主要的途径之一；与宋朝的文人地位相比，女真政权下金朝汉族文人的政治地位明显下降，但他们却担负起了发展金代文学的重任。

其次，本书着力于分析国朝文派的发展演变。为了研究的需要，本书把金代文学发展划分为形成期、成熟期、变革期、余波四个阶段，并在每个阶段选取最具代表性的作家进行分析讨论。需要指出的是，这种人为分割时段只是为了便于研究，便于对国朝文派发展演变的规律有一个整体性的把握。很多国朝文派作家的一生是横跨两三个时期的，如赵秉文一生就经历了金朝九帝中的六位。赵秉文出生于正隆四年，进士及第于大定二十五年，病卒于天兴元年。南渡后，赵秉文主盟文坛，力倡文风变革。本书将赵秉文放在国朝文派的变革期进行研究，主要是依据他在金代文学的影响力。从上述四个阶段中，我们看到了国朝文派从萌芽到成熟的演进过程：国朝文派形成期，金代文学在北宋及辽代文学的滋养下萌芽，拥有较高的文学起点。在"借才异代"作家的推动下形成了金代本土的第一代作家。他们有的是金代的统治者，如海陵王完颜亮；有的是出生于汉族士大夫家族的国朝作家，如蔡珪。国朝文派成熟期，随着金代国力强盛，汉文化和女真等其他文化相互交融，佛道二教的思想也开始并入，共同影响着金代文人的思想和文学创作。这一时期的作家群中有出生佛学世家的王寂，有汉文化素质较高的渤海望族王庭筠，也有主盟文坛的官方代表党怀英和提出鲜明文学理论的周昂。国朝文派变革期，金朝的国力开始衰微，内忧外患充斥，金代士人的思想深度被外部的困境激发，文学作品的个人特征更加突出。有主盟文坛的杨、赵，也有怪奇一路的李纯甫和雷渊。金代文学的横向丰富性和纵向深刻性都进一步强化。大厦终倾，1234年金国最终走向了灭亡，金代文学余波荡漾，金代遗民文学开始繁荣。元好问和河汾诸老组成了灿烂的一星一带。李俊民教授乡里，用教育者的身份延续着文脉道统。王若虚则隐居山中，完成了金代的诗论《滹南诗话》。金朝虽然灭亡了，但是诗人们仍以未亡之身积极奔走，传道授业，延续着中华文明的道统文脉。在国朝文派的演进中我们发现，伴随着金代文学由萌芽走向成熟，金代文人一直在试图辨认和确立国朝文派在文学史上的身份和地位，萧贡和元好问先后提出和重申国朝文派这一概念的用意也正在此。

金代文学深受北宋文学灌溉，"百年以来，诗人多学坡谷"。国朝文派在不同时期对待以苏黄及江西诗派为代表的北宋文学的不同态度，体现出金朝文学在经历了对北宋文学遗产的接受、反思和批判后，最终形成金代文学观的发展过程。南渡之前，国朝文派处在对苏黄及江西诗派的学习模仿阶段，尚未形成关于文学创作和文学理论方面的独立见解和文学特色。只有个别作家对苏黄之风提出质疑。南渡后，国朝文派发展成熟，文学观念处于探索和初步形成的阶段，创作风气转变，不再局限于学苏黄，提倡越过北宋，转益多师向汉唐魏晋学习。于是出现了崇苏贬黄，或者尊苏黄而贬江西诗派的现象。金末元初，王若虚对江西诗派进行了激烈的批判，尤其对黄庭坚的诗论及作品颇多苛责。元好问集国朝文派之大成，挣脱苏黄及江西诗派对金代诗坛的笼罩，提出了属于金代国朝文派特有的成熟的文学观，即提倡"诚""雅"和"性情之外，不知有文字"的诗歌境界，将金代文学推向高峰。

第四章主要从少数民族、科举制度和佛道二教对国朝文派的影响进行了分析。金代是多民族政权，在其统治区域内生活着汉、女真、契丹、渤海等多个民族。金代国朝文派的主力军虽为汉族，但是在金朝百余年的民族交融和文化发展的基础上，各民族都为汉语文学的创作贡献了自己的力量。女真族的完颜璹，渤海族的王庭筠父子，契丹族的石抹世勣等都是杰出的国朝文派少数民族汉语作家的代表。陈衍说"金代诗人多出科举"，国朝文派作家中百分之六十以上为进士出身，科举制度对国朝文派影响之大可见一斑。金代自太宗天会元年就开科取士，哀宗正大七年为最后一科，共举办科举选拔约 47 次，可以说科举制度的变革影响了整个国朝文派的走向。金初开科取士，为汉语文学的迅速发展奠定了良好的基础，同时也培养了国朝文派的第一代作家，如蔡珪、刘仲尹均为进士出身。随着金代科举制度的不断完善和发展，世宗章宗时期，一大批经由科举培养的人才脱颖而出，促进了国朝文派的繁荣。章宗后期，科举制度开始走向衰败，纲纪无存，取士泛滥，科举之文萎弱陈腐，文坛尖新浮艳之风蔓延。南渡后，杨云翼、赵秉文借主持科考之机力倡风雅传统，为开拓新文风做出了贡献。可以说，国朝文派的发展始终是和科举制度紧密联系在一起的。佛教自东汉传入中国，不断发展壮大。金代禅宗的临济和曹洞两宗影响较大。金代的佛教政策呈现出由严到宽的总体趋势，统治者对佛教的态度是利用大于崇奉。考察金代文人与佛教僧侣的互动，发现佛教世俗化和金代文学日益增强的叙事化倾向同频共振。道教是中国的本土宗教，发展至金代呈现出三教合流的倾向。太一教、大道教和全真教在金代影响较大。金代对待道教的政策和佛教相似，都是利用和限制的态度。国朝文派的作家们也和道士多有来往，为其撰写碑记。金末道教尤其是全真道，为抚慰饱经战乱的人心起到了积极的作用。道教思想为金末遗民文学增添了一抹悲天悯人的色彩。如果说国朝文派发展演变是在时间轴线上对国朝文派文学发展规律的纵向探讨，那么第四章则是从民族、制度、宗教范畴对国朝文派进行横向研究。通过经纬两条线把国朝文派还原重置于一个立体的生态环境中进行动态的剖析研究。

  金代国朝文派研究是一个很有学术价值的课题，仍有很多尚待深入开发拓宽的区域，如国朝文派中的文学家族研究，极具地域特色的金代作家群研究，科举家族研究等。因学识水平所限，本书还有许多未尽之处，恳请方家批评指正。

参考文献

一 著作类

（金）蔡松年著，（金）魏道明注：《明秀集》，石莲龛汇刻九金人集本。

（金）李俊民：《庄靖集》，山右丛书初编本，山西人民出版社1986年版。

（金）刘祁：《归潜志》，中华书局1983年版。

（金）王寂：《拙轩集》，文渊阁四库全书本。

（金）王若虚：《滹南集》，文渊阁四库全书本。

（金）王若虚著，霍松林校注：《滹南诗话》，人民文学出版社1983年版。

（金）王若虚著，胡传志、李定乾校注：《滹南遗老集校注》，辽海出版社2006年版。

（金）王庭筠：《黄华集》，辽海丛书。

（金）王喆：《重阳教化集》，正统道藏涵芬楼影印本795—796册。

（金）王喆：《重阳全真集》，正统道藏涵芬楼影印本第793—795册。

（金）佚名著，金少英、李庆善校补：《大金吊伐录校补》，中华书局2001年版。

（金）元好问：《续夷坚志》，中华书局，1986年版。

（金）元好问：《中州集》，华东师范大学出版社2014年版。

（金）元好问：《中州集》，上海商务印书馆，四部丛刊初编。

（金）赵秉文：《闲闲老人滏水文集》，四部丛刊景明钞本。

（元）孛兰肹著，赵万里校辑：《元一统志》，中华书局1966年版。

（元）脱脱等撰：《辽史》，中华书局1974年版。

（元）脱脱等撰：《金史》，中华书局1975年版。

（元）脱脱等撰：《宋史》，中华书局1985年版。

（元）房祺编，张正义，刘达科校注：《河汾诸老诗集》，山西古籍出版社1996年版。

（宋）曹勋：《北狩见闻录》，文渊阁四库全书本。

（宋）陈邦瞻：《宋史纪事本末》，中华书局1997年版。

（宋）陈与义：《陈与义集》，中华书局2007年版。

（宋）范成大：《范成大笔记六种》，唐宋笔记史料丛刊，中华书局2002年版。

（宋）洪皓：《松漠纪闻》，丛书集成初编本。

（宋）黄庭坚著，郑永晓整理：《黄庭坚全集编年辑校》，江西人民出版社2008年版。

（宋）李心传：《建炎以来系年要录》，中华书局1956年版。

（宋）丘处机：《磻溪集》，正统《道藏》涵芬楼影印本，上海商务印书馆，第797册。

（宋）苏轼：《苏轼全集》，上海古籍出版社2000年版。

（宋）徐梦莘：《三朝北盟会编》，上海古籍出版社1987年版。

（宋）宇文懋昭著，崔文印校证：《大金国志校证》，中华书局1986年版。

（宋）岳柯：《桯史》，三秦出版社2004年版。

（明）胡应麟：《诗薮》，续修四库全书本。

（明）宋濂：《元史》，中华书局1976年版。

（清）毕沅：《续资治通鉴》，中华书局1957年版。

（清）顾奎光：《金诗选》，南京图书馆藏乾隆十六年刊本

（清）顾嗣立：《元诗选三集》，中华书局1987年版。

（清）郭元釪：《全金诗》，文渊阁四库全书本。

（清）黄宗羲：《宋元学案》，中华书局1986年版。

（清）李有棠：《金史纪事本末》，中华书局1980年版。

（清）王士禛：《带经堂诗话》，人民文学出版社1963年版。

（清）翁方纲：《石洲诗话》，人民文学出版社1981年版。

（清）张金吾：《金文最》，中华书局 1990 年版。

（清）赵翼：《廿二史札记》，中华书局 1984 年版。

（清）庄仲方编：《金文雅》，吉林人民出版社 1998 年版。

白寿彝：《中国通史》，上海人民出版社 1999 年版。

陈衍、王庆生：《金诗纪事》，上海古籍出版社 2003 年版。

陈垣、陈智超、曾庆英：《道家金石略》，文物出版社 1988 年版。

陈垣：《南宋初河北新道教考》，《民国丛书》第 1 编第 13 册，上海书店 1989 年版。

陈正祥：《中国文化地理》，生活·读书·新知三联书店 1983 年版。

程妮娜：《金代政治制度研究》，吉林大学出版社 1999 年版。

程千帆：《两宋文学史》，上海古籍出版社 1991 年版。

邓广铭：《稼轩词编年笺注》，上海古籍出版社 1993 年版。

邓绍基：《元代文学史》，人民文学出版社 1991 年版。

狄宝心：《元好问年谱新编》，中国文联出版社 2000 年版。

丁放：《金元词学研究》，中国社会科学出版社 2002 年版。

丁放：《金元明清诗词理论史》，安徽大学出版社 2000 年版。

傅璇宗：《中国诗学大辞典》，浙江教育出版社 1999 年版。

葛兆光：《道教与中国文化》，上海人民出版社 1987 年版。

葛兆光：《中国思想史》，复旦大学出版社 2005 年版。

顾宏义：《金元日记丛编》，上海书店出版社 2013 年版。

顾宏义：《宋代日记丛编》，上海书店出版社 2013 年版。

顾易生、蒋凡、刘明今：《宋金元文学批评史》，上海古籍出版社 1996 年版。

郭绍虞、王文生：《中国历代文论选》，上海古籍出版社 2001 年版。

郭绍虞：《元好问论诗三十首小笺》，人民文学出版社 1978 年版。

韩世明、都兴智：《〈金史〉之〈食货志〉与〈百官志〉校注》，中国社会科学出版社 2005 年版。

韩世明：《辽金生活掠影》，沈阳出版社 2002 年版。

胡传志：《金代文学研究》，安徽大学出版社 2000 年版。

胡传志：《宋金文学的交融与演进》，北京大学出版社 2013 年版。

降大任：《元遗山新论》，北岳文艺出版社 1988 年版。

金光平、金启孮：《女真语言文字研究》，文物出版社 1980 年版。

金启孮：《女真文辞典》，文物出版社1984年版。

金毓黻：《东北通史》，李治亭《中国边疆通史丛书》，中州古籍2001年版。

金毓黻：《宋辽金史》，商务印书馆1946年版。

李修生、查洪德：《20世纪中国文学研究——辽金元文学研究》，北京出版社2001年版。

李修生：《全元文》，江苏古籍出版社1999年版。

李正民、董国炎：《辽金元文学研究》，文化艺术出版社1999年版。

李正民：《元好问研究论略》，社会科学文献出版社1999年版。

刘达科：《佛禅与金朝文学》，江苏大学出版社2010年版。

刘达科：《解读河汾诸老》，作家出版社2005年版。

刘达科：《辽金元诗文史料述要》，中华书局2007年版。

刘锋焘：《金代前期词研究》，陕西师范大学出版社1998年版。

刘锋焘：《宋金词论稿》，中国社会科学出版社2002年版。

刘明今：《辽金元文学史案》，上海古籍出版社2004年版。

刘泽：《元好问论诗三十首集说》，山西人民出版社1992年版。

吕思勉：《吕著中国通史》，华东师范大学出版社2004年版。

牟钟鉴：《中国道教》，广西人民出版社1996年版。

聂立申：《金代名士党怀英研究》，吉林大学出版社2012年版。

牛贵琥：《金代文学编年史》，安徽大学出版社2011年版。

牛贵琥、杨镰编著：《金代人物传记资料索引》，三晋出版社2011年版。

牛贵琥、张建伟主编：《女真政权下的文学研究》，三晋出版社2011年版。

牛海蓉：《元初宋金遗民词人研究》，中国社会科学出版社2007年版。

彭亚非：《中国正统文学观念》，社会科学文献出版社2007年版。

裴兴荣：《金代科举与文学》，中国社会科学出版社2016年版。

钱锺书：《谈艺录》，生活·读书·新知三联书店2001年版。

任继愈：《道藏提要》，中国社会科学出版社1991年版。

任继愈：《中国道教史》，中国社会科学出版社2001年版。

施国祁：《元遗山诗集笺疏》，人民文学出版社1958年版。

宋德金：《金代的社会生活》，陕西人民出版社1988年版。

苏雪林：《辽金元文学》，商务印书馆1933年版。

孙尚扬:《宗教社会学》,北京大学出版社2001年版。

孙望、常国武:《宋代文学史》,人民文学出版社1996年版。

谭其骧:《中国历史地图集》,中国地图出版社1982年版。

唐圭璋:《词话丛编》,中华书局1986年版。

唐圭璋:《全金元词》,中华书局1979年版。

陶然:《金元词通论》,上海古籍出版社2001年版。

陶然:《宋金遗民文学研究》,浙江大学出版社2014年版。

王曾瑜:《金朝军制》,河北大学出版社1996年版。

王承礼:《辽金契丹女真史译文集》(第1集),吉林文史出版社1990年版。

王德朋:《金代汉族士人研究》,中国社会科学出版社2006年版。

王庆生:《金代文学家年谱》,凤凰出版社2005年版。

王树林:《金元诗文与文献研究》,中华书局2008年版。

王水照:《宋代文学通论》,河南大学出版社1997年版。

王永:《金代散文研究》,中国社会科学出版社2011年版。

吴梅:《辽金元文学史》,商务印书馆1934年版。

吴文治:《辽金元诗话全编》,凤凰出版社2006年版。.

吴文治:《宋诗话全编》,江苏古籍出版社1998年版。

夏宇旭:《金代契丹人研究》,中国社会科学出版社2014年版。

薛瑞兆、郭明志编纂:《全金诗》,南开大学出版社1995年版。

薛瑞兆:《金代科举》,中国社会科学出版社2004年版。

薛瑞兆:《金代艺文叙录》,中华书局2014年版。

阎凤梧、康金声主编:《全辽金诗》,山西古籍出版社1999年版。

阎凤梧主编:《全辽金文》,山西古籍出版社2002年版。

杨果:《中国翰林制度研究》,武汉大学出版社1996年版。

杨镰:《元代文学编年史》,山西教育出版社2005年版。

杨镰:《元诗史》,人民文学出版社2003年版。

杨义:《中国古典文学图志,宋、辽、西夏、金、回鹘、吐蕃、大理国、元代卷》,生活·读书·新知三联书店2006年版。

杨忠谦:《政权对立与文化融合:金代中期诗坛研究》,人民出版社2010年版。

詹杭伦:《金代文学思想史》,成都科技大学出版社1990年版。

詹杭伦：《金代文学史》，贯雅文化事业有限公司 1993 年版。

詹石窗：《南宋金元道教文学研究》，上海文化出版社 2001 年版。

张碧波、董国尧：《中国古代北方民族文化史》，黑龙江人民出版社 1993 年版。

张博泉：《金代经济史略》，辽宁人民出版社 1981 年版。

张博泉：《金史简编》，辽宁人民出版社 1984 年版。

张博泉：《金史论稿》，吉林文史出版社 1986 年版。

张践：《中国宋辽金夏宗教史》，人民出版社 1994 年版。

张晶：《辽金诗史》，东北师范大学出版社 1994 年版。

张晶：《辽金元诗歌史论》，吉林教育出版社 1995 年版。

张毅：《宋代文学思想史》，中华书局 1995 年版。

张志哲：《道教文化辞典》，江苏古籍出版社 1994 年版。

赵冬晖：《金代科举制度研究》，《辽金史论集》第 4 辑，书目文献出版社 1984 年版。

赵维江：《金元词论稿》，中国社会科学出版社 2000 年版。

赵永源：《遗山词研究》，上海古籍出版社 2007 年版。

钟陵：《金元词纪事会评》，黄山书社出版社 1995 年版。

周惠泉：《金代文学学发凡》，东北师范大学出版社 1994 年版。

祝尚书：《宋代科举与文学考论》，大象出版社 2006 年版。

左洪涛：《金元时期道教文学研究——以全真教王重阳和全真七子诗词为中心》，人民出版社 2008 年版。

［德］傅海波、［英］崔瑞德：《剑桥中国西夏辽金元史》，中国社会科学出版社 1998 年版。

［日］蜂屋邦夫：《金代道教研究——王重阳与马丹阳》，钦伟刚译，中国社会科学出版社 2007 年版。

［日］小岛毅：《中国思想与宗教的奔流：宋朝》，何晓毅译，广西大学出版社 2014 年版。

《道藏》，文物出版社、上海书店、天津古籍出版社 1988 年版。

二 论文类

白如祥：《金元全真教的社会关怀》，《鲁东大学学报》（哲学社会科学版）2008 年第 11 期。

戴能翔、刘俊丽：《金词研究综述》，《宋代文学研究年鉴》（2000—2001）。

戴长江、王宏海：《赵秉文理学思想研究》，《河北大学学报》（哲学社会科学版）2006年第5期。

邓富华：《元好问与江西诗派》，《民族文学研究》2014年第3期。

邓绍基：《期待金元诗文研究的繁荣——〈金元诗文与文献研究〉序》，《江西师范大学学报》（哲学社会科学版）2009年第1期。

狄宝心：《元遗山在崔立碑事件中的动机及其评价》，《山西大学师范学院学报》（综合版）1994年第2期。

狄宝心：《金与南宋诗坛弃宋宗唐的同中之异及成因》，《文学遗产》2004年第6期。

狄宝心：《20世纪以来的元好问研究》，《山西大学学报》（哲学社会科学版）2005年第1期。

狄宝心：《宇文虚中诗中的人生价值取向及其死因索评》，《民族文学研究》2016年第1期。

丁放、孟二冬：《王若虚对金代诗学的贡献》，《安徽师范大学学报》1993年第2期。

丁治民：《李俊民、段氏二妙诗词文用韵考》，《东南大学学报》（哲学社会科学版）2003年第2期。

杜呈辉、杨利民：《崛起于西京大同的文学流派——简评金代著名文学家李纯甫和雷渊》，《雁北师院学报》1994年第4期。

方旭东：《儒耶佛耶：赵秉文思想考论》，《学术月刊》2008年第12期。

傅希尧：《王若虚文学理论初探》，《河北学刊》1990年第4期。

葛兆光：《金代史学与王若虚》，《扬州师院学报》（社会科学版）1988年第4期。

顾文若：《金代山西平阳地区出版业兴盛的原因》，《编辑之友》2016年第12期。

顾文若：《金代藏书家叙论》，《北方论丛》2017年第2期。

郭凤明、李艳春：《金代词家李俊民的遗民情怀》，《内蒙古民族大学学报》（社会科学版）2011年第3期。

郭康松、陈莉：《辽、金对中原典籍的收求》，《北方文物》2000年第 1 期。

郝素娟：《金代移民研究》，博士学位论文，吉林大学，2016 年。

胡传志：《论南宋使金文人的创作》，《文学遗产》2003 年第 5 期。

胡传志：《入金不仕的宋人诗歌及其文学意义》，《求是学刊》2007 年第 3 期。

胡传志：《完颜亮诗词命运的启示——对因人废文的典型个案的观察》，《民族文学研究》2007 年第 3 期。

胡传志：《金代"国朝文派"的性质及其内涵新探》，《江苏大学学报》（社会科学版）2009 年第 2 期。

胡传志：《金代文学特征论》，《文学评论》2000 年第 1 期。

胡传志：《李纯甫考论》，《社会科学战线》2000 年第 2 期。

胡传志：《金人使宋行为的文学观察》，《求实学刊》2010 年第 5 期。

胡传志：《论金代诗学批评形式的转变》，《安徽师范大学学报》（人文社会科学版）2016 年第 3 期。

胡淑惠：《辽金元文学构成的新主体——非汉族文人群体研究》，博士学位论文，浙江大学，2005 年。

黄时鉴：《元好问与蒙古国关系考辨》，《历史研究》1981 年第 1 期。

霁虹、史野：《李纯甫儒学思想初探》，《社会科学战线》2006 年第 2 期。

贾秀云：《"河汾诸老"隐居心态研究》，《晋阳学刊》2003 年第 5 期。

降大任：《〈外家别业上梁文〉释考——重评元遗山的气节问题》，《晋阳学刊》1985 年第 1 期。

雷恩海、苏利国：《崇经重史，惟真惟实——王若虚文学观与其经学、史学思想的辩证关系》，《甘肃社会科学》2010 年第 4 期。

李成：《略论女真文学的民族文化特征及对中国文学的贡献》，《齐齐哈尔师范学院学报》1994 年第 2 期。

李旦初：《论河汾诗派的形成及其文化背景》，《晋阳学刊》1992 年第 6 期。

李克建：《儒家民族观的形成与发展》，博士学位论文，西南民族大学，2008 年。

李琼、仝建平《金代平水县相关问题考辨》，《史志学刊》2018 年第

4期。

李淑岩：《党怀英的诗作品第及成因探析》，《绥化学院学报》2007年第12期。

李西亚、杨卫东：《金代经史书籍的出版与民族文化认同》，《北方文物》2017年第4期。

李艺：《金代词人群体研究》，博士学位论文，中国社会科学院研究生院，2002年。

李正民：《元好问诗论初探》，《西南师范学院学报》1981年第4期。

李正民：《雷渊评传》，《山西大学师范学院学报》（综合版）1991年第3期。

李正民：《金代山西文学论略》，《山西师范大学学报》（社会科学版）2003年第4期。

李正民：《试论金代"国朝文派"的发展演变》，《民族文学研究》2004年第2期。

刘达科：《河汾诸老诗歌初探》，《山西大学学报》（哲学社会科学版）1991年第3期。

刘达科：《建国以来辽金元诗文总集整理概况》，《宋代文学研究年鉴》（2000—2001）。

刘达科：《辽金元文学综合研究著作叙录》，《新闻出版交流》2001年第4期。

刘达科：《女真族文学研究百年掠影》，《民族文学研究》2002年第1期。

刘达科：《〈明昌辞人雅制〉与赵秉文的诗学思想》，《学术交流》2006年第5期。

刘达科：《金代科举对文学的影响》，《江苏大学学报》（社会科学版）2007年第2期。

刘达科：《金人正统观及其文学表现》，《民族文学研究》2008年第1期。

刘丹：《金代北镇医巫闾山信仰与祭祀探析》，《渤海大学学报》（哲学社会科学版）2019年第3期。

刘锋焘：《元好问研究百年之回顾与反思》，《山西大学师范学院学报》2000年第3期。

刘锋焘：《论宋金词人对苏词的接受与继承》，《文史哲》2003 年第 3 期。

刘淮南：《元好问〈论诗三十首〉中评苏诗的问题》，《文艺理论研究》2012 年第 2 期。

刘辉：《赵秉文理学研究略论》，《社会科学战线》2009 年第 12 期。

刘辉：《王若虚的经学思想研究》，《社会科学战线》2011 年第 3 期。

刘辉：《金代的孔庙与庙学述略》，《社会科学战线》2015 年第 12 期。

刘洁：《李纯甫的诗学观念及其禅学渊源》，《北方论丛》2010 年第 4 期。

刘明今：《金源"国朝文派"考辨》，《中国文学研究》（辑刊）2001 年第 1 期。

刘浦江：《渤海世家与女真皇室的联姻——兼论金代渤海人的政治地位》，《北大史学》1995 年第 3 期。

刘浦江：《德运之争与辽金王朝的正统性问题》，《中国社会科学》2004 年第 2 期。

刘浦江：《"五德终始"说之终结——兼论宋代以降传统政治文化的嬗变》，《中国社会科学》2006 年第 2 期。

刘希伟：《辽金元科举制比较研究》，《中国地质大学学报》（社会科学版）2008 年第 3 期。

刘雄：《陈与义诗歌研究》，博士学位论文，浙江大学，2013 年。

刘秀忠：《浅谈汉族文士对金朝文化勃兴的贡献》，《黑河学刊》1988 年第 2 期。

刘扬忠：《论金代文学中所表现的"中国"意识和华夏正统观念》，《吉林大学社会科学学报》2005 年第 5 期。

刘扬忠：《从执着的故国家山之思向宏通的大中华观念提升——元好问文学中"中国"意识和华夏正统观的呈现》，《忻州师范学院学报》2008 年第 6 期。

龙晓松：《冲突与融合——金代文化的变迁》，博士学位论文，浙江大学，2008 年。

吕冠南：《山东地方志所见金逸文八篇》，《北方文物》2019 年第 2 期。

孟古托力：《金朝儒家民族观探微——金以前儒家民族观发展的历史轨迹》，《北方文物》2004年第3期。

牛贵琥：《金初耆旧作家与庾信比较》，《山西大学学报》（哲学社会科学版）2005年第1期。

牛贵琥：《金代小说举隅》，《民族文学研究》2008年第4期。

牛贵琥：《金代传奇诗人——施宜生》，《文史知识》2009年第6期。

牛贵琥：《金代统一区域文化形成后的诗歌理论》，《民族文学研究》2010年第3期。

牛贵琥、秦琰：《论金代文学的叙事性与俗化倾向》，《山西大学学报》（哲学社会科学版）2012年第1期。

牛贵琥、师莹：《论元代后期隐逸现象之特殊性》，《山西大学学报》（哲学社会科学版）2017年第1期。

牛海蓉：《赵秉文对金赋的变革及其赋作》，《社会科学战线》2010年第9期。

裴铁军：《金代货币经济研究》，博士学位论文，吉林大学，2016年。

钱志熙：《试论郝经文学创作的渊源与造诣》，《求是学刊》2007年第4期。

沈文雪：《12世纪初至13世纪中期中国文学分流发展阶段性特征论略》，《长春师范学院学报》2004年第8期。

沈文雪：《宋金文学整合研究》，博士学位论文，浙江大学，2006年。

沈文雪：《宋金南北渡文士心态与文学格调》，《社会科学辑刊》2008年第5期。

沈文雪：《"绍兴和议"后南宋文士命运与文学发展走向》，《华夏文化论坛》2009年。

沈文雪：《金源尚文崇儒与国朝文派的崛起》，《古籍整理研究学刊》2014年第4期。

司广瑞：《泽州名人李俊民及其〈会真观记〉初探》，《中国道教》2001年第3期。

师莹：《元好问〈中州集〉重申"国朝文派"的意义与内涵》，《民族文学研究》2013年第5期。

宋德金：《二十世纪中国辽金史研究》，《历史研究》1998年第4期。

孙宏哲：《金代诗文与佛禅研究》，博士学位论文，吉林大学，

2016年。

孙凌晨:《金代教化问题研究》,博士学位论文,吉林大学,2018年。

孙智:《中国古代文化传播途径刍议》,《辽宁青年干部管理学院学报》2009年第2期。

田晓雷:《金朝吏部研究》,博士学位论文,吉林大学,2018年。

王德鹏:《金代道教述论》,《中华文化论》2004年第3期。

王德朋:《金代僧人的圆寂与安葬》,《社会科学战线》2015年第9期。

王德朋:《三教合一在金代的新发展》,《辽宁大学学报》(哲学社会科学版)2017年第1期。

王定勇:《论金源词人王寂》,《民族文学研究》2009年第3期。

王峤:《〈遗山文集〉与金史研究》,博士学位论文,吉林大学,2016年。

王庆生:《李纯甫生平事迹考略》,《晋阳学刊》2001年第4期。

王万志:《金代山西宗教文化简论》,《牡丹江大学学报》2009年第2期。

王万志:《略论山西金代文人与地域文学的发展及原因》,《史学集刊》2009年第2期。

王锡九:《论李俊民的七言古诗》,《扬州大学学报》(人文社会科学版)2000年第5期。

王昕:《赵秉文研究》,博士学位论文,黑龙江大学,2011年。

王昕:《赵秉文研究述评》,《古籍整理研究学刊》2011年第3期。

王彦力、吴凤霞:《从金人王寂所记佛寺、高僧看辽金佛教文化传承》,《北方文物》2014年第3期。

王彦玉、李孜宣:《大同地区金元道士墓研究》,《四川文物》2018年第6期。

王永:《唐宋古文金代传承论》,《民族文学研究》,2015年第1期。

魏峻:《文化传播与文化变迁》,《华夏考古》2003年第2期。

文师华:《金元诗学理论研究》,博士学位论文,上海师范大学,2000年。

吴凤霞:《金士巨擘——赵秉文》,《社会科学集刊》1991年第2期。

吴凤霞:《金代名儒赵秉文的史论特点》,《中州学刊》2007年第

7 期。

吴光正：《金代全真教掌教马丹阳的诗词创作及其文学史意义》，《世界宗教研究》2019 年第 1 期。

夏宇旭：《简论赵秉文的天道性命观》，《东北史地》2007 年第 2 期。

夏宇旭：《试论赵秉文的儒家思想及实践》，《松辽学刊》（人文社会科学版）2002 年第 1 期。

徐传法：《"苏学盛于北"与金代初期书风之关系》，《书法研究》2017 年第 4 期。

薛瑞兆：《金代文学文献研究的成就及不足》，《学术研究》2005 年第 3 期。

薛瑞兆：《金代"国朝文派"蔡珪佚文辑校》，《内江师范学院学报》2017 年第 1 期。

薛文礼：《金代民俗文化与赵秉文诗歌》，《民族文学研究》2008 年第 3 期。

延保全、王琳：《试论文学"流动空间"的建构——以金宋文学为例》，《民族文学研究》2016 年第 4 期。

闫凤梧：《河汾诸老与理学》，《山西大学学报》（哲学社会科学版）1991 年第 4 期。

闫兴潘：《翰林学士院与皇权的距离：金末益政院设立的制度史意义》，《北方民族大学学报》（哲学社会科学版）2013 年第 3 期。

闫兴潘：《金代翰林学士院与史学关系之演变及其影响》，《史学史研究》2013 年第 3 期。

晏选军：《苏黄之风与金代文学》，《学术研究》2003 年第 6 期。

晏选军：《贞祐南渡与士风变迁——对金末文坛的一个侧面考察》，《社会科学辑刊》2003 年第 5 期。

杨果：《金代翰林与政治》，《北方文物》1994 年第 4 期。

杨忠谦：《大定诗坛研究》，博士学位论文，华东师范大学，2007 年。

杨忠谦：《论王若虚诗论的主体性特征》，《兰州学刊》2007 年第 1 期。

杨忠谦：《文学视野下的金代谱牒文化述论》，《民族文学究》2013 年第 5 期。

詹杭伦：《论元好问七言律诗的审美结构》，《民族文学研究》2011

年第 3 期。

詹石窗、杨天松：《金代诗歌与道教》，《宗教学研究》1991 年第 1 期。

张冰：《金代诸京留守研究》，博士学位论文，吉林大学，2018 年。

张博泉：《赵秉文及其思想》，《学习与探索》1985 年第 8 期。

张博泉：《论金代文化发展的特点》，《社会科学战线》1986 年第 1 期。

张博泉：《论金代文化的发展及其历史地位》，《社会科学战线》1987 年第 1 期。

张博泉：《金代教育史论》，《史学集刊》1989 年第 1 期。

张建伟：《论李俊民与陶渊明之归隐》，《湖州师范学院学报》2007 年第 10 期。

张建伟：《近二十年金代科举研究述评》，《宋史研究论丛》2009 年。

张晶：《金代诗人赵秉文诗论刍议》，《社会科学辑刊》1987 年第 5 期。

张晶：《金代女真词人创作的文化品格》，《民族文学研究》1989 年第 3 期。

张晶：《论金诗的历史进程》，《文学评论》1993 年第 3 期。

张晶：《论金诗的"国朝文派"》，《文学遗产》1994 年第 5 期。

张晶：《乾坤清气得来难——试论金词的发展与词史价值》，《学术月刊》1996 年第 5 期。

张晶：《王若虚诗学思想得失论》，《辽宁师范大学学报》（社会科学版）1997 年第 2 期。

张晶：《金代民族文化关系与金诗的特殊风貌》，《辽宁师范大学学报》（社会科学版）1998 年第 4 期。

张晶：《金代文化变异与女真诗人风格》，《民族文学研究》1998 年第 2 期。

张晶：《文化融合与排拒绝中的金代诗歌》，《殷都学刊》2002 年第 3 期。

张静：《论元代的金诗批评》，《忻州师范学院学报》2018 年第 6 期。

张文澍：《国可亡而史不可灭——论元遗山治史之文学方法》，《民族文学研究》2011 年第 3 期。

赵冬晖：《金代科举年表考》，《北方文物》1989年第2期。

赵建勇：《金元大道教史续考——从一宗著名公案说起》，《世界宗教研究》2016年第1期。

赵康：《论唐代翰林学士院之沿革及其政治影响》，《学术月刊》1986年第10期。

赵维江：《金元词研究八百年》，《西北师范大学学报》1999年第5期。

赵媛、宋萍：《金代文化政策对图书出版的影响》，《北方文物》2017年第3期。

周峰：《金代金石学述要》，《中国历史文物》2007年第4期。

周惠泉：《金代文学家李纯甫生卒年考辨》，《社会科学战线》1984年第3期。

周惠泉：《宇文虚中及其文学成就论略》，《社会科学战线》1987年第3期。

周惠泉：《金代文学经纬》，《山西大学学报》（哲学社会科学版）1992年第3期。

周惠泉：《金代文学研究的历史回顾》，《社会科学战线》1993年第2期。

周惠泉：《金人金代文学批评初探》，《黑龙江农垦师专学报》1994年第4期。

周惠泉：《20世纪金代文学研究鸟瞰》，《民族文学研究》2000年第1期。

周惠泉：《金代文学论》，《社会科学战线》2000年第2期。

周惠泉：《金代文学家李纯甫》，《古典文学知识》2001年第5期。

周惠泉：《金代文学与女真族文学历史发展新探》，《江苏大学学报》（社会科学版）2008年第3期。

周惠泉：《宇文虚中新探》，《文学评论》2009年第5期。

[日]田村实造：《关于中国征服王朝》，《辽金契丹女真史译文集》第1集，吉林文史出版社1990年版。

[美]魏特夫：《中国社会史——辽（907—1125）：总论》，《辽金契丹女真史译文集第1集》，吉林文史出版社1990年版。

[苏]M.B.沃罗比约夫：《女真人与金国》，《辽金契丹女真史译文集》第1集，吉林文史出版社1990年版。

附录一

河南方志所载金代作家传记资料汇考

引　言

　　金朝的文学文献是中国古代文学文献的重要组成部分，也是进行作家作品研究的基础。但是，由于战火的损毁与偏见的影响，金代文学文献的研究未得到应有重视，是中国古代文学文献研究中的薄弱环节。元、明两朝视金若寇仇，对金代文学，或视而不见，或贬损有加。清立国以后，出于民族认同感等多种原因，对金代文学进行系统性、大规模的收集和整理。郭元釪的《全金诗增补中州集》、张金吾的《金文最》等是这方面的代表性成果。中华人民共和国成立前期，金代文学研究仍很冷寂。自唐圭璋《全金元词》[①]问世后，金代文学才渐受学界重视。先后涌现出姚奠中的《元好问全集》[②]，薛瑞兆、郭明志的《全金诗》[③]，张正义的《河汾诸老诗集》[④]，阎凤梧的《全辽金诗》《全辽金文》[⑤]等。这些文献著作各有特点，为金代文学研究做出了贡献。但是，由于受金代文学史整体研究不系统与各体研究不深入的制约，以上所举多存在程度不同的问题，影响了各自的学术价值与使用价值。如清郭元釪的《全金诗增补中州集》开启清人研究

---

　　① 唐圭璋编：《全金元词》，中华书局1979年版。
　　② 姚奠中主编：《元好问全集》，山西人民出版社1990年版。
　　③ 薛瑞兆、郭明志编：《全金诗》，南开大学出版社1995年版。
　　④ （元）房祺编，张正义、刘达科校注：《河汾诸老诗集》，山西古籍出版社1996年版。
　　⑤ 阎凤梧、康金声主编：《全辽金诗》，山西古籍出版社1999年版；阎凤梧主编：《全辽金文》，山西古籍出版社2002年版。

整理金代文献的先河。一是增补了元好问等许多重要诗人的作品，与《中州集》相比，"卷六倍之，人几三倍之，诗倍之"，当时称"一代之作包括无遗"。二是小传之下参以《归潜志》及金元人铭表题跋并说部诸书，为深入了解金代诗人提供了方便。然而，《全金诗增补中州集》的问题也显而易见。如收录范围缺少广度与深度，遗佚甚多，如《道藏》《永乐大典》《诗渊》中保存的金人诗作，郭氏未见。清张金吾的《金文最》是现存最早的金文结集。由于编者识力与获取信息手段的局限，存在误收、滥收非金人作品的问题，如收入宋赵子崧《观堂铭并序》。因此文献整理工作仍有待继续深入。

地方志可补史之缺、参史之错，评史之略，续史之无。在地方志中保留了丰富的金代文献资料。在中国社会科学院杨镰先生和导师牛贵琥二位先生的带领下，笔者有幸参加了高校古委会项目"金代人物传记资料索引"（教古字 0417）的地方志文献普查工作，主要负责河南地方志资料的收集整理。河南处宋金交接之地，兵戈不断，大量的文献焚于战火之中。幸而地方志记一方之风，保存了部分罕见文献资料。另外，"国家不幸诗家幸"，战争的狼烟更磨砺出一批反映现实生活的作家作品。本文以河南115本方志为依据，通过对其进行版本校勘，在纷杂的记述中收集整理出河南作家的传记资料，将其与《金史》《中州集》《归潜志》的人物传记资料进行对比和考证。

一　河南地方志版本及《中国地方志联合目录》勘误

本文以《中国地方志联合目录》[①] 为依据，以县为单元，通过《四库全书》地理类，成文出版社有限公司（以下简称成文出版社）出版的《中国方志丛书》[②] 和学生书局出版的《新修方志丛刊》，上海古籍书店

[①] 中国科学院北京天文台：《中国地方志联合目录》，中华书局1985年版。
[②] 1966—1971年，成文出版社《中国方志丛书》第一期出版，费时5年，完成723种1212册。1976—1986年，成文出版社《中国方志丛书》第二期出版完成639种1916册。《中国方志丛书》第三期已陆续出版，迄今已出版江苏、浙江、安徽、江西4省572种1119册，复于2014年完成湖南省242种551册。本文中所涉河南省92种256册地方志主要成书于第一、二出版期。

影印出版的《天一阁藏明代方志选刊》和《天一阁藏明代方志选刊续编》①，大化书局出版的《宋元地方志丛书》②等对河南省 94 个州县志进行了排查，共查阅了 115 本地方志，完成初步文献积累。其中固始县、光州、罗山县、商城县、光山县虽列于《中国地方志联合目录》河南省信阳地区，但金元之际不属于其管辖的州县，所以不入考察范围。

（一）河南地方志所查阅多个版本的方志

笔者共查阅了河南省州县志 94 种，其中两个版本的 20 种，三个版本的 1 种。分别为：河南通志两种、荥阳县志两种、汜水县志两种、杞县志两种、通许县志两种、获嘉县志两种、武陟县志两种、怀庆府志两种、濬县志两种、夏邑县志两种、商水县志两种、太康县志两种、项城县志两种、鄢陵县志两种、襄城县志两种、郏县志两种、邓州志两种、灵宝县志两种、偃师县志两种；新乡县志三种。

（二）未得亲见河南州县志 33 种

另外，因为个人时间和精力所限，加之方志庞杂，故将所未得亲见的河南州县志 33 种列于下，便于研究者补充考证。

郑州市：荥泽县志、河阴县志。

开封地区：开封府志、祥符县志、开封县志、陈留县志、洧川县志、兰封县志、密县志。

新乡地区：汲县志、封丘县志、温县志、延津县志、胙城县志、原武县志。

安阳地区：南乐县志、清丰县志、开州志（河北省）、淇县志。

商邱地区：柘城县志、宁陵县志、民权县志。

周口地区：陈州志。

许昌地区：舞阳县志。

驻马店地区：汝宁府志、遂平县志。

---

① 上海书店（以上海古籍书店名义）于 20 世纪 60 年代线装影印《天一阁藏明代方志选刊》共 107 种，1981 年重印时改为精装本，分装 68 册。后又于 1990 年影印出版《天一阁藏明代方志选刊续编》共 109 种，分装 72 册。2014 年，上海书店出版社重新整理，影印出版《天一阁藏明代方志选刊》及《天一阁藏明代方志选刊续编》。初、续二编 140 册共选刊 216 种。本文中《天一阁藏明代方志选刊》多采用 60 年代版本，并标明时间。《天一阁藏明代方志选刊续编》采用 1990 年影印版。

② 《宋元地方志丛书》，大化书局 1978 年版。

信阳地区：息县志。

南阳地区：方城县志、桐柏县志、镇平县志。

洛阳地区：河南府志、渑池县志、陕州志。

(三)《中国地方志联合目录》勘误

笔者以《中国地方志联合目录》为纲对河南地方志进行了排查工作。研究中发现，《中国地方志联合目录》所载的个别版本和作者所查书目有出入。故记载如下备考。

1. 郑州市：

《荥阳县志》，清乾隆十一年刊本，清李照修，李清纂，学生书局1968年影印，第159号。

而《中国地方志联合目录》为"清乾隆十二年刻本"。

2. 开封地区：

《新郑县志》，清康熙三十二年刊本，清朱廷献、刘曰煃，成文出版社有限公司1976年影印，第468号。

而《中国地方志联合目录》为"清康熙三十年修，三十三年刻本"。

《考城县志》，民国十三年铅印本，民国张之清修，田春同纂，成文出版社有限公司1976年影印，第456号。

而《中国地方志联合目录》为"张文清修"。

《获嘉县志》，民国二十四年铅印本，民国邹古愚，成文出版社有限公司1976年影印，第474号。

而《中国地方志联合目录》为"民国二十三年铅印本"。

《修武县志》，民国二十年铅印本，民国蕉封桐修，萧国桢纂，成文出版社有限公司1976年影印，第487号。

而《中国地方志联合目录》修者为"焦封桐"。

3. 周口地区

《项城县志》，清宣统三年石印本，清施景舜等纂修，成文出版社1968年影印，第102号。

而《中国地方志联合目录》为"民国三年石印本"。

4. 许昌地区

《郏县志》，民国二十一年石印本，清姜篯、郭景泰等纂修，成文出版社有限公司1976年影印，第440号。

而《中国地方志联合目录》为"民国二十年石印本"。

《长葛县志》，民国十九年铅印本，陈鸿畴修，刘盼遂纂，成文出版社有限公司1976年影印，第467号。

而《中国地方志联合目录》为"民国二十年铅印本"。

《重修临颍县志》，民国四年铅印本，陈垣等纂修，学生书局1968年影印，第160号。

而《中国地方志联合目录》为"民国五年铅印本"。

《叶县志》，清同治十年刊本，清欧阳霖修，仓景恬、胡廷桢纂，成文出版社有限公司1976年影印，第463号。

而《中国地方志联合目录》为"清同治十一年刻本"。

《禹县志》，民国二十年刊本，民国王琴林等纂修，成文出版社有限公司1976年影印，第459号。

而《中国地方志联合目录》为"民国二十八年刻本"。

5. 驻马店地区

《确山县志》，民国二十年排印本，民国李景堂纂，张缙璜修，成文出版社有限公司1976年影印，第451号。

而《中国地方志联合目录》为"张璿璜"修。

《泌阳县志》，清道光四年刊本，清倪明进修，栗郫纂，成文出版社有限公司1976年影印，第448号。

而《中国地方志联合目录》为"清道光八年刻本"。

6. 南阳地区

《邓州志》，清乾隆二十年刊本，清姚子琅纂，蒋光祖修，成文出版社有限公司1976年影印，第450号。

而《中国地方志联合目录》纂者为"姚之琅"。

《淅川厅志》，清咸丰十年刊本，清徐光第修，王官亮纂，成文出版社有限公司1976年影印，第447号。

而《中国地方志联合目录》为"清咸丰十一年刻本"。

7. 洛阳地区

《偃师县志》，清乾隆五十三年刊本，清汤毓倬修，孙星衍纂，成文出版社有限公司1976年影印，第442号。

而《中国地方志联合目录》为"清乾隆五十四年刻本"。

二　河南地方志中所载金代作家传记资料考

本文所论述之河南方志所载金代作家，界定为在河南地方志有作品著录的金代作家,共 140 人,其中有传记的 67 人。通过将河南地方志中所载金代作家传记与《金史》《中州集》《归潜志》人物传记资料之间进行对比,发现地方志人物传记资料以摘录自《金史》《中州集》最多,表现出文风相近,内容相似的特征,而引用《归潜志》相关内容的几乎没有。在考证中,我们发现了颇具文献学术价值的 47 位罕见的作家传记资料。

第一,河南地方志的人物传记材料,全部或部分摘录自《金史》。全摘录者 5 人,部分摘录者 2 人。第二,河南地方志的人物传记材料,全部或部分摘录自《中州集》。全摘录者 4 人,部分摘录者 4 人。第三,河南杂糅《金史》《中州集》内容的 2 人。第四,河南地方志独有传记资料者 47 人。第五,河南地方志资料有待考证者 2 人。

(一)河南地方志中所载金代作家传记与《金史》人物列传之对比

通过文献资料梳理发现,地方志的人物传记材料存在着全部或部分摘录自《金史》的现象。文献比对表明,全摘录者 5 人,部分摘录者 2 人。

河南地方志中所载金代作家传记资料,有 5 位作家传记内容全部摘录自《金史》,分别为韩玉、李汾、刘从益、辛愿、薛继先。和《金史》具体内容对比如下。

1. 韩玉

(1)钦定四库全书《河南通志》卷四十五"选举"二(第 536 册,第 565 页)。

(2)清乾隆五十二年刊本《彰德府志》卷十七"人物文苑"(学生书局,第 1734-1736 页)。

(3)民国二十二年铅字重印本《安阳县志》卷十八"人物志"(成文出版社,第 463-464 页)。

(4)民国二十二年铅字重印本《安阳县志》卷四"选举表"(成文出版社,第 61 页)。

(5)钦定四库全书《河南通志》卷五十八"人物"二(第 537 册,第 451—452 页)。

(6)清乾隆五十二年刊本《彰德府志》卷九"选举"(学生书局,第 938 页)。

以上资料均摘录自《金史》卷一百十"列传"第四十八。

2. 李汾

(1)清道光四年刊本《泌阳县志》卷八"流寓"附(成文出版社,

第 565—566 页)。

(2) 清光绪三十年刊本《南阳县志》卷十二"杂记"(成文出版社,第 1396 页)。

以上均摘录自《金史》卷一百二十六"列传"第六十四"文艺"下。

3. 刘从益

(1) 钦定四库全书《河南通志》卷五十六"名宦"下(第 537 册,第 314 页)。

(2) 清康熙三十三年刊本《南阳府志》卷四"宦迹"(学生书局,第 1173—1174 页)。

(3) 清同治十年刊本《叶县志》卷九"艺文"(学生书局,第 800 页)。

(4) 清同治十年刊本《叶县志》卷七"名宦"(学生书局,第 506—507 页)。

(5) 清同治十年刊本《叶县志》卷三"礼乐"(学生书局,第 290 页)。

(6) 清同治十年刊本《叶县志》卷五"职官"(学生书局,第 371 页)。

以上均摘录自《金史》卷一百二十六"列传"第六十四"文艺"下。清康熙三十三年刊本《南阳府志》卷四"宦迹"(学生书局,第 1173—1174 页)。"刘从益,字裕之,浑源人。"当为地方志笔误。

4. 辛愿

(1) 清光绪七年刊本《宜阳县志》卷八"人物"(成文出版社,第 683—684 页)。

(2) 清乾隆十年刊本《洛阳县志》卷八"人物"(成文出版社,第 588 页)。

(3) 钦定四库全书《河南通志》卷六十六"隐逸"(第 538 册,第 162—163 页)。

以上均摘录自《金史》卷一百二十七"列传"第六十五"隐逸"。

5. 薛继先

(1) 清光绪七年刊本《宜阳县志》卷十六"轶事"(成文出版社,第 1294—1295 页)。

（2）清乾隆十年刊本《洛阳县志》卷八"人物"（成文出版社，第588页）。

（3）钦定四库全书《河南通志》卷六十九"流寓"（第538册，第327页）。

以上均摘录自《金史》卷一百二十七列传第六十五"隐逸"。

河南地方志中所载金代作家传记资料，有二位作家传记内容部分摘录自《金史》，分别为王庭筠、元好问。其中地方志中发现有关元好问的补充材料一条，具体如下：

1. 王庭筠

（1）民国二十一年石印本《林县志》卷十二"人物"（成文出版社，第826-827页）。

（2）钦定四库全书《河南通志》卷六十五"文苑"（第538册，第135页）。

（3）清乾隆五十二年刊本《彰德府志》卷十八人物"流寓"（学生书局，第874-1875页）。

以上内容部分摘录自《金史》卷一百二十六"列传"第六十四"文艺"下。《金史》记载内容比地方志所载资料丰富且详细。

2. 元好问

（1）清光绪七年刊本《宜阳县志》卷八"人物"（成文出版社，第90页）。

（2）民国二十年刊本《禹县志》卷二十八"寓贤传"（成文出版社，第2221—2223页）。

（3）民国二十一年石印本《郏县志》卷十一"诗"（成文出版社，第1015—1016页）。

（4）民国六年铅印本《洛宁县志》卷四"人物"（成文出版社，第457页）。

（5）清康熙三十二年刊本《内乡县志》卷六"职官志"（成文出版社，第379页）。

（6）钦定四库全书《河南通志》卷五十六"名宦"下（第537册，第314页）。

（7）清道光二十年刊本《直隶汝州全志》卷二"职官表"（学生书局，第192页）。

（8）清光绪三十年刊本《南阳县志》卷四"职官"（成文出版社，第 301—302 页）。

（9）清康熙三十三年刊本《南阳府志》卷六"艺文志"（学生书局，第 2044—2045 页）。

（10）清康熙三十三年刊本《南阳府志》卷四"宦迹"（学生书局，第 1132—1133 页）。

（11）清乾隆五十二年刊本《登封县志》卷三十一"杂录"（成文出版社，第 1191 页）。

以上部分内容摘录自《金史》卷一百二十六"列传"第六十四"文艺"下。而⑾资料为《金史》所无，故摘录如下备考："元好问《中州集》，金兴定庚辰，河南元好问、赵郡李献能、浑源雷渊同游玉华谷，又将历嵩前……得古仙人词于壁间云：'梦入云山宫阙幽……'"

（二）河南地方志中所载金代作家传记与《中州集》人物列传之对比

河南地方志中所载金代作家传记资料，有 4 位作家传记内容全部摘录自《中州集》，分别为刘彧、邢安国、许安仁、张仲宣，和《中州集》具体内容对比如下：

1. 刘彧

（1）清乾隆五十二年刊本《彰德府志》卷十七"人物文苑"（学生书局，第 1734 页）。

（2）民国二十二年铅字重印本《安阳县志》卷二十七"艺文志"（成文出版社，第 719 页）。

（3）民国二十二年铅字重印本《安阳县志》卷十八"人物志"（成文出版社，第 465 页）。

（4）民国二十二年铅字重印本《安阳县志》卷四"选举表"（成文出版社，第 61 页）。

以上均摘录自《中州集》卷二。

2. 邢安国

（1）清道光四年刊本《泌阳县志》卷八"流寓"附（成文出版社，第 566 页）。

以上均摘录自《中州集》卷九。

3. 许安仁

（1）清光绪七年刊本《宜阳县志》卷八"人物"（成文出版社，第

618—619 页）。

（2）清乾隆十年刊本《洛阳县志》卷九"职官"（成文出版社，第680 页）。

以上均摘录自《中州集》卷三。

4. 张仲宣

（1）民国二十二年铅字重印本《安阳县志》卷二十七"艺文志"（成文出版社，第720 页）。

（2）民国二十二年铅字重印本《安阳县志》卷四"选举表"（成文出版社，第61 页）。

以上均摘录自《中州集》卷八。

河南地方志中所载金代作家传记资料有 4 位作家部分抄自《中州集》，分别为李献能、郾权、王元粹、赵元。和《中州集》具体内容对比如下：

1. 李献能

（1）民国二十年刊本《禹县志》卷二十八"寓贤传"（成文出版社，第 2222—2223 页）。

（2）民国二十五年铅印本《陕县志》卷十四"职官"（成文出版社，第 414 页）。

（3）民国二十五年铅印本《陕县志》卷十五"名宦"（成文出版社，第 476 页）。

以上内容部分摘录自《中州集》卷六。

2. 郾权

（1）钦定四库全书《河南通志》卷四十五"选举"二（第 536 册，第 565 页）。

（2）清乾隆五十二年刊本《彰德府志》卷十七"人物文苑"（学生书局，第 1736 页）。

（3）民国二十二年铅字重印本《安阳县志》卷二十七"艺文志"（成文出版社，第 719—720 页）。

（4）清乾隆五十二年刊本《彰德府志》卷九"选举"（学生书局，第 938 页）。

以上内容部分摘录自《中州集》卷四。

3. 王元粹

（1）清光绪三十年刊本《南阳县志》卷四"职官"（成文出版社，第302页）。

以上内容部分摘录自《中州集》卷七。《中州集》内容更丰富详细。

4. 赵元

（1）民国二十六年刊本《巩县志》卷十一职"官志"（成文出版社，第699页）。

（2）清道光二十年刊本《直隶汝州全志》卷二"职官表"（学生书局，第272页）。

以上内容部分摘录自《中州集》卷五。

（三）河南地方志中所载金代作家传记杂糅《金史》《中州集》人物列传内容

河南地方志中所载金代作家传记资料，有两位作家传记内容杂糅《金史》《中州集》，分别为宗端修、赵秉文。具体内容对比如下：

1. 宗端修

（1）钦定四库全书《河南通志》卷四十五"选举"二（第536册，第565页）。

（2）钦定四库全书《河南通志》卷六十"人物"四（第537册，第574页）。

（3）清道光二十年刊本《直隶汝州全志》卷八"选举"（学生书局，第930页）。

以上资料概括《金史》卷一百的内容而成。

（4）清道光二十年刊本《直隶汝州全志》卷六"人物"（学生书局，第666—667页）。

该条资料内容综合《金史》卷一百，列传第三十八和《中州集》第八卷的内容而成。

2. 赵秉文

（1）钦定四库全书《河南通志》卷四十五"选举"二（第536册，第565页）

该资料综合《金史》卷一百一十"列传"第四十八和《中州集》卷三的内容而成。

（四）河南地方志有存而《金史》《中州集》《归潜志》未见的作家

传记资料考

通过资料研读发现，地方志中存有而《金史》《中州集》《归潜志》中均未见的作家传记资料共47条，其中《全辽金诗》存有11人，《全辽金文》存有8人，两部书共同记载4人；地方志有存而《金史》《中州集》《归潜志》《全辽金诗》和《全辽金文》未见的作家传记资料32条。以下将作家资料以条列出，标明其具体所在方志，版本，出版社和页码，并在每位作家资料后附考证。考证一是比较其与《全辽金诗》和《全辽金文》的异同。如同二书，则注明页码；如有可补之处，则将所补内容列出。二对地方志所存32位作家的传记资料进行考证，并根据资料分别撰写出作家小传，以供研究者参考。

1. 贾竹

（1）清乾隆五十二年刊本《彰德府志》卷十七"人物文苑"（学生书局，第1739—1740页）："字彦青，自号乖公，林州人。才思敏丽，下笔成文，不事雕削，诗亦清婉。有《天平谷诗》曰：'六峰耸翠白云闲，顿遗幽人眼界宽。早晚随师更深处，杖挑明月一轮寒。'时与翟炳，王鼎称为《隆虑三隐》。通志。"

（2）民国二十一年石印本《林县志》卷十二"人物"（成文出版社，第797页）："字彦青，号竹轩，又号乖公。才思敏捷，下笔成文，不事雕镌，诗亦清婉。寿七十五岁，属纩时，犹挥笔为诗云：'七十五岁贾乖公，耳目聪明步似风。况是儿童身外事，夕阳流水各西东。'"

（3）民国二十一年石印本《林县志》卷十七"杂记"（成文出版社，第1311—1312页）："金，邑人。《题天平山六峰》：'六峰耸翠白云间'，《游栖霞谷》：'数里崎岖几曲盘'。"

考证：《全辽金诗》中册第1450页有存此人传记资料。地方志资料更为生动详细。

2. 李俊民

（1）钦定四库全书《河南通志》卷四十五"选举"二（第536册，第565页）："泽州人，寓嵩山。承安中状元。"

（2）清道光五年刊本《河内县志》卷二十一"金石志"下（成文出版社，第858—861页）："《新建五祖堂记》：'全真之教，近世起于大宗师重阳子……'庄靖先生李俊民撰。"

（3）清乾隆二十六年刊本《济源县志》卷十五"金石"（成文出版

社，第 678—682 页）："《重修阳台万寿宫记》正大四年，状元李俊民：'王屋山，在底柱析城之东，仙家小有洞天……'"

（4）清道光五年刊本《河内县志》卷三十"流寓传"（成文出版社，第 1477—1478 页）："字用章，泽州人，得河南程氏之学。金承安中举进士第一，授应奉翰林文学。未几，弃官去。金南迁，俊民乃隐嵩山，后徙怀州。世祖在潜邸，以安车召之，谘访无虚日，遽乞还山。遣中贵人护送之。及卒，赐谥庄靖先生。"

考证：《全辽金诗》中册第 1878 页和《全辽金文》下册第 2517 页有李俊民小传。但均未言及"承安中状元"及"正大四年状元李俊民"之事。两书只是分别记载"承安五年经义进士第一"和"承安五年，以经义进士第一"。清乾隆二十六年刊本《济源县志》卷十五金石（成文出版社，第 678—682 页）所载《重修阳台万寿宫记》（收入《全辽金文》下册，第 2548—2551 页，文章题目略有差异，记为《重修王屋山阳台宫碑》）；所谓"承安中状元"即与"承安五年经义进士第一"同义。状元是科举时代的一种称号。唐代称进士科及第的第一人为状元。[①] 而"正大四年，状元李俊民"是指《重修阳台万寿宫记》写于正大四年，而非李俊民为正大四年状元。

3. 李志方（初名孟）

钦定四库全书《河南通志》卷七十"仙释"（第 538—338 页）："李志方，初名孟，安阳人。宣宗时补为户部令使，后弃官隐隆虑山。坐炼久之，谒丘处机，号重元子。尝主天庆宫，有白鹤绕坛之异。平生不作诗，惟羽化时留颂曰：'四大既还本，一灵方到家。白云归洞府，明月落栖霞。'投笔而逝。"

考证：《全辽金诗》下册第 2374 页有存此人传记资料。但地方志更生动详细。

4. 刘文龙

（1）钦定四库全书《河南通志》卷四十五"选举"二（第 536 册，第 566 页）："内乡人。状元。"

（2）清乾隆十九年刊本《新野县志》卷三"职官"（成文出版社，第 224 页）："金状元。"

[①] 中国社会科学院语言研究所词典编辑室编：《现代汉语词典》，商务印书馆 1996 年版，第 1656 页。

（3）清乾隆十九年刊本《新野县志》卷七"古迹"（成文出版社，第504页）："金状元刘文龙墓，在县南十二里白河铺。"

（4）清康熙三十二年刊本《内乡县志》卷二"建置"（成文出版社，第175页）："状元冢，在城南五里，相传为金刘文龙墓。"

（5）天一阁藏明代方志选刊《邓州志》卷七"选举表"（上海古籍书店，第4页）："内乡，状元及第。"

考证：刘文龙，内乡人，状元。今河南新野内乡境内存其墓，人称状元冢。

5. 马肃

（1）民国二十七年石印本《新安县志》卷十"仕进"（成文出版社，第635页）："明昌三年乡贡进士。备考，明昌三年，宋光宗绍熙三年也。"

（2）民国二十七年石印本《新安县志》卷十四"金石"（成文出版社，第1073页）："《金显成庙记》存，正书金石考，明昌三年马肃撰并书，在庙头韩擒虎庙。"

考证：马肃，明昌三年乡贡进士。

6. 刘文饶

（1）清光绪八年刊本《河南通志续通志》卷七十九"艺文志"（华文书局股份有限公司，第2884页）："密县令，《修德观问道碑记》：'南华真经云，黄帝……'"

考证：《全辽金文》中册1432页存此碑记，传记不详。只云刘文饶"贞元三年前后在世。"但未言及刘文饶为密县令事，可补《全辽金文》。

7. 牛承直

（1）民国二十六年刊本《巩县志》卷十九"金石"（成文出版社，第1697页）："巩令牛承直诗刻，大定十九年，'老去寻山意渐便……'"

（2）民国二十六年刊本《巩县志》卷十一"职官志"（成文出版社，第698页）："旧志误为元令，从《石窟寺石刻》移此。"

（3）民国二十六年刊本《巩县志》卷二十六"文征"（成文出版社，第2236页）："石窟寺，邑令牛承直，'老去寻山意渐便……'"

考证：《全辽金诗》上册675页存此传记资料。

8. 敏修

（1）民国二十二年铅字重印本《安阳县志》卷二十七"艺文志"

（成文出版社，第 718—719 页）："敏修，字忠杰，户部郎中。北渡，居馆陶。《甲午元日》诗曰：'忆昔三朝侍紫宸，鸣鞘声送凤池春。繁华已逐流年逝，潦倒犹甘昔日贫。冀历怕看惊换世，椒觞愁举痛思亲。异乡节物偏多感，但觉愁添白发人。'后还林虑，《游黄华诗》：'溪流漱石振苍崖，林树号风吼怒雷。为谢山灵幸宽贳，漫郎投劾已归来。'"

考证：敏修，字忠杰，户部郎中。北渡，居馆陶。后还林虑。有《甲午元日》《游黄华诗》。

9. 邵公高

（1）民国二十六年刊本《巩县志》卷十八"金石"（成文出版社，第 1582—1583 页）：

"主簿邵公高，罗汉院题诗石刻，《清明后一日游青龙山罗汉院》：'乱山深处春深处……'"

（2）民国二十六年刊本《巩县志》卷十一"职官志"（成文出版社，第 699—700 页）："字烈夫，沛邑人。按：金石考，系金人，芝田县主簿，登封有《邵公高真容疏》，署沛邑芝田县主簿，又有题名，文同《已酉志》，误为元簿。"

考证：《全辽金诗》下册第 2120 页存此传记资料。

10. 元天禄

（1）清光绪三十年刊本《南阳县志》卷十"艺文"（成文出版社，第 987—988 页）："金《太一观十七路醮首姓名碑》乡进士元天□撰，乡进士元天禄书。"

考证：元天禄，南阳人，进士。

11. 王鼎

（1）清乾隆五十二年刊本《彰德府志》卷十七人物"文苑"（学生书局，第 1739 页）："王鼎，字大鼐，林州人。整风仪，尤精翰墨。求书者踵门，日不暇给，兼有诗名。《游林虑诗》云：'燕子来时春已赊，海棠开尽未还家。醉眠不觉东风恶，吹起衣巾满落花。'通志。"

（2）民国二十一年石印本《林县志》卷十七"杂记"（成文出版社，第 1311 页）"王鼎，金，邑人，《游林虑山》：'燕子来时春已赊……'"

考证：《全辽金诗》中册第 1451 页存《游林虑山》诗和传记。《全辽金文》中册第 1636 页有存此人传记资料。但地方志资料相对活泼有趣。

12. 王宏

（1）民国二十年铅印本《修武县志》卷十三"金石"（成文出版社，第957页）："承德郎，沁南军节度副使，王宏巨卿《王巨卿石碣》在百家岩：'山留冷冷一派长。'"

考证：《全辽金诗》中册第1837页存有此人传记资料和此篇诗歌。

13. 王磐

（1）民国二十二年铅字重印本《安阳县志》卷二十七"艺文志"（成文出版社，第719页）："永年王磐。"

（2）清同治十年刊本《叶县志》卷九"艺文"（学生书局，第803页）："学士王磐，《昆阳怀古》：'行役宛洛间。'"

考证：王磐，学士。永年人。

14. 王藏器

（1）清乾隆二十六年刊本《济源县志》卷十五"金石"（成文出版社，第674—678页）："《创建石桥记》大定三年进士王藏器：'夫三代之政，以封疆域……'"

考证：《全辽金文》中册第1762页有存此文和作者简单资料。

15. 王定国

（1）清道光五年刊本《河内县志》卷二十一"金石志"下（成文出版社，第826页）："《金敕修汤王庙碑》：'王者，修德以当阳省刑□□众……'进士王定国撰。"

考证：王定国，进士。

16. 张允中

（1）清乾隆五十二年刊本《彰德府志》卷十七"人物文苑"（学生书局，第1738页）："张允中，字可行，别号丽蟠老人。林州人。性慷慨不羁，作诗甚有名。年八十余无子。有首邱之念，留别邺下诸公，有'定知白发依谁老，枉被青山笑我忙'之句。读者哀之。旧志。河南通志载元人。"

（2）民国二十二年铅字重印本《安阳县志》卷二十七"艺义志"（成文出版社，第719页）："林虑张允中。"

（3）民国二十一年石印本《林县志》卷十二"人物"（成文出版社，第799页）："张允中，字可行，别号丽蟠老人。林州三阳人。慷慨不羁，作诗甚有声。金末流寓相城，以经术教授。年八十余，无子。有首邱之念，留别邺下诸公，有'定知白发依谁老，枉被青山笑我忙'之句。读者怜之。"

（4）民国二十一年石印本《林县志》卷十七"杂记"（成文出版社，第1310—1311页）："金，邑人，《题灵岩寺》'晓入灵岩寺，灵踪一一穿。'"

考证：《全辽金诗》下册第2930页有存此人传记和诗歌。但地方志资料更为生动详细。

17. 张正伦

（1）钦定四库全书《河南通志》卷四十九"陵墓"（第537册第59页）："张正伦墓，在府城西蒋村。正伦吏部尚书。"

（2）民国二十一年石印本《林县志》卷三"职官"（成文出版社，第212页）："林虑县令，张正伦，官至尚书左丞。"

（3）钦定四库全书《河南通志》卷五十八"人物"二（第537册，第452页）："字公理，汤阴人。天资颖悟，尤长于诗，登泰和二年进士，授郾城簿。请悉除贫民积逋十二万。调寿张，时值用兵，科役无度。正伦差次为鼠尾簿，保社有号引散户。有由帖揭榜，使民自赴邻邑，咸取法。兴定三年为陕西东转运使。汾晋陷没。正伦言：'宜选才望如郭文振辈，依古封建制使自为战。'守五年，关中兵起，檄为军兵都提控。又檄守箭谷。砦仓卒。敌至，正伦亲当矢石。时六十。砦俱残破，箭谷独完。活难民三十万众。摄尚书省六部事。寻召见，授京东路司农。少卿总三路都水司，戮巨滑杨驿等于市。迁右司郎中。雪招抚使高伦枉时久旱，破械而雨。又请斩枢密副使合喜。历官至吏部尚书。会汴京失守，柴车北归，结庐洹上。卒年六十八。"

（4）清乾隆五十二年刊本《彰德府志》卷九"选举"（学生书局，第938页）："汤阴人。泰和癸亥登第，有传。"

（5）清乾隆五十二年刊本《彰德府志》卷六"职官"（学生书局，第615页）："林虑令。"

（6）清乾隆五十二年刊本《彰德府志》卷四"古迹"（学生书局，第463页）："张尚书正伦墓在蒋村。正伦字公理，汤阴人，仕至吏部尚书。"

（7）民国二十二年铅字重印本《安阳县志》卷二十七"艺文志"（成文出版社，第718页）："见人物志。俱汤阴人。"

考证：张正伦，字公理，汤阴人。天资颖悟，尤长于诗。登泰和二年进士。授郾城簿，林虑令，至吏部尚书。卒年六十八。

18. 赵良

（1）清道光二十年刊本《直隶汝州全志》卷八"选举"（学生书局，第977页）："鲁山县进士。仕至太尉。"

（2）天一阁藏明代方志选刊《嘉靖鲁山县志》卷九"艺文"（上海古籍书店，第11—13页）："《重修润国寺碑记》：'窃以恢弘妙道……'太和五年进士，赵良。"

（3）天一阁藏明代方志选刊《嘉靖鲁山县志》卷六"人物"（上海古籍书店，第16页）："乡宦，赵良，见乡贤。"

（4）天一阁藏明代方志选刊《嘉靖鲁山县志》卷六"人物"（上海古籍书店，第6页）："幼学渊博才气豪迈，擢进士第。任太尉，士□咸戴，尝撰《阳石寺碑记》。"

（5）天一阁藏明代方志选刊《嘉靖鲁山县志》卷七"选举"（上海古籍书店，第2页）："进士，赵良，见乡贤。"

考证：《全辽金文》中册第2111页有存《重修润国寺碑记》和传记。地方志对其籍贯记载详细，"伊家庄保赵村人也"，可补入《全辽金文》；《阳石寺碑记》《全辽金文》无记载，可补入。

19. 訾亘

（1）清乾隆十三年刊本《郑州志》卷九"仙释"（学生书局，第716—717页）："常师丹阳马钰，长春邱处机，自号守真子人，称訾仙翁。游□济南至郑之钧台。太和中大雪深丈余，亘不出者已十余日，人以为死，□訾□之端坐凝然殊无寒馁色。贞祐间□□□□□民恐惧。亘曰无妨，已而果□。"

（2）民国二十年刊本《禹县志》卷二十七二"氏传"（成文出版社，第2198—2199页）："初，家世博州，赋性淳厚，平居寡言。尝游历济南，逆旅中遇丹阳真人马钰，从而师之。又往拜长春子邱处机。人称訾仙翁，自号守真子。杖履南游，抵钧州，蓬首垢面，衲衣草屦，灭迹匿影，缄口结舌。昼则乞食于市，夜则归河龛。太和间大雪丈余，人冻馁多死。亘不出十余日，人以为死矣。各执参镐欲往埋□，除雪视之，俨然端坐，殊无寒馁之色。人方惊讶。贞祐间，元兵破关陕，犯京师，军民恐惧，亘曰：'无妨。必自颍亭过郑，何必忧惧。'三日果如其言。正大四年久旱，请亘行祷雨，醮时立获霑足。金哀宗幸汴，问百官：'天下城池尽攻陷，此城独安，其故何也？'百官佥对，以亘尊师保佑之力。上大喜，即日召对。问答如流，莫不称旨。甲午正月初七日，留《遗世颂》曰：'一念不起，万缘皆空。拂袖而去，明月清风。'掷笔而返真。春秋八十有二，未及葬，翌日城陷矣。"

考证：訾亘，博州人，人称訾仙翁，自号守真子。尝游历济南、钧州、汴，卒年八十二。

20. 杜瑛

（1）天一阁藏明代方志选刊《弘治偃师县志》卷二"宦迹"（上海古籍书店，第16页）："霸州人，天兴末避地河南缑氏山中，搜访诸书，尽读之，而究其指趣。元初教授汾晋间，征荐皆不就。杜门著书，悠游以终。"

（2）民国二十二年铅字重印本《安阳县志》卷二十七"艺文志"（成文出版社，第719页）："缑山杜瑛。"

（3）民国二十二年铅字重印本《安阳县志》卷二十一"人物志"（成文出版社，第560—561页）："原纂。杜瑛，字文玉。其先霸州信安人。金末，兵乱，避地河南缑氏山中。间关转徙，教授汾晋间。中书粘合珪，开府于相，瑛赴聘，遂家焉。世祖南伐至相，召见问计。瑛举法与兵食三事对。世祖贤瑛，谓可大用。命从行。以疾辞。中统初，征不至。左丞相张文谦，宣抚河北，奏为怀孟彰德大名等路提举学校官。又不就，杜门著书。后游道艺，以终其身。年七十，遗命其子处立墓前书曰：缑山杜处士墓。天历中，赠翰林学士，追封魏国公，谥文献，著《春秋地里原委》《语孟旁通》《皇极引用》《皇极疑事》《律吕礼乐杂志文集》若干卷。"

（4）民国二十二年铅字重印本《安阳县志》卷十四"古迹"（成文出版社，第345页）："《至正集》《缑山书院记》，魏郡杜文献公瑛，金季避地缑氏山中，授徒汾晋间，学者即旧隐称缑山先生。至正辛巳五月，河南部使者请建书院，廷议题之以缑山为号，守臣以官度地湫隘不称谋于其孙封，彰德路总管愚，相攸坤维得故王氏万卷堂，堂后崇且严，子孙废撤殆尽，相与哀金易之，修大成殿。殿后为先生祠，东西斋乃仍其旧云云。"

（5）民国二十二年铅字重印本《安阳县志》卷十五"古迹"（成文

出版社，第 383 页）："杜棪山墓，在西王裕村。名瑛，字文玉，信安人。"

考证：《元史》存。《全辽金文》下册第 3687 页和《全辽金诗》下册第 2965 页有存其人传记。地方志有关"杜棪山墓，在西王裕村"可补入传记。

21. 杜秉彝

（1）民国二十二年铅字重印本《安阳县志》卷二十七"艺文志"（成文出版社，第 720—721 页）："邺乘。秉彝字德常，为监察御史。官至礼部尚书，参知政事，进中书左丞，集贤大学士。有集四十卷。"

考证：杜秉彝，字德常，为监察御史。官至礼部尚书，参知政事，进中书左丞，集贤大学士。有集四十卷。

22. 郭谦甫

（1）民国二十二年铅字重印本《安阳县志》卷二十七"艺文志"（成文出版社，第 719 页）："汴郭谦甫。"

（2）民国二十二年铅字重印本《安阳县志》卷二十一"人物志"（成文出版社，第 559—560 页）："卢府志，流寓，金……郭谦甫汴人。金末皆流寓相城，以经术教授。"

（3）民国二十二年铅字重印本《安阳县志》卷二十一"人物志"（成文出版社，第 563 页）："郭谦甫诸人，值金将亡，皆流寓相城，以经术补教授。"

考证：郭谦甫，汴人。金末皆流寓相城，以经术教授。

23. 赫妣

（1）清乾隆五十二年刊本《彰德府志》卷十七"人物文苑"（学生书局，第 1738 页）："赫妣，字进道，永和人，性峭直，笃学，举进士，仕至刺史。有诗名。子某亦举进士。时有张天翼，字鹏举。元起，字彦发。皆永和人，举进士。安阳县志。"

（2）民国二十二年铅字重印本《安阳县志》卷四"选举表"（成文出版社，第 61 页）："邺乘。永和人，举进士，有传。"

（3）民国二十二年铅字重印本《安阳县志》卷二十七"艺文志"（成文出版社，第 718 页）："赫妣字进道。性峭直，笃学，仕至刺史。有诗名。赫妣子天翼，字鹏举，元起，字彦发，皆永和人。"

（4）清乾隆五十二年刊本《彰德府志》卷九"选举"（学生书局，

第938页）："安阳人，有传。"

（5）民国二十二年铅字重印本《安阳县志》卷十八"人物志"（成文出版社，第465页）："卢府志，儒林传，赫炌，字进道，永和人，性峭直，笃学，举进士，仕至刺史。有诗名。子某亦举进士。时有张天翼，字鹏举。元起，字彦发。皆永和人，举进士。"

考证：《全辽金文》中册第1950页云："明昌二年前后在世。"地方志资料可补。赫炌，字进道，永和人，性峭直，笃学，举进士，仕至刺史。有诗名。

24. 赫天翼

（1）民国二十二年铅字重印本《安阳县志》卷二十七"艺文志"（成文出版社，第718页）："赫炌子，天翼，字鹏举，起字彦发。皆永和人。"

（2）清乾隆五十二年刊本《彰德府志》卷九"选举"（学生书局，第938页）："赫□安阳人。炌子。"

考证：关于赫炌子具体指谁有三种记载：其一为不知其名，"赫炌……子某亦举进士。时有张天翼，字鹏举。元起，字彦发。皆永和人，举进士。"（清乾隆五十二年刊本《彰德府志》卷十七人物文苑，学生书局第1738页）；其二为赫天翼，"赫炌子，天翼，字鹏举，起字彦发。皆永和人"（民国二十二年铅字重印本《安阳县志》卷二十七"艺文志"，成文出版社，第718页）；其三为赫□。"赫□，安阳人。炌子。"（清乾隆五十二年刊本《彰德府志》卷九选举，学生书局第938页）。也就是说，民国二十二年铅字重印本《安阳县志》认为，赫炌子名为赫天翼，其资料来源于已经失传了的乐著所作《相台诗话三卷》。其资料散存于"邺城选举"内，被地方志作者选录。而清乾隆五十二年刊本《彰德府志》则认为赫炌子另有其人，且名字的字数为两个字。造成这一分歧的主要原因可能是文献转述中出现了误差。

另外，赫炌子的故里也有"永和人"和"安阳人。"两说。其因"永和废，入安阳，故亦称安阳人。"①

25. 胡德珪

（1）清乾隆五十二年刊本《彰德府志》卷十七"人物文苑"（学生

---

① 民国二十二年铅字重印本《安阳县志》卷二十七"艺文志"，成文出版社，第718页。

书局,第 1738 页):"武安人。值金将亡,移居于郡,以经术教授。安阳县志。"

(2)民国二十二年铅字重印本《安阳县志》卷二十七"艺文志"(成文出版社,第 719 页):"武安胡德珪。"

(3)民国二十二年铅字重印本《安阳县志》卷二十一"人物志"(成文出版社,第 563 页):"武安胡德珪……诸人值金将亡,皆流寓相城,以经术补教授。"

(4)民国二十二年铅字重印本《安阳县志》卷十八"人物志"(成文出版社,第 465 页):"卢府志,儒林传。胡德珪,武安人,值金将亡,移居于郡,以经术教授。"

(5)清乾隆五十二年刊本《彰德府志》卷十三"人物名宦"(学生书局,1381 页):"父胡景崧,子胡祗遹。"

考证:胡德珪,武安人。值金将亡,移居于郡,以经术教授。父胡景崧,子胡祗遹。

26. 康瑭

(1)钦定四库全书《河南通志》卷四十九"陵墓"(第 537 册,第 59 页):"在林县城南三十里,瑭,沁南军节度使。"

(2)民国二十年刊本《禹县志》卷十六"官师表"(成文出版社,第 1297 页):"兴定五年擢词赋进士第,官正奉大夫,钧州刺史。见《遗山集》。"

(3)民国二十一年石印本《林县志》卷二"地理"下(成文出版社,第 181—182 页):"孝思寺,县西南三阳村,元至正间重修。世传金进士康瑭香火院。有元胡祗遹碑。"

(4)民国二十二年铅字重印本《安阳县志》卷二十七"艺文志"(成文出版社,第 719 页):"康瑭,字良辅,沁州节度使。"

(5)民国二十一年石印本《林县志》卷八"选举"(成文出版社,第 494 页):"进士,兴定中,康瑭,沁州节度使兼怀州抬抚使。"

(6)清乾隆五十二年刊本《彰德府志》卷九"选举"(学生书局,第 939 页):"林县人。兴定中登第。"

(7)清乾隆五十二年刊本《彰德府志》卷四"古迹"(学生书局,第 475 页):"节度使康瑭墓,在县南三十里,三阳村。"

考证:康瑭,字良辅,兴定五年擢词赋进士第。沁州节度使兼怀州抬抚使。官正奉大夫，钧州刺史。其墓在林县城南三十里处。

27. 李仲泽

（1）民国二十二年铅字重印本《安阳县志》卷二十七"艺文志"（成文出版社，第719页）："洺水……李仲泽各以经术教授。"

（2）民国二十二年铅字重印本《安阳县志》卷二十一"人物志"（成文出版社，第559—560页）："李仲泽，洺水人。"

（3）民国二十二年铅字重印本《安阳县志》卷二十一"人物志"（成文出版社，第563页）："洺水……李仲泽。"

考证：李仲泽，洺水人。以经术教授。

28. 郦复亨

（1）钦定四库全书《河南通志》卷四十五"选举"二（第536册，第566页）："权子，太和六年第，编修。"

（2）清乾隆五十二年刊本《彰德府志》卷十七"人物文苑"（学生书局，第1736—1737页）："郦复亨，权之子。登泰和丙寅进士，卫州教授，官至编修。旧志，并祀乡贤祠。"

（3）民国二十二年铅字重印本《安阳县志》卷二十七"艺文志"（成文出版社，第718页）："复亨，编修，权子。权，字元舆，善为诗。皆临漳人。"

（4）清乾隆五十二年刊本《彰德府志》卷九"选举"（学生书局，第938页）："权子，泰和丙寅登第。"

考证：郦复亨，临漳人，郦权之子，登泰和丙寅进士，卫州教授，官至编修。《河南通志》中"太和"应为"泰和"之误。

29. 刘骥

（1）民国二十二年铅字重印本《安阳县志》卷二十七"艺文志"（成文出版社，第719页）："北燕刘骥。"

（2）民国二十二年铅字重印本《安阳县志》卷二十一"人物志"（成文出版社，第559—560页）："卢府志，流寓，金，刘骥，北燕人。周子维，古郑人。刘汉臣，太原人。尚子期，燕山人。徐世英，李仲泽，洺水人。魏献臣，田仲德，郭谦甫，汴人。金末皆流寓相城，以经术教授。"

考证：刘骥，北燕人，金末流寓相城，以经术教授。

30. 刘汉臣

（1）民国二十二年铅字重印本《安阳县志》卷二十七"艺文志"（成文出版社，第719页）："太原刘汉臣。"

（2）民国二十二年铅字重印本《安阳县志》卷二十一"人物志"（成文出版社，第559页）："卢府志，流寓，金……刘汉臣，太原人。……金末皆流寓相城，以经术教授。"

考证：刘汉臣，太原人。金流寓相城，以经术教授。

31. 卢天锡

（1）钦定四库全书《河南通志》卷四十五"选举"二（第536册，第566页）："林虑人，临漳簿。"

（2）民国二十二年铅字重印本《安阳县志》卷二十七"艺文志"（成文出版社，第719页）："卢天锡，字子美，临漳簿，有惠政。"

（3）民国二十一年石印本《林县志》卷八"选举"（成文出版社，第493页）："进士，金，承安二年，卢天锡，临漳主簿。"

（4）民国二十一年石印本《林县志》卷十二"人物"（成文出版社，第689页）："卢天锡，字子美，承安中登第，调汝州梁县簿。天锡在任，宾客盈门。及受代寄居僧寺，悄无至者。天锡题诗于壁云：'当年门外客如云，投刺纷纷恐后闻。今日羁怀寄僧舍，灞陵谁识旧将军。'又云：'野寺重来感慨多，其如冷暖世情何。相看不改旧时态，惟有亭亭窣堵坡。'再任临漳簿，多惠爱。"

（5）清乾隆五十二年刊本《彰德府志》卷九"选举"（学生书局，第938页）："林县人。承安庚申登第，有传。"

（6）清乾隆五十二年刊本《彰德府志》卷十四"人物庶官"（学生书局，第1484页）："卢天锡，字子美，林州人。承安中进士，调汝州梁县簿。在任宾客盈门，烦于接应。及受代寄居僧寺，悄无至者。天锡题诗于壁云：'当年门外客如云，投刺纷纷恐后闻。今日羁怀寄僧舍，灞陵谁识旧将军。'又云'野寺重来感慨多，其如冷暖世情何。相看不改旧时态，惟有亭亭窣堵坡。'再任临漳簿，惠爱最多。遗老犹能道之。旧志。"

考证：《全辽金诗》中册第1872有此人传记资料。民国二十一年石印本《林县志》卷八选举（成文出版社，第493页）："金承安二年进士"，可补《全辽金诗》中卢天锡进士科具体时间。地方志的材料也比《全辽金诗》更为详细生动。

32. 论道宁

（1）清乾隆五十二年刊本《彰德府志》卷九"选举"（学生书局，第938页）："汤阴人，登第。"

（2）民国二十二年铅字重印本《安阳县志》卷二十七"艺文志"（成文出版社，第718页）："道宁字德渊，仕至太学博士。"

考证：论道宁，字德渊，汤阴人，仕至太学博士。

33. 论从义

（1）民国二十二年铅字重印本《安阳县志》卷二十七"艺文志"（成文出版社，第718页）："道宁，字德渊，仕至太学博士。子从义，字子宜，举两科。南京府试经义魁。"

（2）清乾隆五十二年刊本《彰德府志》卷九"选举"（学生书局，第938页）："（论）道宁子，大定辛未试经义魁。"

考证：论从义，字子宜，举两科。大定辛未试南京府试经义魁。论道宁之子。

34. 尚子明

（1）民国二十二年铅字重印本《安阳县志》卷二十七"艺文志"（成文出版社，第719页）："燕山尚子明。"

考证：尚子明，燕山人。

35. 田芝

（1）钦定四库全书《河南通志》卷四十九"陵墓"（第537册，第59页）："在府城清流村，芝御史。"

（2）民国二十二年铅字重印本《安阳县志》卷二十七"艺文志"（成文出版社，第719页）："蒙城田芝。"

（3）民国二十二年铅字重印本《安阳县志》卷二十一"人物志"（成文出版社，第560页）："卢府志，流寓，田芝，字信之，号香林居士。蒙城人。登进士。积官至镇南军节度副使。北渡居相。卒葬清流村。芝素工书翰，得者宝之。"

（4）清乾隆五十二年刊本《彰德府志》卷十八"人物流寓"（学生书局，第1874页）："田芝，字信之，号香林居士。蒙城人。登进士。积官至镇南军节度副使。北渡居相。卒葬清流村。芝素工书翰，得者宝之。旧志。"

（5）清乾隆五十二年刊本《彰德府志》卷四"古迹"（学生书局，

第 463 页）："田御史芝墓，在清流村。有传。见流寓志。"

（6）民国二十二年铅字重印本《安阳县志》卷十五"古迹"（成文出版社，第 383 页）："田御史墓，在清流村，御史名芝，字信之，号香林居士，蒙城人，金进士，积官至嘉议大夫，镇南军节度副使。初为御史首劾枢副省苞苴非才，北渡居相。壬寅卒，工书翰者宝之。"

考证：田芝，字信之，号香林居士，蒙城人，金进士，积官至嘉议大夫，镇南军节度副使。初为御史首劾枢副省苞苴非才，北渡居相。壬寅卒，工书翰者宝之。卒葬清流村，墓存。

36. 田仲德

（1）民国二十二年铅字重印本《安阳县志》卷二十七"艺文志"（成文出版社，第 719 页）："汴，田仲德。"

（2）民国二十二年铅字重印本《安阳县志》卷二十一"人物志"（成文出版社，第 559—560 页）："田仲德，汴人。"

（3）民国二十二年铅字重印本《安阳县志》卷二十一"人物志"（成文出版社，第 563 页）："沛，田仲德。"

考证：田仲德，汴人。民国二十二年铅字重印本《安阳县志》卷二十一"人物志"（成文出版社，第 563 页）载"沛，田仲德"，"沛"为"汴"笔误。

37. 王涯

（1）民国二十年刊本《禹县志》卷二十八"寓贤传"（成文出版社，第 2222—2223 页）："字仲泽。涯有《颍亭》及《九日登颍亭寄元遗山》。"

考证：王涯，字仲泽。据王涯字"仲泽"及二诗内容考证，王涯同"王渥"为同一人。

38. 王万钧

（1）钦定四库全书《河南通志》卷四十五"选举"二（第 536—565 页）："永和人。"

（2）民国二十二年铅字重印本《安阳县志》卷二十七"艺文志"（成文出版社，第 718 页）："王万钧，字彦平。自入仕常满，不调。后除卫邸文学。"

（3）民国二十二年铅字重印本《安阳县志》卷十八"人物志"（成文出版社，第 464 页）："原纂，金，王万钧，字彦平，永和人，举进士，入仕。常滞不调。后除卫邸文学。迁锦州祭判。知命不怨，以母老致仕。弟万石，字彦端，亦进士。"

（4）民国二十二年铅字重印本《安阳县志》卷四"选举表"（成文出版社，第61页）："邺乘，字彦平，永和人，举进士。自入仕，常满不调。后除卫邸文学士。累调锦州祭判。知命不怨，以母老致仕。"《安阳县志》中"满"应为"滞"之误。

（5）清乾隆五十二年刊本《彰德府志》卷九"选举"（学生书局，第938页）："安阳人。"

考证：王万钧，字彦平，永和人，举进士，入仕。常滞不调。后除卫邸文学。迁锦州祭判。知命不怨，以母老致仕。《安阳县志》中"满"应为"滞"之误。

39. 王万石

（1）钦定四库全书《河南通志》卷四十五"选举"二（第536册，第565页）："永和人。万钧弟。"

（2）民国二十二年铅字重印本《安阳县志》卷二十七"艺文志"（成文出版社，第718页）："万石，字彦端，亦进士。"

（3）民国二十二年铅字重印本《安阳县志》卷四"选举表"（成文出版社，第61页）："邺乘，字彦端，万钧弟，举进士。"

考证：王万石，字彦端，万钧弟，举进士。

40. 魏献臣

（1）民国二十二年铅字重印本《安阳县志》卷二十七"艺文志"（成文出版社，第719页）："汴，魏献臣。"

（2）民国二十二年铅字重印本《安阳县志》卷二十一"人物志"（成文出版社，第559—560页）："魏献臣，汴人。"

（3）民国二十二年铅字重印本《安阳县志》卷二十一"人物志"（成文出版社，第563页）："沛，魏献臣。"

考证：魏献臣，汴人。"沛"为"汴"误。

41. 徐世英

（1）民国二十二年铅字重印本《安阳县志》卷二十七"艺文志"（成文出版社，第719页）："洺水，徐世英。"

（2）民国二十二年铅字重印本《安阳县志》卷二十一"人物志"（成文出版社，第559页）："徐世英，洺水人。"

考证：徐世英，洺水人。

42. 薛居中

（1）钦定四库全书《河南通志》卷四十五"选举"二（第 536 册，第 566 页）："林虑人，登封令。"

（2）钦定四库全书《河南通志》卷五十八"人物"二（第 537 册，第 452 页）："字鼎臣，临漳人。登泰和癸亥进士。性明断。贞祐间调登封令，有善政。民为立去思碑。"

（3）民国二十二年铅字重印本《安阳县志》卷二十七"艺文志"（成文出版社，第 718 页）："居中，字鼎臣。性明断，所至著称。"

（4）民国二十一年石印本《林县志》卷八"选举"（成文出版社，第 494 页）："进士，兴定中，登封令。"

（5）清乾隆五十二年刊本《登封县志》卷十四"职官表"（成文出版社，第 387 页）："临漳人，进士。"

（6）清乾隆五十二年刊本《登封县志》卷二十一"循吏传"（成文出版社，第 607 页）："《元好问薛侯去思颂》。字鼎臣，临漳人。太和（泰和）中进士，兴定二年莅登封。贷逋赋以宽流亡，假闲田以业单贫。方春，观耕，勉之孝悌。恳切至到，人为感动。以仁心为质，不屑屑于法禁。人有犯，薄示之辱，教之改过而已。吏畏民爱，教化大行，于是刻石颂德。"

（7）清乾隆五十二年刊本《彰德府志》卷九"选举"（学生书局，第 938 页）："临漳人。泰和癸亥登第，有传。"

（8）清乾隆五十二年刊本《彰德府志》卷十四人物"庶官"（学生书局，第 1483 页）："字鼎臣，临漳人。泰和癸亥进士第。性刚明果断，所至著称。贞祐兵后至京，调登封令，有善政。旧志，祀乡贤祠。"

考证：薛居中，字鼎臣，临漳人。泰和癸亥进士第。性刚明果断，所至著称。贞祐兵后至京，调登封令，有善政。元好问《登封令薛侯去思颂》见《元好问全集》下册第 73 页。

43. 游总

（1）清乾隆十年刊本《洛阳县志》卷七"选举"（成文出版社，第 402 页）："明昌间，提刑司以逸民荐同进士出身，年老不乐仕，授登仕郎，给八品，半俸终身。"

考证：游总，明昌间，提刑司以逸民荐同进士出身，年老不乐仕，授登仕郎，给八品，半俸终身。

44. 张仲周

（1）民国二十二年铅字重印本《安阳县志》卷二十七"艺文志"（成文出版社，第718页）："登封令仲周，字君义，性醇静，终日默坐，亡戏谈，不臧否人。虽休沐。惟览诵经史。自监察御史，授大府丞。冬监卒取木炭皮为仲周爨。仲周曰：'此亦官物。'却之。"

（2）清乾隆五十二年刊本《彰德府志》卷九"选举"（学生书局，第938页）："临漳人。泰和丙寅登第，有传。"

（3）清乾隆五十二年刊本《彰德府志》卷十三"人物名宦"（学生书局，第1376—1377页）："字君美，临漳人。泰和丙寅进士。性纯静，终日默坐无戏谈。不臧否人物。虽休沐，惟览诵经史，自监察御史，授太府监丞。出纳之际，秋毫不犯。冬月监卒取木炭皮为仲周爨。仲周曰：'此亦是官物。'却之。监人服其廉洁。旧志。祀乡贤祠。"

考证：张仲周，字君美，一字君义，临漳人。泰和丙寅进士。性纯静，终日默坐无戏谈。不臧否人物。虽休沐，惟览诵经史，自监察御史，授太府监丞。人服其廉洁。

45. 周子维

（1）民国二十二年铅字重印本《安阳县志》卷二十一"人物志"（成文出版社，第563页）："古郑，周子维。"

考证：周子维，古郑人。

46. 高鸣

（1）民国二十二年铅字重印本《安阳县志》卷二十七"艺文志"（成文出版社，第719页）："太原高鸣。"

考证：高鸣，太原人。

另，金代大作家刘祁在《金史》中没有单独列传，只是附于其父刘从益传后（《金史》卷一百二十六"列传"第六十四"文艺"下第2733页）。而地方志中对其有详细记载，因而归为地方志之独有资料。

47. 刘祁

（1）民国二十三年铅印本《淮阳县志》卷六"人物"（成文出版社，第673—674页）："刘祁，字京叔。刘侍御子。髫龄从祖父仕官大河之南。未冠举进士，失意，即闭户读书，务穷远大，涵蓄淬锻，一意于古。后复讲明六经，推于践履，以著述自力。父某罢御史，居淮阳，置田园。

父殁后，祁春夏在陈视耕，秋冬入汴避乱。好缔交当世名士，尝自言平生有二乐：曰良友；曰异书。良友则从讲学见过失；异书则资见闻助词藻。彼酒色膏粱如浮云，过目竟何所得哉？又言，国之不治犹可以治。其家人之不正犹能正其身，使家齐身修。虽隐居不仕，犹可谓得志。皆笃论也。兵乱后还里，乐道读书不辍。卒年四十七，所着有《归潜志》传于世。"

（2）民国二十二年铅字重印本《安阳县志》卷二十七"艺文志"（成文出版社，第719页）："浑源刘祁。"

（3）民国二十二年铅字重印本《安阳县志》卷二十一"人物志"（成文出版社，第560页）："原纂。元刘祁，字京叔，浑源人。髫龄从父宦河南。少举进士，失意，即闭户读书，务穷远大，涵蓄淬锻，一意于古文。后复讲明六经，推于践履，振落英华，收去真实，粹然一出于正。中书粘合珪，招置幕下。自共城来居于相。年四十七卒。有《神川遯士集二十二卷》《处言四十三篇》《归潜志三卷》。"

（4）钦定四库全书《河南通志》卷六十九"流寓"（第538—331页）："字京叔，浑源人。髫龄从父宦河南。未冠举进士，失意，即闭户读书，肆力穷经，以著述自任。父罢御史，居淮阳，置田园。父殁后，祁春夏在陈视耕，秋冬入汴避乱。在陈数年，遍交贤士大夫，门多长者车辙，尝自言平生有二乐：曰良友；曰异书。兵乱后还乡里，家居读书不辍。卒年四十七，所着有《归潜志》传于世。"

考证：《全辽金诗》下册第2959页和《全辽金文》下册第3646页存此人传记。其中逸事为二书正传所无，可补之。"好缔交当世名士，尝自言平生有二乐：曰良友；曰异书。良友则从讲学见过失；异书则资见闻助词藻。彼酒色膏粱如浮云，过目竟何所得哉？又言，国之不治犹可以治。"

（五）河南地方志中有待考证的资料

地方志中虽然保存了很多正史没有的资料，可补正史之不足，但因其编纂者水平层次不一，故也存在很多问题有待考证。在对地方志所载金代作家传记资料进行整理时发现，地方志中记载出自《中州集》，所考无的资料，以及地方志记载不同于《金史》《中州集》《归潜志》者等摘录如下：

1. 张玠

（1）清乾隆五十二年刊本《彰德府志》卷十七"人物文苑"（学生

书局，第1737页）："字伯玉，林州人。登兴定九年进士。任睢州推官，再补尚书省掾。尝游登封县崇福宫，作《梅花诗》，一时传诵。兵后归林虑，教授乡里。相之进修者多出其门。孙诚伯有能赋声。中州集。"

（2）民国二十二年铅字重印本《安阳县志》卷二十七"艺文志"（成文出版社，第719页）："玠，字佩玉，尚书省掾。后归林虑教授。髦士皆出其门。"

（3）清乾隆五十二年刊本《彰德府志》卷九"选举"（学生书局，第939页）："林县人。兴定九年登第。有传。"

考证：清乾隆五十二年刊本《彰德府志》卷十七"人物文苑"（学生书局，第1737页）记载张玠的资料出自《中州集》，但经查没有此人。《中州集》卷八第134页有一人，叫张介，字介夫，彭城人。与张玠并非一人。可见为地方志所误。

2. 乐著

（1）钦定四库全书《河南通志》卷四十五"选举"二（第536册，第566页）："永和人，荆王府文学。"

（2）清乾隆五十二年刊本《彰德府志》卷十七"人物文苑"（学生书局，第1734页）："乐著，字中和，永和人。举进士，为荆王府文学。博辩多识，能为赋。北渡居聊城，尝以事至都下。诸公闻著至，索诗。著诗曰：'满院落花春避户，一窗寒雨夜挑灯。'众皆服。后还乡里。恐乡哲无闻，作《相台诗话三卷》。今《商王庙记》乃著所作。中州集。"

（3）民国二十二年铅字重印本《安阳县志》卷二十七"艺文志"（成文出版社，第718—719页）："《相台诗话三卷》，佚，乐著撰。《中州集》乐著，字仲和，安阳人。北渡居聊城，后还乡里，恐乡哲无闻，乃作《相台诗话三卷》。案邺乘，载乐著，永和人。永和废，入安阳，故亦称安阳人。著所作诗话，当崔文敏时，犹有传本。故邺城选举内，采其可诵说者，著于篇，余亦备录之：

    赫㟷字进道。性峭直，笃学，仕至刺史。有诗名。王万钧，字彦平。自入仕常满，不调。后除卫邸文学。王□□麟州祭判，知命不怨。后母老致仕。弟万石，字彦瑞。赫㟷子天翼，字鹏举，起字彦发。皆永和人。道宁字德渊，仕至太学博士。子从义，字子宜，举两科。南京府试经义魁。正伦见人物志。俱汤阴人。居中，字鼎臣。性明断，所至著称。登封令仲周，字君义，性醇静，终日默坐，亡戏谈，不臧否人。虽休沐。惟览诵经史。自监察御史，授大府丞。冬监卒取木炭皮为仲周爨。仲周曰："此亦官物。"却之。复亨，编修权子。权，字元舆，善为诗。皆临漳人。敏修，字忠杰，户部郎中。北渡，居馆陶。《甲午元日》诗曰："忆昔三朝侍紫宸，鸣鞘声送凤池春。繁华已逐流年逝，潦倒犹甘昔日贫。蓂历怕看惊换世，椒觞愁举痛思亲。异乡节物偏多感，但觉愁添白发人。"后还林虑，《游黄华诗》："溪流漱石振苍崖，林树号风吼怒雷。为谢山灵幸宽贳，漫郎投劾已归来。"玠，字佩玉，尚书省掾。后归林虑教授。髦士皆出其门。卢天锡，字子美，临漳簿，有惠政。康瑭，字良辅，沁州节度使。皆林虑人。金之将亡也，遗老儒硕，皆来居相。蒙城田芝，北燕刘骥，永年王磐，古郑周子维，武安胡德珪，浑源刘祁，缑山杜瑛，太原高鸣，刘汉臣，燕山尚子明，林虑张允中，洛水徐世英，李仲泽，汴魏献臣，田仲德，郭谦甫，各以经术教授。

此文敏所载，悉从删节，亦不复见得其全。然幸犹存一二遗绪。所谓尝鼎一脔，可知其余也。注：德珪景崧子。"

（4）民国二十二年铅字重印本《安阳县志》卷十八"人物志"（成文出版社，第465页）："《卢府志·儒林传》乐著，字中和，永和人。举进士，为荆王府文学。博辩多识，能为赋。北渡居聊城，尝以事至都下。诸公闻着至，索诗。着诗曰：'满院落花春避户，一窗寒雨夜挑灯。'众皆服。后还乡里。恐乡哲无闻，作《相台诗话三卷》。今《商王庙记》乃著所作。"

（5）民国二十二年铅字重印本《安阳县志》卷四"选举表"（成文出版社，第61页）："邺乘，字仲永，和和人。举进士，为荆王府文学。有传。"

（6）清乾隆五十二年刊本《彰德府志》卷二十四"碑记"（学生书局，第2393—2395页）："乐著《商王庙碑记》：'夫相在大河之北，乃唐之翼'"

（7）清乾隆五十二年刊本《彰德府志》卷九"选举"（学生书局，第938页）："安阳人，明昌中登第，有传。"

考证：清乾隆五十二年刊本《彰德府志》卷十七人物"文苑"（学生

书局，第1734页）记载乐著资料出自《中州集》。但《中州集》查无此人。《中州集》卷九第144—145页，有李著，字彦明，真定人。可见为地方志所误。另外，方志中多记载，乐著，字中和（仲和），永和人（安阳人）。但民国二十二年铅字重印本《安阳县志》卷四"选举表"（成文出版社，第61页）记为"字仲永，和和人。"当为方志笔误所致。

通过对于河南地方志中出现的金代作家传记资料进行研究，笔者一方面对金代作家的生平作一个初步的考证。首先，解决了部分金代作家生平不详的问题，并对现有作家的生平资料作有益的补充；其次，发掘出颇具文献价值的47位隐而未显的金代作家。另一方面对地方志中存在的问题进行了梳理考证。地方志是一座文献宝库，但是其中也存在很多问题，需要仔细考证后才能引用。本文还有很多延展的空间，如金元易代之际，许多作家或被记录在金，或元。地方志中的传记资料可与《元史》再对比排查。因时间仓促和个人能力有限，文中必然存在很多问题和不足，请广大研究者批评指正！

附录二

河南方志中金代作家传记资料与《金史》《中州集》《归潜志》人物列传对照表

河南地方志中所载金代作家	《金史》	《金史》页码	《中州集》	《中州集》页码	《归潜志》	《归潜志》页码
韩玉	有	第2429页	有	卷八，第130—131页	有	卷五，第48页
贾竹	无		无		无	
乐著	无		▲		无	
李汾	有	第2741页	有	卷十，第150页	有	卷二，第18—19页
李纯甫	有	第2734页	有	卷四，第79页	有	卷一，第6—7页
李俊民	无		无		无	
李献能	有		有	卷六，第105页	有	卷二，第16—17页
李志方（孟）	无		无		无	
郦权	无		有	卷四，第76页	无	
刘彧	无		有	卷二，第42页	无	
刘从益	有	第2733页	有	卷六，第101页	无	
刘文龙	无		无		无	
马肃	无		无		无	
刘文饶	无		无		无	
牛承直	无		无		无	
敏修	无		无		无	
邵公高	无		无		无	
元天禄	无		无		无	
王鼎	无		无		无	
王宏	无		无		无	
王磐	无		无		无	
王藏器	无		无		无	

续表

河南地方志中所载金代作家	《金史》	《金史》页码	《中州集》	《中州集》页码	《归潜志》	《归潜志》页码
王定国	无		无		无	
王庭筠	有	第2730页	有	卷三，第60页	无	
王元粹	无		有	卷七，第121页	无	
辛愿	有	第2752页	有	卷十，第149—149页	有	卷二，第15页
邢安国	无		有	卷九，第139页	无	
许安仁	有	第2132页	有	卷三，第56页	无	
薛继先	有	第2750页	有	卷九，第147页	无	
元好问	有	第2742页	无		无	
张允中	无		无		无	
张正伦	无		无		无	
张仲宣	无		有	卷八，第135页	无	
赵良	无		无		无	
赵元	无		有	卷五，第91页	无	
赵秉文	有	第2426页	有	卷三，第62页	有	卷一，第5—6页
訾亘	无		无		无	
宗端修	有	第2203页	有	卷八，第129页	无	
杜瑛	无		无		无	
杜秉彝	无		无		无	
高鸣	无		无		无	
郭谦甫	无		无		无	
赫炌	无		无		无	
赫天翼	无		无		无	
胡德珪	无		无		无	
康瑭	无		无		无	
李仲泽	无		无		无	
郦复亨	无		无		无	
刘骥	无		无		无	
刘祁	有	第2733页	无		无	
刘汉臣	无		无		无	
卢天锡	无		无		无	
论从义	无		无		无	

续表

河南地方志中所载金代作家	《金史》	《金史》页码	《中州集》	《中州集》页码	《归潜志》	《归潜志》页码
论道宁	无		无		无	
尚子明	无		无		无	
田芝	无		无		无	
田仲德	无		无		无	
王涯	无		无		无	
王万钧	无		无		无	
王万石	无		无		无	
魏献臣	无		无		无	
徐世英	无		无		无	
薛居中	无		无		无	
游总	无		无		无	
张玠	无		▲		无	
张仲周	无		无		无	
周子维	无		无		无	

备▲表示地方志资料待考。

参考文献版本：

(1)（金）元好问编：《中州集》，上海商务印书馆，四部丛刊初编。

(2)（元）脱脱等撰：《金史》，中华书局1975年版。

(3)（金）刘祁撰：《归潜志》，中华书局1983年版。

附录三

河南方志中金代作家诗文资料与《全辽金诗》《全辽金文》《中州集》诗文资料对照表

河南方志中金代作家诗文资料与《全辽金诗》《全辽金文》《中州集》诗文资料对照表

人名	字号	地方志诗文资料	《全辽金诗》页码	《全辽金文》页码	《中州集》
白清臣		《许州重迁宣圣庙记》"上即位之初"		第2004页	
蔡珪		《初至洛中》	第540页		存
曹昶		《清凉山》"几年浪迹嗟萍梗"	第3094页		
福安	无住道人	《罗汉泉并序》（又名《罗汉泉诗刻》）	第2125页		
高廷玉		《天津桥回李之纯待月一首》	第1672页		存
耿光禄		1.《金镇山亭碑》（即《镇山亭碑》）佚 2.《沁园图石刻》			
古溪澄禅师		《忠国师无缝塔》"无缝从教下乎难……"			
关昭素		《重修陕州故硖石县大通寺碑记》		第2686页	
韩玉	字温甫，相州人/渔阳人/安阳人		第1752页		存《临终二诗》
韩时举		《济渎灵应记》		第3692页	
种竹老人		《重修济渎庙记》		第3693页	
韩迪简		《重修紫卢元君殿记》		第1475页	

续表

人名	字号	地方志诗文资料	《全辽金诗》页码	《全辽金文》页码	《中州集》
王若虚		《缑山庙》"缑山突兀上虚"			
胡筠		《续修太清宫记》		第1936页	
黄居中		《游河山寺》			
黄久约		《中岳庙碑》		第1356页	
贾宇		《孔府君墓碑记》			
贾竹	字彦青,自号乖公,林州人	1.《天平谷诗》(即《题天平山六峰》) 2. 绝笔诗"七十五岁贾乖公" 3.《游栖霞谷》	第1450页		
靳玉		《大安元年滑州重修学记》		第2130页	
空相禅师	自觉	《怀州明月山大明禅院》		第770页	
乐著	字中和,字仲永,永和人/安阳人	1. "满院落花春避户,一窗寒雨夜挑灯" 2.《商王庙记》(即《商王庙碑记》)			
雷渊		1.《九日少室绝顶同裕之》 2.《会善寺怪松》 3.《洛阳同裕之□(钦)叔赋》 4.《启母石同裕之赋》	第2200页		存
李论		《勅修泉池之记》		第1576页	
李汾	字长源,太原平晋人	1.《汴梁》 2.《雪中过虎牢》	第2757、2759页		存
李梅	古延川	《皇母泉重修佛像记》(即《黄母泉重修佛像记》)			
李坦		《沭涧山胜果禅院前住持澄公大师铭》			
李瀚	字公渡,相人。号六峰居士		第2815页有传		存诗四首:《漫书》《二老雪仃图》《秘书张监墨梅图》《灯下梅影》

续表

人名	字号	地方志诗文资料	《全辽金诗》页码	《全辽金文》页码	《中州集》
李纯甫	字之甫，号屏山	《嵩州福昌县崇真观记》文		第2625页	存诗无文
李广道		《金投龙记》碑后三首诗"故人情话悦无阑""严鼓冬冬更已阑""风马铿铿清夜阑"			
李俊民	字用章，谥庄靖先生，泽州人	1.《新建五祖堂记》："全真之教，近世起于大宗师重阳子……" 2.《重修阳台万寿宫记》"王屋山在底柱析城之东，仙家小有洞天" 3.《七贤台》"放迹山阳志尚同" 4.《同济之游百家岩怀郭延年有感》"雨晴闲向百岩游" 5.《嵇康淬剑池》"寻常论养生" 6.《富览亭》"天于万物岂私我"	《七贤台》，第1881页；《同济之游百家岩，怀郭延年有感》，第1926页；《富览亭》，第2009页；《嵇康淬剑池》，第1881页	《新建五祖堂记》，第2613页；《重修阳台万寿宫记》，第2548页	
马长吉		《孟州济源县故河清店重修庙记》			
李天祐		《大金国河东南路怀州修武县七贤乡西冯营村修孙真人石像记》		第2122页	
李希白		《创建黑水山神庙记》		第3574页	
李献能	字钦叔，河中人	1.《追忆颖亭泛舟寄阳翟诸友诗》 2.《郾城秋夜怀李仁卿》 3.《玉华谷·华谷同希颜，裕之分韵得秋字》	第2733、2734、2732页		第3首诗名略不同：《玉华谷同希颜裕之分韵》
李志方	初名孟，安阳人	绝笔诗"四大既还本"	第2374页		
李中孚		《重修河南府左街东白马寺释迦舍利塔记》："浮图氏之教，本西方圣人之教也。"		第1653页	
郦权	字元舆，临漳人/安阳人	《襄公亭》："十里莲塘际碧山"	第798页。《全辽金诗》记载为《裴公亭》		2诗名略不同《裴公亭》

续表

人名	字号	地方志诗文资料	《全辽金诗》页码	《全辽金文》页码	《中州集》
刘涛		《五松亭诗》刘涛"田园随地脉"	第1676页		
刘彧	字公茂,安阳人。香岩居士	《秋雨诗》	第372页		存
刘钺		《秋日游兴国寺》			
刘中		《龙门石佛》	第1758页		存
刘著		《题御城寺壁》:"一径埋云草树荒"	第204页		
刘昂霄		1.《三乡光武庙诸君有作昂霄亦继作》"积甲原头汉闷宫" 2.《送裕之往洛阳兼简孙伯英》:"洛水嵩山寿乐堂"	第2262页,第2263页		存
刘从益	字云卿。	《叶县清和即事》"度清风了一年"	第2167页		《清明即事用前韵》"一度清明了一年"
刘文饶		《修德观问道碑记》"南华真经云,黄帝……"		第1432页	
马肃		《金显成庙记》			
马师孟		《许州昌武军节度使厅壁题名记》"节度使总一州之治"		第1395页	
马之骐		《彭怀洛先生遗稿序》"义阳去淅不二百里"			
明嗣毓		《金重修福昌大殿记》			
牛承直		巩令牛承直诗刻	第675页		
钮口		《重修北极观记》		第1596页	
庞铸		《洛阳怀古》	第1760页		存
祁寿卿	亳社人	《创塑县学先贤先儒记》			
明月山清风庵寿禅师		《金修清风庵并造像记》		第1543页	
敏修	字忠杰	1.《甲午元日》 2.《游黄华诗》			

续表

人名	字号	地方志诗文资料	《全辽金诗》页码	《全辽金文》页码	《中州集》
邵邦献		《二像天然生成赋诗纪异》	第3100页。考：《全辽金诗》页码错误，目录为第3010页，索引为第3101页，实际应为第3100页		
邵公高	字烈夫，沛邑人	《清明后一日游青龙山罗汉院》	第2120页		
元天禄		《太一观十七路醮首姓名碑》			
王鼎	字大萧，林州人	《游林虑诗》	第1451页		
王宏		1.《王巨卿石谒》 2.《游百岩题句》	第1837页		
王磐		《昆阳怀古》			
王廷		《陶公寿堂记》		第2752页	
王恽		《又七首》			
王藏器		《创建石桥记》		第1762页	
王定国		《金敕修汤王庙碑》		第1268页	
王瑞京		《阳翟县主簿李公碑》			
王思廉		《程德元墓碑记》			
王庭筠	字子端，河东人，自号黄华老人	1.《李辅之得邺南城注雨瓦筒以之琴》"邺城城南青雀来" 2.《登林虑南楼二首》"户牖凭高可散愁" 3.《黄华》"王母祠东古佛堂""挂镜台西桂玉龙""手拄一条青竹杖""道人邂逅一开颜""一派湍流漱石崖"（即《黄华山五首》） 4.《内乡浙江张浮休注尊为二兄赋》 5.《林虑》"帝遣名山护此邦"（即《林虑山》《黄华老人山居诗碑》） 6. 文《五松亭记》"林虑西山横绝百里"	第1182、1183、1184、1179、1184页。《黄华》和《林虑》统称为《黄华亭六首》在1184页	《五松亭记》，第1965页	《中州集》无第1、2、3、4、6首诗

续表

人名	字号	地方志诗文资料	《全辽金诗》页码	《全辽金文》页码	《中州集》
王元粹	字子正，平州人	《登鄂城寺楼诗》	第2776页		存
魏抟霄		《龙门》："少壁右臂禹所断"	第1744页		诗名略不同：《次韵游龙门宝应用天随子体二首》
萧贡		《雒阳》	第1234页		存
萧水崖		《疑冢》			
辛愿	字敬之，福昌人。	1. "黄绮暂来为汉友" 2. 《乱后还三首》"兵戈为客久思乡" 3. 《过嵩山》"催老年光滚滚来"	第2141、2137、2137页		《中州集》无1诗
邢安国	字仲祥，泌州武乡人	《过唐州西李口》	第2929页		存
徐好问		《龙门》	第2365页		存
许安仁	宜阳人	1. 《游少林寺》"岩壑深严入翠微" 2. 《少室道中》"少室峰头晓月沉" 3. 《望少室》"名山都不见真形"	第659、658、658页		《中州集》无第1首诗
薛继先	字曼卿	《过洛阳》"西来东去洛阳城"	《全辽金诗》有此人但无此诗，可补入		存
杨奂		《金谷行》	第2256页		
元好问	字裕之，号遗山，秀容人	地方志中元好问的诗文资料非常丰富，共112条。现将可补入《全辽金诗》《全辽金文》的资料列下备考：1. 《故少中大夫御史程君墓碑》"君讳震，字威卿"；2. 《重阳后过超化寺》"西风袅袅度僧房"；3. 《禹州道中》"野阴苍莽日将夕"；4. 《南阳灵山寺僧法云墓铭》；5. 《香雪亭杂咏》"洛阳城阙遍灰烟"			

附录三 河南方志中金代作家诗文资料与《全辽……诗文资料对照表   269

续表

人名	字号	地方志诗文资料	《全辽金诗》页码	《全辽金文》页码	《中州集》
赵秉文	滏阳人	1.《题济源》"祠前缭绕无穷水" 2.《嵩山承天谷》"烟霞直上逍遥谷" 3.《虚舟亭记》 4.《修儒学碑记》"记曰三代而上" 5.《彰德府安阳县乞伏村重修唐帝庙记》 6.《尧庙记》"夫道足以为万世法,而泽足以为万万世祝" 7.《重修庙学记》"太虚廖廓一气浑" 8.《叶公刘君请减粮额记》	《题济源》第1402页；《嵩山承天谷》,《全辽金诗》无此诗,可补入	《尧庙记》,《全辽金文》存为《乞伏村尧庙碑》,第2380页；《重修庙学记》,《全辽金文》存为《叶县学记》,第2285页；《虚舟亭记》、《修儒学碑记》未收录①	中州集无第1、2首诗
张天祐		《圆公马山主塔记》		第1771页	
张维新		《次易公阅新汝城韵》			
张允中	字可行,别号丽蟠老人。林州人	1.《丘之念留别邺下诸公》 2.《题灵岩寺》	第2930页		
张正伦	字公理,汤阴人	《稽侍中庙》			
张仲寿		《王乔洞》			
张仲宣	字利夫,相州人	《张利夫诗》张仲宣撰,见《全金诗》	第3071页		
张子和		"学剑攻书两不成"	第1218页		
张子羽		《游龙门访潜溪僧舍》"入谷访精舍"	第158页		存
赵良		《重修润国寺碑记》		第2111页	
赵元	字宜之,定襄人	《早发宝应龙门道中有感》"山僧送客客行东"	第2384页		存
赵铢		《金重修文宣王庙碑》			
赵夷简		《修文庙记》"国家统御方宇"(《大定二年滑州修文庙记》)		第1544页	
赵宗义		《张陆邨重修功德记》			

---

① 按：《彰德府安阳县乞伏村重修唐帝庙记》与《尧庙记》疑为一文,待考。《叶公刘君请减粮额记》与《全辽金文》收录之《故叶令刘君遗爱碑》相关,故存,待考。

续表

人名	字号	地方志诗文资料	《全辽金诗》页码	《全辽金文》页码	《中州集》
周昂		1《游龙门》"阙塞若麛马奔腾" 2《香山》"山林朝市两茫然"	第1475、1454页		中州集无第1首诗
周庭		《重修护国显应王庙记》			
訾亘	訾仙翁，自号守真子	《遗世颂》			
宗泽		《游独乐园》			
宗端修	字平叔，一字伯正，汝州人	《漫书》"冷面宜教冷眼看"	第1453页		存
左容	济北	《重修儒学记》		第1861页	
程震	字威卿，东胜人，洛阳人				
杜瑛	字文玉。追封魏国公，谥文献		第2965页有传		
杜秉彝	字德常	集四十卷			
高鸣	太原				
郭谦甫	汴人				
赫炡	字进道，永和人，安阳人				
赫天翼	赫炡子，字鹏举				
胡德珪	武安人				
康瑭	字良辅				
李诚		《成皋怀古》			
李仲泽	洺水人				
郦复亨	郦权之子				
刘涛		《五松亭诗》"田园随地脉"	第1677页		
刘骥	北燕人				
刘祁	字京叔，浑源人		第2959页有传		
刘汉臣	太原人				
卢天锡	字子美，临漳簿	1."当年门外客如云" 2."野寺重来感慨多"	《题寄居僧寺壁二首》，第1872页		

续表

人名	字号	地方志诗文资料	《全辽金诗》页码	《全辽金文》页码	《中州集》
论道宁	字德渊，子从义				
论从义					
尚子明	燕山				
田芝	字信之，号香林居士。蒙城人				
田仲德	汴人				
王渥	字仲泽	1.《颍亭》"五载湖滨阻胜游"。又有版本记为"三载西湖阻胜游" 2.《九日登颖亭寄元遗山》"茫茫襄城野，岁晏多风埃。" 3.《送裕之还嵩山》"高怀不受薄书侵"	第2265页 第2267页 第2269页		存
秦略		《少室山卓剑峰》"神威洗尽世间仇"	第1481页		存
许古		《被召过少室》	第1221页		
王朋寿		《宋真宗御制老君□玉石像赞》"大道无为而不为"		第1901页	
王万钧	字彦平，永和人				
王万石	字彦端				
魏献臣	汴人				
徐世英	洺水人				
薛居中	字鼎臣，临漳人				
游总					
张玠	字伯玉，林州人				
张谦		《至宁元年崇福禅院敕牒碑》即《至宁元年崇福禅院部文敕牒碑》		第1953页	
张仲周	字君义，字君美，临漳人				

续表

人名	字号	地方志 诗文资料	《全辽金诗》 页码	《全辽金文》 页码	《中州集》
周子维	古郑人。				
尚质		《席珍董镇施造石香炉记》"维神明威有赫幽"		第 2701 页	

所用文献版本：

(1)（金）元好问编：《中州集》，上海商务印书馆，四部丛刊初编。

(2) 阎凤梧主编：《全辽金文》，山西古籍出版社 2002 年版。

(3) 阎凤梧、康金声主编：《全辽金诗》，山西古籍出版社 1999 年版。

(4) 河南地方志目录见附录四。

附录四

河南地方志版本

按河南省所辖区域将其具体出版社及丛书编号详列如下：

（一）河南省

1.《河南通志》八十卷，（清）王士俊等撰，钦定四库全书本，史部第535、536、537、538册。

2.《河南通志续通志》，光绪八年刊本，（清）孙灏等撰，华文书局股份有限公司1969年影印。

（二）郑州市

1.《郑州志》，乾隆十三年刊本，（清）张钺修、毛如诜等纂，学生书局1968年影印第155号。

2.《郑县志》，民国二十年重印刊本，周秉彝、刘瑞璘纂，成文出版社1968年影印第104号。

3.《荥阳县志》，乾隆十一年刊本，（清）李煦修、李清纂，学生书局1968年影印第159号。

4.《续荥阳县志》，民国十三年铅印本，卢以治、张沂纂，成文出版社1968年影印第105号。

5.《汜水县志》，乾隆九月岁次甲子嘉平既望，（清）许勉燉纂修，国家图书馆。

6.《汜水县志》，民国十七年铅印本，田金祺、赵东阶纂，成文出版社1968年影印第106号。

（三）开封地区

1.《万历杞乘四十八卷》，万历刻本，（明）马应龙纂修，六册一函

（胶片），国家图书馆。

2.《杞县志》，乾隆五十三年刊本，（清）周玑纂，成文出版社1976年影印第485号。

3.《尉氏县志》，嘉靖二十七年，（明）李德光、马锡、汪心纂，1963年10月上海古籍书店据宁波天一阁藏明嘉靖刻本影印，天一阁藏明代方志选刊，上海古籍书店影印，第49册。

4.《新郑县志》，康熙三十二年刊本，（清）朱廷献、刘曰煃纂，成文出版社1976年影印第468号。

5.《登封县志》，乾隆五十二年刊本，（清）洪亮吉、陆继萼纂，成文出版社1976年影印第462号。

6.《嘉靖兰阳县志》，嘉靖二十四年刻本，（明）李希程纂，1965年12月中华书局上海编辑所影印宁波天一阁藏明嘉靖刻本，天一阁藏明代方志选刊，上海古籍书店影印，第52册。

7.《仪封县志》，民国二十四年铅印本，（清）纪黄中纂，成文出版社1968年影印第94号。

8.《考城县志》，民国十三年铅印本，张之清修、田春同纂，成文出版社1976年影印第456号。

9.《通许县旧志》，乾隆三十五年修，民国二十三年重印本，（清）阮龙光、邵自祐纂修，成文出版社1976年影印第465号。

10.《通许县新志》，民国二十三年铅印本，张士杰修、侯崑禾纂，成文出版社1976年影印第464号。

11.《中牟县志》，民国二十五年石印本，萧德馨、熊绍龙纂修，成文出版社1968年影印第96号。

12.《巩县志》，民国二十六年刊本，刘莲青、张仲友等纂修，成文出版社1968年影印第116号。

（四）新乡地区

1.《卫辉府志》，乾隆五十三年刊本，（清）德昌修、徐朗斋纂，学生书局1968年影印第154号。

2.《正德新乡县志》，正德元年，（明）李锦、储珊、周荣纂修，1963年7月上海古籍书店据宁波天一阁藏明蓝丝阑钞本影印，天一阁藏明代方志选刊，上海古籍书店影印，第49册。

3.《新乡县志》，乾隆十二年石印本，（清）赵开元、畅俊纂，成文出版社 1976 年影印第 472 号。

4.《新乡县续志》，民国十二年刊本，韩邦孚监修、添芸生总编，成文出版社 1976 年影印第 473 号。

5.《河南获嘉县志》，民国二十四年铅印本，邹古愚纂，成文出版社 1976 年影印第 474 号。

6.《获嘉县志》，乾隆二十一年刊本，（清）吴乔龄、李栋纂，成文出版社 1976 年影印第 490 号。

7.《济源县志》，乾隆二十六年刊本，（清）萧应植纂，成文出版社 1976 年影印第 492 号。

8.《辉县志》，嘉靖七年，（明）张天真纂，据明嘉靖刻本影印，天一阁藏明代方志选刊续编，上海古籍书店影印，第 61 册。

9.《阳武县志》，民国二十五年铅印本，窦经魁等修，成文出版社 1976 年影印第 443 号。

10.《武陟县志》，道光九年刊本，（清）王荣陛修，成文出版社 1976 年影印第 481 号。

11.《续武陟县志》，民国二十年刊本，史延寿纂，成文出版社 1968 年影印第 107 号。

12.《孟县志》，民国二十一年刊本，阮藩济、宋立梧纂，成文出版社 1976 年影印第 445 号。

13.《怀庆府志》，乾隆五十四年刊本，（清）唐侍陛修，洪亮吉等纂，学生书局 1968 年影印第 153 号。

14.《怀庆府志十三卷》，嘉靖四十五年，（明）孟重修、刘泾纂，（胶片），国家图书馆。

15.《河内县志》，道光五年刊本，（清）袁通、方履篯纂，成文出版社 1976 年影印第 475 号。

16.《修武县志》，民国二十年铅印本，焦封桐修、萧国桢纂，成文出版社 1976 年影印第 487 号。

（五）安阳地区

1.《彰德府志》，乾隆五十二年刊本，（清）于沧澜、卢崧、江大键纂，学生书局 1968 年影印第 151 号。

2.《安阳县志》，嘉庆二十四年刊本，（清）贵泰、武穆淳纂，民国二十二年铅字重印本，成文出版社 1968 年影印第 108 号。

3.《濮州志》，嘉靖六年，（明）邓钺纂，据明嘉靖刻本影印，天一阁藏明代方志选刊续编，第 61 册。

4.《重修滑县志》，民国二十一年铅印本，王蒲园等纂，成文出版社 1968 年影印第 113 号，

5.《濬县志》，嘉庆六年刊本，（清）武穆淳修，熊象阶纂，成文出版社 1976 年影印第 493 号。

6.《续濬县志》，光绪十二年刊本，（清）黄璟等纂修，成文出版社 1968 年影印第 111 号。

7.《内黄县志》，（明）董弦、王训纂修，1963 年 12 月上海古籍书店据宁波天一阁藏明嘉靖刻本影印，天一阁藏明代方志选刊，上海古籍书店影印，第 52 册。

8.《长垣县志》，嘉靖二十年重刻正德本，（明）刘芳纂修，1964 年 3 月上海古籍书店据宁波天一阁藏明嘉靖刻本影印，天一阁藏明代方志选刊，上海古籍书店影印第 50 册。

9.《汤阴县志十九卷》，崇祯十年刻本，存十五卷（卷 1—12，17—19），（明）沙蕴金、苏育纂修，《明代孤本方志选》2000 年 6 月，国家图书馆。

10.《林县志》，民国二十一年石印本，张凤台修、李见荃纂，成文出版社 1968 年影印第 110 号。

(六) 商邱地区

1.《归德志》，（明）黄钧、李嵩纂修，据明嘉靖刻本影印，天一阁藏明代方志选刊续编，第 60 册。

2.《商邱县志》，民国二十一年石印本，（清）刘德昌修、叶沄纂，成文出版社 1968 年影印第 98 号。

3.《夏邑县志》，嘉靖三十年刻本，（明）郑相修黄虎臣篡纂修，1963 年 11 月上海古籍书店据宁波天一阁藏明嘉靖刻本影印，天一阁藏明代方志选刊，上海古籍书店影印，第 48 册。

4.《夏邑县志》，民国九年石印本，黎德芬等纂修，成文出版社 1968 年影印第 99 号。

5.《续修睢州志》，光绪十八年刊本，（清）王枚纂修，学生书局 1968 年影印第 158 号。

6.《虞城县志》，光绪二十一年刊本，（清）于沧澜、李淇修、席庆

云纂，成文出版社 1976 年影印第 449 号。

7.《永城县志》，（明）郑礼纂修，据明嘉靖刻本影印，天一阁藏明代方志选刊续编，第 60 册。

（七）周口地区

1.《商水县志》，顺治十六年，（清）于沧澜、郭天锡纂修，国家图书馆。

2.《商水县志》，民国七年刻本，徐家璘、杨凌阁纂，宋景平等修，成文出版社 1976 年影印第 454 号。

3.《扶沟县志》，光绪十九年刊本，（清）熊灿修、张文楷纂，成文出版社 1976 年影印第 471 号。

4.《光绪鹿邑县志》，光绪二十二年刊本，（清）于沧澜主纂，蒋师辙纂修，成文出版社 1976 年影印第 469 号。

5.《淮阳县志》，民国二十三年铅印本，郑康侯修、朱撰卿纂，成文出版社 1976 年影印第 470 号。

6.《沈丘县志》，顺治十五年，（清）李鼎玉纂修，国家图书馆。

7.《西华县续志》，民国二十七年铅印本，潘龙光修、张嘉谋纂，成文出版社 1968 年影印第 101 号。

8.《太康县志》，嘉靖刻本，（明）安都纂，天一阁藏明代方志选刊续编，第 58 册。

9.《太康县志》，民国二十二年铅印本，杜鸿宾修、刘盼遂纂，成文出版社 1976 年影印第 466 号。

10.《项城县志》，宣统三年石印本，（清）施景舜等纂修，成文出版社 1968 年影印第 102 号。

11.《项城县志十卷》（胶片），明万历间刻本，（明）王钦浩、郑尚贤纂，国家图书馆。

（八）许昌地区

1.《嘉靖许州志》，嘉靖十九年刻本，（明）张良知纂修，1961 年 12 月上海古籍书店据宁波天一阁藏明嘉靖刻本影印，天一阁藏明代方志选刊，上海古籍书店影印第 47 册。

2.《许昌县志》，民国十二年石印本，王秀文等修、张庭馥等纂，成文出版社 1968 年影印第 103 号。

3.《嘉靖鄢陵志》，嘉靖十六年刻本，（明）刘讱、杜柟纂修，1963

年7月上海古籍书店据宁波天一阁藏明嘉靖刻本影印，天一阁藏明代方志选刊，上海古籍书店影印，第51册。

4.《鄢陵县志》，民国二十五年铅印本，靳蓉镜、苏宝谦纂，晋克昌等修，成文出版社1976年影印第458号。

5.《郾城县记》，民国二十三年刊本，陈金台纂辑，成文出版社1976年影印第452号。

6.《嘉靖襄城县志》，嘉靖三十年刻本，（明）林鸾纂修，1963年2月上海古籍书店据宁波天一阁藏明嘉靖刻本影印，天一阁藏明代方志选刊，上海古籍书店影印第45册。

7.《襄城县志》，乾隆十一年刻本，（清）汪运正纂修，成文出版社第494号。

8.《嘉靖鲁山县志》，嘉靖三十一年刻本，（明）孙铎纂修，1963年4月上海古籍书店据宁波天一阁藏明嘉靖刻本影印，天一阁藏明代方志选刊，第50册。

9.《郏县志八卷》（胶片），顺治，（清）张笃行、石只父纂，国家图书馆。

10.《郏县志》，民国二十一年石印本，（清）姜篪、郭景泰等纂修，成文出版社1976年影印第440号。

11.《长葛县志》，民国十九年铅印本，陈鸿畴修、刘盼遂纂，成文出版社1976年影印第467号。

12.《重修临颍县志》，民国四年铅印本，陈垣等纂修，学生书局1968年影印第160号。

13.《叶县志》，同治十年刊本，（清）欧阳霖修、仓景恬、胡廷桢纂，成文出版社1976年影印第463号。

14.《宝丰县志》，嘉庆，（清）武亿、陆蓉纂修，国家图书馆。

15.《禹州志》，道光十五年刊本影印本，（清）朱炜修、姚椿纂，学生书局1968年影印第157号。

16.《禹县志》，民国二十年刊本，王琴林等纂修，成文出版社1976年影印第459号。

(九) 驻马店地区

1.《确山县志》，民国二十年排印本，李景堂纂、张缙璜修，成文出版社1976年影印第451号。

2.《西平县志》，民国二十三年刊本，陈铭鉴纂、李毓藻修，成文出版社 1976 年影印第 460 号。

3.《汝阳县志》，康熙二十九刊本，（清）邱天英撰，成文出版社 1976 年影印第 480 号。

4.《重修汝南县志》，民国二十七石印本，陈伯嘉修、李成均等纂，成文出版社 1976 年影印第 453 号。

5.《新蔡县志》，乾隆六十年修，民国二十二年重刊本，（清）莫玺章等修，王增等纂，成文出版社 1976 年影印第 444 号。

6.《泌阳县志》，道光四年刊本，（清）倪明进修、栗鄿纂，成文出版社 1976 年影印第 448 号。

7.《上蔡县志》，康熙二十九年刊本，（清）杨廷望纂修，成文出版社 1976 年影印第 455 号。

8.《正阳县志》，民国二十五年铅印本，魏松声等纂，成文出版社 1968 年影印第 123 号。

（十）信阳地区

1.《重印信阳州志》，民国十四年铅印本，（清）张钺纂修、万侯等编辑，成文出版社 1968 年影印第 120 号。

2.《重修信阳县志》，民国二十五年铅印本，（清）陈善同等纂，成文出版社 1968 年影印第 121 号。

（十一）南阳地区

1.《南阳府志》，康熙三十三年刊本，（清）朱璘纂修，学生书局 1968 年影印第 152 号。

2.《南阳县志》，光绪三十年刊本，（清）潘守廉修，张嘉谋纂，成文出版社 1976 年影印第 457 号。

3.《裕州志》，康熙五十五年修，乾隆五年补刊本，（清）董学礼原本，宋名立增修，成文出版社 1976 年影印第 482 号。

4.《唐县志》，乾隆五十二年刊本，（清）吴泰来、黄文莲纂修，成文出版社 1976 年影印第 488 号。

5.《新野县志》，乾隆十九年刊本，（清）徐金位纂修，成文出版社 1976 年影印第 479 号。

6.《邓州志》，嘉靖四十三年刻本，（明）潘庭楠纂修，1963 年 8 月上海古籍书店据宁波天一阁藏明嘉靖刻本影印，天一阁藏明代方志选刊，上海古籍书店影印第 48 册。

7.《邓州志》，乾隆二十年刊本，（清）姚子琅纂，蒋光祖修，成文出版社 1976 年影印第 450 号。

8.《淅川县志八卷》，康熙，（清）郭治纂，（胶片），国家图书馆。

9.《淅川厅志》，咸丰十年刊本，（清）徐光第修，王官亮纂，成文出版社 1976 年影印第 447 号。

10.《南召县志》，乾隆十一年修，民国二十八年重印本，（清）陈之烜等纂修，成文出版社 1976 年影印第 441 号。

11.《内乡县志》，康熙三十二年刊本，（清）宝鼎望纂修，成文出版社 1976 年影印第 483 号

（十二）洛阳地区

1.《洛阳县志》，乾隆十年刊本，（清）龚崧林纂修，汪坚总修，成文出版社 1976 年影印第 476 号。

2.《孟津县志》，康熙四十八年，嘉庆二十一年刊本，（清）徐元灿、赵擢彤、宋缙等纂修，成文出版社 1976 年影印第 461 号。

3.《直隶汝州全志》，道光二十年刊本，（清）赵林成等纂修，学生书局 1968 年影印第 156 号。

4.《嵩县志》，乾隆三十二年刊本，（清）康基渊纂修，成文出版社 1976 年影印第 489 号。

5.《伊阳县志》，道光十八年刊本，（清）张道超等修，马九功等纂，成文出版社 1976 年影印 446 号。

6.《灵宝县志》，光绪二年刊本，（清）周淦修，高锦荣纂，成文出版社 1976 年影印第 491 号。

7.《灵宝县志》，民国二十四年重修铅印本，孙椿荣修，张象明纂，成文出版社 1976 年影印第 477 号。

8.《新修阌乡县志》，民国二十一年铅印本，韩嘉会等纂修，成文出版社 1968 年影印第 119 号。

9.《弘治偃师县志》，弘治十七年修，（明）魏津修，1962 年 4 月上海古籍书店据宁波天一阁藏弘治钞本影印，天一阁藏明代方志选刊，上海古籍书店影印，第 52 册。

10.《偃师县志》，乾隆五十三年刊本，（清）汤毓倬修，孙星衍纂，成文出版社 1976 年影印第 442 号。

11.《宜阳县志》,光绪七年刊本,(清)谢应起等修,刘占卿等纂,成文出版社1968年影印第117号。

12.《洛宁县志》,民国六年铅印本,贾毓鹗等修,王凤翔等纂,成文出版社1968年影印第118号

13.《卢氏县志》,光绪十八年刊本,(清)郭光澍总修,李旭春纂修,成文出版社1976年影印第478号。

14.《陕县志》,民国二十五年铅印本,欧阳珍修、韩嘉会等纂,成文出版社1968年影印第114号。

15.《新安县志》,民国二十七年石印本,张钫修、李希白纂,成文出版社1976年影印第439号。

其中没有所需研究资料的有四种,分别为

1.《通许县新志》,民国二十三年铅印本,张士杰修、侯崑禾纂,成文出版社1976年影印第464号。

2.《新乡县续志》,民国十二年刊本,韩邦孚监修,添芸生总编,成文出版社1976年影印第473号。

3.《续潜县志》,光绪十二年刊本,(清)黄璟等纂修,成文出版社1968年影印第111号。

4.《裕州志》,康熙五十五年修,乾隆五年补刊本,(清)董学礼原本,宋名立增修,成文出版社1976年影印第482号。

后　记

　　2000年9月夏日的一天，我第一次走进了山西大学的校园。那耀眼的阳光和青青的草坪点燃了年少的我所有的梦想和激情。数年后，当同学们或投身工作岗位，或奔赴异地的时候，我依然选择留在这美丽安静的校园里，继续自己古典文学的求学之路。

　　读硕士期间，在导师牛贵琥先生的带领下，我参加了高校古委会古籍整理项目"金人资料与金代文献通检"的课题研究，并有幸结识了中国社会科学院的杨镰先生。冥冥之中我与金代文学及少数民族文学文化研究的缘分也由此开始。忘不了，第一次翻开那厚厚地方志飞扬而起的尘土和乌黑的手指；忘不了，第一次发现可考证文献的惊喜和兴奋；忘不了，第一次站在《四库全书》的若干排书架前的崇敬和赞叹；也忘不了，初学文献时自己犯的那一个个幼稚可笑的错误。还记得，研一的暑假，牛老师和张建伟师兄带着我们几个研究生去国家图书馆查资料。天气的炎热，线装书的陈旧，微缩胶卷的难以辨认和天安门的宏伟一样让我难以忘怀；还记得，我们师徒几人在图书馆七层阅览室里整日埋头古籍，钩沉索隐。偶有空闲，在牛老师的发动下，大家模仿四库馆臣，写诗唱和。我曾写"捉刀小吏一支笔，忠奸善恶谁分明"抒发无穷尽抄写资料的郁闷。那时觉得，时间好长好长，课题不知何时可以做完；怎奈弹指一挥间，转眼昨日已惘然。时间滤下的不是文献的冗繁和枯燥，而是自己学术能力的增长。

　　读硕博期间，初窥学术门径。特别是牛贵琥先生强调的"文献是文学研究基础"的学术观念让我受益匪浅，培养了踏实严谨的作风。每周五的例行座谈，更是让我在自由的学术氛围中学到了宝贵的思想和知识。

通过严谨的科研训练，我从一个文学爱好者，转变为一个真正的文学研究者。博士经历尤为我人生中的一个蜕变。感谢恩师牛贵琥先生多年来苦心栽培和悉心教导，感谢家人多年的默默支持与坚定守护。最大的遗憾是杨镰先生离世，未能看到学生粗浅的金代文学研究成果结集出版。哀哉。我辈必将不负长者希冀，薪火相传。

本书承蒙山西传媒学院"1331"工程校级出版资金资助，感谢学校的大力支持。感谢中国社会科学出版社及慈明亮编辑的鼎力相助。

因学识所限，文中多有疏漏，敬请方家不吝赐教。